D0833278

10
18

12, AVENUE D'ITALIE. PARIS XIIIe

Sur l'auteur

Née en Irlande au début des années quarante, Nuala O'Faolain est désormais un auteur internationalement reconnu. Elle a publié deux récits autobiographiques – *On s'est déjà vu quelque part ?*, *J'y suis presque* – et trois romans : *Chimères*, *L'Histoire de Chicago May* pour lequel elle a reçu le Femina Étranger 2006 et *Best Love Rosie*. Nuala O'Faolain s'est éteinte le 9 mai 2008 à Dublin. *Ce regard en arrière et autres écrits journalistiques* englobe plus de vingt années de la carrière de celle qui fut un grand témoin et une grande conscience de son époque.

NUALA O'FAOLAIN

BEST LOVE ROSIE

Traduit de l'anglais
par Judith Roze

10
18

SABINE WESPIESER ÉDITEUR

Du même auteur
aux Éditions 10/18

Ouvrage précédemment paru
dans la collection « Domaine Étranger »
créée par Jean-Claude Zylberstein

Titre original :
Best Love Rosie

ISBN 978-2-264-06563-6

PREMIÈRE PARTIE

DUBLIN

I

Le matin de Noël, j'étais au lit avec Leo dans une *pensione* glaciale proche des docks d'Ancône. Il m'a fallu du courage pour me décoller de son dos, sortir un bras de sous la couette et composer le numéro de ma tante à Dublin.

Comme elle ne répondait pas, j'ai essayé la maison voisine.

« Allô ? Reeny ? C'est toi ? Oui, bien sûr que c'est Rosie. Joyeux Noël, chère Reeny, et tous mes vœux pour la nouvelle année ! Je suis en Italie. Oui, avec un ami – qu'est-ce que tu crois – que je suis folle ? Ça ne valait pas le coup de rentrer pour le peu de congés qu'on nous donne. Écoute, Min ne répond pas au téléphone. Ça t'ennuierait d'aller appeler sous sa fenêtre ? Il est onze heures à Dublin, non ? Et je sais qu'elle doit venir chez toi pour la dinde et les choux. Elle ne devrait pas déjà être debout ?

— Ah, non, t'en fais pas, m'a dit Reeny. Elle va bien. Elle était ici hier soir à regarder *EastEnders*. Mais elle est bizarre ces temps-ci, ta tante. Y a des jours où elle sort pas du lit alors qu'elle se porte comme un charme. Et – je veux pas te gâcher tes vacances mais j'allais t'en parler la prochaine fois que tu viendrais – elle a eu des petits ennuis l'autre jour après avoir un peu bu. La police l'a ramenée de la Poste centrale, ma parole –

personne sait comment elle avait fait le trajet du pub jusque-là –, parce qu'elle était tombée et n'arrivait plus à se lever. Enfin, c'est plutôt qu'elle voulait plus se lever. Elle racontait à tout le monde qu'elle devait envoyer un colis en Amérique. Bref, ils ont été bien braves et ils l'ont ramenée ici, mais le flic m'a dit qu'ils avaient eu du mal à l'empêcher de sauter de la voiture et que si ç'avait pas été une petite vieille dame, ils l'auraient menottée. Depuis, elle est quasiment pas sortie de chez elle et les femmes en parlaient l'autre jour au Xpress Store et y en a qui disaient comme ça que Rosie Barry ferait bien de rentrer…

— Mais Min ne veut pas de moi ! ai-je dit en riant.

— Je sais », a fait Reeny.

J'ai cessé de rire. Elle ne s'en est pas aperçue.

« Mais c'est comme ça qu'ils sont avec la dépression, a-t-elle poursuivi. J'ai vu un gars qui en parlait à la télé. Ils savent pas ce qu'ils veulent.

— Dis-lui que je l'appellerai ce soir, Reeny, et qu'il faut qu'elle réponde à tout prix. Et toi, comment ça va ? Monty est avec toi ? »

Monty était le fils de Reeny, un quadragénaire timide et bedonnant, fan de golf, avec qui mon amie Peg sortait depuis des décennies. Son père l'avait abandonné quand il était petit et j'avais toujours vu sa passion du golf comme une protection qu'il s'était forgée à l'époque où il luttait pour devenir un homme.

« Dis-lui que le Père Noël va lui apporter un trou en un. »

Par-dessus l'épaule de Leo, j'apercevais un coin d'Adriatique d'un bleu éclatant, moutonné de blanc par le vent âpre qui faisait vibrer les volets. Nous avions eu des velléités de faire l'amour un peu plus tôt, mais aucun de nous n'avait été assez déterminé pour poursuivre. C'était une bonne chose, me disais-je, que nous ne nous sentions pas obligés de simuler l'enthousiasme.

Cela étant, le manque de libido était mauvais pour l'âme. Sans compter qu'il restait deux jours à tirer dans une chambre sous-chauffée et qu'il n'y avait rien à faire à Ancône quand les rares attractions qu'offrait la ville étaient fermées pour les fêtes.

Noël. Autrefois, ce simple mot brillait de mille feux.

« Leo ! » J'ai tenté de le réveiller en douceur en lovant mon bras autour de son ventre et en le caressant gentiment. « Leo, chéri, va voir si la signora veut bien nous préparer un café… »

J'ai pris appui sur mon coude pour regarder son visage et j'ai eu un choc, comme si je venais de recevoir une décharge, en m'apercevant qu'il avait les yeux grands ouverts et fixait la fenêtre.

Le lendemain, nous sommes allés écouter un récital d'orgue dans une église désaffectée balayée par les courants d'air. Leo s'est aussitôt abîmé dans une concentration absolue. Quand il écoute de la musique, on pourrait lui planter une épingle dans le bras sans qu'il s'en aperçoive.

Les choses allaient devoir changer, je le voyais, et cette triste pensée me glaçait encore plus. Nous avions été… Mais je ne voulais pas penser aux merveilleux amants que nous avions été. J'avais déjà peine à m'avouer qu'il devenait difficile de l'attirer hors de sa villa de l'arrière-pays d'Ancône, bien qu'il eût renoncé à en faire un hôtel de luxe.

Pour me distraire, j'ai pensé à Min.

Il fallait que quelqu'un la surveille si elle en arrivait à se couvrir de ridicule en public ; or, Reeny faisait désormais du gardiennage dans un complexe d'appartements en Espagne et, pour la première fois depuis leur jeunesse, elle n'était pas toujours disponible dans la maison d'à côté. Par ailleurs, d'ici quelques mois, mon contrat avec le service d'information de l'UE à Bruxelles, pour lequel je rédigeais de la documentation, prendrait fin et, si je décidais de partir, je toucherais une prime assez coquette pour me permettre de chercher tranquillement le boulot suivant. Certains collègues, à vrai dire, prenaient leur retraite dès cinquante-cinq ans – ceux qui n'avaient jamais aimé leur travail et savaient faire des économies. Je ne pouvais pas prendre ma retraite, et n'en avais aucune envie. Mais la prime me permettrait de tenir un an ou deux, peut-être même trois si je rentrais à Dublin.

Et puis, ai-je songé en promenant délicatement ma langue autour de mon palais, les dentistes de Dublin parlent anglais. W. H. Auden disait que des milliers de personnes avaient vécu sans amour, mais aucune sans eau ; il aurait aussi bien pu mentionner les dents. Je n'avais aucun avenir devant moi si je ne m'occupais pas de celles qui me restaient.

Il faisait maintenant complètement nuit derrière l'étroite fenêtre perchée en haut du mur ocre écaillé. Un ciel bleu marine où scintillait une étoile. Nous avions repéré une sympathique trattoria sur le trajet ; nous pourrions nous y réfugier dès que nous serions passés chercher un pull plus chaud et une paire de chaussettes supplémentaire à la *pensione*. Et ensuite, au lit…

Que faisais-je donc de tout cela ? Que faisais-je des cafés, du sexe et des fenêtres du XVIe siècle ? L'un des grands avantages de Bruxelles, c'était que je pouvais facilement venir retrouver Leo en train. Et, encore aujourd'hui, je ne supportais pas de rester longtemps loin de lui. J'entretenais soigneusement ma couleur, un discret blond cendré, et m'habillais dans des boutiques de la région flamande, où même les femmes élégantes aimaient les tartines de beurre autant que moi et avaient ma corpulence. Quand je me promenais aux côtés de Leo en rentrant le ventre et en souriant d'un air éveillé, je me sentais une femme digne de ce nom. En Italie, où nous nous retrouvions plus souvent que partout ailleurs, il y avait pas mal d'hommes qui m'observaient attentivement avant de se détourner.

Mais à Kilbride, Dublin... Mon anniversaire n'était qu'en septembre, mais j'aurais alors cinquante-cinq ans – à peine engagée dans la seconde moitié de la décennie, mais penchant déjà vers les soixante. À Kilbride, il n'y avait jamais eu de femmes célibataires de mon âge qui pussent encore se croire « de la partie ». Ou s'il y en avait eu, elles étaient trop finaudes pour le laisser paraître.

Les auditeurs applaudissaient à tout rompre. Ils essayaient sans doute de se réchauffer. En se levant, Leo m'a adressé un de ces sourires dont lui-même ignorait le charme. La musique le rendait heureux – enfin, celle qui remontait à un temps où les jupes n'avaient pas encore commencé à raccourcir.

Oh. Un bis.

Nous nous sommes rassis.

En réalité, ce qui plaidait le plus en faveur de Dublin, c'était une image, pas un argument.

Si je rentrais pour m'occuper d'elle, il y avait une certaine façon dont Min pourrait me regarder. Son visage me charmait quoi qu'il arrive – si petit et si blanc, avec des yeux si ronds et enfantins. Mais j'avais vu longtemps auparavant à quoi il pouvait ressembler lorsqu'il s'ouvrait comme une feuille au soleil.

Dans mon enfance, avant la mort de mon père, nous allions tous les trois passer une partie de l'été à Bailey's Hut, un cabanon en bois environné d'herbe et de coquillages, au-delà du dernier quai du port de

Milbay. Ma grand-mère paternelle, Granny Barry, pouvait nous procurer le cabanon pour nos vacances parce qu'elle travaillait pour Bailey's Hardware and Builders' Providers.

Comme il n'y avait pas l'eau courante, nous apportions quelques jerrycans d'eau du robinet pour faire le thé et recueillions l'eau de pluie dans un tonneau posé près de la porte.

Mon père utilisait l'eau de pluie pour laver les cheveux de Min. « Je veux, ma p'tite dame ! » répondait-il lorsqu'elle décrétait qu'il était temps de lui faire un bon shampoing. Il apportait une cuvette d'eau chaude devant le cabanon, puis un seau d'eau de pluie. Min s'agenouillait dans l'herbe, vêtue de sa vieille jupe et de son dessous rose qui avait un cône de chaque côté pour les seins. Il s'asseyait sur une caisse, elle posait la tête sur ses genoux et il la shampouinait avec le bout des doigts. « Attention à pas m'en mettre dans les yeux ! » disait-elle. Puis il se levait, la laissant à genoux, tête baissée, et versait délicatement un premier filet d'eau de pluie sur sa tête. Elle sursautait en criant : « Aïe ! Cette eau est glaciale ! » Mais, à mesure qu'il versait, le flot devenait plus régulier. Elle s'aidait de ses mains pour répartir l'eau sur sa chevelure et mon père suivait le mouvement, versant pile à l'endroit où elle avait les mains. Enfin, il posait le seau et enroulait fermement une serviette autour de sa tête. Elle levait alors son visage aveuglé et, avec une serviette plus petite, il le tamponnait doucement.

Les cheveux de Min séchaient au soleil, peignés vers l'avant et masquant son visage, ses frêles épaules dépassant de chaque côté. Ou bien elle les brossait dans les courants d'air chauds émis par le poêle Aladdin qu'on avait installé dans un coin de la pièce, derrière un grillage pour m'empêcher de le toucher.

Sa chevelure devenait épaisse et brillante et vibrait comme si un flux d'énergie la traversait.

Mon père me disait : « Tu vois les cheveux de ta tante ? Ta tante Min a des cheveux magnifiques. »

Sa voix était nostalgique, comme s'il évoquait un souvenir très lointain, alors qu'elle était juste devant lui et ne risquait pas de s'en aller.

Je n'ai jamais oublié l'air d'abandon avec lequel elle levait son visage vers celui de mon père. Il le tenait un moment à deux mains avant de commencer à le sécher et, elle toujours si méfiante et si brusque, elle se laissait tenir. Elle n'ouvrait pas les yeux, mais elle se reposait entre ces mains comme un oiseau marin sur l'eau.

Tel était le visage qu'elle tournerait peut-être vers moi ; telle était l'attitude qu'elle aurait peut-être avec moi.

Va pour la prime.

Je suis rentrée à la fin de l'été et, pendant deux ou trois mois, je n'ai quasiment pas bougé de ma chaise devant la vieille table de la cuisine. Comme si j'avais pénétré dans une de ces forêts qui, dans les contes de fées, entourent le château où dort la princesse – des lieux où ne bouge aucune feuille et où ne chante aucun oiseau. Je pensais confusément : Tu as ce que tu voulais – et maintenant ? Je me sentais coupée de ma propre expérience, comme si la plupart des choses que j'avais apprises en trente ans de vie, d'amour et de travail autour du globe n'avaient aucune pertinence dans le lieu où j'avais abouti.

Il ne se passait rien. Quand Bell, la chatte, traversait la table sous mon nez pour aller de la fenêtre à l'escalier et monter dans la chambre de Min, c'était un événement. Elle repassait en sens inverse lorsqu'elle voulait sortir. Parfois, elle condescendait à miauler pour indiquer qu'il était temps de lui servir son dîner. N'ayant rien de mieux à faire, je passais de longs moments à me demander si elle me snobait vraiment ou si la situation était plus complexe ; après tout, elle aurait aussi bien pu longer le mur.

« On sait toujours où te trouver, Rosie », disait Andy Sutton – et, fidèle à lui-même, il le répétait chaque fois qu'il entrait dans la maison. Andy était de la même génération que moi et mes amies Peg et Tess – laquelle était d'ailleurs une de ses cousines – mais paraissait bien plus âgé parce qu'il prenait soin de tout le monde. Il travaillait pour une organisation caritative appelée NoNeed. L'été, il collectait des chèvres, des poules, des lapins et des cochons à travers l'Irlande, puis les conduisait par camions entiers jusqu'à l'aéroport de Gatwick, en Angleterre, d'où ils étaient expédiés vers des pays si pauvres que les habitants ne pouvaient nourrir que de petits animaux. Le reste de l'année, il venait régulièrement de la campagne pour assister à des réunions au siège de NoNeed et séjournait alors chez sa mère, Pearl, qui vivait à Kilbride à quelques rues de chez nous.

Il poussait la porte d'entrée et passait une tête dans la cuisine.

« Min dort ? chuchotait-il.

— Soit elle dort, soit elle fait semblant, chuchotais-je en réponse.

— Tu ne quittes donc jamais cette table ? »

Sur ce, il allait dans l'arrière-cour vérifier le thermostat de la chaudière ou prendre une échelle pour changer une ampoule au plafond. Ou bien il entrait en titubant sous le poids d'un sac de bûches provenant des arbres de sa ferme.

À l'étage, ma tante détectait une présence, et bientôt filtraient à travers le plafond les voix follement animées de son poste de radio, ou les inflexions mélodieuses de chanteurs (elle montait le volume quand il y avait du chant). Alors, ceux qui étaient dans la cuisine pouvaient parler normalement.

D'autres fois, le silence était rompu par le son d'une musique dansante provenant de la maison voisine, et je savais alors que Reeny venait de rentrer d'Espagne et nous rendrait visite d'une minute à l'autre, bronzée, joviale et chargée de jambon, de pêches, de chocolats ou d'une autre gâterie non alcoolisée. De temps en temps, le coiffeur qui officiait à la maison de retraite apportait son équipement et je lui cédais la table de la cuisine. De même, je m'éclipsais discrètement pour aller à la bibliothèque lorsque, deux fois par mois, Min recevait la visite d'une psychologue dans le cadre d'un programme d'aide aux personnes âgées dépressives que Reeny, en brillante manipulatrice des services sociaux, avait découvert (elle-même avait d'ailleurs rempli le questionnaire, mais, quand l'équipe était venue l'évaluer, elle avait dû reconnaître qu'elle s'était inscrite uniquement parce qu'elle aimait bien avoir quelque chose pour rien).

« Votre tante est au plus bas, me disait la psychologue avec déférence quand je la raccompagnais jusqu'à la porte.

— Elle passe trop de temps au pub », répliquais-je.

Mais la dame ne voulait rien entendre de ce genre. Elle s'en tenait à sa propre grille de lecture.

Je rentrais dans la cuisine, je reprenais mon livre et j'entendais Min, là-haut, faire défiler les stations sur le petit transistor qu'elle gardait sur son oreiller, si près de sa tête qu'il disparaissait presque sous des frisottis incolores.

Je devinais vite, au rythme de son pas dans l'escalier – j'avais fait ôter le vieux tapis et décaper et vernir le bois –, si elle s'était levée pour faire quelque chose avec moi ou pour aller au pub.

« Rosie ! s'écriait-elle sur un ton amical en descendant les deux dernières marches. Qu'est-ce que tu fais assise dans ton coin ? »

La question était purement rhétorique, bien sûr, et peu importait que j'y réponde ou non. Les premiers mois, je laissais la porte de derrière ouverte sur la cour. J'adorais ça – le losange de lumière sur le sol de la cuisine, les petits rideaux jaunes qui frémissaient dans la brise tiède – et la douceur du spectacle faisait également sourire Min. Puis le froid est arrivé ; désormais, ses yeux allaient droit vers le foyer.

« C'est un bon feu que tu as là ! » disait-elle d'une voix distraite – et, aussitôt, elle allait s'asseoir sur le petit fauteuil bleu et saisissait les pincettes pour ajouter un peu de charbon ou, si le feu dormait, pour planter quelques brindilles en des points stratégiques d'où il repartait de plus belle. C'était un génie des feux de cheminée.

« Dieu soit loué pour le charbon ! » disait-elle en répandant, du plus léger des gestes, un fin poussier sur sa création.

Parfois, emportée par l'enthousiasme, elle évoquait même le fourneau de la maison où elle avait grandi, à Stoneytown. Mon attention s'éveillait chaque fois qu'elle prononçait ce nom. Stoneytown était un ancien hameau de carriers au bord de la mer dont elle parlait avec dédain, mais qui me semblait aussi exotique que Shangri-La.

« Gelés, qu'on était, dans ce maudit patelin. Quand les bateaux de Milbay pouvaient pas traverser pour venir chercher la pierre, on avait pas de charbon. » Elle approchait le fauteuil du feu avec un frisson théâtral. « On pouvait passer des semaines à attendre un peu de charbon ! »

Autrefois, je me demandais pourquoi le feu avait tant d'importance à ses yeux. Puis j'ai pris conscience que, dans une campagne irlandaise isolée en proie à la noire misère des années trente, le feu était la vie elle-même. Le fourneau de la cuisine devait être le dieu de la maisonnée. Les gens en dépendaient entièrement pour faire cuire du pain, se nourrir, se chauffer, sécher leurs vêtements. Il y avait bien des bois autour de Stoneytown, concédait Min, mais, au nom du ciel, ne savais-je donc pas que le bois de hêtre n'était pas bon à brûler dans un fourneau ?

Elle avait déjà enfilé son manteau pour sortir, mais elle éprouvait une telle satisfaction à attiser le feu qu'elle calait son grand sac à main sur ses genoux et restait assise tranquillement à regarder les flammes, le visage adouci par le contentement et rajeuni par leurs reflets roses.

Ensuite – pas tous les jours, mais deux ou trois fois par semaine – elle se hissait jusqu'au petit miroir de l'arrière-cuisine pour se passer un tube de rouge sur les lèvres et se donner un coup de brosse. Beaucoup de gens souriaient inconsciemment en la regardant, parce qu'elle ne mesurait qu'un mètre cinquante et avait des yeux aussi sombres que ceux d'un ouistiti. Je savais qu'elle était loin d'être aussi charmante qu'elle en avait l'air, mais ses petites manies me faisaient souvent sourire, moi aussi. Irrésistiblement.

Puis elle allait chercher le journal de la veille, en extrayait avec précaution la page des mots croisés et se mettait en route pour le Kilbride Inn. Elle faisait les mots croisés de la veille parce que la solution se trouvait dans le journal du jour et qu'elle pouvait la regarder si elle séchait. Il était tacitement admis que je n'étais pas censée l'accompagner.

Je pensais : Pourquoi prend-elle la peine d'aller jusqu'au pub puisqu'elle reste assise seule dans son coin ? Je ne la comprends pas. Puis je pensais : Quelle importance que tu la comprennes ou non ? De toute façon, tu dois faire avec elle. Min avait été une mère pour moi dès la semaine de ma naissance, mais aucune loi n'oblige à comprendre sa mère, et encore moins une tante qui a pris le relais à la mort de sa sœur. Alors je pensais, sans ressentiment : Elle, ça ne l'ennuie pas de ne pas me comprendre. Au fond, très peu de gens sur cette Terre cherchent à comprendre les autres. L'analyse est une maladie propre aux classes éduquées du monde occidental.

Et pourtant – je me revois tournant lentement cette pensée dans ma tête, assise dans la cuisine avec Bell qui, pour une fois, avait élu domicile sur mes genoux – les gens admettent que les partenaires qu'ils se choisissent sont des personnes distinctes, séparées. Ils sont capables de faire l'amour (ç'avait été mon cas, souvent) sans avoir la moindre idée de ce que l'autre a en tête. Ils sont capables de regarder la dépouille de leur conjoint en pensant : Je n'ai jamais vraiment connu cette personne. Mais la femme qui vous a élevé – je n'ai jamais rencontré personne qui ne se sente en droit de connaître cette femme-là.

Je n'aurais sans doute reconnu aucun des lieux qui formaient le paysage mental de Min. Et que savait-elle du fouillis d'images qui occupait mes rêveries à la table de la cuisine ? J'errais paresseusement de l'une à l'autre. Le crépuscule sur la plage près de Dakar, où de gros crabes avançaient sans se presser vers les lignes régulières d'écume blanche. *Clac-clac*, faisaient-ils ; *chuuuuuuut*, faisaient les vagues. La toile cirée couvrant une table posée sur l'herbe devant une ferme du Rigi et le goût d'un fromage fort râpé sur des œufs au plat. Des écoliers flamands cheminant dans l'obscurité sur une chaussée séparant des champs de boue hivernale ; la lueur de leurs brassards fluorescents suspendue dans les airs et les mouettes fantomatiques qui se nourrissaient dans les champs vides tandis que l'aube colorait l'horizon. Je ne pouvais empêcher que ces images m'emprisonnent dans une expérience solitaire. C'était la vie elle-même qui m'avait faite aussi distante de Min que Min, trottinant vers le pub avec Dieu sait quelles pensées en tête, l'était de moi.

Mes souvenirs ne me dictaient aucune voie particulière pour aborder l'avenir. J'allumais mon ordinateur portable et consultais les sites des organisations auprès desquelles j'avais obtenu tous mes emplois – l'Unesco, Overseas Aid, World Opportunity, le Parlement européen. Alors, mon imagination se mettait à vagabonder. Et la Birmanie – si j'essayais d'aller en Birmanie ? Rangoon devait être une version décrépite et humide d'une ville comme La Valette, disons, dans les années cinquante. Tropicale, mais avec des clochers en pierre et des parterres municipaux fleuris. Le bon ton britannique plaqué sur la moiteur d'une contrée étrangère. Mais travailler en Birmanie ne serait-il pas contraire à mes principes ? Il y avait un poste vacant à Adélaïde. Diriger une librairie étrangère à Adélaïde, je pouvais faire ça les yeux fermés. On m'avait dit le plus grand bien des vins d'Adélaïde. Ou bien Maracaibo. Ils cherchaient quelqu'un pour s'occuper d'une grosse école où l'on enseignait l'anglais aux travailleurs du pétrole. Des hommes. Oui, mais des Latinos… J'avais toujours eu de la peine à être telle qu'ils voulaient que je sois, même quand j'étais jeune et que j'essayais de faire plaisir.

Le Guatemala, c'était sans doute la meilleure option. S'il y avait au monde une enseignante qualifiée d'anglais langue étrangère, c'était bien moi, et la belle ville de Santiago regorgeait d'écoles d'A.L.E. Je téléchargeai donc un formulaire de candidature pour Santiago. Mais il n'y avait pas d'urgence. Mes mains retombaient dans l'oisiveté.

Il faut du temps pour revenir quelque part.

À l'époque où je changeais fréquemment de pays, je jouissais dans chacun des privilèges de l'expatriée ; je pouvais me réinventer partout où j'allais. Mais mes amies de Kilbride ne me laissaient rien passer. Visiblement, elles savaient mieux que quiconque comment je devais me conduire, bien que Peg, qui n'était jamais loin puisqu'elle sortait avec Monty, fût plus jeune que moi, et Tessa, avec qui j'étais amie depuis l'époque de la librairie Boody, plus âgée.

Quand je travaillais à la librairie, Tessa était notre déléguée syndicale et se montrait aussi intransigeante envers nous qu'elle l'était toujours envers moi. Peu après mon retour, il y a eu une petite fête parce qu'elle prenait sa retraite anticipée du syndicat. Je portais un somptueux tailleur noir italien dans lequel je rentrais encore tout juste et des talons de huit centimètres.

« Tu t'étais mise sur ton trente et un, pas vrai ? m'a-t-elle dit après l'événement. Tout le monde parlait de toi, Rosie – mais c'est logique, j'imagine, tu as encore l'attrait de la nouveauté. Et ce tailleur noir est sensationnel. Mais qu'est-ce que tu en penses – un petit quelque chose au col l'égayerait peut-être ? »

Et Peg a poursuivi, sur un ton en apparence neutre : « La plupart des filles arrivaient directement du boulot, donc elles n'avaient pas eu le temps de s'habiller.

— Oh, ça suffit ! » leur ai-je dit en riant.

Mais elles ne se rendaient même pas compte qu'elles passaient leur temps à essayer de m'apprendre comment une célibataire quinquagénaire était censée se comporter à Kilbride, Dublin, Irlande. Elles me demandaient par exemple : « Tu vas à la messe de onze heures ? » – comme si elles avaient oublié que je n'allais pas à la messe du tout. Et, quand Andy me conduisait dans le centre et que je l'entraînais au cinéma avec nous, elles ouvraient à peine la bouche, alors qu'elles le connaissaient, comme moi, depuis toujours. Manière d'indiquer qu'amener un homme à une soirée de filles ne se faisait pas.

Je savais qu'elles cherchaient à me faire entrer dans le moule et que c'était une façon de prendre soin de moi. Mais je conservais précieusement la carte que mes amis du service d'information de Bruxelles avaient jointe à leur cadeau – une paire de jumelles – lors de ma fête d'adieu. Celle-ci avait eu lieu dans une taverne flamande où nous avions dansé toute la nuit au son de valses jouées par un orgue de Barbarie. « Merci pour la gaieté que tu as mise dans nos vies », disait la carte. Il y avait une promesse dans ces mots. Le moral était peut-être un peu bas, mais il avait été haut, et j'allais remonter la pente.

Je parlais au chat.

« Ulysse a passé vingt ans loin de chez lui et son chien l'a attendu. Tu savais ça ? Argos le chien ? Il était si vieux qu'il avait blanchi, mais il a attendu son maître et quand enfin il l'a vu, il s'est autorisé à mourir. Tu songes à mourir, Bell, maintenant que je suis rentrée ? »

Elle cessait de lécher son pelage pour lever vers moi des yeux insolents.

À propos de mourir, le type de l'assurance voulait savoir si je souhaitais compléter l'assurance obsèques de Min. Pour la première fois, l'argent s'est mis à me préoccuper. Puis la facture du nouveau chauffage central est arrivée. Puis Min a observé, avec un authentique regret dans la voix, qu'il y avait de magnifiques gigots d'agneau chez le boucher, mais qu'ils coûtaient les yeux de la tête. Je faisais chaque semaine un remplacement à la bibliothèque de Kilbride et ça me rapportait un peu d'argent de poche. Par ailleurs, j'avais assez d'économies pour tenir un an au train où nous vivions, même si j'avais acheté une petite voiture d'occasion pour emmener Min en promenade – non qu'elle eût encore accepté de se laisser promener. Je possédais même un titre que je pouvais vendre pour faire carreler et vitrer l'arrière-cour, si elle donnait un jour son feu vert à ce projet. Avec une cour joliment refaite, peut-être qu'elle irait moins souvent au pub.

À ma connaissance, elle ne buvait que très peu quand elle y allait à l'heure du déjeuner. Mais elle revenait quand même changée. Très légèrement *de travers*. Et parfois, pour une raison ou pour une autre, elle passait plus de deux heures là-haut. Ensuite, elle s'affairait dans la maison avec une fausse bonne humeur, et j'avais le cœur serré de voir combien l'alcool la rendait gauche. Et puis, plus rarement, elle se mettait au lit en rentrant et ressortait en fin d'après-midi. À son retour, elle avait un sourire qui ressemblait à une grimace. Je ne supportais pas de la regarder. Elle n'a fait ça que trois fois en cinq mois – rien par rapport à Mme Beckett, qui habitait dans la rue et était alcoolique, sans parler de bon nombre des hommes du quartier. Le problème, c'était que je ne savais jamais quand ça pouvait arriver.

Au début, je montais parfois au pub sans qu'elle m'y eût invitée. Je passais la porte et je la voyais assise de l'autre côté de la salle, séparée de moi par des rangées de chaises et de tables vides. Je voyais ses cheveux en bataille se dessiner devant la fenêtre, qu'elle ouvrait quand bon lui semblait, comme si l'endroit lui appartenait. Dans cette grande salle, elle créait une bulle invisible autour d'elle, comme si elle était en voiture et allait quelque part. Mais elle n'allait nulle part. Elle n'avait nulle part où aller. Cela me faisait un choc de la voir, et j'étais déjà submergée par l'émotion lorsque je m'engageais sur la moquette graisseuse, avant même qu'elle lève vers moi son visage enfantin.

Mais elle ne voulait pas me voir là-bas.

La seule fois où j'ai eu un aperçu de sa vie intérieure, c'est en septembre, lors du premier anniversaire des attentats du World Trade Center. Une messe de commémoration était prévue et, la semaine précédente, Min a beaucoup parlé. Elle me racontait ce jour maudit où elle avait allumé la télé et vu l'avion qui percutait la tour et cru que c'était un jeu et elle ne trouvait plus le numéro de Reeny en Espagne et le ragoût qu'elle avait sur le feu était si brûlé qu'elle avait dû jeter la casserole et Andy Sutton avait descendu le fauteuil de la chambre et était allé chercher Mme Beckett parce qu'elle ne recevait que la première chaîne et Tess était venue en sortant du travail et avait fait des sandwiches au jambon et Andy était passé prendre une douzaine de bières et une bouteille de vodka au Kilbride Inn parce qu'il arrivait du monde sans arrêt et dans la rue toutes les portes étaient ouvertes et on entendait les télés beugler et le fils d'Enzo avait apporté du *fish and chips* alors que le Sorrento n'était pas censé livrer et il était resté et avait regardé la télé la bouche ouverte.

« J'ai eu une grosse peur au début en pensant au fils de Florence Cuffe, ce Markey Cuffe qu'était ton grand ami du temps où t'avais toujours le nez fourré dans un livre, parce que je me souvenais qu'il était parti vivre à New York. Je demandais à tout le monde où c'est qu'il travaillait – il a grandi juste derrière chez nous et il aurait facilement pu être mort, y a plein de gens par ici qui connaissaient du monde là-bas et qui étaient malades d'inquiétude et qui pouvaient rien faire, les téléphones étaient tous encombrés, on pouvait pas joindre l'Amérique. Mais ensuite j'ai été chercher les cartes de Noël parce qu'il en envoie toujours une, une grande avec de l'or dessus, et y avait l'adresse de son bureau écrite et c'était à Seattle. Ça, moi j'en sais des choses sur Seattle, on regardait toujours *Frasier* avec Reeny. »

Visiblement, tout Kilbride allait à cette messe de commémoration. Min a été prête bien avant l'heure. Elle portait un manteau qui remontait à Mathusalem : je la revoyais faisant son entrée au Pillar Store dans ce manteau, et j'avais commencé au magasin à seize ans.

« Min… ai-je hasardé, mais elle ne m'a pas laissée poursuivre.

— Ce manteau a coûté des centaines de livres, a-t-elle déclaré d'un ton hautain. Ce manteau était dans l'armoire de la mère de ton père quand je l'ai vidée et il avait à peine été porté.

— Mais, Min… » Je comptais lui faire observer que ce manteau sentait très fort la naphtaline.

« Et toi, m'a-t-elle lancé en observant ma tenue d'un air réprobateur, tu as le droit de porter ta belle jupe. Monte te changer. Et pendant que t'es là-haut, lance-moi tes chaussures à talons que je les cire un coup. »

À l'église, la foule nous pressait l'une contre l'autre. Min fermait les yeux et, au lieu de suivre la liturgie (j'étais si près d'elle que je ne pouvais faire autrement qu'entendre), elle priait et priait à voix basse. « Seigneur, Seigneur, répétait-elle. Seigneur, prends pitié. Notre Dame, aidez-les. » Je n'avais jamais rien entendu de ce genre dans la bouche de Min. Supplier était bien la dernière de ses habitudes.

Le point sur lequel elle revenait avec insistance, comme si elle espérait que je finirais par comprendre, c'est que les victimes étaient des travailleurs comme les autres.

« Ils faisaient de mal à personne, disait-elle en me regardant, interloquée par cette injustice. Ils faisaient de leur mieux. Ils allaient juste travailler. »

Mais avec l'arrivée de l'hiver, elle a presque cessé de sortir.

« Qu'est-ce qu'il y a ? demandais-je. Tu ne te lèves pas ? »

Ou bien : « La voiture est garée juste devant la porte. Si je te déposais au pub ? »

Je lui proposais d'aller aux Canaries pour prendre un peu le soleil. Ou à Londres. Nous aurions pu faire les soldes.

« Et si on achetait un chien ? » ai-je suggéré un jour.

Elle a bondi. « Pas question ! Bell déteste les chiens.

— *Bell !* » ai-je fait amèrement.

La tête rayée de Bell, avec ses imperturbables yeux dorés, a surgi de sous les couvertures dans le cou de sa maîtresse.

« J'ai l'impression que cette chatte me dit de repartir d'où je viens », ai-je déclaré.

Min n'a pas répondu.

J'ai abandonné l'idée de refaire l'arrière-cour et souscrit une assurance médicale privée pour le cas où elle aurait besoin d'une hospitalisation, mais cela n'a eu d'autre effet que de la rendre inéligible pour les visites de la psychologue qui venait la voir gratuitement.

Quand elle s'en est aperçue, elle a été, pour une fois, enchantée de mon intervention.

« Bravo ! m'a-t-elle dit. Je savais pas comment m'en débarrasser. C'est elle qui devrait se faire examiner la tête, pas moi. »

Mais cela signifiait que nous ne faisions strictement rien pour traiter le problème. Je suis allée à la librairie Eason et j'ai exploré le rayon « Bien-être et développement personnel » – un territoire nouveau pour moi – en quête de quelque chose qui puisse nous aider. J'ai rapporté à la maison *Écouter la dépression : comprendre sa douleur pour changer sa vie* et *La Dépression : une approche corps-esprit*. Pendant quelque temps, j'en ai lu des passages à Min tous les soirs, d'où elle concluait que c'étaient d'excellents livres, vraiment intéressants. Mais elle s'endormait au bout de quelques pages.

Notre Noël a été taciturne, et notre Saint-Sylvestre un peu longuette, malgré l'ambiance festive qui régnait à la télévision. Min est allée se coucher tandis que je restais assise devant la cheminée de la cuisine en m'efforçant de rire de moi-même. Pourquoi ne puis-je pas être Angela Gheorghiu ? marmottais-je à un interlocuteur imaginaire. Pour ne prendre qu'un exemple. Pourquoi suis-je née dans les fichus quartiers populaires de Dublin ? Pourquoi Doris Duke n'est-elle pas née ici, et moi à Newport ou Dieu sait où ? Quelle différence est-ce que ça aurait fait dans l'univers ? Pourquoi pas moi, belle et riche et célèbre et courtisée par de grands types séduisants vêtus d'élégants pardessus, avec des cheveux argentés bouclant dans leur cou finement dessiné ? Placido Domingo – ce genre d'homme. Pourquoi ne pouvais-je pas être une de ces femmes qui plaisaient à Rilke ? Couvertes de fourrures et dotées d'esprits brillants. Avec des châteaux. Ces femmes-là n'avaient pas à s'occuper de leurs tantes. Rilke n'avait pas eu à s'occuper de sa tante – grands dieux, il avait même refusé de s'occuper de sa mère. Rilke se l'était coulée douce par rapport à ces gens qui n'avaient d'autre choix que de s'occuper de leurs parents âgés – sujet, soit dit en passant, qui concerne à peu près tout le monde, mais sur lequel n'existe aucune littérature. Aucun écrit, sans même parler de littérature.

J'avais trouvé quelque chose sur Internet, une liste de bonnes résolutions à suivre pour maîtriser la dépression. Je l'ai imprimée et montée dans la chambre de Min avec une tasse de thé et une tranche du cake espagnol de Reeny. L'atmosphère était douillette grâce au nouveau chauffage au gaz et aux rideaux tirés sur la nuit hivernale. Bell montait la garde dans son panier posé sur la coiffeuse et le transistor se parlait à lui-même sur l'oreiller.

J'ai commencé la leçon.

« Bon. Résolution numéro 1 : *M'appliquer à exploiter mes forces et non à expier mes faiblesses.*

— D'accord, a fait Min au bout de quelques secondes. Mais de quelles faiblesses elle parle, la personne qu'a écrit ça ?

— Toutes celles qu'on peut avoir. Quelles sont les tiennes ? »

Il y a eu une pause plus longue.

« Elle parle quand même pas de faiblesses, a repris Min d'une voix hésitante, comme, par exemple, ma faiblesse pour le beurre sur les patates ?

— Non, ai-je répondu. Je ne crois pas. Mais laissons celle-là, si tu veux, et passons à la suivante. *Me demander chaque jour « De quoi ai-je besoin ? » et faire un pas pour satisfaire ce besoin.*

— En voilà une qui me plaît ! s'est-elle écriée avec enthousiasme. Disons que j'ai besoin d'emmener Bell chez le véto, je pourrai te demander d'appeler pour prendre rendez-vous !

— Bell a un problème ?

— Non. Pas vrai, Bella ? Ne te cache pas sous les draps, Bella. Viens par ici que je puisse te voir.

— Résolution suivante : *Faire une liste d'activités réjouissantes et en pratiquer une chaque semaine.*

— Ça, pas de problème. J'avais envie d'aller à la messe ailleurs qu'à l'église de Kilbride. J'aime pas ce vieux père Simms. Et c'est une fois par semaine.

— OK, ai-je dit prudemment. Très bien. Voilà du concret. Et maintenant, résolution numéro 4. Elle dit : *Admettre que je ne sais pas.*

— Que je ne sais pas quoi ? a fait Min, piquée au vif. Je *sais.*

— Qu'est-ce que tu sais ?

— Un tas de choses. J'ai quitté l'école le jour de mes quatorze ans…

— Oui, Min, tu m'as déjà raconté ça cent fois…

— Mais ça veut pas dire que je sais rien ! » Elle était peinée à présent.

« Min ! Qui a jamais prétendu ça ? Tu es très forte en mots croisés par exemple, et tu m'écrivais des lettres formidables dans le temps. Bref, voici la dernière résolution : *Savoir dire* NON*, à moi-même parfois et aux autres bien plus souvent.*

— Non, a fait Min.

— Non quoi ?

— Non à la bourrique qu'a inventé ces règles. Non elles valent pas un sou. Non je vais pas les suivre.

— Bravo ! ai-je crié en dansant autour du lit. Bien parlé, camarade ! »

Une cloche s'est mise à sonner pour annoncer la nouvelle année. Le premier ding-dong provenait de la cathédrale de Christ Church, campée sur sa colline au milieu de la ville, à quatre ou cinq kilomètres de la maison. Puis une volée de carillons a déboulé vers nous, grossissant d'église en église, caracolant le long de la Liffey et des rues obscures, traversant le canal et venant se poser sur les toits de notre petite enclave de maisons de brique basses et de ruelles. La baie de Dublin se trouve de l'autre côté de Kilbride ; soudain, tous les bateaux qui y étaient amarrés ont déclenché leurs sirènes, rivalisant avec les cloches pour célébrer minuit. Je me suis précipitée pour ouvrir la fenêtre et la chambre s'est emplie d'une folle cacophonie de sonneries et de klaxons. La radio de Min a entonné *Auld Lang Syne* et nous avons chanté en chœur tandis que Bell débutait l'année en sortant de la chambre d'un air outragé.

De RosieB à MarkC@rmbooks.com

Cher Markey,

Je ne sais pas si tu es toujours à Seattle, mais j'ai trouvé cette adresse sur ta carte de Noël ; j'espère que tu ne m'en voudras pas de l'utiliser.

Je t'écris de… Devine d'où ? Oui. Toujours la même vieille maison. Je suis rentrée parce que Min devenait très renfermée et s'était mise à boire (mais elle est plutôt raisonnable en ce moment, croisons les doigts).

Tu te souviens du magasin Colfer ? M. Colfer, à qui il fallait une demi-heure pour servir quoi que ce soit à un client ? Eh bien, Peg, sa cadette, qui est une de mes amies et sort avec Monty, le fils de Reeny, depuis la nuit des temps (tu te souviens de Reeny ? Elle s'entendait très bien avec ta mère, et pourtant elle n'est pas dévote pour deux sous), m'a offert deux livres pour Noël : un d'un prêtre que j'ai un jour croisé à une marche de protestation et un d'une Américaine qui a été mariée à Sean Ban Breathnach, celui qui commentait les matchs de foot en irlandais. Des livres de « développement personnel ». Des livres pour aider à vivre.

D'après Peg, les deux auteurs sont maintenant millionnaires, tout ça parce que le public croit qu'ils sont irlandais – enfin, pas exactement irlandais, mais celtes (apparemment, les gens pensent que les Irlandais passent leur vie à picoler et à se battre, mais que les Celtes ont plus de classe).

La question que je me pose, Markey, c'est : Pourquoi n'écrirais-je pas moi aussi un livre pour aider les gens à vivre ?

Je suis aussi celte que n'importe qui d'autre, et je suis une rédactrice expérimentée – je joins mon CV et tu verras qu'au fil des années, dans différents emplois, j'ai rédigé tous les documents éducatifs, informatifs et promotionnels possibles et imaginables. Et je RÊVE d'un travail que je puisse faire à la maison, tout en gardant un œil sur Min, parce que j'ai parfois l'impression qu'elle est gravement déprimée.

J'ai bien conscience que Rare Medical Books est un libraire, pas un éditeur, mais tu dois connaître du monde dans le milieu éditorial américain. Est-ce qu'il te serait possible de me mettre en contact avec un agent spécialisé dans ce type de publication ? Je sais qu'il y a peu de chances pour que ça marche, mais sincèrement, Markey, d'après ce que j'ai vu, un collégien ferait mieux que les auteurs de la plupart de ces livres. Leur point fort, visiblement, c'est leur optimisme indécrottable, mais je crois que je serais capable d'imiter ce ton-là.

Pour te donner un exemple :

Le programme 4A de Rosie Barry pour une cinquantaine épanouie !

Vous êtes aussi riche d'expérience que jeune d'esprit ?

Et vous avez parfois l'impression que cette période palpitante, pleine de récompenses et de nouveaux défis, qu'il est convenu d'appeler « l'âge mûr » ne reçoit pas toute l'attention qu'elle mérite ?

Le Programme 4A met à profit la sagesse, la joie de vivre et l'amour des autres que l'existence vous a enseignés.

Ne laissez pas le temps vous emmener là où vous ne voulez pas aller.

Assumez votre âge !

Affrontez l'avenir sans crainte !

Vivez chaque jour dans l'Allégresse…

Et Amusez-vous comme jamais !

Merci d'avance de ce que tu pourras faire pour moi, mon cher Markey. Et n'oublie pas que si quelqu'un, dans le secteur du développement personnel, souhaite me rencontrer pour discuter de cette idée ou d'une autre, je peux facilement me rendre à New York.

Je ne t'ai pas écrit depuis ma carte de Varsovie à propos de Chopin, et c'était il y a des années, mais je n'ai jamais cessé de penser à toi et de te parler dans ma tête.

Rosie Barry

2

« Markey, quelle heure est-il à Seattle ? Ton message disait d'appeler à tout moment. Je te dérange ? Tu as une minute ?

— Rosie, qu'est-ce que c'est que cette voix ?

— Min est censée dormir, mais elle pourrait descendre. Elle est persuadée que les appels internationaux vont nous mettre sur la paille – y compris ceux qu'on reçoit. Quand Reeny appelle d'Espagne, elle tient l'écouteur à trente centimètres de son oreille, comme si elle risquait de s'électrocuter, et elle crie « Ça va très bien merci » en essayant de raccrocher. Bref, dis-moi, Markey : tu as des nouvelles ?

— Une agente a promis de me rappeler. Je comptais la relancer aujourd'hui.

— D'accord, ai-je chuchoté. Merci. Tiens-moi au courant. »

Une voix dans la salle de bains. Ah, oui, on était samedi. Désormais, j'insistais pour que Min se lève le samedi. Je disais qu'il fallait aérer le lit, et elle obéissait parce que je l'emmenais bruncher dehors.

Elle chantait « *Là ci darem la mano* » dans son espéranto à elle. Dieu sait ce qu'elle pensait que ça racontait, de même que tous ces chants en italien, en français ou d'ailleurs en anglais auxquels elle prêtait des paroles inintelligibles.

Je l'ai renvoyée chercher son bonnet de laine dans sa chambre et nous sommes sorties sous un vent virulent.

« Connais-tu le pays des citronniers en fleur ? » ai-je déclamé tandis que nous attendions, frissonnantes, de traverser la rue. Voyant qu'elle ne réagissait pas, j'ai clarifié : « L'Italie.

— Eh bien vas-y, en Italie. Qu'est-ce que t'attends ? »

Je n'ai pas pris la peine de répondre.

Le marchand de journaux du centre commercial flirtait avec toutes les clientes. Il a même essayé avec Min, malgré ses soixante-neuf ans et ses airs de vieille fêlée. Elle l'a ignoré et s'est contentée de répondre « Oui, oui ! » d'un ton impatient tout en me dénichant un journal vite fait parce qu'elle savait que je serais moins pressée de rentrer si j'avais quelque chose à lire. Au café, j'ai survolé les nouvelles tandis qu'elle observait ce qui se passait autour de nous, hochant la tête, souriant ou fronçant les sourcils selon les cas, tel un potentat bienveillant. Je me sentais tendue, comme chaque fois que je m'affichais en public avec elle. Je songeais avec angoisse que quelqu'un, en nous voyant ensemble, pourrait la prendre pour ma mère et s'imaginer voir en elle ce que j'allais devenir.

Puis je songeais avec angoisse que, de toute façon, personne ne nous regardait jamais.

Puis je devais m'avouer, à ma grande honte, que par « personne », j'entendais « aucun homme ». À Kilbride, il n'y avait pas d'hommes susceptibles de s'intéresser au genre de paire que nous formions, ma tante et moi. Ailleurs non plus, à vrai dire. Dans ma jeunesse, j'étais une féministe audacieuse et je suscitais l'intérêt partout où j'allais ; je ne pensais jamais, alors, à la manière dont les années pourraient affecter ma belle assurance. Je n'avais pris conscience que récemment, quand ma liaison avec Leo avait commencé à battre de l'aile, que j'étais passée d'un univers plein d'hommes qui cherchaient des femmes à un univers peuplé principalement de femmes, d'homosexuels et d'hommes très satisfaits de leur mariage. J'avais travaillé quelque temps au Luxembourg pour le service d'information de l'UE et ma patronne, une femme particulièrement aigrie, m'avait informée le jour de mon arrivée que le ratio de célibataires était de neuf femmes pour un homme dans le pays.

« Et ce sont en général des femmes jeunes », avait-elle ajouté en me dévisageant.

Il régnait dans le café une atmosphère paisible. Sur la gauche de Min, une vieille dame faisait des risettes à un bébé assis dans une poussette face à sa jeune mère, laquelle conversait avec une autre jeune mère également accompagnée d'une poussette et couvant des yeux son propre bébé. Toutes deux étaient en jean et talons et semblaient aussi à l'aise dans leur rôle que si elles l'avaient répété mille ans. À côté d'elles, quelle était notre utilité, à Min et à moi ? Nous ne faisions que gaspiller les ressources de la planète.

Aujourd'hui, elle avait insisté pour porter un foulard en mousseline. « Une touche de couleur au cou est toujours avantageuse », avait-elle déclaré sur un ton sentencieux. Je me demandais souvent où elle allait chercher ces petites formules sur la féminité qu'elle récitait comme paroles d'Évangile. J'avais vu un jour, ou plutôt aperçu de loin, l'endroit où elle avait grandi : même avant que ses habitants l'abandonnent, Stoneytown n'était qu'une rangée de maisons mitoyennes grises – auxquelles s'ajoutait une maison isolée – au bout de la pointe rocheuse qui domine l'embouchure de la Milbay, à quatre-vingts kilomètres au sud de Dublin. Un lieu où, selon toute vraisemblance, la mousseline ne courait pas les rues.

Nous sommes restées assises à notre extrémité de la banquette. Min mangeait, tête penchée sur son assiette ; elle dévorait ses œufs brouillés ici alors qu'elle n'y touchait pas à la maison. Ses cheveux étaient d'un châtain lumineux grâce à la récente visite du coiffeur qui s'occupait gratuitement des retraitées de Kilbride. Pour le recevoir, elle se levait toujours avec empressement. Mais le jour où j'avais lancé, avec un enthousiasme forcé, « Tiens, Min, le coiffeur : voilà un exemple de quelque chose que tu as et que tu n'aurais pas si tu n'étais pas retraitée ! », elle m'avait jeté un regard si sombre que j'avais cessé de feindre.

« Pour l'amour du ciel, Min ! avais-je explosé. Je ne peux pas changer l'ordre des choses ! »

Cela étant, à ma connaissance, vieillir n'était pas ce qui la déprimait. Beaucoup de gens acceptent la vie comme elle va. Je ne sais pas comment ils font.

« Je vais aller jeter un coup d'œil aux desserts, ai-je déclaré. Autant nous faire plaisir. »

À côté de nous, la vieille dame s'était levée en chancelant légèrement. Son visage semblait s'être rétracté autour de sa bouche, laissant ses dents à découvert.

« Il faut que j'aille aux toilettes, l'ai-je entendue dire à la jeune mère.

— Eh bien, vas-y, a répliqué celle-ci. Tu n'as pas besoin de moi.

— Toute seule ? » La vieille dame restait debout, hésitante, cramponnée au dossier d'une chaise. « C'est où ? »

Je me suis dirigée vers le présentoir de desserts. Quand je suis revenue, munie d'une salade de fruits et d'une tarte aux pommes, il y avait du grabuge.

« Excusez-moi : est-ce que cette dame est avec vous ? » tonnait, d'une voix accusatrice, un homme en costume de manager.

Derrière lui, la vieille dame tenait son sac à la hauteur de son visage, comme pour se cacher. Elle fermait les yeux, mais une larme coulait le long de son nez.

« On l'a trouvée dans la cuisine, a poursuivi le manager. La cuisine est interdite aux clients.

— J'étais perdue ! s'est-elle exclamée d'une voix brisée. Je ne savais pas où j'étais !

— C'est bon ! Au nom du ciel, arrête de pleurer », lui a lancé la jeune femme.

Mais la vieille dame ne pouvait pas s'arrêter.

« Oh, mais ferme-la ! » a aboyé sa fille, sur un ton si méprisant que même le manager a eu un mouvement de recul.

« Je meurs d'envie aussi, ma bonne dame, a déclaré Min en se levant. Je vous emmène. »

Et avant que j'aie eu le temps de poser mon plateau, elle avait contourné la poussette et entraînait la vieille dame à l'écart.

Nous avions presque atteint la maison quand elle m'a demandé : « Quelle heure il est ?

— Midi et demi. *Tôt*, ai-je ajouté pour le cas où elle n'aurait pas remarqué le ton de ma voix.

— T'as fini la page avec les mots croisés ? »

En d'autres termes, elle comptait aller au pub quelle que soit l'heure.

« On pourrait aller en ville, ai-je suggéré. Faire les magasins. Acheter un nouveau panier à Bell, peut-être – le sien est fichu. »

Il paraît que quand on demande aux gens de ne pas faire quelque chose, il faut toujours avoir quelque chose d'autre à leur proposer.

« Ou on pourrait aller se promener en voiture. Ça nous ferait du bien de sortir de Dublin.

— C'est quoi, le problème avec Dublin ? a-t-elle demandé. Je serai à la maison dans une heure. »

Et elle a pris la direction du Kilbride Inn.

J'ai sauté dans un bus pour le centre et, une fois de plus, parcouru le rayon « Bien-être et développement personnel » d'Eason's.

Non que je sois moi-même totalement abstinente. J'apprécie un ou deux verres de vin avec un bon repas. Et autrefois, bien sûr, une ou deux bouteilles n'étaient pas de trop lors de ces longs déjeuners pleins d'escarmouches, de rougeurs et de silences où les mains tressaillaient en se touchant.

Jamais plus ? Était-ce à cela qu'il fallait me résigner ?

Parfaitement.

N'y pense pas.

Rien. Rien pour m'aider à surmonter l'impérieuse nostalgie des longs déjeuners avinés avec des hommes auxquels je plaisais. Rien pour m'aider à surmonter le regret.

Et, ce soir-là, mon projet a touché le fond.

De MarkC@rmbooks.com à RosieB

J'ai testé le plan 4A auprès de diverses personnes et elles n'ont fait que ricaner. Je crains qu'il n'y ait un problème avec la lettre A.

De toute façon, l'agente n'a même pas mentionné ton idée.

Elle m'a interrogé sur toi et j'ai dit que tu étais brillantissime. Elle m'a demandé à quoi tu ressemblais. J'ai dit que je ne t'avais pas vue depuis des années, mais que tu étais ravissante à l'époque. Elle a dit combien d'années. J'ai eu un choc en m'apercevant que c'était plus de trente. Elle m'a informé que malheureusement, le plus important pour vendre sur ce marché, c'est la manière dont l'auteur passera à la télé et que, si on n'est pas jeune et sexy, il faut s'appeler Shirley MacLaine.

Rosie, ne baisse pas les bras. Je vais continuer à chercher un agent/éditeur. Et est-ce que tu étais sérieuse en parlant de venir à New York ? J'y serai début juin pour le Salon du Livre rare. Tu crois que tu pourrais m'y retrouver ? Mon agenda est déjà chargé, mais je pourrais annuler les rendez-vous de la première matinée pour te montrer certains de mes coins préférés. Manhattan n'est pas comme Dublin – pour en profiter, il faut se lever de très bonne heure.

Je suis fou de joie qu'on soit de nouveau en contact. Essaie de venir.

3

Après le film, je suis allée manger une glace avec Tess et Peg. La jupe de mon tailleur rose était déjà mal en point.

« Tu portes ça pour aller au cinéma ? » m'avait demandé Tess, incrédule.

Elle en parle à son aise – elle mesure trente centimètres de plus que moi, est mince comme un haricot vert et imite à la perfection son modèle, Jackie Kennedy, avec ses petites robes trapèze.

« Il faut bien que je le porte de temps en temps, pour amortir mon investissement », ai-je répliqué d'un ton pincé.

Je n'avais pas eu de chance avec ce tailleur. Min était avec moi le jour de son achat et avait informé la vendeuse que j'étais certainement tombée sur la tête, que n'importe qui de sensé choisirait une couleur moins salissante que celle-là. J'ai rétorqué que j'avais vu des femmes nomades dans le désert près d'Ispahan qui portaient tout plein de rose et étaient couvertes de crasse et que ça ne les empêchait pas d'être sublimes. Min m'a regardée d'un air de dire « Ce que tu peux être bêcheuse ! », et elle n'avait sans doute pas complètement tort. Mais, comme je le lui ai rappelé, j'avais de fait vécu dans toutes sortes d'endroits et vu toutes sortes de choses et je ne pouvais pas les empêcher de me revenir en mémoire juste pour faire plaisir à quelqu'un qui n'avait jamais été nulle part.

Elle a éclaté de rire. « Mademoiselle je-sais-tout », m'a-t-elle lancé.

La glace a au moins eu le mérite de me calmer – j'avais sangloté si fort en regardant *Babe* que Tessa s'était décalée d'une rangée en arguant qu'elle était trempée.

Elle était svelte et séduisante dans son caleçon gris, son débardeur blanc et son épaisse polaire, les jambes vigoureusement campées sur une confortable paire de baskets. Elle ne disait jamais son âge, mais elle devait avoir dans les soixante-trois ans, malgré les apparences. Une mèche d'argent courait, tel un témoignage de bonne foi, dans sa chevelure poivre et sel que je croyais naturelle, mais où Peg soupçonnait une habile coloration.

« Six kilomètres et demi sur le tapis ce matin, a-t-elle annoncé. Qu'est-ce que vous dites de ça ?

— Je ne sais pas comment tu fais pour ne pas mourir d'ennui, ai-je répondu. Mais ça paye, c'est certain. Tu ressembles à une prof de gym sexy.

— Ma prof de gym à l'école était une grosse bonne sœur, a-t-elle rétorqué. Vous avez apporté votre livre de bridge ? Vous avez fait vos devoirs ? Le bridge va nous sauver de la maladie d'Alzheimer. Et tu as de la chance, Rosie, tu n'as rien à faire de tes jou...

— Ça ne nous sauvera de rien du tout, l'a coupée Peg. Si on doit avoir un Alzheimer, on l'aura. »

Ce qu'elle voulait dire, c'est que le fait que sa mère était morte de la maladie d'Alzheimer était sans rapport avec le fait qu'elle n'avait jamais lu un journal, et encore moins pratiqué un jeu de cartes compliqué. Peg était toujours sur la défensive concernant ses parents.

« Je n'ai pas rien à faire ! ai-je protesté à mon tour. J'ai un projet. Je songe à écrire un petit livre – un petit guide, tu sais, comme ceux qu'on trouve en caisse dans les librairies, *Dix manières de se dégotter un homme* ou *Quatre tuyaux infaillibles pour gagner un million.* J'en ai acheté quelques-uns pour Min sur la dépression et c'est comme ça que j'ai eu l'idée. Je veux dire, j'ai écrit des brochures, des articles et des prospectus ; je peux bien écrire ça aussi. Je vais aller à New York pour voir si j'ai une chance de percer sur le marché. En Amérique, les gens raffolent de ce genre de bouquins, surtout écrits par des Irlandais. Markey Cuffe va m'aider. »

Elles m'ont dévisagée toutes les deux ; apparemment, les mots leur manquaient.

« Tu as bien dit que tu allais écrire un livre sur la dépression ? a finalement demandé Peg. Avec le fils de Flo Cuffe, celui qui lui envoyait tout son argent ?

— Pas sur la dépression…

— Sur quoi, alors ? a fait Tess.

— Eh bien, je pensais au vieillissement. Pas à la vieillesse, hein. Non, je pensais aux changements que connaissent des personnes comme nous, qui ne sont pas vieilles du tout, mais pas vraiment jeunes non plus. Les gens doivent bien avoir besoin d'aide pour faire face à ça. Même les petites choses, comme les taches brunes sur le dos des mains – ça fait un choc. On s'attend à ce qu'elles s'en aillent, mais elles ne s'en vont jamais. Et vous savez ce que j'ai lu dans le *Irish Times* aujourd'hui ? (J'ai sorti un article de ma poche.) La quadragénaire irlandaise moyenne rêve de peser moins qu'à vingt ans. La majorité des femmes de quarante ans et plus détestent leur corps nu, d'après une nouvelle enquête ; elles lui attribuent une note de trois et demi sur dix, contre sept sur dix au corps de leur jeunesse. Vous ne trouvez pas ça affreux, les filles ? *Haïr* son propre corps ! »

Mais Peg, qui s'achetait les mêmes vêtements dans les mêmes chaînes de magasins depuis son adolescence (elle avait juste dû prendre trois tailles au fil des décennies), s'est contentée de sourire d'un air absent. Aujourd'hui, elle portait un jean sur ses jambes trapues et robustes et un chemisier avec un petit col fantaisie et des manches bouffantes. Elle poussait un peu loin, avec ce chemisier de gamine.

« Je ne dirais pas que c'est affreux, Rosie, a-t-elle observé doucement. Il y a plein de choses qui me paraissent plus affreuses que ça.

— Comme quoi ?

— Eh bien… la cruauté, par exemple. La cruauté envers les enfants, disons. Envers les animaux, même.

— Oh, bien sûr. Mais il y a de la cruauté dans la haine de soi si elle vous gâche l'existence. Ces femmes sont cruelles envers elles-mêmes au nom de ceux qui haïssent les femmes et les empêchent d'accepter leur corps tel qu'il est. »

J'enfreignais une règle non écrite. Nous ne parlions jamais de notre personne physique, toutes les trois. De poids, peut-être, mais rien d'autre. Et pourtant, dans notre jeunesse, nous soupirions et gloussions et levions les yeux au ciel en observant les manœuvres des hommes, Tessa et moi – et Peg avait fait de même un peu plus tard. Comme si nous nous comprenions si bien que nous n'avions pas besoin d'employer de mots. La vérité, c'était que nous ne voulions pas en employer. Notre intimité était fondée sur la réserve.

Mais j'avais apporté l'article exprès pour voir s'il pouvait nous rapprocher. Comment se faisait-il que le temps, si destructeur dans tant d'autres domaines, n'érode pas l'idéal de minceur ? Les femmes sur lesquelles portait l'enquête, après tout, étaient des femmes d'âge mûr – elles ne passaient pas leur vie à parader dans l'espoir de trouver un partenaire. Était-ce le destin de la femme moderne que de se retourner contre son corps ? Mes amies observaient-elles les signes de l'âge avec le même étonnement et le même désarroi que moi ?

« Vas-y, Peg, a dit Tess sans me quitter des yeux, comme si j'étais dangereuse. Pose-moi une question. »

Peg a ouvert son livre de bridge. « Pour calculer la valeur d'une main, a-t-elle lu, combien de points attribue-t-on au dix de pique dans une main où les seuls honneurs sont l'as, le roi, la dame et le valet de pique ? »

Après un silence, Tess a demandé anxieusement : « Est-ce qu'il compte vraiment ?

— Eh non, a fait Peg. Bravo. Et maintenant, Rosie, que signifie une ouverture à un trèfle ?

— Ça doit être après la page 5, ai-je répondu. Je n'en suis qu'à la page 5.

— Il faut apprendre tant qu'on est jeunes, a dit Tess. Ensuite, il sera trop tard.

— Je déteste ces mots, « trop tard », ai-je répliqué avec véhémence. Trop tard pour quoi ? Si je finis par écrire ce livre, j'aurai presque soixante ans quand il sera dans les magasins. Pour quoi est-ce que ce sera trop tard ?

— Quels magasins ? a demandé Tess.

— Pardon ?

— Quels magasins ?

— Tous les magasins. Partout.

— Comme… Comme *Comment se faire des amis* ? a demandé Peg.

— Comme *La Vie sexuelle de la célibataire* ? a demandé Tess.

— Eh bien… Oui, un peu.

— Mais tu ne sais rien sur rien ! se sont-elles exclamées à l'unisson, comme si elles avaient répété.

— Eh bien justement ! Je suis comme tous les autres imbéciles qui ne savent pas ce qui arrive à leur corps et à leur cerveau et qui ne savent pas comment réagir ! »

Pas de réponse.

« De toute façon, ai-je repris, il faut que je fasse quelque chose de moi-même. Vous avez l'air satisfaites de votre sort, toutes les deux, mais ce n'est pas mon cas. Je veux dire, qu'est-ce que j'ai comme projets pour ma vie, indépendamment de Min ? Aucun, voilà la réponse. »

Mes paroles ont été accueillies par un silence gêné.

À présent, Tess était au volant et lisait ses textos en attendant de pouvoir sortir du parking. En général, elle avait la dent dure avec les femmes qui « se laissaient aller ». Elle pensait peut-être que se haïr était ce qu'une femme trop grosse avait de mieux à faire. Tess était une vieille amie, mais j'étais incapable de prévoir ses réactions. Quand je l'avais rencontrée à la librairie Boody, où j'étais entrée après le Pillar Department Store, elle entretenait une mystérieuse relation avec Hugh Boody, bien qu'il fût patron et elle-même déléguée syndicale. Pendant des années, ils étaient allés à l'opéra ensemble un peu partout en Europe. Les filles de la librairie et moi, nous tendions à penser que c'était tout ce qu'il y avait entre eux – une amitié fondée sur la passion du chant. Nous étions jeunes à l'époque. Nous pensions qu'ils ne pouvaient pas coucher ensemble parce que Tess ressemblait à Audrey Hepburn et Hugh Boody à un bon cheval et qu'il avait le double de son âge.

Leur relation fascinait Min. « Où ils sont en ce moment ? demandait-elle. Où ils sont ? »

Un jour, une secrétaire intérimaire a vu passer un reçu pour une chambre d'hôtel à Parme au nom de *Signor* et *Signora* Boody ; mais, bien sûr, la *signora* en question pouvait aussi bien être la véritable épouse de M. Boody, une dame aux cheveux gris et à l'accent anglais qui ne se rappelait jamais nos prénoms.

« Où c'est, Parme ? » a demandé Min quand je lui en ai parlé, et elle m'a fait pointer la ville du doigt sur une carte d'Europe. Je ne suis pas certaine, cela dit, qu'elle comprenait vraiment ce qu'est une carte – elle me demandait toujours de lui remontrer l'Irlande.

Tess et Hugh Boody ont donc été… ont donc été Dieu sait quoi pendant des années, et j'entendais parler de lui chaque fois que je rentrais à Kilbride. Jusqu'au jour, environ dix ans plus tôt, où Min, en faisant le tour des derniers potins, m'a dit avoir gardé un article sur M. Boody avec une photo de lui aux courses une semaine avant sa mort.

« Il est mort !

— Dans un taxi, a dit Min. Le pauvre chauffeur a dû avoir une sacrée peur. »

Et elle est allée chercher la notice nécrologique, que j'ai lue plus tard dans ma chambre.

Je comptais écrire à Tessa une lettre de condoléances en bonne et due forme, mais, avant que j'aie pu m'y atteler, elle a entendu dire que j'étais de retour et est passée me voir à la maison. J'aurais voulu lui prendre la main, ou quelque chose de ce genre, et lui dire que j'étais désolée, mais je n'en ai pas eu l'occasion et, pour finir, elle a simplement déclaré que Hugh lui manquait beaucoup, mais qu'elle avait pu se faire rembourser leur abonnement à Covent Garden. C'était un rappel de ce que je redécouvrais tôt ou tard chaque fois que je rentrais à Kilbride – à savoir que les gens de chez nous gardaient pour eux certaines émotions. On avait le droit d'être théâtral, mais sans réellement s'épancher.

Nous roulions à une allure d'escargot en direction de Kilbride, coincées derrière un camping-car immatriculé en Grande-Bretagne. Pour changer de sujet, j'ai déclaré : « Foutus Anglais. Huit cents ans d'oppression et maintenant ça.

— Neuf cents, a corrigé Peg. On est dans les années 2000 maintenant. Tu savais que c'en était arrivé au point où un catholique n'avait pas le droit de posséder un cheval ? C'est ce que mon père m'a dit. C'est pour ça qu'il a gardé des chevaux tant qu'il a pu les faire paître dans le coin. Il n'aimait même pas ça, les chevaux, mais il tenait à en avoir parce que les Anglais nous ont envahis et privés de nos terres et tyrannisés et traités de pire en pire au fil du temps.

— Je ne savais pas que ça te touchait tant, Peg, ai-je dit, surprise par sa réaction. Je savais que tu étais catholique – je veux dire vraiment catholique, contrairement à nous autres – mais pas que tu agitais aussi le drapeau vert.

— Qu'est-ce que ça peut bien te faire que je sois catholique ? a-t-elle lancé agressivement. Je vais à la messe le dimanche. Même Monty va à la messe quand il est chez nous. Quatre-vingts et quelques pour cent des Irlandais vont…

— Ça ne dérange *personne*, Peg, a dit Tess d'une voix apaisante. Elle n'a pas dit…

— Elle a insinué…

— Elle n'a rien in…

— Si je ne l'ai pas insinué, je le pense ! ai-je hurlé. Je ne sais pas comment tu peux t'agenouiller, Peg – *t'agenouiller* – devant un type qui se fait appeler prêtre et qui appartient à une communauté exclusivement masculine dont la vocation – la *vocation* – est de brimer et de terroriser les femmes. Ces gens-là étaient les talibans de leur époque, et ils le sont encore partout où on les laisse faire. Dire à de pauvres Africaines mères de vingt marmots atteints du SIDA de remercier Dieu parce qu'elles n'ont pas commis le péché de la contraception ! Rester assis sur leurs gros culs à Rome, comme s'il était parfaitement naturel de passer sa vie à inventer des trucs à faire dire à Dieu ! Pas étonnant que j'aie quitté l'Irlande. Tout le monde devrait quitter l'Irlande. Les femmes en particulier, elles devraient claquer la porte au nez des soudards et des prêtres…

— Les prêtres ne sont pas Dieu ! m'a coupée Peg. C'est l'ensemble des fidèles qui constitue l'Église, et Dieu est dans l'amour qu'ils se portent !

— Va dire ça au pape ! ai-je crié. Va dire ça à une pauvre femme qui se traîne avec un utérus prolabé ! Va…

— Au nom du ciel ! a glapi Tess. Vous voulez bien vous taire ? »

J'ai inspiré profondément en essayant de ne pas faire de bruit. Peg se fâchait contre moi au moins une fois par rendez-vous et ça me mettait dans tous mes états. J'avais déjà tenté de lui faire comprendre que, même si elle n'avait jamais quitté la maison de son enfance, je ne me considérais pas comme meilleure qu'elle ; je lui avais dit que le voyage était une expérience assez triviale quand on avait très peu d'argent. Mais ça n'avait pas été trivial. Je me souvenais d'un jour, très tôt le matin – et ce n'était qu'un souvenir parmi des milliers d'autres –, où j'attendais le car dans une taverne d'un village du Magne. Debout au bar dans la pénombre, des hommes buvaient leur café avec un raki ; la lampe vacillait devant un mur couvert d'icônes et une aube dorée se déplaçait lentement vers la porte ouverte sur les pavés de la vieille place. N'étais-je pas enviable d'avoir vécu des moments pareils ? Si ç'avait été l'inverse, si ç'avait été moi qui n'avais jamais voyagé ou presque, j'aurais certainement envié Peg.

« Je suis désolée, les filles, a-t-elle dit à voix basse. Je ne sais pas pourquoi je suis si irritable en ce moment. Je prends du millepertuis, mais je crois que ça ne me vaut rien de bon. Je vais peut-être en revenir à l'acupuncture.

— L'acupuncture n'est qu'un divertissement, ai-je déclaré. On a des besoins profonds, toutes les trois, et…

— Justement ! s'est écriée Tess. Parlons-en, des besoins ! Si on parlait un peu des *miens*. Parce que j'ai des infos qui pourraient vous intéresser.

— Tess ! Quoi donc ?

— Mais comme je viens d'apercevoir la seule place libre à proximité de chez Rosie…

— Oh, Tess chérie !

— Attendez une minute !

— Dépêche-toi, tu veux bien, Tessa ? a fait Peg. J'ai promis à mon père d'être là avant onze heures.

— Je suis fatiguée de te répéter que tu sacrifies ton existence à cet homme », a dit Tess, et elle a coupé le contact.

J'ai attendu, pleine de joyeuse impatience. J'appréciais énormément Tess. Quoi qu'elle eût l'intention de faire, ce serait quelque chose de pragmatique et d'intelligent. Tess agissait là où je broyais du noir.

Elle a laissé passer quelques instants avant de reprendre la parole.

« Les filles, je ne suis pas satisfaite de mon sort, contrairement à ce qu'a dit Rosie, et j'ai décidé que j'avais besoin d'un changement. »

Au loin, une cloche a sonné l'heure. Autrefois, Markey connaissait si bien les cloches de Dublin qu'il savait dire à quelle église chacune appartenait.

« Je vous en aurais parlé plus tôt, a repris Tess, mais vous savez, jusqu'à aujourd'hui, je n'étais pas sûre de me décider vraiment. Et puis, ce matin, j'ai eu un petit démêlé avec Paschal Kelly, le directeur de notre centre de formation – *El Schizo*, comme l'appellent ses employés –, parce que j'ai dit que je songeais à prendre des vacances dans un spa et qu'il a fait une remarque spirituelle sur ces célibataires qui étaient libres de suivre leur caprice alors que les chefs de famille, hélas, avaient des obligations auxquelles ils ne pouvaient pas se soustraire. Il a réellement dit "hélas". Alors j'ai dit "Paschal, vos enfants ont quelque chose comme quarante ans aujourd'hui, donc s'ils sont toujours un fardeau, c'est qu'il y a un vrai problème". N'empêche, ça m'a fait réfléchir une fois de plus au fait d'être seule – à la différence entre être célibataire et être mariée…

— Mais tu as toujours eu l'air si comblée, Tess ! » ai-je dit, et, simultanément, Peg s'est écriée : « Mais je croyais que ça te plaisait d'être seule ! »

« Tu te souviens de l'odeur des ajoncs autour de cette maison que tu louais à Kilternan ? ai-je poursuivi. Tu te souviens de la fête que tu as donnée l'année où il y avait de la neige jusqu'aux fenêtres ? Quand Boody's a fermé parce que les tuyaux gelaient et qu'on est venus te voir en bande avec une caisse de vin et assez de saumon fumé pour ouvrir un magasin…

— C'était il y a trente ans, Rosie.

— *Trente !* » a fait Peg à voix basse.

Nous nous sommes figées.

« Si j'ai entrepris cette formation de conseillère psycho-sociologique, a finalement dit Tess, c'est parce que je voulais faire quelque chose pour améliorer la vie des gens. Mais en réalité, ce n'est pas juste les autres que je voulais conseiller… (Elle a eu une petite toux.) Je cherchais aussi un éclairage pour moi-même.

(Nouvelle pause.) Bref, donc je songe à me mettre en ménage avec Andy. »

J'ai dû ouvrir la bouche toute grande. Andy ! Andy était une sorte de frère. Quand il venait voir sa mère de la campagne, il nous apportait des œufs, réparait nos appareils cassés et ainsi de suite. Mais personne n'avait jamais pensé à lui comme à un *homme*. De fait, il y avait dans ses manières quelque chose de lent et d'absent qui, pour ma part, me rendait dingue, même si je savais pertinemment qu'il n'avait rien d'un idiot – que c'était qulqu'un de réfléchi et d'attentionné.

« Andy est au courant ? s'est enquise Peg au bout de quelques secondes.

— Non. Mais qui d'autre irait faire une proposition à un petit fermier de presque soixante-cinq ans – un gros bosseur, mais si discret ? La ferme n'est pas assez grande pour une jeune femme qui voudrait des enfants et, de toute façon, il est toujours sur les routes à ramasser des animaux pour l'Afrique. Tante Pearl a plus de quatre-vingts ans et elle s'en fait pour lui jour et nuit. Et… » Tess a fait une pause ; elle évitait toujours autant que possible d'avoir l'air sentimentale. « Et j'aimerais qu'elle meure en paix, cette bonne vieille tante, a-t-elle repris timidement. Ça signifierait beaucoup pour moi.

— Mais, Tess… » avons-nous fait d'une seule voix.

J'ai poursuivi toute seule : « Tess, ça voudrait dire *coucher* avec Andy. Tout nus dans le même lit, comme un mari et une femme.

— Je suis au courant, merci, a-t-elle fait d'un ton sarcastique. Je sais ce qu'implique le mariage.

— Mais, Tess, et Andy ? Tu ne lui as pas demandé s'il voulait t'épouser ?

— On ne demande jamais rien à Andy, a-t-elle dit. Andy *obéit.* »

Un silence absolu s'est abattu sur la voiture.

L'étoile du berger avait déjà disparu sous l'horizon, mais le trottoir et les branches du pommier de Reeny, dont les gamins ne prenaient même plus la peine de voler les fruits, étaient inondés par un clair de lune glacé. Une fois rentrée, j'ai attendu en frissonnant que les radiateurs chauffent ; Min les arrêtait toujours en douce, même si je me tuais à lui répéter que nous pouvions nous permettre cette dépense. Oui, elle était descendue – la bouilloire était encore chaude et la radio de la cuisine passait du Haendel en sourdine.

« *The trumpet shall sound / And we shall be changed / We shall, we shall, we shall be changed...* »

Le mariage était une autre affaire quand on avait passé l'âge d'avoir des enfants. Tess aurait facilement pu être grand-mère – si elle avait eu une fille à vingt ans, disons, et que cette fille avait... Oui. Elle aurait même pu être arrière-grand-mère. Et Andy aurait fait un excellent père. Est-ce que cette pensée l'effleurerait – que, s'il épousait Tess, il laissait passer sa chance ? Ce n'était peut-être pas ce qu'on appelle un homme séduisant, mais il était aussi gentil qu'on peut l'être. Au point, d'ailleurs, que tout le monde l'exploitait. Autrefois, sa ferme du Carlow était une sorte de dépôt d'animaux domestiques en tout genre. Il avait par exemple trouvé l'un de ses chats au bord d'une rivière, enfermé dans un sac avec une patte cassée ; la patte s'était racommodée de telle façon qu'elle traînait derrière lui, coussinets en dehors, mais c'était un chat merveilleux. Il avait aussi de magnifiques poules noires qu'une Lady Quelque Chose lui avait léguées par testament parce qu'il était, comme elle, passionné d'espèces rares. Et il entretenait une population flottante d'ânes et de chevaux.

Il avait dû se séparer de presque tous ces compagnons lorsqu'il s'était porté volontaire pour aller en Angleterre dès qu'un avion pouvait emmener les animaux de NoNeed en Afrique. Mais aucun d'entre nous ne s'était demandé ce que la perte de sa ménagerie pouvait représenter pour lui. C'est ce qu'il y avait de choquant lorsque Tess affirmait qu'elle allait l'épouser : personne n'avait jamais pris en compte les sentiments d'Andy.

Il aurait facilement pu devenir père. Les bébés se fichent de la tête qu'a leur père ; ils gazouillent quoi qu'il arrive. Saul Bellow ressemblait à un basset maladif vers la fin de sa vie, mais sa dernière femme avait été enchantée d'avoir un enfant de lui. Charlie Chaplin était encore magnifique pour qui aime les petits vieillards, mais, mon Dieu, il devait bien avoir quatre-vingt-cinq ans la dernière fois – et son zizi tenait encore debout ? D'ailleurs, il avait à peine dit bonjour à son bambin qu'il était mort. On racontait que c'était le bon air d'Irlande qui était à l'origine de ce bébé – Chaplin et sa femme étaient en vacances dans le Kerry neuf mois plus tôt. Et Rostropovitch – était-ce Rostropovich qui avait eu un enfant, ou un autre Russe couvert de taches de vieillesse ? Il est vrai que l'âge rend certains hommes encore plus séduisants. Bill Clinton, par exemple. Sublime dès le départ, et plus encore depuis son opération du cœur. Certaines sexagénaires ont une vraie beauté aussi, mais pas la même que lui – pas le genre de beauté qui vous prend aux tripes. Les gens ne se bousculent pas autour des femmes de son âge en rêvant de les dévorer.

J'étais en train de me mettre au lit quand je me suis rappelé qu'un jour, devant Trinity College, je m'étais retrouvée à côté d'un homme qui attendait comme moi de pouvoir traverser. Par hasard, nos yeux s'étaient croisés et je m'étais aperçue que c'était Paul Newman – cheveux gris coupés ras, yeux toujours merveilleusement bleus, visage séduisant, démarche souple sous son complet impeccable lorsqu'il s'était engagé sur la chaussée. J'aimerais bien voir la tête de Min quand je lui dirai que Butch Cassidy est en ville ! avais-je pensé. Mais, au bout d'un moment, j'avais décrété qu'il était un peu propret pour moi. Il était parfait, et j'aimais mes hommes débraillés.

Je me suis mise à rire en y repensant – une Irlandaise de rien du tout qui vivait avec sa tante à Dublin et qui faisait la dégoûtée devant Paul Newman parce qu'elle le trouvait trop classieux.

Mais, en sombrant dans le sommeil, c'est aux dernières paroles de Tessa que je pensais.

Au moment où je descendais de voiture, elle s'était tournée vers nous d'un air implorant en disant : « Je vois ça sans arrêt dans nos séances de formation : les gens meurent de solitude tous les jours. »

4

J'ai inspiré profondément avant de monter dans sa chambre.

« Min, où veux-tu aller pendant que je suis à New York ? » Debout à la fenêtre, les mains occupées à ajuster les plis du rideau, j'avais adopté un ton soigneusement teinté d'*ennui**[1]. « Il faut que j'y aille, mais ça ne durera qu'une semaine. »

Pas de réponse.

« Il faut que j'aille à New York. C'est pour le travail, pas pour le plaisir. »

Rien. En me retournant, j'ai aperçu mon reflet dans le miroir. Tu parles d'un air terne. Il ne me manquait qu'un tablier à fleurs et des bottes en caoutchouc pour ressembler à la parfaite ménagère irlandaise du début des années cinquante. Une bonne coupe de cheveux, à tout le moins, s'imposait avant Manhattan.

« On ne rajeunit pas toutes les deux, Min. Il faut que je trouve un travail à faire à la maison. Ma prime est en train de fondre à toute allure.

— Moi je suis bien assez jeune, madame ! » Elle s'est redressée d'un coup dans son lit et Bell a poussé

1. Les mots ou expressions en italique suivis d'un astérisque sont en français dans le texte original. (Toutes les notes sont de la traductrice.)

un miaulement surpris. « Va-t'en où tu voudras et laisse-moi bien au chaud dans ma propre maison.

— Où tu n'avais même pas le chauffage central jusqu'à ce que je l'y fasse mettre », ai-je répliqué, ajoutant en moi-même : Et que j'ai rachetée pour toi dès que j'ai gagné assez d'argent, marrant que tu n'en parles jamais. « Mais de toute façon, tu ne peux pas rester ici toute seule.

— Bien sûr que je peux. Je suis restée ici des années pendant que tu courais le monde et…

— Mais tu étais plus jeune et…

— Et j'ai jamais eu aucun problème toute seule.

— Mais si tu tombais ? Cet escalier est un vrai traquenard. Ou si tu oubliais quelque chose sur le feu ?

— J'irai nulle part. »

Je suis sortie en trombe et, pour me calmer, suis allée me réfugier dans la petite chambre qui avait été celle de mon père. Comme quand j'étais adolescente et que Min me faisait des misères. J'ai traversé la pièce sur la pointe des pieds et ouvert la fenêtre pour laisser entrer un peu d'air frais. Mes souvenirs de mon père avaient beau être vieux comme des images en noir et blanc, j'osais encore à peine marcher sur la bande de moquette râpée qui séparait le lit et l'armoire, parce que je considérais cet espace comme son territoire. Cette armoire était pleine de recoins sombres et secrets. Elle abritait autrefois ses smokings, suspendus en bon ordre au-dessus de la boîte en carton contenant ses paires de chaussettes, ses chemises emballées dans du papier brun et le nécessaire à cirage pour ses chaussures. Le miroir fixé sur la porte était la charnière entre les deux faces de mon père : l'homme en pyjama froissé qui descendait avec le chat dans les bras et le posait par terre pour m'embrasser, et le directeur de salle de cinéma qui s'inspectait une dernière fois avant de sortir tandis que je le contemplais avec adoration du lit – redressant son nœud papillon, pinçant le pli de son pantalon pour qu'il tombe bien, déposant un peu de brillantine sur ses paumes, puis lissant ses cheveux en arrière avec de petits gestes alternés, et enfin s'en allant dans sa gabardine noire, pareil lui-même à une star de cinéma.

J'étais assise au bord du lit, qui s'affaissait dans son cadre en fer.

« Quand tu étais petite, m'a dit mon père, tu te levais de ton lit dans la chambre de Min, tu grimpais à côté de moi et tu te rendormais. Tu te souvenais peut-être que ta maman dormait dans ce lit quand tu étais dans son ventre. Mais ensuite elle a dû partir au ciel. Donc j'ai envoyé un message au prêtre pour dire à son père qu'elle était allée au ciel, mais qu'elle avait laissé une petite fille pour s'occuper de moi. Cette petite fille, c'était toi. »

Il a souri et m'a touché la joue d'un air absent. Je savais que, si je levais la tête vers lui d'une certaine manière, sa main ne pourrait pas résister à l'envie de me caresser.

« Et puis Min est arrivée. Je ne savais même pas que ta maman avait une sœur. »

Il a pris un air d'étonnement comique et j'ai ri avec lui.

Quatre ou cinq ans plus tard, quand il passait déjà beaucoup de temps au lit et que je faisais mes devoirs dans sa chambre pour rester près de lui, il a de nouveau évoqué ce souvenir.

« Min voulait t'empêcher de venir dans ma chambre, mais Granny Barry lui disait de laisser la pauvre enfant sans mère aller voir son père si elle en avait envie. (Il a eu un sourire fragile, mais malicieux.) Bien sûr, ça ne plaisait pas à Min. Pour elle, tu n'étais pas du tout une enfant sans mère. Et elle avait raison. Min n'avait que quinze ans quand elle est venue chez nous, tu sais, mais c'était une aussi bonne mère, peut-être même meilleure, qu'une femme qui avait le double. Et pourtant, à cet âge-là, elle aurait dû être en train de s'amuser. J'y pense quand je vois les gamins de quinze ans qui viennent à l'Odeon. Ils n'arrêtent pas de rire – ils s'amusent comme des petits fous.

— Pourquoi elle voulait m'empêcher de venir ici ? » ai-je demandé.

Dans mon enfance, je ne me disputais qu'avec elle, jamais avec lui. C'était elle que j'avais de la peine à comprendre.

« Elle voulait t'endurcir, a répondu mon père. Elle se prend elle-même pour une dure. »

Et, de nouveau, il a eu un tendre sourire.

Granny Barry n'aimait pas du tout Min et mon père faisait semblant de ne pas le remarquer. Je voyais tout cela, même quand j'étais petite. Au début de nos vacances, nous passions prendre la clé du cabanon chez ma grand-mère. Je montais en courant l'escalier tortueux conduisant à son appartement, au-dessus du passage voûté de Bailey's Yard, en priant pour que nous ne nous attardions pas trop longtemps. Tout était déjà en place : le service à thé à bordure dorée, la boule en chrome perforée suspendue à sa chaînette et immergée dans l'eau bouillante comme un plongeur, les sandwichs – œuf-mayonnaise ou jambon sec – disposés en deux rangs sur un plat en forme de feuille.

« Venez donc vous asseoir à table, vous devez mourir de soif », disait Granny en nous embrassant, mon père et moi.

Il s'asseyait, souriant, dans le fauteuil qu'on appelait le « siège de Billy » et appuyait sa tête sur la pièce de tissu blanc brodé posée en haut du dossier pour protéger le velours. Un *antimacassar*[1], m'avait un jour dit ma grand-mère, et j'avais été enchantée, des années plus tard, d'apprendre par Markey que le macassar était une huile dont les hommes s'enduisaient autrefois les cheveux. Granny n'avait chez elle que des objets parfaits, édouardiens. La nappe en velours avec ses pompons, le tapis façon de Turquie, le pot en porcelaine posé sur un guéridon en bambou devant la fenêtre et, dans le pot, la plante rigide dont elle massait les feuilles avec de la crème de beauté Pond's. On aurait pu se servir de ces accessoires pour une adaptation théâtrale des *Morts*. Mais comment aurait-on mis en scène la fin de la nouvelle ? Il aurait fallu un film sortant de la tête de Gabriel. Granny savait qui était James Joyce parce que, quand elle vivait à Bray, elle assistait chaque jour à la même messe qu'une de ses sœurs.

Min tournicotait nerveusement dans la pièce, impatiente de s'échapper. Mais elle n'osait rien dire. J'en profitais pour faire mon intéressante. Je lisais à haute voix des extraits de la bénédiction apostolique qui avait été envoyée de Rome pour le mariage de ma grand-mère et de mon grand-père – lequel n'avait pas été si béni que ça, soulignait Granny, puisqu'il était mort quand leur gâteau de mariage « était encore dans son moule ». La bénédiction, qui se présentait sous la forme d'un parchemin encadré, m'avait toujours impressionnée. Elle était entourée d'un rosaire en bois d'olivier aux perles grosses comme des œufs et voisinait avec une représentation tout aussi imposante du Sacré Cœur de Jésus. Jésus voyait la bénédiction, ai-je un jour affirmé à mon père ; il suffisait qu'il louche un peu.

Enfin, nous prenions congé et regagnions la voiture. Nous descendions la rue principale, passions

1. En anglais, « têtière » ou « appuie-tête ».

devant des treuils rouillés et des abris en bois pourrissant et, après avoir traversé un bras de la Milbay, atteignions une haute clôture derrière laquelle notre cabanon, construit sur des blocs de béton au milieu d'une herbe maigre mêlée de plaques de gravier et de coquillages, regardait la mer. Dans mon souvenir, c'est toujours lors d'un parfait après-midi d'été que mon père ouvrait la barrière grillagée, faisait entrer la voiture et retournait fermer le cadenas. Il portait une chemise à manches courtes, toujours, et ses cheveux raides et soyeux balayaient son visage. C'est ainsi que je m'en souviens. Il levait la tête pour inspirer l'air marin, faisait tournoyer la clé d'un geste théâtral et rejoignait la voiture d'un pas vif. Puis il poussait le siège avant de la Ford Perfect, qui avançait avec un petit bruit, et Min se mettait au volant et conduisait – avec quelle excitation ! – dans l'herbe sablonneuse.

« Freine ! *Freine*, petite folle ! »

C'était merveilleux de les entendre rire. Min ne faisait rien d'autre qu'avancer à une allure d'escargot sur environ cinquante mètres, mais elle était métamorphosée. Ses yeux brillaient de fierté. Ils cherchaient ceux de mon père, qui hochait la tête comme pour dire : Oh, oui !

Ensuite, il poussait la porte du cabanon et nous étions assaillis par l'odeur des murs de planches rugueuses, du papier goudronné et des nattes en fibre de coco. Il allait chercher la bouteille de gaz Calor pour la cuisinière à deux brûleurs et les quelques jerrycans qu'il avait remplis d'eau à la maison. Le sol était couvert de papier journal disposé par Min l'année précédente. Je m'accroupissais pour tenter de déchiffrer quelques lignes, mais elle ramassait les pages l'une après l'autre. Puis elle éliminait les toiles d'araignées avec un balai, forçait sur la fenêtre pour l'ouvrir et divisait le sac de draps et de couvertures entre le lit en fer de la pièce du fond, où nous dormions toutes les deux, et le matelas pneumatique posé dans un coin de la pièce principale, que mon père gonflait avec une pompe à vélo pour son propre usage.

Nous habitions nos corps, au cabanon ; je voyais tout.

C'est peut-être pour ça que j'aimais tant cet endroit. Nous étions proches – suffisamment pour me permettre de comprendre les deux autres. Quand Min sortait les provisions, par exemple, je voyais à la manière dont elle les posait devant elle combien elle en était fière. Le reste de l'année, nous n'achetions que peu de choses à la fois, mais nous débutions chaque séjour au cabanon avec des paquets inentamés de sel, de thé et de sucre, une pile de boîtes de haricots, deux barquettes d'œufs, une livre de saucisses, une livre de tranches de jambon, un gros pain frais à la croûte noircie et une boîte entière de biscuits Afternoon Tea. Min laissait le tout dehors quelques heures, puis transférait les denrées susceptibles d'intéresser les souris dans de vieilles boîtes en fer-blanc qu'elle rangeait à regret.

Enfin, quand les corvées étaient terminées, elle suspendait son vieux costume de bain à pois à un clou planté dans la cloison. Elle ne se baignait pas dans ce costume – elle ne se baignait à vrai dire pas du tout. Mais elle l'adorait et l'accrochait bien en vue, comme un étendard.

Je me suis levée du lit de mon père, la tête pleine de souvenirs, et une image délavée de moi-même s'est levée dans le miroir de l'armoire. La chambre et la maison tout entière étaient silencieuses comme une tombe.

J'avais quatorze ans quand papa est mort. Les derniers temps, il restait allongé en bas, dans la cuisine, sur le lit spécial que Reeny avait obtenu de Homecare. Il toussait et toussait sans cesse et était trop faible pour participer à la vie de la maisonnée. À la fin, il ne restait pratiquement plus rien de lui. Min faisait tout pour lui – elle lui donnait à manger, vidait ses bassins, le lavait, lui nettoyait doucement les dents, les yeux et les oreilles. Elle refusait qu'on l'emmène à l'hôpital.

« Je lui ai promis », répondait-elle invariablement quand le médecin ou les voisins tentaient d'intervenir, et je savais que mon père l'entendait, parce que je voyais ses mains se soulever du couvre-lit comme pour applaudir.

Le dernier jour, elle a porté à ses lèvres une cigarette qu'il a tenté de fumer. Elle a versé du whiskey dans un verre à liqueur et lui en a déposé quelques gouttes sur la langue. Puis elle l'a peigné, lui a tamponné le visage avec une éponge et lui a tenu une main tandis que je tenais l'autre, jusqu'au moment où il a rendu le dernier souffle.

Nous sommes restées pétrifiées une minute ou deux, abasourdies par le silence auquel sa respiration avait fait place.

« Ouvre la porte ! a finalement crié Min. Vite ! Vite ! »

J'ai entrebâillé la porte d'entrée.

« En grand ! » a-t-elle ordonné. Elle était debout, les yeux noirs comme la suie et le visage tout blanc. « Encore plus grand ! »

Ensuite, Reeny est arrivée. Elle m'a embrassée et a demandé à Min : « Tu veux un coup de main pour le laver ? »

Min était toujours à la même place, debout, les yeux rivés sur la porte, et elle n'a pas répondu.

À cette époque-là, je ne pensais qu'aux garçons, et j'y pensais encore dans les heures qui ont suivi la mort de mon père. À vrai dire, ce n'étaient pas tant les garçons eux-mêmes que le monde incroyablement excitant que mes amies et moi avions découvert, où nous les regardions, où ils nous regardaient et où nous parlions d'eux sans arrêt. Je suis montée dans sa chambre, dans la vieille chambre de mon père, et je suis restée debout près de la porte, tentant d'évacuer de mon esprit tout ce qui n'était pas lui et de prier pour la paix de son âme.

Je pouvais presque voir le chagrin tapi dans un coin et me faisant signe, mais d'autres pensées m'assaillaient malgré moi. Je faisais partie du clan dominant de filles pour la première fois de ma vie. Maintenant que j'étais dingue des garçons, les autres ne se sentaient plus obligées de m'ostraciser parce que j'aimais les cours. Nous traînions ensemble devant le magasin Colfer ou la friterie Sorrento ou dans les petites ruelles, et les garçons allaient et venaient en bande, s'asseyaient sur les murets et se moquaient de nous quand nous passions en rougissant. Mais à présent mon père était mort, et j'étais anxieuse à l'idée que j'allais devoir porter du noir sous le regard de tous. Et rester coincée chez moi.

J'ai entendu Min monter l'escalier. Toute ma vie, elle avait sautillé d'une marche à l'autre comme un cabri, mais aujourd'hui, son pas était lent. J'ai pensé qu'elle allait dans sa chambre, mais elle est entrée derrière moi et, je crois, a posé sa joue dans mon dos une seconde.

« La levée du corps est demain, m'a-t-elle dit, et l'enterrement après-demain. Et après ça, Rosie, tu retournes t'amuser avec tes amis. Tu étais sa grande fierté, souviens-toi. Il aurait pas voulu que tu restes enfermée ici. » Puis sa voix s'est affermie. « Il a eu une belle vie, ma parole. Je sais que ça en avait pas l'air, mais c'est ce qu'il m'a dit mille fois et il m'a jamais menti. Et maintenant, il est plus heureux que jamais. T'as pas senti son âme sortir par la porte ? T'as pas senti comme il était heureux ? »

J'ai refermé la fenêtre de la chambre de mon père. Et dire que ce jour-là, le jour où nous l'avions perdu, Min avait seulement vingt-neuf ans !

Je suis passée devant la salle de bains pour regagner sa chambre. Elle n'était plus qu'une bosse sous les couvertures.

« Ça t'ennuie si j'allume ? ai-je demandé. Tu veux bien ? Écoute, Min, je viens de repenser à New York et je me suis dit que c'était peut-être une dépense inutile. En fait, j'y allais juste pour un rendez-vous. Pour tout t'avouer, ce rendez-vous était avec Markey Cuffe, cet ami qui habitait derrière la maison, et il n'aurait sans doute rien donné. Donc j'ai décidé de rester.

— Non, a-t-elle fait, et j'ai vu ses jambes d'enfant jaillir du lit pour se poser sur le sol. Non, a-t-elle répété sans me regarder. Vas-y. J'aurais dû te le dire. Vas-y.

— Je ne peux pas, ai-je répondu, sauf si tu acceptes d'aller m'attendre quelque part.

— Alors trouve-moi un endroit bien. »

S'il avait été dans nos habitudes de nous étreindre, je l'aurais étouffée dans mes bras. En l'occurrence, je l'ai déposée au pub en voiture parce qu'il pleuvait.

DEUXIÈME PARTIE

NEW YORK

5

Je m'éployais comme une étoile de mer dans mon lit de l'hôtel Harmony Suites afin de sentir autant que possible du drap, dont la surface soyeuse glissait sous mes talons et mes coudes. Je me suis retournée pour sentir sa douceur sur mes seins et le dessus de mes pieds. Même le bruit qui montait de la rue me ravissait – un mugissement et un grincement lointains, presque couverts par le vacarme de la circulation. Des travaux de réhabilitation avaient lieu jour et nuit au World Trade Center, m'avait expliqué le portier. Les températures, disait-il, étaient exceptionnellement basses pour la saison. Mais, même en éteignant le radiateur, j'avais bien chaud sous les douces couvertures de mon lit. Après la simplicité de Kilbride, j'étais enchantée par le luxe qui m'environnait.

Et pour trois fois rien ! Grâce à une offre spéciale, je payais moins que dans ces hôtels de Midtown où j'avais séjourné quand j'étais venue faire du shopping avec Tess ou couvrir la première de *Riverdance* à Broadway. Leurs chambres sentaient le désodorisant tiède répandu sur la poussière de la ville et des façades bloquaient la vue à quelques mètres des fenêtres. Alors qu'ici, j'avais droit à une fenêtre panoramique qu'emplissait le ciel empourpré du New Jersey et, plus bas, le fleuve austère dont les eaux se bousculaient pour rejoindre le port.

Malgré le décalage horaire, j'ai retardé le plaisir de m'endormir, tournant mon oreiller pour éprouver la fraîcheur de sa face encore intacte. On aurait pu donner une fête dans ce lit, comme ce couple d'Evelyn Waugh qui menait une vie sociale animée dans le sien.

Comment se faisait-il que je n'aie jamais pensé aux lits quand je rapportais des cadeaux à Min ? Le tapis en peau de mouton dont le type de l'aéroport de Perth m'avait dit qu'il me coûterait cent dollars d'excédent de bagages, puis qu'il m'avait laissée enregistrer en échange d'un baiser – un baiser délicieux et tout ce qu'il y a de sincère ; l'abat-jour que j'avais dû garder sur mes genoux pendant tout le trajet d'Helsinki à Dublin ; la toile cirée provençale avec ses serviettes assorties – je les avais achetées en Arles, à l'époque où je n'avais pas un radis, en me privant de repas pendant toute une journée. Les avait-elle encore ? Où donc…

Ô mon Dieu, j'aurais dû appeler. La maison de repos n'autorise pas les appels après vingt et une heures et en Irlande il est… Ô mon Dieu, il faut que je dorme ou je serai une vraie loque quand Markey arrivera.

J'ai traversé la pièce pour passer dans la salle de bains et suis restée un moment en arrêt devant les guirlandes de lumières qui ornaient les tours de bureaux de la rive du New Jersey. Le ciel était énorme et entièrement piqué d'étoiles, mais des nuages noirs déchiquetés arrivaient pour les masquer. Tout en bas tremblotait un feu, sans doute allumé par un sans-abri campant sur le sol dur derrière la palissade qui faisait face à l'hôtel.

« Mon âme exalte le Seigneur », ai-je commencé.

Mais je n'allais jamais beaucoup plus loin avant d'oublier que je récitais le Magnificat. J'étais toujours trop heureuse.

À cinq heures du matin, je suis allée attendre dans le hall silencieux. Même le ronron des voitures s'était tu. La réceptionniste était endormie derrière son bureau.

« Chaussures ? » a fait Markey en entrant en coup de vent par les portes battantes.

J'ai obéi au quart de tour, levant un pied pour lui montrer l'une de mes baskets, et il a éclaté de rire – je le sentais encore glousser tandis qu'il me serrait contre lui.

« Rose ! a-t-il soufflé dans mes cheveux. Rosie Barry ! Ça fait si longtemps ! »

Au moins, comme ça, il ne voyait pas mon visage rouge de surprise. Mais comment diable Markey Cuffe était-il devenu si beau ? Cuffo, c'était ainsi que les autres garçons l'appelaient quand ils avaient besoin de lui pour un match ; mais, le reste du temps, c'était Spiderbrain[1], parce que ses membres étaient longs et maigres et qu'il lisait sans arrêt – ou plutôt avait toujours le nez fourré dans un livre, comme on disait à Kilbride. Je ne l'avais jamais connu qu'avec des boucles de cheveux gras sur la tête ; il ne m'était pas venu à l'esprit qu'elles pouvaient masquer le crâne harmonieux que ses cheveux argent coupés ras soulignaient à présent. Et puis, autrefois, il avait de méchants boutons – c'était la première chose que j'avais remarquée lorsque, à quatorze ans, j'étais allée lui parler sur les marches de notre petite bibliothèque de quartier dont la responsable jetait régulièrement tout le monde dehors pour aller jouer aux machines à sous au fond du pub. Mais, à l'époque, Markey ne mangeait presque rien. Il était si pauvre que chaque jour, après la classe, les Frères lui donnaient une miche de

1. Sobriquet formé de *spider*, « araignée », et de *brain*, « cerveau ».

pain à rapporter chez lui, dans la petite maison qu'il partageait avec sa mère et qui donnait sur la ruelle derrière chez nous. Il n'avait qu'une seule tenue correcte – un costume d'homme trop grand que je l'avais vu porter un jour où je sortais de notre arrière-cour au moment où il ouvrait la porte au prêtre.

En ce temps-là, le prêtre se déplaçait pour apporter la communion aux malades. Je le voyais passer avec sa soutane qui lui battait les chevilles, portant la sainte communion haut devant lui dans une sorte de boîte argentée.

« L'Eucharistie, pas la communion, m'avait corrigée Markey quand je lui en avais parlé. Une pyxide, c'est comme ça qu'on appelle cette boîte. »

Il adorait les mots rares et adorait me corriger. Mais, de façon caractéristique, il ne disait rien sur ce dont souffrait sa mère. Il ne parlait jamais de sa vie privée.

Au fil des années, les boutons avaient disparu : désormais, quand je pensais à Markey, c'étaient ses yeux que je voyais en premier. Mais, même alors, ses yeux n'avaient pas le même gris intense qu'aujourd'hui. C'était la peau qui les entourait qui avait changé. Peut-être parce qu'il vivait à Seattle, où les gens passent beaucoup de temps dehors. Quoi qu'il en soit, elle avait désormais un beau grain mat.

La vérité, c'est qu'il était magnifique à présent.

« Tu es prête ? » Il piaffait presque d'impatience. « Si on ne se dépêche pas, en arrivant à Canal Street, on ne verra plus le trottoir d'en face tant il y aura de voitures. »

Il se tournait déjà vers la porte quand ses bonnes manières lui sont revenues.

« Comment va Min ? »

Je n'ai pas répondu tout de suite. Je ne pouvais pas dire qu'elle ne m'avait jamais regardée avec autant d'amertume que le matin précédent, quand nous avions croisé une file irrégulière de vieilles dames devant le réfectoire de la maison de repos Sunshine. Certaines étaient en fauteuil roulant et l'une d'entre elles criait « Maman ! Maman ! » d'une voix déchirante en caressant le papier peint.

Je ne pouvais pas dire que mes derniers mots avaient été « Je suis désolée, Min » et qu'elle m'avait dévisagée en silence comme si elle ne m'avait jamais vue. Qu'aurait-elle pu répondre ? C'était la même femme qui, quelques jours plus tôt, quand j'avais fondu en larmes devant un reportage montrant un groupe d'enfants nord-coréens à l'estomac ballonné et aux membres rachitiques, avait été changer de chaîne à grandes enjambées et m'avait sifflé : « Les gens meurent, madame ! Ils meurent ! Ou bien on s'en débarrasse parce qu'ils servent à rien. La vie est *dure.* »

Je ne pouvais pas dire qu'en remontant en voiture, je tremblais si fort que j'étais incapable de conduire. Je n'étais pas sûre, en fin de compte, d'avoir pris la bonne décision. Durant les quelques jours précédant mon départ, non seulement Min n'était pas allée au pub, mais elle s'était levée le matin. Quand je descendais, elle était déjà dans la cour en train de repiquer des plantes dans des boîtes de conserve, de vieux pots ou encore la baignoire sabot qu'elle remplissait laborieusement avec la terre volée, semaine après semaine, au jardin public près de l'arrêt de bus. Elle me demandait si je voulais un œuf pour le petit déjeuner. Elle m'annonçait qu'elle allait chauler les murs de la remise à charbon.

Mais malgré tout…

Les gens qui boivent tombent dans l'escalier, et ont des accidents avec le feu, et traversent sans regarder.

Je l'avais laissée assise sur son nouveau lit et me foudroyant du regard. J'avais voulu l'aider, quand elle était partie aux toilettes, en déballant le contenu du sac qu'elle avait insisté pour emporter. Mais, en fourrageant dans le chaos de ses affaires, j'étais tombée sur quelque chose de dur enveloppé dans de l'aluminium ; j'avais jeté un coup d'œil sous l'emballage et aperçu un reste de toasts du petit déjeuner, une paire de cuisses de poulet grisâtres qui traînaient dans le frigo et un pot de yaourt qui fuyait déjà. J'avais failli fondre en larmes. Elle devait craindre qu'on ne lui donne rien à manger.

En entendant la chasse d'eau, j'avais remis à la hâte ses affaires dans le sac. Je ne voulais pas qu'elle sache que je savais. J'avais sorti tous les billets contenus dans mon portefeuille et posé la liasse sur le coffre pour qu'elle puisse s'acheter ce dont elle aurait envie. Puis je lui avais dit que j'étais désolée et, je ne sais trop comment, j'avais réussi à regagner la voiture.

« Bien, Markey, physiquement du moins, mais elle ne prend pas assez soin d'elle. Pour cette semaine, j'ai résolu le problème en la plaçant dans une sorte de maison de repos. Je pense qu'elle se fera à l'endroit. »

Étais-je censée lui retourner la politesse ? Je ne savais rien de sa situation familiale, mais je pouvais lui demander, par exemple, si ses proches lui manquaient quand il devait aller à des congrès de libraires ou autres. Sa réponse me renseignerait sans doute. Cela étant, il ne s'était peut-être enquis de la santé de Min que parce qu'il l'avait connue – ou plutôt croisée quand il passait chez nous, c'est-à-dire aussi rarement que possible, parce qu'elle désapprouvait totalement nos échanges de livres et nos promenades. À ses yeux, Markey n'aurait pas fait un petit ami digne de ce nom, et elle ne s'était pas privée de m'en informer. Cinq ans de plus que moi, c'était trop. Et puis, elle nous considérait comme pauvres, mais lui comme misérable. D'ailleurs (elle me le répétait si souvent que j'étais fatiguée de l'entendre), il ressemblait à un truc que le chat aurait trouvé dans la rue.

Mais Dieu sait que ce n'était plus le cas. Markey était un cas unique : un homme séduisant, sûr de lui, bien habillé – et qui connaissait Kilbride. Tous les habitants de Kilbride auraient dû venir en Amérique. Regardez-moi ces *ongles*. Et ces dents magnifiques. Regardez-moi cette démarche énergique et ce dos bien droit. Les hommes de chez nous semblaient se satisfaire de ce qu'ils étaient, pour dire les choses poliment. Monty, par exemple : Monty avait joué au golf toute sa vie sans jamais perdre sa bedaine, qui se répandait au-dessus de sa ceinture. Et ses fesses s'affaissaient à l'arrière de ses cuisses. Quant à Andy, il mangeait comme quatre, mais il était si maigre qu'on racontait que, s'il se mettait de profil, on risquait de le perdre de vue. Et ce n'étaient pas eux – ni aucun homme en Irlande, sans doute – qu'on aurait vus porter un long pardessus noir avec pli d'aisance au dos, une écharpe bleue faite d'une matière plus douce que le cachemire, un beau pull noir, un jean et des mocassins noirs. Et ce chapeau ! Ô mon Dieu, ce grand chapeau noir ! Je n'avais pas vu d'homme aussi élégant depuis l'époque où je vivais en Italie. Et j'avais alors à peine plus de trente ans – un bon âge pour vivre en Italie.

Loin sur notre gauche, là où devait se trouver l'océan, une bande gris pâle se dessinait dans le ciel charbonneux ; mais la rue était aussi morte qu'en pleine nuit, même si je croyais percevoir une musique dansante derrière la palissade qui faisait face à l'hôtel.

« C'est une ville cachée, m'a dit Markey quelques instants plus tard. Le vieux Manhattan. Le Meat Market résiste encore, en tout cas les rues et les bâtiments, mais le Fish Market aura bientôt disparu. Regarde-moi ça. (Nous avions atteint Canal Street.) Tu n'as pas l'impression d'être dans la rue principale d'une bourgade de marchands russes ? Tu vois ces devantures en bois, ces vieilles fenêtres et ces celliers calfeutrés ? Ça donne un aperçu des aspects commerçants et immigrants de la ville – pas autant que le Lower East Side, mais on ne trouvera pas mieux dans le temps qui nous reste si on veut encore aller à SoHo. Tu vois, là-bas ? Ces bâtiments étaient des entrepôts. Tu vois les palans ? Tu vois ces merveilleux matériaux ? Le granit et le fer forgé –

— Markey ! Tu n'as pas changé ! » me suis-je entendue crier, et j'ai ajouté en moi-même : Pas changé ? Tu veux rire ?

Dans notre jeunesse, c'était moi qui étais jolie. Est-ce que Markey s'en souvenait ? Les soirs de week-end, quand je sortais danser, il m'accompagnait jusqu'à la maison de telle ou telle de mes amies. Je nageais dans un nuage de parfum – celui dont les vendeuses du Pillar Store vous aspergeaient gratuitement cette semaine-là – et portais une jupe crayon et un soutien-gorge qui faisait pointer mes seins vers le ciel, et il me parlait de Claudel, de Robert Lowell ou des modèles dont les urbanistes s'étaient inspirés pour reconstruire le centre de Dublin après le soulèvement de 1916. Je le suivais en vacillant sur mes talons aiguilles. J'aurais dû être contre les talons puisqu'ils sont une forme d'esclavage, mais, malgré les bouleversements introduits par le féminisme, j'adorais être perchée là-haut ; je me sentais sexy là-haut. Tout dans mon existence était sexy à souhait, sauf sans doute Markey. Quand nous étions arrivés, il faisait volte-face et rentrait pour lire tandis que je sortais en ville avec mes amies.

Et c'était là que Min voulait que je sois. Elle voulait que je travaille au Pillar, que je sorte danser et que je me trouve un mari. Elle savait, quand je n'en avais absolument pas conscience, que l'influence de Markey me rendait inapte à ma destinée.

Le jour où nous étions partis explorer Dublin ensemble pour la première fois, Markey avait commencé par vérifier mes chaussures. Puis il m'avait conduite dans un quartier de ruelles bordées de hauts murs qui débouchaient sur des terrains vagues.

« Il y avait une grosse distillerie ici autrefois. Tu vois ? Les maisons des ouvriers. » Il désignait une rangée isolée de maisons de brique rouge bordant une place à l'abandon. « Ils avaient des salles de bains. Il y avait le plein-emploi à Dublin à l'époque ; il fallait faire de belles maisons pour attirer les ouvriers. » Les hautes barrières étaient ouvertes sur de vastes cours où l'herbe poussait entre les pavés inégaux. « Les chevaux venaient du Lincolnshire. Je me suis souvent demandé si on les enterrait à la fin de leur vie de labeur. Les gens s'attachent beaucoup aux chevaux. Tu as déjà été à l'Hôpital royal, là où vivaient les vieux soldats autrefois ? On ira bientôt. Magnifique jardin topiaire. Eh bien, il y a un cheval enterré là-bas. Debout. Son propriétaire, un officier, a écrit un poème qui est gravé sur sa pierre tombale, et ce poème explique que, selon certains hommes : *Les créatures muettes que nous avons chéries ici-bas / Viendront nous accueillir quand nous passerons les portes du Ciel. / Suis-je fou de l'espérer ?* »

Lorsqu'il a dit ces vers, Markey était debout dans l'herbe, devant ce qui avait dû être un entrepôt. Je n'avais encore jamais entendu réciter de poème en dehors de l'école.

Ensuite, il m'a emmenée dans un pub richement décoré et a commandé un verre de porto chaud pour nous deux. « Ces boissons traditionnelles sont en train de disparaître, m'a-t-il dit, donc il est de notre devoir d'en boire. »

Puis il m'a expliqué comment distinguer les carreaux victoriens originaux des reproductions. Puis il m'a raconté qu'une équipe venue de Hollywood avait tourné dans le quartier un film d'espionnage censé se dérouler à Berlin-Est. « C'est le seul trou paumé d'Irlande qui ait jamais eu droit à une première à Beverly Hills. »

C'était étourdissant d'être avec lui. Jusqu'alors, en dehors du cabanon, que j'adorais, je n'étais guère attentive aux lieux ; du jour où j'ai commencé à me promener avec Markey, ils se sont mis à compter pour moi d'une manière que je ne m'expliquais pas à moi-même.

Quand nous avons atteint Spring Street, je marchais derrière lui, comme une épouse arabe, et l'espace entre nous était exactement le même que dans notre jeunesse.

Il m'a attendue pour me montrer l'emplacement de la source du XVIIe siècle.

« Tu savais que Kafka connaissait Manhattan grâce aux actualités cinématographiques ? lui ai-je demandé entre deux frissons.

— Vraiment ? » Il m'a regardée avec respect, puis a ôté son écharpe d'un air absent et me l'a passée autour du cou. « Très intéressant. »

Nous marchions vite, l'un à côté de l'autre à présent, mais il ne réglait toujours pas son pas sur le mien. Il ne l'avait jamais fait. Autrefois, je pensais que c'était une de ses stratégies pour m'empêcher de dire quoi que ce soit de personnel, de même que je lui tendais sans cesse des pièges pour tenter de lui arracher un mot – n'importe lequel – sur moi ou sur nous.

« Min n'arrive pas à décider si Sœur Cecilia a une mauvaise influence sur nous, lui avais-je dit un jour, faisant référence à la religieuse qui nous enseignait la musique à l'école. Enfin, elle est persuadée qu'elle a une mauvaise influence, et en même temps c'est impossible puisque c'est une bonne sœur.

— Tu sais comment on appelle ça ?

— Quoi ?

— Le fait d'être amené à croire des choses contradictoires.

— Non.

— La dissonance cognitive, a fait Markey en se retournant vers moi.

— Un peu comme quand on va se promener ensemble, toi et moi », ai-je dit sur un ton qui se voulait joueur. C'était le genre de perche énorme que je lui tendais.

Il n'a pas répondu, naturellement.

« Sérieusement, ai-je repris. Qu'est-ce qu'une fille comme moi fait avec un type comme toi ? Je veux dire, tu es un garçon brillant et tu seras à la fac cet automne ; moi, je suis bonne pour le Pillar Department Store. »

Silence. J'ai tenté de faire machine arrière.

« Que dit le Martien au juke-box ? » ai-je demandé à ses épaules voûtées.

Toujours rien.

« Tu donnes ta langue au chat ? Il dit : “Qu'est-ce qu'une chouette nana comme toi fait dans un boui-boui pareil ?” »

Dans les toilettes du Moondance Diner, j'ai constaté qu'en dehors de mon nez tout rouge, j'étais à peu près présentable. J'ai lissé mes sourcils avec un doigt humide. De l'eau avait coulé sous les ponts depuis le jour où j'avais laissé tomber mon précieux fond de teint parce que Markey m'avait dit qu'il n'aimait pas les femmes maquillées – même si, à l'époque, j'étais rien moins que sûre qu'il m'incluait parmi les femmes.

Je poussais la lourde porte de l'église voisine du Pillar, j'écartais le rideau en similicuir et, dans l'atmosphère tiède laissée par l'assemblée des fidèles, je priais la Sainte Vierge : « Faites que Markey m'aime autant que je l'aime ! »

Mais Elle ne m'a jamais exaucée. Nous allions parfois au cinéma en matinée dans des salles qui sentaient la fumée et le désinfectant. J'entendais les gens respirer et déglutir, et même des bouches qui se détachaient l'une de l'autre quand le silence se faisait brusquement à l'écran. Mais Markey restait confortablement vautré sur son siège, les genoux collés au dossier devant lui, le visage mobile et éclairé par telle ou telle pensée. Dès que la lumière revenait, il se remettait à parler.

Et la vérité, c'est que, si j'ai soupiré après lui pendant des années, cela se passait uniquement dans ma tête. Un jour, le Pillar a embauché au service Expéditions un garçon qui me plaisait tant que mes jambes se mettaient à flageoler dès que je le voyais. J'adorais être avec Markey, même s'il n'existait pas vraiment de mot pour définir notre relation. Mais mon corps ne le désirait pas.

J'ai essuyé mon haleine sur le miroir des toilettes. N'oublie pas ça, Rosie Barry, me suis-je dit. Ne recommence pas à soupirer comme une oie blanche.

À présent, Markey parlait affaires.

« J'ai passé quelques coups de fil, Rosie. Un domaine fascinant que tu nous as ouvert là ! J'ai découvert un éditeur qui fournit tous les kiosques, supermarchés et boutiques de cadeaux du Midwest en brochures. Rien de littéraire, bien sûr : humour, déco, santé, cuisine… Louisbooks and Louiscraft Collectibles, ça s'appelle. Va voir sur Google. C'est énorme. »

Quelqu'un avait dû lui dire qu'on pouvait sourire même quand on parlait sérieusement. Je lui ai rendu son sourire. La serveuse, une blonde robuste et agile, souriait également. Elle a remporté les œufs qui coulaient sur mon *corned beef hash* quand elle m'a vue grimacer et me les a fait cuire des deux côtés. Elle nous resservait de café chaque fois qu'elle passait près de notre table en faisant sa ronde, interpellait les hommes postés derrière le comptoir et distribuait d'énormes assiettes aux clients qui discutaient et riaient. Le snack offrait un tel spectacle de gaieté et d'abondance que tout semblait possible.

« Et puis je me suis aperçu que je connaissais leur D.G. Je ne l'ai jamais rencontré, mais il nous achète des livres. Il s'appelle Louis Austen. Et c'est un vrai connaisseur. J'ai beaucoup de respect pour lui – il m'a refusé un carnet de Galien et il a eu raison. Je l'ai appelé pour lui parler de ton idée et il a dit que bien sûr, que la maison était preneuse de sujets nouveaux en matière de développement personnel et qu'il se ferait un plaisir de demander à son Monsieur Développement personnel de regarder ce qu'on lui enverrait. Je lui ai dit que tu voulais écrire quelque chose sur la crise de la cinquantaine et…

— La crise de la cinquantaine n'est pas exactement ce que j'avais en tête ; c'est une façon un peu superficielle d'aborder le sujet.

— *Sois* superficielle, Rosie ! Donc il m'a dit que d'après Chico – le Monsieur Développement personnel en question – le moment celtique était passé, mais que les femmes d'expérience étaient toujours très à la mode. »

La serveuse était de retour avec le café.

« Vous êtes d'où ? » a-t-elle demandé.

Je crois que la question s'adressait à Markey, mais il a répondu : « Mon amie est de Dublin – vous n'entendez pas ce charmant accent ? »

Ah, ce vieux Markey. Toujours le même. Il ne remarquait même pas qu'elle cherchait à flirter.

Elvis chantait *Hound Dog* sur le juke-box, j'avais devant moi une montagne de pain perdu nageant dans le sirop d'érable et tout le monde dans la salle semblait s'amuser. Était-ce seulement une heure plus tôt que nous frissonnions dans les rues désertes d'un autre Manhattan – un lieu vide et austère baigné par une aube froide ?

Nous nous sommes pris au jeu, Markey et moi. Je serais l'écrivain et lui l'agent. Il éditerait mon texte et le ferait passer à Chico. Pourquoi ne pas essayer ? Il y avait bien des gens derrière tous ces best-sellers du rayon pratique. Pourquoi pas nous ?

Markey s'est soulevé de son siège pour m'embrasser sur le front et les clients assis à la table voisine ont applaudi. Il a rougi et s'est rassis. Puis la serveuse, qui arrivait pour l'addition, a fait mine de l'embrasser sur le crâne ; il a de nouveau rougi, et les voisins ont de nouveau applaudi.

« Tu sais pourquoi tu es la bonne personne ? m'a-t-il demandé, très sûr de lui, tandis que nous enfilions nos manteaux. Nous autres, gens de Kilbride, on n'est ni des Californiens *new age*, ni des intellos de la côte Est. On est par nature des gens du Midwest. En ce qui me concerne, je suis un écrivain lamentable – mon truc, c'est plutôt la photo – mais toi, tu es une professionnelle des mots. Et tu n'es pas cynique – il suffit de te regarder pour s'en convaincre. Pas plus cynique que les habitants de l'Ohio ou de l'Idaho ou de tous ces endroits où Louisbooks vend des livres. Donc c'est dans la poche ! »

Il dansait presque en sortant pour héler un taxi ; il semblait enchanté de lui-même.

« Je t'appellerai, m'a-t-il dit. Et il y a un Salon du Développement personnel au Sheraton vendredi ; je ne peux pas rester, mais il faut que tu me promettes d'y aller. Et réserve ton dîner de demain. Et – il tendait le cou hors du taxi – va t'acheter un chapeau aux frais de Seattle Rare Medical Books. Et, Rosie… on va bien s'amuser ! »

J'ai agité son écharpe, mais il m'a crié : « Garde-la ! Et, Rosie, sois *positive*. Tu es en Amérique. OK ? »

J'imaginais son regard pétillant posé sur moi quand j'ai acheté chez Century 21 un chapeau cloche en velours avec une fleur écarlate masquant un œil. Une très vieille dame qui passait en traînant les pieds près du miroir où je me regardais m'a confortée dans mon choix en disant : « C'est ça, mon chou : toujours suggérer. »

Sur le trajet de l'hôtel, je me suis également offert un calepin rose.

Arrivée dans ma chambre, j'ai regagné mon lit somptueux et écrit sur la première page :

NOTES POUR (titre à venir)
par Rosaleen Barry et Marcus Cuffe (New York, 2003)

Puis je me suis creusée pour dénicher quelque sage pensée, mais rien ne me venait.

Je me suis donc fait couler un bain en me promettant de dire une prière en faveur de notre petite entreprise une fois dans l'eau. Mais j'étais trop excitée et trop fatiguée par le décalage horaire pour me concentrer. De plus, il se trouve qu'en me tenant assise bien droite, je m'apercevais dans un miroir particulièrement flatteur. Je suis donc allée mettre mon nouveau chapeau avant de me rasseoir dans le bain. Là, j'ai entonné « La fleur que tu m'avais jetée » et chanté *Carmen* à pleine voix jusqu'à ce que quelqu'un tape sur la tuyauterie.

De MarkC à RosieB (envoyé à 12 h)

J'ai été enchanté de te voir ce matin. Enchanté. Et tu n'as pas changé d'un iota. J'avais oublié que ton visage s'éclairait quand quelque chose t'intéressait – bien sûr, Dieu nous protège quand ce n'est pas le cas.

J'ai appelé Louis dès que j'ai eu une minute pour souffler et il aimerait connaître le titre provisoire. Des idées ?

De RosieB à MarkC (envoyé à 12 h 30)

Pourquoi pas *Réflexions d'une femme d'expérience sur la maturité* ? Ou, comme je ne peux pas écrire ce qui précède sans chausser mes lunettes, *Les Années douces-amères* ? Ou, si tu trouves ça trop sinistre, *Le Manuel du bien vieillir* ? Ou encore – pour jouer cartes sur table – *Savoir gérer la cinquantaine* ? Dans un autre ordre d'idées, est-ce que *Le Milieu du gué* ne ferait pas un bon titre ? Après tout, ce qui caractérise ces années-là, c'est la conscience qu'on n'a plus toute la vie devant soi.

De MarkC à RosieB (envoyé à 12 h 40)

Laisse tomber la sinistrose européenne ! Encore un peu et tu citeras Sam Beckett. J'ai discuté avec les femmes qui servent le café dans le hall d'expo ; elles ne sont plus de la prime jeunesse, mais elles disent qu'elles ne se sont jamais autant amusées. Il vaudrait mieux quelque chose du genre : *50 ans et plus : la chance de votre vie !*

De MarkC à RosieB (envoyé à 13 h 30)

DERNIÈRE MINUTE
Chico vient d'appeler. Il dit que le calibrage maximum pour un Louisbook est de 1 500 mots.

De RosieB à MarkC (envoyé à 13 h 45)

Pas mal. Ça laisse de la place pour les épigraphes, les statistiques, etc.

De MarkC à RosieB (envoyé à 13 h 50)

1 500 mots en tout.

De RosieB à MarkC (envoyé à 13 h 53)

C'EST UNE BLAGUE OU QUOI ??? Les plus grands écrivains, philosophes et maîtres spirituels ont passé des siècles à s'interroger – sans même parler de donner des conseils – sur la meilleure façon de vivre. J'ESPÈRE SINCÈREMENT QU'IL S'AGIT D'UNE PLAISANTERIE.

De MarkC à RosieB (envoyé à 14 h)

J'ai vérifié auprès de Chico.
C'est 1 500, ma grande, à prendre ou à laisser.
Tu prends ou pas ?

De RosieB à MarkC (envoyé à 16 h 45)

BON, D'ACCORD !
Je prends.
Je suis une pro, après tout. Je rédige des prospectus. Donc voici un exemple de « pensée sur l'âge mûr » en 150 mots.

Nombreuses sont les expériences de notre jeunesse qui semblent passer sans laisser de trace. Ce n'est qu'une apparence. Simplement, comme ces plantes que l'on sème en hiver en prévision du printemps, nous ne savons pas encore lesquelles fleuriront ou porteront des fruits. Nous devons attendre pour le savoir.

Au cours de la cinquantaine, l'attente prend fin : ce que nous avions semé dans notre jeunesse, nous pouvons le récolter maintenant.

C'est là une grande vérité – qu'il nous faut continuer à vivre pour savoir quelles parcelles de notre vie seront fertiles. On ne peut jamais être sûr de ce que l'on sème pour l'avenir. Il faut attendre que l'avenir advienne pour le découvrir.

Le miracle, c'est que, même quand le passé semble à jamais perdu, il finit toujours par ressurgir.

La maturité est donc l'âge des miracles. Celui, aussi, où l'on sait combien les miracles sont rares...

De MarkC à RosieB (envoyé à 17 h 30)

J'ai aussitôt fait suivre ta « pensée » à Chico et il vient de m'appeler en disant que, d'après Louis, les Irlandais étaient connus pour leur grande sensibilité et que tu en étais une excellente illustration.

Bien sûr, les gens d'ici sont polis à l'excès et on n'a pas de contrat ni rien d'approchant.

Mais est-ce que tu sauras écrire dix de ces machins-là ? Je veux dire, je serais incapable d'en pondre un seul. Est-ce qu'il y a dix manières de parler de l'âge mûr en 150 mots ?

De RosieB à MarkC (envoyé à 18 h)

Sans problème. C'est pour des gens de notre âge, pas vrai ? Eh bien, si je regarde ma propre vie, je m'aperçois que les satisfactions qu'elle m'apporte proviennent du corps (trop rarement !), de l'argent que j'ai pu gagner, de l'amitié, de l'art, des voyages, des animaux (même Bell, la chatte de Min, qui ne m'aime pas beaucoup, n'en finit pas de me ravir) et de la nourriture. Et du simple fait de persévérer – tenir bon est en soi une source de satisfaction. Ça fait 9 chapitres, je crois, si on garde le miracle insoupçonné de la maturité (insoupçonné, mais bien réel : qui aurait cru qu'on monterait ce projet tous les deux, par exemple ?).

Je réfléchirai au dernier quand j'en serai rendue là. Ça marche ?

De MarkC à RosieB (envoyé à 18 h 10)

Génial.
Titre provisoire : *Dix pensées sur la maturité.*
Dîner demain : je passe te prendre à l'hôtel vers 19 h.
D'ici là, repose-toi bien, Rosie.
Qu'est-ce qu'on va rire !

6

Dans la soirée, le téléphone a sonné. Naturellement, j'ai cru que c'était Markey.

« Rosie ? C'est toi ? Allô ? Peg, y a quelque chose qui cloche. Faut appuyer sur quel bou – allô ? Monty O'Brien à l'appareil. Est-ce que je pourrais parler…

— Qu'est-ce qui s'est passé ? Qu'est-ce qui s'est passé ?

— Rien de grave, m'a dit Monty. Personne n'est mort ni rien. Juste un peu de remue-ménage autour de Min. Elle campait à l'aéroport, ta tante, plus précisément dans les toilettes dames, et les gens de la sécurité ont trouvé le numéro de Reeny sur elle. Comme Reeny est en Espagne, c'est moi qui ai décroché et ils m'ont demandé si je pouvais venir la chercher, parce qu'on n'a pas le droit de passer la nuit là-bas. Donc j'y suis allé avec Peg, mais Min a refusé de rentrer avec nous. Elle dit qu'elle a un billet pour New York et qu'elle ira, point final. Elle dit qu'elle a son passeport dans son sac depuis qu'elle est allée à Nevers avec la paroisse. On a appelé la maison Sunshine, mais la dame ne veut plus entendre parler d'elle, alors on l'a mise dans un petit hôtel près de l'aéroport avec un service de navette, parce que Peg doit rentrer voir son père et que j'ai un tournoi tôt demain. Donc voilà l'histoire. Le vol de demain pour New York – non, attends, ça doit être aujourd'hui maintenant ?

— Est-ce qu'elle avait… »

Non. Je ne poserais pas la question.

À la place, je les ai longuement remerciés tous les deux.

« Eh bien, qu'elle vienne et grand bien lui fasse ! Ce ne sera jamais que pour quoi, cinq jours ? Monty, ça t'ennuierait d'aller ouvrir une boîte pour Bell dans les cinq jours qui viennent ? Elles sont dans le placard – oh, tu sais déjà. Oui, laisse la fenêtre de la salle de bains ouverte. À mardi, merci pour tout et mille excuses pour le dérangement. Cette Min, quel numéro ! » ai-je conclu avec un petit rire enjoué.

J'ai raccroché violemment et arpenté la chambre d'un pas lourd pour tenter de me calmer.

Tu gâches toujours tout ! lui criais-je intérieurement. *Tout !* Même le jour où j'ai cru que j'allais entrer à l'école, tu m'as gâché mon plaisir. J'étais assise par terre avec le cartable neuf et tu m'as dit « Non, non, tu peux pas y aller avant d'avoir quatre ans », et puis tu es partie. Tu es partie ! Tu cherchais toujours à être loin de moi. Quand j'étais petite, tu me forçais à sortir jouer tout le temps. Tu ne voulais pas m'avoir dans les pattes…

Mais cette fois c'était le contraire, n'est-ce pas ? Cette fois, ne cherchait-elle pas à se rapprocher de moi ?

Et c'était la première fois. Même ce fameux dimanche, trois ans plus tôt, où j'avais fait le trajet en train de Bruxelles jusqu'au fin fond de la Bourgogne pour la croiser (elle venait se recueillir sur la tombe de sainte Bernadette de Lourdes), même ce jour-là, elle m'avait mal accueillie.

Elle se tenait dans le hall de la gare de Nevers, petite et furieuse, vêtue de l'imperméable gris boutonné et du suroît assorti qu'elle portait même par temps sec lorsqu'elle sortait en compagnie de personnes respectables.

« Ça fait des plombes que j'attends, m'a-t-elle lancé.

— Tu aurais pu t'asseoir là-dessus », ai-je dit en désignant la large marche du pèse-personne voisin.

Elle m'a décoché un regard sarcastique d'opérette.

« Tu aurais pu mettre du papier dessus ! ai-je insisté.

— Et comment je trouverais du papier quand je parle même pas la langue ? » m'a-t-elle lancé. Puis : « J'ai pas beaucoup de temps. On doit toutes être au car à quatre heures pétantes. Un monsieur bien aimable, le responsable du car. Il a le même nom que l'autre, là, tu sais, le parfait gentleman – le parfait cavalier de danse ?

— Maurice Chevalier ? »

Elle a hoché la tête d'un air impatient, comme si la chose allait de soi. « Oui, lui. »

Puis elle m'a raconté que, la veille, une des dames de Dublin avait payé deux euros pour une tasse d'eau chaude où plonger son sachet de thé ; cela étant, la dame s'était peut-être trompée parce qu'elle ne savait pas combien d'argent elle avait au départ – sa fille l'avait cousu dans son ourlet.

« J'aimerais tellement savoir parler une autre langue, a-t-elle dit d'un air malheureux tandis que nous sortions de la gare pour pénétrer dans la ville grise. Sans ça, à quoi ça sert de quitter Kilbride ? »

Et… Qu'avait-elle dit ensuite ? Oui ! Ça me revenait maintenant. Elle avait dit : « La seule langue que je parle, c'est l'anglais, donc le seul pays lointain où je pourrais aller, c'est l'Amérique. »

Je me suis installée sur le canapé blanc avec mon volume de Proust. Juste au-dessous de la fenêtre, un pigeon perché sur une saillie ébouriffait ses plumes en me scrutant d'un œil perspicace. J'apercevais une partie du terrain vague d'en face : derrière la palissade, un sans-abri traînait quelque chose sur le sol défoncé en direction de son couchage – un tas de literie aussi désordonné qu'un nid d'oiseau posé devant un feu. De l'autre côté du fleuve, les nuages massés au-dessus des bâtiments étaient pâles, mais, sous mon regard, ils ont commencé à s'assombrir ; puis les lumières lointaines se sont voilées. Oh ! Une averse approchait sur le fleuve houleux. J'ai attendu, fascinée, qu'elle vienne cingler ma fenêtre. C'était si beau à voir – les lumières qui se ravivaient après le passage de l'ondée, plus étincelantes que jamais derrière la vitre trempée.

Apaisée, j'ai été chercher ma pomme de secours dans le compartiment secret de ma valise et l'ai mangée en lisant le passage où le narrateur voit Saint-Loup pour la première fois. Puis je me suis brossé les dents et suis allée me coucher, non sans avoir tiré à Min un chapeau imaginaire.

Une sorte de troupe de carnaval encombrait le Terminal 4, et c'est dans un tourbillon d'enfants costumés en souris, d'adultes affublés de queues en peluche et de masques à paillettes et d'ours humains portant des fées violettes sur le dos que Min a posé le pied en Amérique. Elle-même aussi pimpante qu'un lutin, elle a passé les portes coulissantes du hall d'arrivée. Je l'ai regardée s'arrêter et lever des yeux étonnés vers les ballons échappés qui s'entrechoquaient légèrement sous le toit vitré. Elle était si égale à elle-même qu'elle semblait presque extraordinaire dans le vieux pull noir qu'elle désignait toujours, avec une moue suffisante, comme son « meilleur tricot ». Elle possédait un petit répertoire de mines féminines conventionnelles : le visage sourcilleux avec lequel les femmes scrutent un vêtement, la façon particulière dont elles s'extasient devant le bébé d'une autre ou le regard sévère qu'elles fixent sur le vendeur qui choisit leurs tomates au marché. Mes propres expressions, je le savais, venaient de Min. Mais d'où venaient les siennes ?

À présent, elle était en arrêt devant un Noir imposant qui portait un chaton roux dans la poche de poitrine de sa veste. Il conversait avec un autre homme sans faire attention à la petite bête, laquelle tournait la tête de côté et d'autre, inspectant son environnement avec un vif intérêt. Min observait la scène comme une enfant – immobile et imperturbable. Sa chevelure, si souvent emmêlée quand elle restait au lit, était brossée et attachée en arrière ; même striée de blanc et d'argent, elle restait d'une richesse remarquable. Au total, une robuste petite silhouette, avec un sac à provisions plein à craquer dans une main et un antique manteau noir sentant la naphtaline sur le bras.

Trois jeunes femmes sont passées devant elle sur leurs talons, traînant gracieusement des sacs d'hôtesses de l'air.

« Minnie ! ai-je appelé. Min. »

Elle a tourné la tête sans se presser. Elle était peut-être fascinée par son environnement, mais elle restait parfaitement maîtresse d'elle-même.

« Je voulais cacher mes sous dans ma culotte, Rosie, m'a-t-elle lancé sans préambule, mais j'ai parlé à une Irlandaise qui vit ici et elle m'a dit qu'ils avaient pas du tout les mêmes niveaux de vol que chez nous. Ils manquent de rien ici, qu'elle m'a dit, enfin pour la plupart, donc ils ont pas besoin de chouraver. J'en avais mis deux pour pouvoir glisser le portefeuille entre, mais du coup, j'ai été en enlever une aux toilettes. Ça, je vais tout de même pas avoir peur de mon ombre à chaque pas. »

L'après-midi était venteux et de violentes bourrasques précipitaient les piétons, cramponnés à leurs chapeaux et à leurs jupes, vers le parking situé de l'autre côté de la route. Min traînait en arrière. Je me suis retournée et l'ai trouvée plantée devant le mince panache de fumée qui s'échappait d'une poubelle fixée à un poteau. Deux balèzes en uniforme entouraient le réceptacle et parlaient d'un air important dans leurs talkies-walkies. Ils attendaient les pompiers, expliquait l'un d'entre eux. À ce moment, un gamin s'est avancé et a vidé sa canette de Coca sur le papier qui devait brûler dans la poubelle ; celle-ci a cessé de fumer. Le gamin a laissé tomber la canette qui, entraînée par le vent, a traversé la route dans un bruit de ferraille.

Un énorme camion de pompiers arrivait en vrombissant. Le chauffeur de taxi qui venait de s'arrêter près de nous était plié de rire.

Mais c'est un autre aspect des choses qui avait frappé Min.

« T'as vu ça ? m'a-t-elle demandé. Toute une canette de Coca quand il aurait facilement pu trouver de l'eau. »

C'était tout elle : pas un mot pour savoir comment j'allais ni si, par hasard, j'avais mieux à faire que de traîner à l'aéroport JFK pour ses beaux yeux. Pas une excuse pour le dérangement qu'elle avait causé. Pas une question concernant l'endroit où elle allait dormir. Mais… Mais après le silence de Kilbride, c'était un tel changement de l'entendre parler ! Elle babillait presque, assise tout au bord du siège, sa tête pivotant de côté et d'autre.

« Elles sont pas horriblement petites, ces maisons ? Jamais j'aurais cru que les maisons seraient si petites en Amérique. Alors que les gens sont si grands – ceux qui viennent en Irlande, en tout cas. Et… »

Nous arrivions sur une hauteur et le chauffeur l'a interrompue pour annoncer Manhattan.

« C'est presque pareil qu'au Sorrento ! » s'est-elle écriée.

Et elle disait vrai. Sur l'un des murs de la friterie Sorrento, une silhouette de Manhattan se profilait en petits carreaux rouges, et c'est elle que nous contemplions depuis toujours en attendant qu'Enzo égoutte les frites et les glisse dans des sachets en papier. Une forme magique n'a pas à être exacte.

Min a été enchantée par les postes de péage.

« Ils devraient faire ça à Dublin, a-t-elle déclaré. Faire payer tout le monde pour entrer et donner l'argent à ceux qui vivaient déjà là ! »

Elle commentait tout ce qui tombait sous son regard – une limousine blanche interminable d'où s'échappait une musique tapageuse ; les piétons qui traversaient à flots au feu rouge et leurs différents couvre-chefs ; le nombre de teintureries que nous croisions ; un mendiant qui chantait en agitant son gobelet en carton et qui, soutenait-elle, aurait fait fortune chez nous tant il avait l'air heureux.

Je lui ai montré le siège des Nations unies.

« Où est le drapeau irlandais ? a-t-elle demandé. *Wrap the green flag round me, boys !*

— L'Irlande, a fait le chauffeur. Ça, c'est un pays qui souffre.

— Ah, mais ça va mieux maintenant, a dit Min. Ça s'est calmé depuis que le président Clinton est venu et qu'il a forcé les gens du Nord à se parler.

— Vraiment ? Eh bien, loué soit le Seigneur Jésus.

— Et vous-même, d'où c'est-il que vous venez ?

— De la Sierra Leone, m'dame. En Afrique. Un autre pays qui souffre. Et vous comprenez ça, vous qui venez d'Irlande. » Il a fait une pause avant de poursuivre : « Mais puisque vous me dites que le bon Seigneur Jésus vous a envoyé des temps meilleurs. Puisse-t-il aussi envoyer Sa paix sur la Sierra Leone.

— Oh, a fait Min. Vous avez bien raison.

— Prions », a dit le chauffeur.

Nous étions maintenant sur la West Side Highway et approchions de l'hôtel.

« Notre Père, qui êtes aux cieux… » a-t-il débuté.

Nous avons poursuivi et achevé la prière avec lui.

Min a concédé que notre chambre ressemblait à un décor hollywoodien. « Un tapis blanc ! Heureusement que c'est pas moi qui ai à le nettoyer. » Elle a même observé que la réceptionniste était le portrait craché de l'autre, là, la femme de Bobby dans *Dallas*. Mais, pour le reste, elle était de nouveau murée dans son silence, et ses yeux étaient sans cesse happés par la fenêtre, où une explosion de gris et de noirs dominait l'abîme de la route et du fleuve. J'ai senti pointer mon amertume habituelle. À l'époque où nous passions des 78 tours d'opéra sur son gramophone à manivelle, mon air préféré était *Dreams that are Brightest*. Eh bien, ce que nous vivions en ce moment avait quelque chose d'un rêve ; voilà ce qu'elle aurait dû dire. Nous étions en vacances dans une chambre d'hôtel équipée d'un immense canapé blanc face à une immense fenêtre donnant sur un ciel étonnant et de deux grands lits couverts de soie et de velours, avec un téléphone à côté de chaque lit et un autre dans la salle de bains. C'était même plus que nous n'aurions pu rêver, une chambre comme celle-ci dans une ville comme celle-ci. Et un homme qui ressemblait à Clint Eastwood – Clint Eastwood à la fleur de l'âge, pas Clint Eastwood aujourd'hui – nous emmenait dîner au restaurant. Cela aussi, elle me le devait.

Mais tout ce que j'ai trouvé à dire, pour ne pas enfreindre notre étiquette, c'est : « Qu'est-ce qui s'est passé ?

— Ah, cette maison Sunshine, quel horrible endroit ! a-t-elle dit. J'y mettrais pas mon pire ennemi. T'aurais dû les entendre crier ! Et on nous forçait à regarder les courses à la télé toute la journée.

— Tu avais ta propre chambre, ai-je rétorqué. Tu n'étais même pas obligée d'en sortir en dehors des repas. Et passe encore que tu t'en ailles, mais tu n'avais pas à provoquer cet esclandre à l'aéroport. Tu aurais pu rentrer chez toi. Si tu es assez en forme pour venir jusqu'en Amérique, tu l'étais assez pour ren… »

C'est à ce moment que je l'ai frôlée. Elle était dans le coin cuisine et fourrageait dans son sac à provisions pour retrouver les sachets de thé qu'elle avait chapardés la veille à son hôtel quand je me suis penchée pour remplir la bouilloire. Comme il n'y avait pas assez de place pour nous deux, mon côté a effleuré le sien, et j'ai failli pousser un cri. Car j'ai senti, parcourant son corps menu, un tremblement profond qu'elle ne parvenait pas à maîtriser, même pour se cacher de moi. Elle était aussi apeurée qu'un petit chien. C'était sans doute pour ça qu'elle avait cessé de parler : il devait lui falloir toute son énergie pour contrôler son visage et ses gestes. J'ai fait couler l'eau pour qu'elle ne sache pas que j'avais remarqué quelque chose. Je venais d'entrevoir tout ce qu'elle avait à redouter : ma colère, maintenant que la présence du chauffeur de taxi ne la mettait plus à l'abri ; mes questions ; mon pouvoir sur ce lieu ; la perte de la maîtrise qu'elle possédait dans sa propre maison.

Et d'autres défis se présentaient à elle. J'avais en face de moi une femme de quelque soixante-dix ans qui avait toujours vécu dans la plus grande simplicité. Chaque semaine, lorsqu'elle touchait sa pension, elle répartissait la plus grande partie de l'argent entre des boîtes étiquetées Électricité, Nourriture Bell, Gaz, Assurance et Redevance télé ; elle mettait le reste dans un porte-monnaie à fermeture Éclair qu'elle fourrait dans la poche la plus profonde de son sac, et sa gestion était terminée. Et voilà qu'elle traversait l'Atlantique pour la première fois, affrontait les services d'immigration américains pour la première fois, préparait le thé sur une plaque chauffante pour la première fois.

« Que dirais-tu d'une petite sieste, Min ? »

Obéissante, elle s'est enveloppée dans un peignoir Harmony Suites bien trop grand pour elle et s'est aussitôt endormie sur le couvre-lit.

Je suis restée à l'autre bout de la pièce.

Cette nuit, j'allais dormir à quelques pas de Min.

Ce n'était pas arrivé depuis l'époque de Bailey's Hut. Au cabanon, la cloison qui séparait les deux pièces ne montait pas jusqu'au plafond et, quand je me réveillais tôt, j'entendais mon père ronfler, respirer bruyamment ou marmonner. Un jour, je l'avais même entendu chanter. J'aimais ses bruits nocturnes, comme tout ce qui venait de lui. Quand il me prenait sur son dos pour m'apprendre à nager, nous grognions, crachions, toussions et nous aspergions mutuellement ; nous passions sous les vagues et son corps était un refuge qui balayait toutes mes peurs. Mais Min ne se baignait pas. Min évitait autant que possible de toucher les gens. Si je me souvenais si bien de la nuit où elle était restée éveillée avec moi et m'avait allongée devant le feu pour me verser délicatement un peu d'huile tiède dans les oreilles, c'est précisément parce que ce genre de chose était exceptionnel. Bien sûr, elle me touchait chaque jour par nécessité, pour m'habiller et me déshabiller. Mais cette nuit-là était la seule fois où elle l'avait fait sans hâte, et sans me donner d'instructions. Elle m'avait juste tournée avec douceur d'un côté puis de l'autre.

Et puis, une année, un terrain de sport avait ouvert non loin du cabanon et Min avait eu l'idée d'utiliser la douche des vestiaires, car nous avions des toilettes portables Elsan, mais pas d'eau courante pour nous laver. Elle disait que si quelqu'un nous voyait franchir en douce la clôture avec du savon, du shampoing et une serviette dans un sac en plastique, nous serions peut-être ridicules, mais ridicules et propres. Et c'est ainsi que, pendant quelques étés, nous nous sommes douchées ensemble tous les soirs.

Personne ne nous a jamais surprises. Nous attendions dans la lumière de l'été que les cris se taisent sur le terrain et que le gardien passe à vélo sur la route pour rentrer à Milbay. Alors, nous courions dans l'herbe sombre jusqu'au pavillon des vestiaires. Min me faisait la courte-échelle et je passais la main par la fenêtre pour ouvrir. Puis je la faisais entrer. Nous nous déshabillions dans l'obscurité et prenions notre douche en nous cognant l'une contre l'autre, nos membres savonneux se disputant l'unique filet d'eau tiède.

Je n'ai plus été aussi proche de son corps jusqu'aux années qui ont suivi la mort de mon père. À cette époque, nous n'avions pas un sou et, chaque trimestre, quand le monsieur des impôts passait nous voir, nous faisions semblant d'être absentes. Dès que nous entendions dire qu'il arrivait dans notre rue, nous allions nous cacher dans le placard sous l'escalier. Nous y étions habituées, et il y était habitué, et Reeny, qui s'adossait au chambranle de sa porte pour le regarder tambouriner sur la nôtre, y était habituée. En général, j'emportais la brosse à cheveux dans le placard et j'en profitais pour m'en donner un bon coup. J'étais parfaitement heureuse là-dedans. Le monsieur regardait à travers la fente à lettres ; nous avions laissé la porte de la cuisine ouverte et il pouvait constater que nous n'y étions pas. Puis il s'en allait.

C'est aussi vers cette époque que Min a commencé à fréquenter le pub. Elle repassait toute la journée pour arrondir nos fins de mois : n'ayant pas été mariée à mon père, elle ne touchait pas de pension de veuvage et, avant que je commence à travailler au Pillar, nous n'avions pour vivre qu'une allocation de revenu minimum. Après cinq ou six heures de repassage, elle allait au pub, et l'habitude s'est installée.

À partir de ce moment, je n'ai plus eu envie de l'approcher. Ces derniers temps, quand je montais au Kilbride Inn dans l'espoir qu'elle accepterait de rentrer avec moi, il arrivait qu'elle me prenne le bras ou essaie de me tenir la main pour redescendre la rue. Et j'avais horreur de ça. Ses doigts me faisaient l'effet de griffes. Ce n'est pas sincère, pensais-je. Tu as bu. Ce n'est pas de l'amour. Je saisissais la première occasion de lui faire lâcher prise, sans me soucier qu'elle s'en aperçoive ou non.

J'ai baissé les yeux vers elle : elle dormait profondément, un bras sur le visage et l'autre le long du corps. Avant de s'allonger, elle avait rassemblé sur le lit ses plus précieuses affaires. Son étui à lunettes en métal cabossé. Son portefeuille en cuir râpé, aussi mince que du papier. Pas moins de six sachets de sel et de poivre collectés dans l'avion. Une petite photo sous Plexiglas représentant Reeny et Monty adossés au mur séparant nos arrière-cours, avec Bell encore bébé perchée entre eux. Un flacon en plastique bleu en forme de madone qui contenait sans doute de l'eau bénite de Lourdes. Sa main reposait près de ces objets, comme pour les défendre à la moindre alerte ;

la chair était relâchée aux articulations et la peau parsemée de taches brunes.

À la voir ainsi, entourée de ses modestes possessions, on ne pouvait que trouver absurde la colère qu'elle m'inspirait souvent. Sa main, avec ses ongles crasseux, était aussi petite que celle d'une enfant. Et n'était-elle pas comme une enfant ? Je la savais incapable de jouer le même jeu que la plupart des femmes – de s'habiller à son avantage, de papoter, d'employer ces petits mots insincères que tout le monde emploie pour être poli. Elle n'avait pas appris à faire tout cela. Il n'y avait eu personne pour le lui apprendre. Sa mère était morte quand elle avait dix ans et, pour cette raison, sa sœur aînée, ma mère, s'était enfuie.

« Elle a dit qu'elle partait, avait-elle un jour lâché à contrecœur, et quand je lui ai demandé pourquoi, elle a dit : "Je reste pas ici sans maman." »

Les morts parlent à travers nous, disait Freud.

Était-il possible de voir les choses de façon un peu différente, dans cet endroit si merveilleusement nouveau ? Le contact physique, par exemple. Quand Min cherchait ma main en rentrant du pub, se pouvait-il qu'elle essaie de me dire quelque chose – quelque chose qu'elle ne pouvait pas me dire sans être désinhibée par l'alcool ?

J'ai pris sa main inerte et l'ai tenue un moment dans la mienne.

Rien. Pas la moindre émotion. Je n'éprouvais strictement rien. N'empêche : c'était la première fois que je la touchais de mon plein gré depuis des années.

« Et une bière ? a demandé le serveur. De la Cobra, une bière indienne ? »

Depuis notre arrivée au Shalimar Balti House, Markey se montrait si prévenant envers Min – s'assurant qu'elle avait assez chaud, faisant venir le serveur pour qu'il explique le menu à la visiteuse d'Irlande, et ainsi de suite – qu'on eût juré qu'il s'agissait de sa propre mère.

J'étais curieuse de ce qu'elle allait dire pour la bière. À New York, elle ne risquait pas de rencontrer beaucoup de barmen comme Decco, le patron du Kilbride Inn, qui la laissait occuper une table tout l'après-midi, puis désignait l'un des hommes venus boire une pinte en sortant du boulot pour la raccompagner jusqu'au coin de notre rue. Et regardez-la maintenant – oh, pourvu qu'elle ne boive pas trop ! Elle paraissait aussi jeune que si les dures années avaient glissé sur elle. Elle se tenait droite comme un i, les yeux brillants, et malmenait ce pauvre Markey pour qu'il commande les plats indiens qui ressemblaient le plus à des plats irlandais.

Chez nous aussi, parfois, ses yeux brillaient au retour du pub. Mais son exaltation n'avait alors rien à voir avec le lieu où elle se trouvait. C'était même exactement l'inverse : boire la transportait dans un lieu qui n'était pas chez elle, où elle pouvait être une autre qu'elle-même.

« Parfait », a dit Markey au serveur en acquiesçant d'un air absent. Puis, tout sourires, il s'est tourné vers Min : « Min, une bière ? de l'eau ? du thé ?

— Du thé, ça ira. Avec un nuage de lait. »

Bien sûr, Min avait connu Flo Cuffe. Il y avait aussi eu un M. Cuffe à Londres, le père – les gens disaient qu'il était protestant et que la famille l'avait chassé –, mais Markey n'allait le voir que rarement et, quand il y allait, tout ce qui l'intéressait, c'étaient les librairies d'occasion de Charing Cross Road. En revanche, il adorait sa mère. Il lui donnait tout l'argent qu'il gagnait (il avait obtenu un emploi de fonctionnaire dès sa sortie du lycée et suivait les cours du soir à l'université), bien qu'elle en reversât la plus grande partie à un prêtre de sa connaissance qui dirigeait un orphelinat à Calcutta.

Elle avait eu une influence sur ma vie, cette chère Flo.

Un soir, environ trois ans après le départ de Markey pour les États-Unis, alors que – grâce au soutien financier de Hugh Boody, mon patron à la librairie – j'étais moi-même en première année à l'université, je suis rentrée très tard parce qu'il y avait eu une petite crise au magazine étudiant auquel je participais. J'ai vu une silhouette venir vers moi à travers la brume gorgée de lumière réfractée qui emplissait la rue sombre et, quand nous nous sommes croisées sur le terre-plein central, j'ai reconnu Mme Cuffe.

« Qui est-ce ? C'est Rosie ? La Rosie de Min ? a-t-elle dit en levant les yeux sous son chapeau. Rosie, je suis en retard à la messe. Je crois bien que la pendule s'est arrêtée. »

Elle semblait si bouleversée que la prudence s'imposait. J'ai regardé ma montre avec un soin étudié.

« La pendule devait plutôt avancer, ai-je déclaré d'un ton dégagé, parce que vous n'êtes pas en retard – vous êtes même un peu en avance pour la messe de huit heures.

— J'attendrai à l'église, a-t-elle dit avec une note de panique dans la voix. Je préfère attendre plutôt qu'être en retard.

— Le problème, c'est qu'ils n'ouvriront pas les portes avant un petit bout de temps. Et vous risquez d'attraper la mort dans cette méchante bruine si vous attendez dehors.

— Tu as raison ! a-t-elle fait, désemparée. Mais je ne peux pas attendre chez moi si la pendule est cassée. »

Je l'ai donc convaincue de rentrer avec moi. En m'entendant parler en bas, Min s'est levée et nous a rejointes. Je l'ai vue observer les pieds de Flo, qui portait une chaussure d'un côté et une bottine de l'autre. Elle a frappé quelques coups contre le mur et, bientôt, Reeny a fait son apparition en robe de chambre. Ensemble, elles ont ravivé le feu et préparé du thé tout en parlant à la vieille dame comme si de rien n'était.

C'est à ce moment que Flo a eu une influence sur ma vie. À ce moment, je me suis vue plantée au milieu de la pièce, sans utilité aucune. Ces femmes n'avaient pas besoin de moi. Je n'avais pas ma place parmi elles.

Finalement, la mère de Markey a avoué d'un air honteux qu'elle avait dû oublier de dîner parce qu'elle mourait de faim. Les deux autres lui ont préparé des œufs brouillés et des toasts dont elles ont pris soin d'ôter la croûte. Quand elle a commencé à piquer du nez, elles ont passé des manteaux sur leurs vêtements de nuit et l'ont raccompagnée chez elle en traversant la ruelle à l'arrière de la maison. Elles ont cherché à obtenir le numéro de Markey en Amérique, mais Flo ne savait plus où elle l'avait noté, donc elles ont dit qu'elles reviendraient le lendemain. Puis elles l'ont emmenée dans sa chambre, l'ont mise au lit avec son livre de prières et une bouteille de Coca et l'ont laissée dormir.

« Elle a plus jamais été la même après cette nuit-là, plus jamais, a déclaré Min, qui reprenait l'histoire pour Markey. Je me souviens que Reeny t'a dit au téléphone que c'était pas la peine de rentrer, que tous ceux qui avaient leur arrière-cour sur la ruelle se feraient un plaisir de lui apporter à dîner, et c'est ce qu'on a fait et ça s'est passé comme sur des roulettes. Elle adorait manger, ta mère, et elle a vécu bien confortablement chez elle jusqu'à un mois avant sa mort –

et à ce moment-là, comme tu sais, elle avait plus sa tête du tout. »

J'avais rarement vu Min s'exprimer avec un tel sérieux.

« Ma parole, Marcus, elle avait pas un souci en tête. Pendant des années, chaque fois qu'on entrait dans la maison – on frappait et on entrait sans attendre la réponse –, on la trouvait en train de babiller et alors elle disait oh, madame Connors, ou madame Unetelle – elle reconnaissait très bien tout le monde –, j'étais en train de parler à la Petite Fleur. C'est sainte Thérèse. Ou à sainte Bernadette. Ou bien j'étais en train de discuter avec le bienheureux John Sullivan – c'était un prêtre à Dublin, un très saint homme – et il me parlait du Ciel. C'était jamais Dieu ou la Sainte Vierge, je sais pas pourquoi. Peut-être qu'elle aurait pas été aussi à l'aise avec eux. Et elle avait des amis de l'époque où elle faisait le ménage à l'église, et des amis à la confrérie et chez les franciscains séculiers, et ils passaient la voir sans arrêt. Je parle même pas des prêtres qui lui rapportaient de l'eau bénite de Rome, des perles de rosaire de Medjugorje et un tas de choses comme ça. Et elle avait de l'argent en veux-tu en voilà avec tout ce que tu lui envoyais. C'était la faute à personne, ce qui lui est arrivé sur la fin. C'est juste son pauvre cerveau qu'a fini par lâcher. »

Markey a relevé la tête, qu'il avait gardée baissée pendant ce récit.

« Cette maison avait plus d'un siècle, a-t-il déclaré.

— Un endroit incroyable, a dit Min. La plus formidable des petites maisons. Il faisait toujours bon là-dedans, même quand il gelait dehors. Y a encore du thé ?

— Des murs de soixante centimètres d'épaisseur.

— N'empêche, ai-je observé, il ne devait pas faire bon être protestant dans une maison comme celle-là. »

Ils m'ont tous les deux dévisagée froidement.

Markey était d'une beauté si saisissante que les gens qui passaient devant notre box se retournaient pour le regarder ; puis ils regardaient Min – un petit bout de femme aux cheveux gris et argent entassés à la va-comme-je-te-pousse au-dessus d'un visage animé. Tous deux prenaient grand plaisir à évoquer Kilbride à l'époque où l'on n'y voyait quasiment pas de voitures, où le lait était livré dans des bouteilles en verre et où la camionnette du boulanger faisait chaque jour sa tournée.

Il est tellement plus détendu avec elle qu'avec moi, ai-je songé. Il était assis tout près de Min et riait de plaisir en la regardant. Peut-être appréciait-il la présence d'une femme de la génération de sa mère ? Ou peut-être se souvenait-il que nous avions pratiquement été un couple, lui et moi, et cela le rendait-il circonspect à mon égard.

Il devait savoir, le jour où nous avions marché ensemble jusqu'à la Pigeon House, que je serais anéantie d'apprendre qu'il quittait l'Irlande – et pas dans un futur proche, mais le soir même. C'était peut-être pour ça qu'il s'occupait si gentiment de mon projet éditorial. Pour réparer cette grande blessure. Après tout, comme je l'avais écrit dans mon bout d'essai pour les *Pensées*, l'âge mûr était celui des restitutions miraculeuses.

« Rosie va écrire un petit livre pour aider les gens à bien vieillir, a lancé Markey avec enthousiasme.

— Elle va *quoi* ? a demandé Min. *Rosie* ? » Elle m'a inspectée sévèrement. « Mais qu'est-ce qu'elle sait là-dessus ? C'est encore une jeunesse.

— Tu pourrais peut-être m'éclairer ? ai-je demandé avec un sourire.

— Parfaitement, a fait Markey. C'est l'occasion ou jamais, Min. Qu'est-ce que tu penses de la cinquantaine ? Comparée, disons, à la décennie qui précède ou qui suit ? »

Mais Min était incapable d'enchaîner sur un nouveau sujet. Je voyais qu'elle commençait à être fatiguée et avait envie d'en finir.

« J'ai failli être écrivain, moi aussi, a-t-elle dit rêveusement. J'ai vécu dans la même maison que James Joyce l'écrivain. La première fois que je suis allée à Dublin, le car s'est arrêté à Rathmines et j'ai cru que c'était le centre-ville. Je suis descendue et y avait un écriteau sur une fenêtre qui disait *Chambre à louer*, donc j'ai passé quelques jours là pendant que le bébé (elle a fait un geste vague dans ma direction) était encore à l'hôpital. Eh ben, y avait une inscription sur une pierre à côté de ma fenêtre et ça disait que James Joyce avait vécu là entre deux et cinq ans. Donc j'ai souvent pensé qu'il avait dû apprendre à écrire quand il vivait dans cette maison. Et il aurait pas pu être écrivain s'il avait pas appris à écrire. Si j'avais écrit quelque chose là-bas, j'aurais été écrivain, moi aussi.

— Je suis plus vieux que lui quand il est mort, a dit Markey, qui aidait Min à enfiler son manteau en luttant avec une manche tirebouchonnée, mais je ne laisserai pas autant que lui derrière moi.

— Pas d'enfants ? a-t-elle demandé.

— Je voulais parler de livres », a fait Markey en souriant.

Elle ne pouvait pas s'en empêcher. Je me suis détournée.

Bien sûr, j'avais rêvé de porter les enfants de Markey. Quand j'étais jeune, c'était ce dont rêvaient toutes les filles à propos des garçons dont elles se croyaient amoureuses.

« Je n'ai pas d'enfants à moi, a ajouté Markey, mais mon compagnon en a. Ce sont des adultes maintenant, et leurs enfants m'appellent grand-père. On est membres du club des grands-pères de notre quartier, Billy et moi. On emmène les petits à Disneyworld bientôt. »

Il n'y avait aucune vie dans le ciel derrière les tours de bureaux du New Jersey.

Quand Min a disparu dans la salle de bains, je me suis affalée sur le canapé. Je n'avais rien imaginé de particulier, bien sûr, et pourtant, comme d'habitude, j'étais catastrophée. Comme si un lac sombre m'habitait et qu'il suffisait d'un signal – un regard intéressé et approbateur posé sur moi, par exemple – pour en faire surgir un monstre torturé par le besoin. Je me voyais déjà vaguement comme la vieille amie de cœur de Markey, s'il était seul et avait besoin de quelqu'un. Et, une fois de plus, j'étais furieuse de constater combien, adolescente, je m'étais laissé aveugler par mon ignorance. Il n'y avait pas de gays à l'époque. Il y avait bien quelques homosexuels dans les livres et dans le centre de Dublin – des acteurs, pour la plupart – mais aucun dans des endroits comme Kilbride. Je faisais sans arrêt des gargarismes de peur d'avoir mauvaise haleine – c'était peut-être ça qui retenait Markey de m'embrasser. Je me disais qu'il était trop raffiné, et les garçons qui me sautaient dessus un peu rustauds. Si j'avais imaginé qu'il pouvait y avoir un homosexuel dans mon entourage, je me serais sans doute épargné pas mal de soucis.

Min est sortie de la salle de bains. Je me suis forcée à sourire, mais elle ne me regardait même pas.

Elle me traite comme une confidente de théâtre, ai-je songé – quelqu'un qui est là pour recueillir les confessions de l'héroïne, pas pour avoir des pensées propres.

À présent, elle disposait soigneusement ses affaires sur la table de nuit. Parmi elles, ai-je noté, figurait désormais la carte de visite de Markey. Il avait entouré plusieurs fois son numéro personnel, comme sur la carte qu'il m'avait donnée – et dire qu'un instant, j'avais cru discerner dans son trait la forme d'un cœur !

« C'est vraiment dommage que Marcus soit grand-père », a dit Min sur un ton badin.

Je me suis préparée à me défendre. Je ne supportais pas l'idée qu'elle me prenne en pitié, et encore moins qu'elle se moque de moi.

« Pourquoi donc ? ai-je demandé avec une surprise feinte. Qu'est-ce qu'il y a de mal à être grand-père ?

— J'aurais pas craché sur un homme comme lui, a répondu ma tante.

— *Pardon ?* »

Elle était en train de se mettre au lit, vêtue de la coquette chemise de nuit que je lui avais achetée pour la maison de repos et qu'elle avait juré de ne jamais porter. Ses cheveux étaient tout ébouriffés.

« Quoi, qu'est-ce qu'y a ? a-t-elle demandé avec irritation. Neuf ans de différence, c'est rien du tout ici. On en voit plein à la télé. Comme Demi Moore avec l'autre, là, ou bien ce camionneur que Liz Taylor a rencontré en cure de désintox.

— Dix, ai-je corrigé. Dix ans, pas neuf. Et, Min, tu détestais Markey dans le temps ! Quant à ce qu'il est aujourd'hui, tu n'en sais strictement rien. Tu n'as fait que partager un repas indien avec lui !

— Je sais, a-t-elle fait. Mais pas besoin d'être un génie pour voir que c'est un homme formidable. Et sa mère était une bien brave femme. Et j'ai pris une décision, tu sais, quand tu m'as mise dans cet endroit avec les mamies gaga. Je veux une vie. C'est pour ça que je suis venue. Je suis pas prête à me laisser… »

Elle s'est endormie au milieu de sa phrase.

De RosieB à MarkC

Nous allons explorer Manhattan de fond en comble pendant le temps qui nous reste, Min et moi. Du coup, je ne pense pas pouvoir travailler avant notre départ ; j'irai juste au Salon du Développement personnel. Mais je me demande si on devrait réclamer plus de mots – ou bien les prendre, tout simplement. J'ai eu l'idée d'une introduction. Ce n'est qu'un premier jet, bien sûr.

Le livre que vous avez entre les mains est bref, mais j'ose espérer qu'il ne sera pas mineur. Il parle d'un lieu : le plateau qui sépare la fin de la jeunesse du début de la vieillesse. Et il parle du temps. Un penseur allemand inspiré a écrit : « (...) la réflexion sur le temps n'est pas naturelle et ne cherche pas à l'être. Elle est le travail de l'homme hors de lui, de l'homme inquiété dans sa quiétude parce qu'il n'aura ni paix ni trêve avant de s'être trouvé en se quittant. »

Je poursuivrais en expliquant combien il est tentant d'éluder purement et simplement le sujet. Qu'est-ce que tu en penses ?

7

Le téléphone m'a réveillée et j'ai d'abord cru que je rêvais, parce que Markey semblait glousser au bout du fil. Le soleil du petit matin s'étirait du sommet des tours du New Jersey jusqu'à nos lits douillets. Celui de Min était vide ; elle devait être dans la salle de bains.

Quant à Markey, il riait bel et bien.

« Où, mais *où*, Rosie chérie, as-tu été chercher ce penseur allemand ? Tu l'as inventé ! Allez, dis-moi que tu l'as inventé !

— Certainement pas ! Jean Améry est célèbre – du moins je crois – pour sa réflexion sur le vieillissement. Il a même fini par se tuer. Je n'avais jamais entendu parler de lui et puis, un jour, je l'ai vu cité quelque part : il expliquait que, passé un certain stade, on ne pense plus à rien d'autre qu'au temps…

— Rosie…

— Et je crois que c'est vrai. On devient brutalement conscient…

— Rosie !

— Quoi ?

— Pas de penseurs allemands. Et en particulier, pas de penseurs allemands suicidaires. C'est la règle numéro 1.

— Il n'était pas vraiment allemand, mais je n'ai pas osé mettre « autrichien » – ce qu'il était. Au moins, l'avantage avec le pessimisme, c'est qu'il est réaliste.

— En quoi est-il plus réaliste que l'optimisme ?

— Markey, ce type était un *survivant d'Auschwitz...*

— Pas de survivants d'Auschwitz ! C'est la règle numéro 2. Écoute, Rosie. Tu te souviens de Debbie Reynolds ? Tu te souviens de Sandra Dee dans *Un amour de vacances* ? Et de Judy Garland jeune dans *Parade de printemps* ? C'est ça, notre cible – ces filles-là quelques décennies plus tard. De braves filles au visage franc, à qui on donne cinquante ans quand elles en ont soixante-quatre, qui portent toujours des chapeaux, qui ont le cœur sur la main et qui *ignorent* le mal, Rosie !

— Mais, Markey, ai-je tonné, ce n'est *pas comme ça* que les choses se passent !

— Tu crois que Joan Rivers ne pense à rien d'autre qu'au temps ? Et Warren Beatty ? Et Henry Kissinger ? Et George W…

— Non, ai-je fait avec impatience, pas ce genre de personnes. Mais Philip Roth, oui.

— Philip Roth réfléchit sur l'Amérique, a déclaré Markey d'une voix ferme. Avant toute chose. Quant à toi, qu'est-ce qui t'empêche d'écrire une « pensée » dans le même goût que la première ? Qu'est-ce qui t'empêche d'adopter le point de vue américain et d'essayer de voir les choses du bon côté ? Il faut vraiment que tu ailles faire un tour au Salon du Développement personnel. Dis à Min que c'est moi qui t'y envoie. Et tu verras, Rosie : il n'y aura pas un seul penseur allemand sur place. »

La salle de bains était vide. Paniquée, j'ai appelé la réception et découvert que Min était en bas, en train de papoter avec l'élégante réceptionniste blonde – laquelle s'appelait Rila et venait de Tashkent, ai-je appris quand je suis allée les rejoindre.

Les deux femmes étaient en pleine leçon d'anglais. Rila a fait le tour de son bureau et pointé une jambe en direction de Min.

« Des *bas*, a dit Min.

— Un *collant*, l'a corrigée Rila avec un fort accent. Où est Daffy, s'il vous plaît ?

— Où est *ta fille*, s'il te plaît, l'a à son tour corrigée Min.

— Daffy est un magasin de vêtements discount. Très bonne qualité de prix.

— Très bon *rapport qualité-prix*. Mais dis-moi, Rila, il est où, ce magasin ? Faut que je m'achète deux ou trois choses.

— Je t'emmènerai, Min, ai-je dit. C'est sur Broadway.

— Oh, alors je sais où c'est, a fait Min. J'y suis allée ce matin, sur Broadway. » Et elle s'est mise à chanter : « *My feet are here on Broadway this blessed harvest morn...*

— C'est long, Broadway », a observé Rila.

Il s'est avéré que Min, perturbée par le décalage horaire, s'était réveillée tôt, avait pris quelques dollars dans mon porte-monnaie et était sortie en quête d'un petit déjeuner.

« J'avais faim, a-t-elle expliqué à Rila. Tout ce qu'on m'a donné hier soir, c'est un dîner indien. Pas étonnant que les Indiens soient si squelettiques.

— Et tu as trouvé ton bonheur ? » ai-je demandé.

Apparemment, ce n'était pas le cas, et bien malin qui aurait su dire si elle était rentrée à l'hôtel pour moi ou parce qu'elle ne savait pas se commander un petit déjeuner à New York.

Le même type de scénario s'est reproduit les quatre jours suivants. La moitié du temps, j'étais sidérée par ce que Min connaissait et savait faire, et l'autre moitié par son ignorance. Elle refusait catégoriquement d'aller à la laverie, par exemple. Elle soutenait qu'elle ne pouvait faire confiance qu'à la machine à laver de Kilbride, de sorte que notre classieuse chambre d'hôtel s'est vite trouvée transformée en taudis napolitain, avec ses T-shirts et ses horribles collants en coton noir suspendus aux luminaires. Elle ne voulait pas prendre de taxis et n'aimait pas le métro, mais le réseau d'autobus n'avait aucun secret pour elle ; en outre, Luisa, la dame qui faisait notre chambre, lui avait offert une carte de transports en commun oubliée par un client et qui était encore valable pour une dizaine de trajets. Elle savait un tas de choses par la télévision – elle était très calée sur la Grande Dépression, par exemple, et, pour une raison ou pour une autre, sur l'histoire de Central Park. En revanche, j'ai découvert qu'elle ne savait pas qui était Napoléon, bien que je l'eusse entendue fredonner des chansons populaires sur son compte. Elle ne connaissait pas davantage la nationalité de Shakespeare. Et si, tous les matins, elle rangeait avec précaution dans son portefeuille la liasse de billets verts que je lui tendais, elle ne songeait même pas à regarder combien ils valaient. Elle n'avait pas réellement de notion du pouvoir d'achat de l'argent.

C'est parce qu'elle n'a jamais eu un sou de trop, ai-je songé avec une sorte de honte. Elle a vécu avec le strict minimum.

Pour commencer, nous avons fait quelques repérages en prenant le bus – cadeau de Min – jusqu'à l'Empire State Building. Puis, en l'espace de trois jours, nous avons vu la cathédrale Saint-Patrick, Bloomingdale's et la Fraunces Tavern, le cimetière africain, le Radio City Hall et le Dakota Building. Nous sommes allées chez Barney's regarder les femmes faire leurs emplettes. Elles étaient filiformes, perchées sur de longues jambes osseuses, et si légères que leurs pieds touchaient à peine le sol ; elles avaient toutes de longs cheveux brillants, le visage superbement maquillé et des vêtements noirs.

« Elles ressemblent à, comment ça s'appelle déjà, avec les cornes ? a demandé Min d'un ton plein de respect.

— Des antilopes.

— Tu vois tous ces sacs qu'elles ont, Rosie ? Tu vois comme elles sourient ? À Kilbride, les femmes minces ont un truc qui cloche, mais ici, c'est elles les plus heureuses. »

Je commençais à m'ennuyer. « Et si on allait voir de vraies antilopes ? »

Nous avons donc pris le bus jusqu'au zoo du Bronx et circulé en petit train aérien à travers un parc plein d'animaux exotiques. Les éléphants ont particulièrement plu à Min.

« Ce sont les seuls animaux qui dansent, à ce qu'on m'a dit, ai-je déclaré tandis que nous mangions un hot-dog sur une table de pique-nique.

— Bell danse, a rétorqué Min en me regardant droit dans les yeux, comme si elle me défiait de la contredire.

— D'accord. Mais les éléphants sont les seuls animaux qui pleurent leurs morts.

— Ah bon ? a-t-elle fait, impressionnée. Vraiment ? »

Et elle s'est levée d'un bond pour retourner vers la maison des éléphants. Il y avait là un vieux bougre avec de tristes yeux sombres perdus dans une face grise et ridée ; quand j'ai observé qu'il ressemblait à un homme politique, Min m'a lancé un regard plein de reproche.

« Peut-être qu'il pense à un ami mort. »

Le lendemain, nous nous sommes arrêtées au Chrysler Building, car Markey m'avait fait promettre d'y aller. Le gardien nous a laissées examiner les carreaux, les fresques et les incrustations des murs, du sol et des portes malgré les consignes qui, depuis le 11 Septembre, interdisaient l'entrée aux badauds.

Min a été éblouie par la finesse du travail.

« On voit jamais rien comme ça chez nous, a-t-elle déclaré. Les Irlandais sont bons qu'aux choses lourdes. »

Ce qui nous a rappelé que nous devions emprunter le pont de Brooklyn. Nous avons donc repris le bus, puis entamé la traversée à pied, mais il faisait si froid là-haut qu'arrivées à mi-chemin, nous avons dû revenir sur nos pas pour aller acheter un manteau à Min. Elle a été enchantée de la veste que nous lui avons dénichée à Chinatown parce qu'elle était soldée à quinze dollars alors qu'elle en valait prétendument cent.

Le troisième matin, nous sommes allées à South Street Seaport et avons vu un merveilleux bout de film réalisé par un marin qui avait franchi le cap Horn en pleine tempête dans une petite embarcation. Min n'a fait aucun commentaire sur le moment, mais plus tard, quand nous sommes allées boire un café, elle m'a regardée d'un air languissant en disant : « J'ai pas mis les pieds sur un bateau depuis que j'avais quinze ans. »

Pour l'égayer, je l'ai donc emmenée faire une promenade en ferry dont parlait le guide : sur un quai tout proche, nous avons embarqué à bord d'un gros catamaran qui a foncé dans les eaux du port, dépassé Governors Island et longé Staten Island avant d'arriver dans une petite ville côtière du New Jersey qui se transformait en station balnéaire en été. Pendant le trajet, Min est restée sur le pont, savourant la vitesse et l'eau qui l'éclaboussait. Ensuite, nous avons remonté la rue principale en luttant contre le vent. Il y avait là des pensions de famille, des appartements à louer et des commerces pour touristes – magasins de cadeaux, boutiques de T-shirts, stands de marchands de glaces – encore tous fermés en ce jour ouvré de printemps.

Les joues de Min étaient merveilleusement rosies par le grand air et le trajet en ferry. Elle ressemblait à une bonne petite fille dans sa veste matelassée toute neuve.

« Y a un panneau *Fruits de mer, ouvert*, m'a-t-elle dit. Là-bas, en haut de la pente. Pourquoi on irait pas manger là ? Moi qui ai mangé des pouces-pieds toute mon enfance. »

Voilà qui était nouveau pour moi. En général, elle prétendait n'avoir aucun souvenir sur ce qu'elle mangeait enfant, sinon qu'il n'y en avait jamais assez. Cela m'a renvoyée à tout ce qu'elle ne m'avait jamais dit.

« Mais il faudrait grimper jusque là-haut, Min, ai-je répondu sèchement. Je croyais que tu ne pouvais pas fournir d'effort ? Je croyais que tes jambes étaient faibles et que c'était pour ça que tu passais ta vie au lit ?

— Qu'est-ce qui t'a fait croire ça ? » a-t-elle demandé d'un ton bonhomme.

Je me suis arrêtée net au milieu de la rue sablonneuse.

« Le fait que tu ne sortes jamais de ton foutu lit ! ai-je aboyé. Et quand tu en sortais, c'était pour aller au…

— Je sortais pas du lit quand j'avais pas de raison d'en sortir, a-t-elle déclaré paisiblement. À Kilbride, je savais ce que je verrais si je sortais du lit. »

La serveuse a branché pour nous un radiateur électrique. L'odeur dégagée par les murs de planches me rappelait le cabanon ; la joie de Min également. Nous étions les seules clientes de la gargote. Min s'est perchée sur une chaise haute devant le comptoir pour bavarder. La jeune fille lui a demandé si elle voulait un verre de vin ou une bière avec son sandwich et j'ai failli m'étrangler en l'entendant répondre gaiement que non merci, que boire au déjeuner l'endormait. Mais j'étais satisfaite et j'ai ouvert mon *New York Times* pour jeter un coup d'œil aux nouvelles.

En réalité, je ne lisais pas.

Passer des vacances avec une femme de votre famille vous dé-sexualise, me disais-je. Est-ce que ma tante, Mme la Mystérieuse, le sentait aussi ? Est-ce qu'être une femme – par opposition, disons, à un homme, ou une méduse, ou un nuage – signifiait quoi que ce soit pour elle ? Qu'avait-elle voulu dire, au fond, en déclarant que Markey lui aurait bien convenu ? Se pouvait-il qu'elle eût voulu dire « au lit » ? Impensable. À Kilbride, quand j'entrais dans la maison voisine et trouvais Reeny, Min et parfois Pearl, la mère d'Andy, devant la télévision, en train de regarder quelqu'un comme Zsa Zsa Gabor, par exemple, qui avait eu tant de maris, elles avaient toujours la même expression sur le visage. Elles ne prenaient même pas la peine de ricaner. Elles se contentaient de regarder cette femme, avec ses liftings, ses divorces et ses dents parfaitement blanches, d'un air impassible, comme si elle était si évidemment folle que la chose se passait de commentaire. Quand on parlait d'amour, leur visage devenait encore plus impénétrable. Et pourtant, elles avaient dû dire et entendre un jour des mots d'amour. Tout le monde savait qu'un mois après être parti, le mari de Reeny lui avait envoyé une carte disant qu'il l'aimait – le facteur l'avait apportée en courant et criant dans la rue. Et il était de notoriété publique qu'Andy, depuis vingt ans ou plus, envoyait à sa mère une carte le jour de la Saint-Valentin. Il disait que son père aurait voulu qu'il le fasse.

Mais Min… Il était fort probable qu'elle n'avait jamais dit ni entendu de mots d'amour. Elle nous avait rejoints à l'âge de quinze ans ; mon père était mort quatorze ans plus tard. Voilà tout ce qui était arrivé à Min. Dans ce domaine aussi, elle avait dû se contenter du strict minimum.

En quittant le petit restaurant de fruits de mer – « Mais, Rosie, ils ont même pas entendu parler des pouces-pieds ! » – ma tante connaissait le nom, le parcours et les projets immédiats de la jeune serveuse. Et je savais que, dès notre retour au Harmony Suites, elle disparaîtrait par la porte de derrière, parce qu'elle allait tous les soirs à la messe avec des employés originaires d'Amérique latine et d'Europe de l'Est. Elle avait également fait des connaissances aux réunions qui se tenaient dans le presbytère de leur église catholique, un grand bâtiment de brique rouge proche de Fulton Street. Elle avait même assisté à une soirée « danses du monde » avec une Mexicaine prénommée Luz qui faisait le double de sa taille.

Luz avait un visage rayonnant et parlait anglais avec un étonnant accent de la haute qu'elle avait acquis, m'a informée Min, en travaillant pour les renseignements téléphoniques. À présent, elle était cuisinière parce que ça gagnait mieux. Min disait qu'elle envoyait presque chaque sou au Mexique parce que sa fille avait sept enfants.

« Votre tante nous donne de si bons conseils ! » m'avait-elle dit alors qu'elles partaient à leur soirée dansante.

À son retour, j'avais taquiné Min : « Au nom du ciel, Min Connors, comment peux-tu donner des conseils ? Tu ne sais strictement rien sur New York !

— Je donne des conseils *généraux*, avait-elle répliqué avec hauteur. Les gens sont pas si différents que ça. » Puis, après un silence : « Au fait, tu me demandais pourquoi je mettais tant de temps à rentrer de la messe ? Eh ben, on s'arrête dire quelques prières au World Trade Center, devant la grille, là où on peut regarder. Ces lumières, elles ont de quoi vous rendre aveugle. Mais les gens qu'ont été tués dans ces tours étaient des travailleurs. Les travailleurs sont les mêmes partout dans le monde. »

Quand nous avons quitté le New Jersey, il faisait trop froid pour rester sur le pont et nous nous sommes réfugiées dans la cabine. Tandis que nous filions vers Manhattan à travers les eaux du port, les lumières des gratte-ciel entourant Wall Street ont commencé à s'allumer. Min contemplait le couchant en silence.

Finalement, elle a déclaré : « J'ai récapitulé tout ce que j'ai vu ici, Rosie, et y a qu'une seule chose qui me plaît pas. »

J'ai attendu, suspendue à ses lèvres.

Son unique grief, s'est-il avéré, concernait les portes des compartiments dans les toilettes publiques américaines. Elles ne descendaient pas jusqu'au sol et on voyait les pieds des gens ; ce n'était pas bien.

« Oh, Min ! me suis-je écriée. Il y a bien d'autres choses ! Au premier abord, les Américains sont des gens charmants, mais ils ont souvent des opinions terrifiantes. Et leur gouvernement intervient brutalement dans le reste du…

— Comment ça, *leur* gouvernement ? a fait Min d'un ton acerbe. Et les autres gouvernements, alors ? C'est quand même pas l'Amérique qui s'est envoyé ces avions.

— Non, mais il y avait des raisons qui…

— Ah oui, y a encore autre chose : les boutons des lampes. Pourquoi on appuie pas sur un petit bouton pour allumer et pour éteindre, comme chez nous ? Pourquoi ils ont ces petites roues ? Soit des petites roues, soit des petites poignées qui dépassent et qu'on doit tourner avec les doigts. C'est vraiment pas commode.

— Tu sais parfaitement ce que je veux dire », ai-je rétorqué.

Mais elle ne voulait rien entendre. D'accord, le thé était imbuvable. D'accord, on ne voyait jamais une Blanche pousser un landau. Pour le reste, les États-Unis étaient le paradis.

8

La veille de notre départ, Min est partie retrouver ses amis tandis que je me rendais au Sheraton de Midtown pour explorer le Salon du Développement personnel.

J'ai utilisé un téléphone public situé dans le hall pour appeler Markey.

« Tu devrais voir ça. Il y a un éditeur qui publie un truc intitulé *La Soupe au poulet irlandaise de Père Murphy*.

— Mince alors, a-t-il gémi. Pourquoi on n'y a pas pensé plus tôt ?

— Et ils ont décoré leur stand avec des trèfles géants et des banderoles vert-blanc-orange, et il y a une sorte de paysanne celte avec de longues tresses blondes qui se penche sur le seuil d'une chaumière ronde censée représenter l'Irlande ancienne. Oh, et il y a des portraits de Joyce, de Yeats et de Beckett accrochés dans le chaume – et même d'Edna O'Brien !

— Et après ? a dit Markey. Les affaires sont les affaires.

— Euh, je ne sais pas. À mon avis, s'il y a un écrivain qui n'entre pas dans la catégorie « développement personnel », c'est bien Samuel Beckett. Mais tu as raison, ça marche : il y a plus de monde autour de ce stand que partout ailleurs. Les éditeurs distribuent des casquettes de baseball avec l'inscription *Soupe au poulet celtique*…

— Génial !

— Mais tous ces gens, franchement, on dirait une cour de récré. Ou plutôt le chœur dans un opéra. Tu vois ces choristes qui gambadent non-stop sur scène avec des tambourins ou des paniers de fruits ou des guirlandes de fleurs – des adultes qui font les imbéciles ? Eh bien, c'est exactement ça. Quant à la fille à tresses blondes, tu te souviens de ce qu'un critique a dit un jour sur Ava Gardner – je crois bien que c'était elle – dans le rôle de la reine Guenièvre ? "Elle ne fait peut-être pas une dame du Moyen Âge très convaincante, mais, pas de doute, elle sait se pencher au-dessus d'un balcon." »

Markey riait, et moi aussi. Mais je tenais quand même à m'assurer que notre projet n'allait pas dans le sens du Père Murphy.

« Tout ça est très amusant, Markey, mais totalement puéril. Surtout les livres eux-mêmes. Je ne vois pas comment notre projet va s'inscrire là-dedans.

— Pourquoi ?

— Eh bien… Parce qu'il porte sur quelque chose qui n'a rien d'amusant. Il n'y a rien d'amusant à se trouver encore jeune quand tout le monde vous trouve le contraire. Et puis, pendant la cinquantaine, il faut se préparer à l'étape suivante qui, elle, sera réellement éprouvante. On va voir mourir ceux qu'on aime, par exemple. Et se rapprocher soi-même de la mort. Une des choses que je voudrais apprendre, c'est comment aller vers les ténèbres…

— Rosie ! a glapi Markey au bout du fil. Rosie ! À d'autres ! Tu ne vas vers rien du tout. Tu n'es encore qu'un bébé !

— D'accord, ai-je dit à contrecœur. Mais ne t'avise surtout pas de distribuer des T-shirts imprimés avec mes « pensées ».

— Pourquoi… »

Je l'ai interrompu. « Je dois rentrer à l'hôtel pour commencer mes bagages. J'ai acheté un livre à Min pour l'avion : *Votre beauté intérieure*, ça s'appelle. Au moins, on s'entend mieux que jamais, elle et moi ; ça fait déjà une bonne chose qui est sortie de ce projet.

— On dirait que ça te surprend, m'a dit Markey. À vos âges, vous devez bien avoir trouvé un *modus vivendi* ?

— Non, ai-je répondu.

— Non ?

— Non. »

Dans les boutiques entourant la sortie du métro, j'ai acheté des pommes pour le voyage du lendemain, des mascaras Maybelline pour Tess et Peg, du sirop d'érable pour Reeny et un sac d'herbe à chat bio pour Bell. Puis j'ai repris le chemin de l'hôtel. Le soleil brillait et le vent était vif. Ça faisait des lustres que je ne m'étais pas sentie aussi bien.

J'avais éprouvé la même chose lors de mon premier long séjour à l'étranger – celui qui m'avait donné le goût durable de l'expatriation. J'étais censée continuer à travailler au Pillar, mais Sœur Cecilia m'avait dégotté un boulot de fille au pair à Roubaix et Min n'avait rien pu faire pour m'empêcher de partir. Pendant trois mois, j'avais donc partagé un grenier au-dessus d'une boulangerie avec une merveilleuse étudiante en musique prénommée Lalla. Je me souvenais d'un matin où je partais travailler en me faufilant à travers les scooters qui encombraient la cour ; de la musique nord-africaine passait quelque part et un garçon perché sur un quai de chargement avait sifflé en me voyant, puis couru jusqu'au bout de la plateforme pour pouvoir me sourire le plus longtemps possible. Je me sentais en parfaite harmonie avec le monde, ce jour-là. Et aujourd'hui – même si, je le savais, ma démarche était loin d'avoir la même grâce – j'étais tout aussi joyeuse. Plus, même. J'avais Min, et elle était en pleine forme – un ou deux verres de vin par jour, mais aucun excès. Et j'avais Markey, fût-ce provisoirement.

Eh ! Là-bas, cette personne qui marchait devant moi… C'était Min ! Elle se dirigeait vers le Harmony Suites en compagnie d'une autre femme. Toutes deux étaient chargées de sacs en plastique et marchaient d'un pas vif et plein d'entrain. J'étais si stupéfaite de voir Min cavaler ainsi que j'ai ralenti pour dissimuler ma présence.

Quand je l'ai retrouvée dans la chambre, elle était en train de mettre à sécher un maillot de bain vert électrique. Un prêt de Rila, la réceptionniste de Tashkent, m'a-t-elle expliqué.

« Mais tu ne sais pas nager !

— Non, mais j'avais jamais essayé dans une piscine. J'ai jamais été que dans la mer, et j'aime pas la mer. »

Elle est partie s'essorer les cheveux dans la salle de bains.

« L'eau était drôlement bonne, m'a-t-elle crié de l'intérieur. Je me suis bien amusée à barboter dans le petit bassin. Les filles m'avaient dit que ça chasserait toutes mes douleurs et c'était ma foi vrai. »

Elle était enchantée d'elle-même, je l'entendais à sa voix.

En sortant de la salle de bains, elle m'a raconté que pendant la messe, la fille de Rila avait couru jusqu'à l'autel, qu'elle prenait pour une scène, et entonné *Our Love Will Go On* : « Elle s'est retournée vers nous et elle a commencé à chanter à pleine voix ! J'ai failli me faire dessus de rire. »

Puis elle s'est mise à tournicoter dans la pièce en remplissant son grand sac à provisions tandis que je contemplais une dernière fois le ciel empourpré et mélodramatique de la fin de journée.

« Tu sais quoi, Rosie ? m'a-t-elle dit. Je me fais du mouron pour la maison. Je suis pas sûre d'avoir vidé la poubelle à pédale sous l'évier avant que tu me mettes dans cette maison Sunshine. Ça attire les souris, tu sais. Si ça se trouve, la cuisine grouille de souris.

— Mais Bell passe sans arrêt dans la cuisine. Pourquoi on aurait des souris maintenant alors qu'on n'en a jamais eu ? De toute façon, tu seras à la maison demain.

— Non, a-t-elle déclaré. Je rentre pas avant un bout de temps. »

J'ai ouvert la bouche toute grande.

« Mais il faut que tu rentres ! me suis-je écriée, et tout ce que j'ai trouvé à invoquer, c'est le chat : Qu'est-ce que tu fais de Bell ? Bell ne supporte personne d'autre que toi.

— Vas-y, toi, m'a-t-elle dit. Pas moi. J'ai encore presque rien vu et le billet coûte une fortune. J'ai parlé à l'hôtesse de l'air et elle m'a dit que je pouvais changer la date. Et j'ai demandé au gars de l'aéroport qu'est-ce que ça voulait dire, le tampon qu'ils avaient mis dans mon passeport, et il m'a dit que j'avais le droit de rester pendant, je crois bien que c'est quatre-vingt-dix jours. Et ça me va. Rien que dans cet hôtel, je trouverais assez de travail pour tenir dix fois plus longtemps – je sais comment ça marche ici, ils cherchent partout des baby-sitters qui parlent anglais, c'est même pas illégal de faire du baby-sitting pour quelqu'un qui loge ici, la direction s'en fiche, c'est les clients qui paient. C'est ce qu'elles m'ont expliqué, les filles d'en bas. Et quand je parlais au prêtre pour savoir où me loger, il me l'a dit tout net : tant que vous êtes blanche et que vous parlez anglais et que vous êtes prête à travailler, vous mourrez jamais de faim à New York. Ils vont tous le voir pour trouver du boulot, tu sais, parce qu'il parle espagnol comme eux, mais y a même des Chinois qui vont le voir. Je lui ai dit que j'étais une blanchisseuse qualifiée. J'ai dit ça pour rire, mais c'est vrai – j'ai travaillé toute ma vie, mais c'est le seul travail pour lequel j'aie été payée.

— Tu as perdu la tête, ai-je dit, complètement déboussolée. Il a beau être prêtre, ce sont des emplois illégaux dont tu parles. C'est dégoûtant, vraiment, d'exploiter une pauvre vieille femme en la faisant trimer au noir.

— Dégoûtant pour qui ? a-t-elle répliqué vigoureusement. Je suis pas dégoûtée. Je connais personne qui est dégoûté. C'est toi qui es obsédée par…

— Min ! » Je n'ai même pas tenté de me réfréner. « Tu étais une vraie loque ! Tu es tombée à la Poste centrale et il a fallu te ramener chez toi. Il a fallu te *porter* dans ta propre maison. Tous les voisins t'ont vue hors d'état de marcher. Sale. La bave aux lèvres. Tu étais incapable de t'occuper de toi-même. C'est pour ça que je suis rentrée – Dieu sait ce qui te serait arrivé si je ne l'avais pas fait. Et ces derniers mois, tu passais des jours et des jours au lit. Il fallait te forcer à manger. Les rares fois où tu sortais, tu puais l'alcool en rentrant. Parfois, tu te rappelais à peine mon prénom. C'était horrible. C'est pour ça que tu as atterri à la maison de repos. OK ? Et puis d'ailleurs, qu'est-ce qui t'arrive tout d'un coup ? Tu as à peine quitté Kilbride depuis ma naissance et voilà que tu joues les femmes indépendantes ?

— Ça me plaît ici, a-t-elle dit simplement. Ici, j'ai des raisons de me lever. » Puis, sur un ton plus offensif : « Et je m'en faisais pas pour toi quand tu partais en vadrouille, et pourtant t'avais pas une goutte de bon sens et tu connaissais pas la langue des endroits où t'allais. T'as trouvé des logements et du travail toute seule et je ferai pareil. Donc t'en fais pas pour moi.

— Mais si tu tombais malade, Min ! En Amérique, quand les pauvres tombent malades, ils sont foutus.

— C'est ça qui te tracassait quand tu partais dans les jungles et les déserts – tomber malade ? »

Il y a eu un silence.

« Tu étais sérieuse en disant que Markey te plaisait ? ai-je repris. Parce que si tu cherches un homme…

— C'était pour plaisanter, m'a-t-elle coupée. Je les connais, les gars dans son genre.

— Et comment tu pourrais bien les connaître ? ai-je demandé, hors de moi. Quel « genre », d'ailleurs ?

— Quand on a connu un homme, on les connaît tous.

— Je n'ai jamais entendu une idiotie pareille. D'ailleurs, tu n'as même pas connu un homme – du moins pas que je sache.

— Vraiment, mademoiselle Je-sais-tout ? J'ai pas connu mon père, peut-être ? Ni le tien ?

— Oh, Min… » J'ai failli me mettre à pleurer. « Min… »

Je savais que rien de ce que je dirais ne pourrait l'arrêter. D'ailleurs, j'aurais eu tort d'essayer : en soulignant le caractère autodestructeur de son comportement passé, je ne faisais que démontrer le bien-fondé de son idée. J'aurais dû lui tirer mon chapeau. En outre, elle avait raison de croire qu'on pouvait être jeune à tout âge en Amérique. Elle avait soixante-dix ans en Irlande, c'est-à-dire environ dix de moins ici. Et une femme de soixante ans pouvait faire n'importe quoi, même chez nous. Enfin, pas n'importe quoi comme se chercher un homme, mais ce n'était pas ce que cherchait Min, semblait-il. Si elle disait la vérité, bien sûr. Mais elle ne mentait jamais ; il y avait juste beaucoup de choses qu'elle ne disait pas du tout.

Elle est repartie dans la salle de bains et j'ai pleuré le plus silencieusement possible. Quel choc ! Ce n'était donc pas pour me voir qu'elle était venue ! Elle avait dû prévoir de rester dès le départ. Sinon, pourquoi aurait-elle vérifié son autorisation de séjour avec les services d'immigration ? Et toutes ces recherches sur les emplois disponibles – elle n'y avait pas fait la moindre allusion. Quelle imbécile j'avais été de croire que, peut-être, elle me rejoignait à New York parce qu'elle était perdue sans moi !

Ça ne faisait donc aucune différence que je sois rentrée en Irlande pour m'occuper d'elle ? Elle n'y attachait donc aucun prix ?

Elle avait besoin de moi alors, quoi qu'elle pût en penser. Je le savais. Les jours où je travaillais à la bibliothèque de Kilbride, je rentrais le soir vers sept heures. En bifurquant dans notre rue, je voyais notre maison au bout de sa rangée, mais je me forçais à ne pas lever la tête. Parce que, si Min n'était pas au pub, j'apercevais du coin de l'œil son rideau qui retombait – elle était debout à la fenêtre de sa chambre et guettait mon retour. Après être entrée, je passais un moment dans la cuisine pour lui laisser le temps de se remettre de son sprint vers le lit. Puis je montais dans sa chambre, lui racontais ma journée, lui demandais si elle avait envie de quelque chose de spécial pour le dîner. Souvent, j'avais pour elle une petite gâterie : j'étais passée acheter du bon jambon chez le traiteur italien, ou un peu de cabillaud chez le poissonnier, ou les premières pommes de terre nouvelles, qui arrivaient de France, chez Tesco. Parfois, je m'arrêtais au magasin de vins et spiritueux et lui rapportais une mini-bouteille pour donner une touche festive au repas et la dissuader de sortir – deux petits verres de vin ne pouvaient pas lui faire de mal.

Et je ne me contentais pas d'essayer de la nourrir, de tenir le ménage ou de parler à Bell quand elle ne le faisait pas. Chaque semaine, elle allait chercher sa pension de retraite, mais elle ne s'était jamais préoccupée de ses autres droits : elle avait droit à des soins du pied gratuits, par exemple, et à une paire de lunettes si l'oculiste le jugeait nécessaire. J'avais organisé tout cela pour elle. Je m'efforçais aussi de tenir son esprit en éveil. Je gardais en mémoire les petits événements de la journée pour lui en parler. Dès que Tess, Peg ou Andy avaient quelque chose de neuf à raconter, je le lui rapportais. Même chose pour les nouvelles du monde : quand elle descendait le soir, je prenais soin de mettre le journal de vingt et une heures et d'en discuter avec elle.

Et alors ? semblait-elle me dire maintenant.

« Mais quelle raison j'ai de rentrer si tu restes ici ? ai-je demandé quand elle est enfin sortie de la salle de bains. Je n'ai pas grand-chose à faire à la maison ces temps-ci. »

Je ne pouvais pas me résoudre à lui demander franchement : Et si je restais aussi ?

Elle n'a pas répondu verbalement. Elle m'a souri très gentiment, puis a légèrement haussé les épaules en me montrant la paume de ses mains. Ce qu'elle voulait dire, je crois, c'est : Ne me demande pas ce que tu dois faire. Je n'en sais rien.

J'ai remarqué que ses yeux étaient rouges, tout comme les miens devaient l'être. Mais c'était peut-être parce qu'elle venait de se laver la figure. Tout ce qu'elle a fait, en passant devant le canapé, c'est me donner une petite tape sur le sommet du crâne. Et tout ce qu'elle a dit, c'est : « N'oublie pas de vérifier cette poubelle à la minute où tu rentres. »

De RosieB à MarkC

Juste un mot pour te dire que je prends l'avion ce soir, mais que Min a connu son propre « miracle de l'âge mûr » et décidé de rester. Elle a des offres d'emploi à ne plus savoir qu'en faire – illégales, naturellement : elle n'a qu'un visa touristique et tout ça est très provisoire. Elle a emménagé aujourd'hui dans un foyer appelé l'Estrellita, à côté de sa nouvelle amie Luz, et elle est folle de joie.

Ce rebondissement inattendu signifie que je devrais pouvoir pondre les *Pensées* rapidement et te les envoyer dans un futur proche.

Je sais que tu me trouves souvent trop européenne, mais les problèmes de la cinquantaine sont, pour la plupart, liés au vieillissement, et le vieillissement aboutit à la mort. Si quelqu'un a jamais vu quoi que ce soit de positif et de réjouissant dans la perspective de mourir, ça ne peut être qu'un Américain. Ne manque pas de me communiquer tout nom qui te viendrait à l'esprit.

Cela étant, je suis peut-être un peu plus sensible que d'habitude au passage du temps, en ce moment. Ça va me faire tout drôle de retourner sans Min dans une maison que je n'ai jamais connue qu'avec elle.

Quoi qu'il en soit, j'ai passé ici une semaine formidable. Merci pour tout, mon cher Markey.

De MarkC à RosieB

Cette Min ! Elle n'en a jamais fait qu'à sa tête. Je regrette que ma mère n'ait pas pris le large aussi. C'étaient des femmes remarquables et elles méritaient mieux qu'elles n'ont eu.

Min a eu bien raison de venir. À ce stade, personne ici ne croirait qu'elle te doit quoi que ce soit. Et elle a choisi le bon endroit. C'est différent de l'Irlande, ici – en tout cas de celle que j'ai connue. Tu te souviens de ces retraités qui traînaient à Kilbride ? De ce banc sur lequel ils passaient leurs journées ? Eh bien, ici, personne ne te force à prendre ta retraite à tel ou tel âge. Il y a du travail pour tous ceux qui en veulent. L'âge n'est pas un problème. Pendant un entretien d'embauche, il serait illégal d'interroger le candidat sur son âge. Est-ce qu'on voit parfois Joan Rivers à la télé irlandaise ? Joan Rivers a quelques années de plus que Min, mais elle a ce que les gens d'ici admirent : du culot et de l'énergie.

Markey

PS : J'ai quitté Dublin avant le symposium James Joyce, mais je me souviens des premiers universitaires américains qui sont venus. Je te revois disant : « Ô splendide nouveau monde qui compte de pareils habitants ! » Ils venaient à la bibliothèque. Des hommes. Tu t'en souviens ? C'était la première fois qu'on voyait des mocassins, des pantalons de velours et de coutil, des écharpes en cachemire et des chemises en coton doux comme les leurs. Et des imper blancs – mon Dieu, ces imperméables ! Je suis sûr que ces imperméables blancs sont à l'origine de mon désir d'émigrer aux États-Unis, même si, à l'époque où j'ai fini par venir, je n'en aurais pas porté pour tout l'or du monde (des « attrape-poussière », on appelle ça ici).

9

Dans l'avion, pendant que les autres passagers regardaient *La Revanche d'une blonde*, j'ai observé le ciel à travers l'interstice entre le hublot et le store. La lune répandait son éclat sur un parterre de nuages floconneux jusqu'aux confins du monde. Comment les humains font-ils pour oublier qu'ils tournoient dans l'espace ? J'ai frissonné. Tout à l'heure, si elle était de bonne humeur, Bell se blottirait contre moi dans le lit et je lui en saurais gré. Les animaux sont à l'opposé du vide froid – ils sont denses, chauds et singuliers et ne cherchent pas de réponses parce qu'ils ne savent pas qu'il y a des questions.

J'ai gigoté sur mon siège, cherchant une position confortable, mais je n'arrivais pas à dormir. Quand enfin je me suis assoupie, ça n'a duré que quelques minutes et je me suis réveillée avec la boucle de la ceinture de sécurité incrustée dans la cuisse. Cette sensation inhabituelle m'a renvoyée au jour où j'avais, pour la première fois, pris conscience que j'avais un corps, à l'âge de – quoi ? Moins de quatre ans, en tout cas. Les enfants étaient admis à l'école à quatre ans.

J'étais assise sur le plancher et, loin au-dessus de moi, la voix de Min aboyait : « Non ! Non, tu peux pas y aller ! Ils te laisseront pas entrer. Tu peux pas y aller avant d'avoir quatre ans. »

J'avais grimpé sur une chaise pour attraper le cartable neuf et décroché mon manteau de sa patère et à présent j'étais par terre, le manteau sur les épaules parce que je n'arrivais pas à l'enfiler et le cartable dans les bras pour que personne ne puisse me l'enlever. J'avais conscience, malgré ma fureur, d'apprendre ce qu'est un sol – ce corps compact à l'arrière de mes cuisses, sa platitude sous la rondeur de mes fesses, la manière dont mes talons le martelaient et dont mes hurlements rebondissaient contre lui.

Min avait quitté la pièce, me laissant avec un mauvais goût dans la bouche – cela aussi, je l'avais remarqué.

Tout ce que je savais, je le savais par mon corps.

Un autre jour, une voisine avait dû dire à Min que l'huile d'olive tiède soulagerait mon mal d'oreilles, peut-être même venir jusqu'à notre porte pour lui prêter une petite bouteille d'huile d'olive médicinale Goodall. Min s'est agenouillée sur le tapis devant le feu, a posé ma tête sur ses jambes vigoureuses et a versé un peu d'huile dans l'une de mes oreilles ; je l'avais rarement vue aussi soigneuse. Elle a appliqué une serviette sur mon oreille et m'a retournée pour s'occuper de l'autre. Puis elle a attendu avec moi que la cire qui les obstruait – selon les croyances de l'époque – ramollisse, et mon visage pressé contre son ventre m'a transportée là où je voulais être. Et que ce fût pour cette raison, ou parce qu'on était au milieu de la nuit et qu'elle n'était pas pressée, ou grâce à la chaleur apaisante du feu, la douleur a bel et bien disparu.

De minute en minute, je devinais à son comportement si elle m'aimait, ou me chérissait, ou n'avait que faire de moi. C'était physique. Ce n'était pas juste sa façon de me toucher, mais aussi sa respiration, la rapidité de ses gestes, la légèreté ou la pesanteur de sa voix. Tout était signe.

Comment peut-on apprendre à connaître autrui si ce n'est par le corps ? C'était si évident que je n'avais même pas à y réfléchir. Bien sûr que j'avais été à l'hôtel Gresham avec Dan. J'avais senti son regard sérieux posé sur moi chaque jour pendant le symposium James Joyce. Je tenais le stand de la librairie Boody dans le hall, devant l'entrée du vieil amphithéâtre de physique de Newman House – une salle spéciale, car Stephen Dedalus y avait eu une discussion tendue sur l'esthétique avec le doyen des études anglais. Quatre fois par jour, les universitaires polis et souriants qui participaient au symposium sortaient de la salle et se pressaient autour de mes livres, et Dan était toujours à l'arrière du groupe, grand, blond et jeune par rapport aux autres. Il me souriait chaque fois que je lui lançais une œillade – ce que je n'hésitais pas à faire : j'avais vingt et un ans et savais depuis longtemps indiquer aux garçons plantés de l'autre côté de la piste de danse qu'ils me plaisaient aussi.

Il m'a raccompagnée jusqu'à mon arrêt de bus.

« La journée de demain est libre, m'a-t-il dit. Vous auriez un moment pour me faire visiter la ville ? Je n'ai rien vu en dehors… »

Le chauffeur a ouvert la porte du bus et crié aux gens qui faisaient la queue, comme si c'étaient eux qui l'avaient fait attendre : « Alors, vous montez ou vous montez pas ? »

« Oh, le voilà ! ai-je crié. Attendez-moi, monsieur ! Au revoir, professeur ! »

Et j'ai sauté dans le bus.

« À demain, vous voulez dire, m'a crié Dan depuis le trottoir. Midi à l'hôtel ! »

« Vous avez entendu les ordres, ma mignonne, m'a dit le chauffeur. Les Yankees sont de retour en ville. »

Une fois chez moi, je me suis rasé les jambes, bien que j'eusse décidé de porter un jean.

L'interminable nuit d'avion s'est enfin terminée. En sortant de l'aéroport de Dublin, les yeux fatigués et le nez bouché, j'ai chargé mon sac sur mon épaule et marché jusqu'au parking pour le plaisir de voir une journée de printemps fraîche et pure se lever sur ma ville natale. Le sentier de béton traversait une zone où ateliers et bureaux étaient encore fermés et reflétaient passivement les premières lueurs de l'aube. Les toiles d'araignées commençaient à scintiller. Le ciel changeait sans bouger. Les moineaux s'affairaient déjà et des corbeaux conversaient aimablement en vaquant à leurs occupations.

Quatre ou cinq femmes de ménage, bien plus jeunes et blondes que des femmes de ménage irlandaises, étaient adossées contre une grille. « Bonjour, jolies demoiselles », leur ai-je lancé de loin, et l'une d'entre elles au moins m'a répondu par un sourire et un signe de la main.

J'ai repris ma voiture pour rentrer à Kilbride.

Rien n'échappait à Min. Ce jour-là, elle avait voulu savoir pourquoi je portais un jean pour aller au travail. Quand j'étais à Roubaix et sous l'influence de Lalla, j'avais juré de ne jamais mentir à Min – les féministes ne mentaient pas aux autres femmes. Mais dire que j'allais retrouver un professeur d'université américain aurait provoqué une altercation majeure. C'était, à plusieurs titres, incompatible avec l'objectif de Min : faire de moi une variante de la Femme de Kilbride. Et je ne pouvais pas dire que Dan logeait au Gresham. Min ne savait rien des hôtels, sinon qu'ils coûtaient de l'argent et ne constituaient pas un foyer. À ma connaissance, elle n'avait mis les pieds dans un hôtel qu'une seule fois : le jour où elle avait dû m'emmener aux toilettes du Wynn's, sur Abbey Street, en plein défilé de la Saint-Patrick, parce que je mourais de froid et d'envie de faire pipi. Elle se méfiait des hôtels comme de la peste.

Je lui ai dit que je portais un jean les jours d'inventaire de la librairie. La solidarité féminine attendrait.

Même si Markey avait encore été à Dublin, j'aurais volé vers Dan comme je l'ai fait ce matin-là, le cœur battant, remontant O'Connell Street à toutes jambes.

Markey ne m'avait jamais ne serait-ce que pris la main – même pour me dire au revoir en ce jour gris d'octobre où nous avions marché vers la baie, dépassant Ringsend et longeant les décharges et les dépôts de conteneurs qui bordaient l'embouchure de la Liffey. Une mauvaise odeur montait des égouts ; l'oyat était jonché de détritus et du mazout coagulait dans les amas d'algues qui marquaient la laisse de haute mer sur la plage. Du sable traversait la route, poussé par le vent. Mais ce décor nous convenait, car nous cherchions l'endroit exact où Joyce avait situé la rencontre entre les garçons et le pervers dans *Une rencontre*. Nous avions déjà fait le même repérage pour les autres nouvelles.

Plus tard, je me suis interrogée : avais-je senti dès cet instant une distance nouvelle se creuser entre nous ? Sinon, pourquoi me serais-je mise à parler de Monty en expliquant qu'il avait perdu toute joie de vivre depuis le départ de son père ?

« Son père a laissé sa cravate pendue sur le pied de lit – tu sais, là où il y a une boule. Et elle est toujours pile au même endroit. Elle n'a pas bougé. Monty ne laisse personne y toucher, et ça fait quelque chose comme huit ans.

— Les années ne font pas de différence, m'a dit Markey. Le temps n'a aucune prise sur certaines choses.

Dans *Considérations actuelles sur la guerre et sur la mort*, Freud écrit que le psychique primitif est, au sens plein du terme, impérissable.

— Regarde-moi ces blocs de granit ! ai-je dit pour l'empêcher de démarrer sur Freud.

— Tu sais qui a fait construire cette digue ? m'a-t-il demandé. Vas-y, devine !

— Je donne ma langue au chat.

— Le capitaine Bligh. Il était capitaine du port de Dublin avant de devenir commandant du *Bounty*.

— Ouahh ! » Je me suis arrêtée net. « Marlon Brando ! »

Markey a saisi l'occasion.

Il marchait quelques pas devant moi, comme d'habitude. Par-dessus son épaule, il m'a lancé qu'il verrait peut-être bientôt Marlon Brando de ses propres yeux, parce qu'il partait pour Londres le soir même et, dès qu'il aurait réuni assez d'argent pour la traversée, mettrait le cap sur les États-Unis.

J'ai trébuché, mais il ne s'est pas retourné. Je l'ai suivi, misérable, à travers les herbes hautes jusqu'à l'endroit qu'il me montrait du doigt : un bâtiment en ruine orné de linteaux de pierre sculptés – autrefois un lazaret, m'a-t-il appris.

« Il ne s'est jamais passé que des choses tristes ici, ai-je marmotté.

— Oh non, a-t-il dit, et il m'a cité avec délectation l'ouverture d'un poème : « Je vivrai à Ringsend avec une putain rousse… »

— Le mot qu'on remarque le plus dans ce vers, c'est “je” », ai-je dit d'un ton irrité. À l'époque, l'Amérique était si loin que les gens qui y partaient n'en revenaient pas avant des années – s'ils en revenaient un jour. « Je, je, je ! Et le mot “rousse” ne dit rien sur la femme. Si tu m'appelais “la fille aux cheveux ondulés", est-ce que ça suffirait à me décrire en tant que personne ?

— Ce n'est pas la question. Le poème porte sur lui, pas sur elle.

— Alors quel besoin de la mentionner ? Et qu'est-ce qu'il veut dire par "*Je* vivrai…" ? S'il lui demandait son avis ? Comment il sait si elle est consentante ?

— Pour l'amour du ciel ! a aboyé Markey. Je me demande comment j'ai pu perdre mon temps avec quelqu'un d'aussi bouché que toi !

— Tu n'as pas perdu ton temps », ai-je dit, presque en larmes.

Markey s'est retourné et m'a regardée un instant avec une extrême attention. Puis, ébauchant un sourire, il a virevolté sur lui-même. Avec la mer à droite et à gauche et le phare derrière lui, il s'est rapproché de moi en tournoyant, bras grands ouverts. « Au revoir, Dublin ! » s'est-il exclamé. Il ressemblait à un grand échalas dans son pardessus en tweed à chevrons qui avait perdu ses boutons et flottait derrière lui. Au terme de sa dernière révolution, il a abouti tout contre moi et son visage a frôlé le mien. Nous n'avions jamais été ainsi, joue contre joue. Je me suis immobilisée.

Mais Markey n'a rien dit. Rien dit ni rien fait. Au bout d'une minute, j'ai été obligée d'ouvrir les yeux.

Dan l'Américain m'attendait devant le Gresham. Il observait la façade, tête penchée en arrière. Ses cheveux blonds volaient dans la brise ensoleillée. En me voyant arriver, il a couru vers moi et m'a serrée dans ses bras. Il était enchanté, m'a-t-il dit en m'embrassant sur les deux joues, de séjourner à l'hôtel où Gabriel et Gretta rentrent après le bal dans *Les Morts*.

« Et ce n'est pas tout sur le Gresham, ai-je dit fièrement. Shelley – vous connaissez Shelley ? Eh bien,

Shelley est venu à Dublin en 1812 et a jeté des pamphlets d'une fenêtre de cet hôtel pour nous inciter à nous soulever contre l'oppression britannique.

— Quelle fenêtre ? a demandé Dan. Ma chambre donne sur la rue. » Puis, baissant les yeux vers moi avec un demi-sourire niais et embarrassé : « Ça vous dirait de venir la voir ?

— Euh », ai-je fait, et je me suis arrêtée net. Je n'avais jamais mis les pieds dans une chambre d'hôtel – encore moins dans la chambre d'hôtel d'un homme et en sa compagnie. « Euh, on pourrait peut-être visiter un peu d'abord. »

Nous avons donc traversé la rue et je l'ai introduit discrètement dans l'hôpital Rotunda pour lui montrer la chapelle baroque.

« Est-ce qu'elle n'est pas merveilleuse ? ai-je chuchoté. Tant d'exubérance ! Elle est à la fois si simple et si chargée. »

Je citais Markey, bien sûr ; je crânais parce que sa proposition de m'emmener dans sa chambre m'avait donné de l'assurance.

« On se croirait ailleurs qu'à Dublin… a-t-il dit.

— C'est le Dublin de l'époque. Dublin change. Je suis née dans cet hôpital – mon père m'a raconté cette histoire par le menu quand j'étais gamine – mais ma mère avait la tuberculose. Vous savez, la tuberculose ? Vous connaissez cette maladie ? Eh bien, elle l'avait attrapée au sanatorium où elle était lingère et où mon père se faisait soigner. Donc ils l'ont renvoyée là-bas juste après ma naissance, parce qu'elle était contagieuse et mourante, et elle est morte sans jamais m'avoir vue. Ils ne voulaient même pas qu'elle me voie à travers une vitre, et ils ne lui ont même pas dit qu'elle retournait à l'hôpital Peamount. N'empêche, j'ai remarqué qu'on s'apitoie toujours sur les mères qui meurent sans avoir vu leur enfant. Et l'enfant, alors ? Moi, je n'ai jamais vu ma mère. »

Dan m'a pris la main.

« Pauvre petite Rosie », m'a-t-il dit.

Ensuite, nous avons marché jusqu'au cimetière juif abandonné de Fairview, celui dont j'escaladais autrefois le mur en rentrant de l'école. Il y avait une drôle de date gravée sur ce mur – 5904 ou quelque chose comme ça. Je devinais que Dan était juif parce qu'il s'appelait Cohen.

« Aidez-moi ! Faites-moi la courte échelle ! »

J'avais un pied dans une anfractuosité que je connaissais depuis longtemps et l'autre suspendu dans les airs. Dan riait au-dessous de moi. Il a posé une main sur chacune de mes fesses et tenté de me pousser vers le haut, mais je riais tant moi aussi que je suis tombée sur lui et que nous avons dû tout recommencer. Cette fois, il a mis la main entre mes jambes pour me pousser et, hoquetant de rire, j'ai plus ou moins dégringolé sur le talus de l'autre côté du mur. Une seconde plus tard, il m'avait rejointe et nous étions tous les deux vautrés dans l'herbe tendre de ce lieu secret – un espace clos et silencieux où de vieilles pierres tombales dominaient un enchevêtrement de broussailles, de mauvaises herbes et de lierre. Nos corps ont failli commencer à s'ébattre joyeusement.

Alors, Dan a vu les noms sur les tombes les plus proches.

Son visage est devenu solennel. Ce qui, en soi, n'est qu'un fait passablement triste devient bien autre chose appliqué à tout un peuple. Je comprenais parfaitement que Dan pleure ces Juifs lithuaniens qui s'étaient mis en route pour le Nouveau Monde et n'étaient pas allés au-delà de Dublin. À mes yeux aussi, la mort de ma mère parlait de tout un peuple aussi bien que d'elle-même. Personne ne l'avait respectée, même quand elle se mourait, parce qu'elle n'avait ni éducation ni argent.

Nous sommes retournés dans le centre sur l'impériale du bus 23 ; j'étais blottie sous un pan du coupe-vent de Dan et aurais aimé rester là à jamais.

Arrivée à Kilbride, j'ai hissé mon corps raide hors de la voiture, porté tant bien que mal ma valise jusqu'à la porte et récupéré la clé en tirant sur la ficelle à travers la fente à lettres. J'avais souvent fait observer à Min que les cambrioleurs étaient du coin aussi et savaient parfaitement où elle gardait sa clé, mais elle m'avait répondu qu'ils ne cambrioleraient ni chez elle ni chez Reeny parce que Monty les tuerait.

Dans la cuisine silencieuse, j'ai ôté avec soulagement mes vêtements de la veille.

Ce jour-là, en descendant du bus, nous avions traversé lentement un terrain vague à l'endroit où, du temps de Leopold Bloom et Stephen Dedalus, s'étendait le quartier des bordels. Puis, sans mot dire, nous étions passés devant le portier et avions monté le grand escalier de l'hôtel Gresham. C'était une fin d'après-midi d'été. Des rayons de lumière pénétraient obliquement par les grandes fenêtres. Que pouvais-je faire d'autre que m'allonger près de Dan et le laisser prendre ce dont il avait envie ? Je pensais que c'était ainsi qu'on exprimait les choses – et n'avais-je pas raison ?

La première partie a été divine. Ma conscience s'est trouvée réduite à un point, comme la dernière tache de lumière sur l'écran de télévision. Puis Dan a gâché cette extase en me disant « Ne bouge pas » et en courant s'équiper dans la salle de bains.

Je suis restée allongée sur le lit – je n'avais guère le choix. Je ne pouvais pas décemment me lever et partir. Et puis, Dan était de loin l'homme le plus glamour que j'eusse jamais embrassé, avec son pull doux comme de la soie, ses chaussures de tennis, ses cheveux blonds et raides et sa peau couleur miel. Et il savait éviter de vous faire un enfant. À l'époque, on ne pouvait en dire autant de la plupart des gars de Dublin.

Et puis, à la fin, il y a eu la stupéfaction et la fierté de voir l'effet produit sur lui. Être capable de faire ça ! À un homme ! À un homme comme lui ! *Moi* !

En se rhabillant, il a passé un T-shirt blanc. Je n'en avais encore jamais vu en dehors des films de James Dean – il est vrai que Dan était le premier homme que je voyais s'habiller intégralement. Ensuite, il a passé la main derrière les rideaux blancs et touché la fenêtre.

« C'était peut-être celle-ci ? » a-t-il demandé.

Eh bien, ça me paraît difficile, m'apprêtais-je à répondre, car il était évident que les fenêtres actuelles n'avaient pas cent cinquante ans d'âge. Mais il semblait si plein d'espoir que j'ai simplement dit : « Peut-être. »

Après tout, rares étaient les personnes, même en ce temps-là, qui se souciaient de Shelley.

J'ai prétendu que je devais rentrer chez moi ; j'avais besoin de m'échapper et d'être seule. Mais je ne pouvais pas regagner la maison avant l'heure habituelle. J'ai donc attendu dans une friterie de Marlborough Street où j'ai bu du thé en lisant *Gatsby le magnifique*. Je pouvais remercier le ciel d'avoir emporté ce jour-là l'un des plus merveilleux livres jamais écrits. Non que je fusse traumatisée, comme le sont souvent les héroïnes de romans après avoir perdu leur virginité. Mais je me sentais différente – à la fois plus lourde et plus tremblante. J'avais mal, aussi, et j'étais toute souillée. J'allais devoir jeter cette culotte. Mais à aucun moment Dan ne m'avait forcée, même si, a posteriori, je ne voyais pas trop l'intérêt de la chose. Pour rien au monde je n'aurais refusé d'apprendre ce que mon corps était prêt à m'enseigner.

Le corps restait au centre de mes préoccupations : j'avais pris rendez-vous chez le dentiste pour le jour de mon retour à Dublin parce que je savais que, épuisée par le vol, je n'aurais pas aussi peur que d'habitude. En rentrant de son cabinet, j'ai somnolé dans le fauteuil bleu de Min avec Bell sur mes genoux. Puis je me suis traînée jusqu'au Xpress Store pour acheter du bacon, des œufs et un journal et j'ai un peu repris du poil de la bête. La vieille pendule en étain a égrené l'après-midi. Le feu crépitait doucement. Monty est entré dans la maison d'à côté et, bientôt, un bruit intermittent de hourras et d'applaudissements s'est fait entendre à travers le mur. Un tournoi de golf, bien sûr.

J'ai appelé New York.

« *Signora Connors !* ai-je crié dans l'appareil. *Min. Meen ! Señora molto poco.* »

Mais la femme qui avait décroché à l'Estrellita ne parlait qu'espagnol et je ne comprenais pas son accent. Elle a abandonné la conversation à mi-phrase et je n'ai plus entendu que des échos provenant de sols en béton et de portes en acier. J'ai fini par raccrocher. L'appel m'avait coûté près de dix euros pour rien.

Ensuite, j'ai erré dans la maison comme une âme en peine. Je ne m'étais jamais sentie aussi perdue. Un froid enveloppait mon cœur, comme le halo crépusculaire qui entoure la lune. Pour la première fois, je n'avais personne vers qui me tourner. *Aucun corps.*

À moins de réessayer avec Leo. Mais comment ? Cela faisait plus d'un an que je ne l'avais pas vu. La dernière fois, à Macerata, nous n'avions même pas tenu un week-end : j'étais partie au bout d'une journée.

Non. Ne pense pas à Macerata quand tu te sens fatiguée et larmoyante.

Pense plutôt aux merveilleuses années où lui aussi pouvait à peine parler quand vous vous retrouviez. Où lui non plus ne pouvait pas porter un verre à ses lèvres tant ses mains tremblaient quand vous étiez réunis après une séparation.

J'ai enfin atteint l'heure où je pouvais m'autoriser à aller au lit. J'ai commencé par me doucher et me préparer un sandwich au thon que j'ai mangé sur le tapis devant la cheminée, à la lueur du feu. Je n'arrivais pas à réfléchir et à peine à sentir, mais je me souvenais combien faire l'amour avait un jour donné sens à l'existence. En comparaison, toutes mes autres activités paraissaient imparfaites. Faire l'amour conférait au temps une forme de densité. C'était le seul usage du temps complètement valable que je connaisse, en dehors de lire quelque chose comme Proust.

C'est pendant l'entracte d'un concert du festival de Bregenz que Leo m'avait accostée, silhouette haute et racée portant deux verres de *sekt* frappé. J'étais venue de Strasbourg pour la soirée et hésitais à faire la queue au bar par cette chaleur.

« Vous avez l'air assoiffée, *madame**, m'a-t-il dit. Vous permettez ? Un pour vous, un pour moi. »

Comme un héros de roman sentimental.

Je suis d'abord restée plutôt nature avec lui. Je connaissais le monde : un homme élégant et raffiné portant un magnifique costume et une montre coûteuse sur son beau poignet mat ne pouvait s'intéresser personnellement à une quadragénaire au ventre un peu rond, à la poitrine un peu lourde et vêtue d'une robe ordinaire. Les gens qui s'approchaient de lui avec déférence pour commenter le concert – et auxquels il répondait brièvement dans différentes langues – se contentaient de m'ignorer, et je n'en étais pas surprise. Plus tard, lorsqu'il m'a raccompagnée jusqu'à mon hôtel sur le sentier bordé de tilleuls qui longe le lac de Constance, j'ai appris qu'il était critique musical occasionnel pour un journal de Zurich et auteur d'une biographie de Brahms. Mais à ce moment-là, j'avais la bouche trop sèche d'excitation pour lui dire ce qui aurait pu m'échapper dans l'innocence des premières minutes – à savoir que, à l'époque où je gardais des enfants, je cherchais souvent à les endormir en leur fredonnant la *Berceuse* de Brahms et que ça ne marchait jamais.

Durant les neuf années qui s'étaient écoulées depuis, j'avais retrouvé Leo dans divers lieux d'Europe situés à proximité d'un aéroport. Parfois, quand j'avais un peu de temps et d'argent, je retournais dans ces lieux toute seule. J'étais retournée à l'hôtel du sentier aux tilleuls et avais insisté pour ravoir la chambre au-dessus de l'entrée, dont la fenêtre était si basse que, depuis mon oreiller, j'avais l'impression d'être au même niveau que la surface argentée du lac. Quel clair de lune, le soir où j'avais rencontré Leo ! Et quel silence, en dehors des glouglous et des cris des poules d'eau et autres oiseaux du lac qui s'éveillaient un instant avant de se rendormir sur l'onde. Pour ma part, j'étais restée éveillée dans mon lit jusqu'à l'aube, pétrifiée, parce qu'en me serrant la main pour me dire bonsoir – seules nos mains s'étaient touchées ce soir-là – Leo s'était penché vers moi pour me murmurer : « On se retrouvera. »

Quelque temps plus tard, un an peut-être, j'avais loué une minuscule maison en bois à porte rouge vif, entourée d'un palis, dans les dunes près d'Ostende. Leo se trouvait alors à Amsterdam, où il écrivait un article sur le Concertgebouw, et je travaillais pour ma part à Bruxelles. Il était venu me voir quatre week-ends d'affilée. Je n'avais toujours pas appris. Je me disais : Quatre week-ends – il doit être amoureux ! Il va quitter sa famille ! Je vais le ramener à Kilbride avec moi ! Quand Tessa et Peg vont voir ça !

Il préparait du gratin dauphinois en coupant les petites pommes de terre luisantes en lamelles si fines que – je lui en ai fait la démonstration en riant – on pouvait lire des caractères d'imprimerie au travers. Il apportait des livres d'architecture d'intérieur et d'aménagement de jardins et m'expliquait dans le moindre détail comment il allait transformer la villa qu'il voulait acheter en hôtel de charme. Il traçait pour moi de minutieux croquis tandis que je rêvais de l'entraîner à l'étage, dans notre lit à colonnes avec ses draps en lin. Quand il ouvrait la lucarne de notre chambre, le vrombissement des voitures provenant de l'autoroute Amsterdam-Bruxelles couvrait le bruit des vagues derrière les dunes. Je n'entendais jamais la mer, sauf durant cette heure précédant l'aube où il me réveillait souvent en me caressant en silence.

Il avait beau se tenir près de moi pour sécher la vaisselle, nous ne nous bousculions jamais. Je me levais tôt le matin et, toujours en chemise de nuit, j'allais m'asseoir sur le perron à l'arrière de la maison pour boire un café. Je tapotais le seuil de la main, mais Leo ne me rejoignait pas. Il restait assis à la table de la cuisine à étudier ses livres d'architecture d'intérieur.

Même à cette époque, quand nous avions peine à nous passer l'un de l'autre, je revenais sur nos pas. Je suis retournée à l'Albergo Cosima par un automne radieux après y avoir séjourné avec lui lors d'un froid printemps. Je suis retournée au Holiday Inn proche de l'aéroport d'East Midlands où nous nous étions retrouvés pour une nuit parce qu'il rendait visite à ses fils, pensionnaires en Angleterre. Je suis retournée à l'hôtel Tritone de Ravenne et le mistral était si fort que je suis restée au lit à lire Proust tandis que l'intendante allait me chercher un Happy Meal au McDonald's. Et je suis retournée, bien sûr, à l'Excelsior Intercontinental de Zurich où j'avais pris une chambre trois mois après notre rencontre et d'où je lui avais envoyé un mot pour le prévenir que j'étais là.

On était en train de faire la chambre où nous avions dormi et la porte était ouverte. J'ai raconté à la femme de ménage que je pensais avoir perdu une boucle d'oreille derrière le canapé – ce canapé où nous nous étions, pour la première fois, retrouvés nus ensemble – et elle m'a aidée à la chercher. Leo et moi, nous avions exploré cette chambre, avec ses tables basses, ses fauteuils et ses tapis moelleux, avec autant de naturel que des babouins s'ébattant dans une forêt tropicale. J'avais eu des amants, bien sûr. Mais Leo était unique. Leo réveillait quelque chose qui dormait en moi depuis l'hôtel Gresham.

Et il l'avait pressenti. Je n'en revenais pas.

Ce soir-là, quand nous avons de nouveau été présentables, les cheveux mouillés et bien peignés après nos douches respectives, il s'est détourné de la fenêtre pour me dire qu'il avait su, dès le jour de notre rencontre, que nous nous conviendrions parfaitement.

« Ton visage respire l'aventure, m'a-t-il dit. Tu sais ça ? »

Je souriais déjà bêtement lorsqu'il a ajouté : « Et puis, bien sûr, tu as le bon âge. »

Je suis restée debout dans la chambre tandis que la pauvre femme de ménage continuait à chercher sous le canapé. Elle voyait que j'étais en détresse.

« Prenez-les, s'il vous plaît ! » a-t-elle fini par dire en m'offrant ses propres boucles d'oreilles.

J'ai rougi de honte.

Si je retournais dans ces lieux, c'est parce que je ne supportais pas l'idée de laisser notre liaison telle qu'elle était devenue – sinistre, avec à peine un baiser, un mot de compassion ou une plaisanterie. Un jour, j'ai avoué à Leo ce que je faisais. J'espérais alors que nous pourrions trouver une nouvelle forme d'entente. Son mariage avait pris fin et il vivait désormais dans une chambre à Ancône. Je n'ai jamais vu cette chambre. Comme d'habitude, nous séjournions dans une *pensione*.

Il m'a écoutée attentivement lui raconter que j'étais retournée dans plusieurs de nos lieux de rendez-vous.

« Tu veux savoir pourquoi ? ai-je demandé.

— Je sais pourquoi », a-t-il répondu, et il m'a souri de son sourire lent et charmant.

Les choses en sont restées là. Et, la fois suivante, c'était à Macerata.

Bell a condescendu à me suivre dans mon lit quand, à neuf heures du soir, je me suis écroulée, mais elle refusait de quitter l'oreiller. Tout de même, c'était le paradis. La chambre était obscure, douillette et pleine de fantômes. Quatre heures de l'après-midi à New York. Pourvu que Min ne s'enrhume pas. Son vieux manteau noir ne payait pas de mine, mais il était plutôt chaud ; j'espérais juste qu'elle avait trouvé mieux pour se couvrir la tête que ce béret qui s'envolait au moindre souffle de vent.

Mon besoin d'être étreinte par un amant provenait-il du fait que, dans mon enfance, Min restait toujours sur son quant-à-soi, même lorsqu'elle était près de moi ?

Durant nos séjours au cabanon – les moments les plus heureux de notre existence à tous trois – il faisait souvent mauvais dehors. Mon père et moi, nous devenions pour un temps aussi imperturbables que Min. Calmement, nous enfilions nos chaussettes et nos manteaux et restions à l'abri jusqu'à ce que l'intempérie soit passée. Il n'y avait pas d'animation autour de nous ; il n'y avait pas d'arrière-cuisine, de cour, de rue ou de cinéma où nous réfugier. Min n'avait d'autre choix que de s'asseoir près de mon père dans un des vieux fauteuils cannés – une reine aux côtés de son roi. Je m'asseyais à leurs pieds et nous contemplions en silence, par la porte toujours ouverte, la bande de gazon sablonneux, la grève étroite et la mer. Parfois, la pluie tombait en longues diagonales argentées, sauf juste devant la porte, où elle dégoulinait en lourdes gouttes disgracieuses ; parfois, des vagues de crachin brumeux balayaient le paysage ; parfois, le tonnerre déboulait de l'horizon, ou des éclairs zébraient le ciel bas et sombre au-dessus des vagues qui, soudain, bouillonnaient d'écume. Nous observions ces phénomènes comme un public trop poli pour s'éclipser. Quand ils cessaient, c'est avec lenteur que nous nous remettions en mouvement, nous levions et prenions la parole, comme si nous revenions avec effort d'un lieu magique.

Des moments de plénitude comme je n'en ai jamais retrouvé. Une intimité comme je n'en ai plus connu, même entre les mains de l'amant le plus habile, même peau contre peau.

De RosieB à MarkC

Pensée numéro 2 : le corps.

Voici les quatre règles d'or :
1. Mangez bon et sain.
2. Ne dilapidez pas votre bien-être dans l'alcool ou les drogues, mais prenez un somnifère ou un tranquillisant quand vous avez besoin de vous laisser aller.
3. Marchez et étirez-vous. Si nous n'aimons pas assez notre corps pour célébrer ses talents, pourquoi nous aimerait-il ?
4. Faites l'amour aussi souvent que possible. Mais faites-le bien. Les conseils qui précèdent s'appliquent aussi au sexe : faites l'amour sainement, avec précaution, et offrez-vous une gâterie de temps à autre.
Si vous n'avez pas de partenaire actuellement, analysez ce que le sexe vous apporte – plaisir des sens, contact avec l'autre, détente physique, jubilation – et cherchez d'autres voies pour l'obtenir. Songez par exemple, à la natation, aux animaux de compagnie, au jardinage, à la masturbation, aux massages, au yoga, à la cuisine gourmande.
Ou allongez-vous nu(e) au soleil, comme une héroïne de D.H. Lawrence.
(153 mots)

De MarkC à RosieB

Écoute-moi bien, Rosie.

Tu as été à New York quatre ou cinq fois dans ta vie, visiblement pour faire les magasins. Je vis aux États-Unis depuis plus de trente ans, connais la côte Est aussi bien que la côte Ouest et dirige depuis maintenant vingt ans un commerce de livres qui, il est vrai, ne rapporte guère d'argent, mais qui me rend heureux et m'a valu beaucoup d'amis. Hier soir, mon compagnon et moi avons apporté un risotto aux fruits de mer à un repas de quartier. Le 4 juillet, nous ferons griller des marshmallows. Nous sommes ici chez nous et ça nous plaît.

Nous sommes des Américains moyens satisfaits de leur sort. Et je me vois dans l'obligation de t'informer que les Américains sont extrêmement prudes et à cheval sur les convenances.

DONC : INTERDICTION d'évoquer les fonctions corporelles à l'exception du sexe.

Et en ce qui concerne le sexe : INTERDICTION d'être explicite, SURTOUT sur la masturbation.

Quant à D.H. Lawrence, il y a encore vingt-cinq ans, l'expression « l'auteur de *L'Amant de Lady Chatterley* » pouvait éveiller l'attention d'un public de lecteurs, même en Idaho ou en Alabama. Mais aujourd'hui : a) plus personne ne lit de livres dans environ quarante-sept des cinquante États ; b) plus personne – nulle part – ne lit D.H. Lawrence.

De RosieB à MarkC

Docteur Bowdler, je suppose[1] ?

Veuillez trouver ci-dessous une « pensée » sur le corps, deuxième mouture.

Markey, il va falloir faire avec. J'en ai assez de jouer les petites filles sages. La première version était bien plus utile que celle-ci.

1. Thomas Bowdler (1754-1825), connu pour avoir publié une version « expurgée » de l'œuvre de Shakespeare à l'intention des femmes et des enfants.

Nous ne pouvons pas empêcher notre enveloppe physique de vieillir. Mais nous pouvons faire en sorte que les qualités de la jeunesse – énergie, sens de l'aventure, ouverture aux autres, optimisme – continuent d'animer notre présent. Et nous pouvons nous réjouir de ce que, arrivés au milieu du parcours, nous possédions enfin notre corps. Enfin, ce fidèle compagnon nous appartient pleinement. Nous ne le jetons plus dans la mêlée pour trouver un partenaire ; nous ne nous en servons plus pour porter ou nourrir des enfants.

Traitons avec affection et gratitude cet ami de toujours qu'est notre corps, mais apprenons aussi, et de plus en plus, à privilégier ce qui n'est pas lui. Un jour, l'esprit et le corps seront amenés à se séparer. Mais si le corps s'oriente inéluctablement vers ce jour, l'esprit, lui, ne vieillit pas.

Ce jour-là, il sera tout aussi jeune que le jour de votre naissance.

(151 mots)

De MarkC à RosieB

J'oubliais : INTERDICTION d'évoquer la mort. Même à demi-mot.

Les gens achètent des livres de développement personnel pour se remonter le moral.

De RosieB à MarkC
Objet : Et la vérité là-dedans ?

Je suis une femme normale du monde développé, plutôt bien de sa personne et en parfaite santé. Je ne suis pas encore ce que je considère comme vieille – le milieu de la cinquantaine.

Et pourtant, chaque jour, je connais des moments d'angoissante et douloureuse perplexité parce que :

— Je perds mes lunettes, mon argent et mes clés.

— J'ai des bouffées de chaleur si violentes qu'elles me laissent sonnée et me font haïr mon créateur.

— Les oublis que je m'efforce de dissimuler n'ont plus rien à voir avec les trous de mémoire ordinaires que j'avais quand j'étais jeune : à présent, des mots entiers disparaissent de la phrase que je suis en train de former, comme si un sniper les avait abattus.

— J'ai encore peu de poils blancs dans les sourcils, mais ils sont si coriaces qu'ils semblent narguer les autres.

— J'ai des taches sur les jambes et une ride profonde autour de chaque cheville.

— J'ai la peau des mollets qui desquame.

— J'ai peur. Je prends des hormones contre les bouffées de chaleur et maintenant, j'ai peur de mourir d'un cancer féminin – oh, zut ! J'ai employé le mot interdit, non ?

De MarkC à RosieB

Ne crois pas que je ne comprenne pas ce que tu veux dire. Je pourrais ajouter ma propre liste. C'est un choix à faire, Rosie : garder ces considérations pour toi afin de permettre aux autres de profiter de ta joie de vivre – et, crois-moi, te voir et passer du temps avec toi est on ne peut plus réjouissant – ou bien les partager au nom de la « vérité ». Je ne peux pas te dire quoi faire dans ta vie. Mais pour ce qui est des *Pensées*, si tu veux qu'on ait la moindre chance avec Chico, il faut garder en tête qu'on n'est pas dans une culture du franc-parler. L'Amérique s'efforce tant qu'elle peut d'être optimiste et bien élevée. Si les *Pensées* sont jamais imprimées, ce sera sur du papier non ébarbé, avec une bordure fleurie et un petit ruban.

La mort n'a pas sa place là-dedans.

TROISIÈME PARTIE

STONEYTOWN

10

La lettre est arrivée une semaine plus tard environ.

Je m'étais levée tôt et Tessa et moi avions été petit-déjeuner au café, puis faire des emplettes à la jardinerie. À présent, nous étions dans l'arrière-cour, sous le soleil du printemps, occupées à planter de fragiles pétunias dans la vieille baignoire sabot.

« Tu sais, ai-je dit, c'est pour Min qu'on fait ça, mais je parie que quand je lui en parlerai au téléphone, elle dira juste : "Bonne idée, Rosie." Les seuls moments où elle semble avoir un peu le mal du pays, c'est quand je parle de Bell ou de bacon. Ou du pain de chez nous. L'autre jour, j'ai dit que j'avais un pain frais sur la table et elle a dit qu'elle allait de ce pas trouver le patron pour lui parler du pain. Mais, Tess, une femme qui a passé toute sa vie chez elle… On se dit que son chez-elle devrait lui manquer ? Sinon, c'est le monde à l'envers. »

En entendant prononcer son nom, Bell – qui devait se dorer quelque part au soleil – a surgi en haut du mur.

« Désolée, le chat, lui ai-je lancé. Je n'y peux rien si je ne suis pas Madame. »

« Les gens changent, m'a dit Tess. Je croyais que je ne quitterais jamais notre vieille maison, mais aujourd'hui, je suis parfaitement heureuse dans ma maison de la ville. J'ai bien envie de faire poser un vrai parquet en chêne à la place du contreplaqué. Le chêne coûte trois fois rien à Belfast.

— L'endroit où vit Min n'a rien à voir avec ta maison, ai-je dit en me remémorant l'Estrellita. La fenêtre n'ouvre qu'en haut, le lit ne fait pas un mètre de large et il y a une lampe dans une sorte d'alcôve à côté, mais elle est fixée au mur. Quand j'ai vu ça, j'ai voulu lui dire "Voyons, Min, on peut certainement trouver mieux", mais elle avait l'air aussi émerveillée qu'une gamine qui ouvre ses cadeaux de Noël. Donc j'ai dit "Bon, allons t'acheter deux ou trois choses", mais elle m'a dit que Luz avait un ami chez KMart qui lui ferait des prix. »

Elle voulait que je m'en aille ; elle était impatiente de commencer sa nouvelle vie sans moi.

« Tu ne l'aurais pas reconnue, Tessa. Je sais bien que les gens changent quand ils sont jeunes, ou même d'âge moyen – mais pas quand ils sont vieux.

— Ça dépend, a fait Tess prudemment. Nelson Mandela avait bien quatre-vingts ans quand il a épousé la veuve de l'autre, là, celui du Mozambique.

— Oui, mais se marier, ce n'est pas vraiment changer. Rien à voir avec une vieille dame un peu alcoolo sur les bords qui se débrouille pour aller jusqu'à New York et y trouver du boulot et une chambre. Mais de toute façon, je ne crois pas que Min ait changé. Quelque chose me dit que c'était naturel pour elle de faire ça. »

Je savais Tess trop passionnément terre à terre pour admettre que la personnalité humaine puisse être mystérieuse ; de fait, sa réaction ne s'est pas fait attendre.

« Oh, Rosie ! s'est-elle écriée. Tu es simplement dépitée.

— Je ne suis pas tant dépitée que déroutée. Est-ce qu'il est normal que ça me touche autant ? Ou bien est-ce que j'ai un problème ? Personne ne nous a jamais dit à quoi ressemblerait cette partie de notre vie. C'est pour ça que je ne sais pas quoi raconter dans ce petit livre que j'essaie de faire avec Markey.

— Ô mon Dieu ! a gémi Tess. Ce robinet d'eau tiède ! »

Quand j'avais rencontré Tess à la librairie Boody, elle était toujours impeccable et Markey était un garçon dégingandé, dépenaillé et distrait qui occupait un poste subalterne à la Bibliothèque nationale et ne se déplaçait que sur un vélo de fille.

« Les gens changent. C'est toi qui viens de le dire.

— Ouais, mais on n'oublie pas ce qu'ils ont été. Ça m'est égal s'il est devenu un vrai dieu. Moi, je ne pourrais plus le regarder sans voir ce vieil imper puant. »

Mieux valait changer de sujet.

« Min a toujours été nulle en cuisine, ai-je déclaré. Une catastrophe.

— Quand elle était chez Reeny, s'est souvenue Tess, elles arrêtaient toujours un gamin qui passait dans la rue et l'envoyaient chercher des frites et de la morue fumée. Pourtant, Reeny est une cuisinière hors pair.

— Et aujourd'hui, il y a tout un rayon de magazines de cuisine à la maison de la presse. Des femmes comme Min, Reeny ou Pearl sont des dinosaures au XXIe siècle.

— Elles s'épaulaient entre elles », a dit Tess.

Et c'était vrai. Quand Min avait passé une mauvaise nuit, Reeny lui montait une aspirine avec un verre d'eau et s'occupait de nourrir Bell. Après le départ de son mari, Reeny s'était effondrée et Min avait pris les commandes. Les deux femmes se prêtaient tout ce qu'elles avaient. Et récemment, depuis ma chambre, j'avais surpris un bout de conversation entre elles.

« Ce matin, disait Reeny, je suis allée à la messe à l'église de Fairview avec Monty, et y a que deux marches là-bas, contre Dieu sait combien à l'église de Kilbride.

— Oui, avait répondu Min. Et c'est trois fois rien d'y aller en bus. »

Voilà donc ce que c'était – un arrangement pour ménager leurs corps vieillissants. Sans prononcer le mot « âge » ni le mot « corps ».

En les écoutant, je m'étais sentie comme une parfaite étrangère.

Pourquoi étais-je si conditionnée par mon corps ? Pourquoi n'était-ce pas le cas des autres femmes ?

Une averse approchait. « Ça arrive toujours quand on vient d'arroser », ai-je observé.

Nous sommes restées debout dans l'encadrement de la porte. J'écoutais l'eau ruisseler sur l'ardoise et, derrière nous, le sifflement de plus en plus agressif de la bouilloire.

« Quand j'étais gamine, ai-je déclaré, j'adorais cette cuisine au petit matin. Je me levais tôt parce que j'étais impatiente d'aller à l'école. »

La pièce était alors comme un antre tiède. Le chat – l'un de nos nombreux chats successifs – dormait sur le tapis devant le foyer et la lumière du matin s'apprêtait à frapper les impatientes rouge écarlate qui prospéraient grâce aux fonds de théière dont nous les aspergions régulièrement. Je préparais mon porridge et le mangeais dans le jour naissant. À l'époque où mon père occupait un coin de la pièce, je m'asseyais près de son lit ; il dormait encore mais, s'il ouvrait les yeux, j'étais la première chose qu'il voyait.

« Ma mère se levait pour me préparer un thermos de soupe, a dit Tess d'un air attendri.

— Pas Min. En fait, Min ne voyait pas trop l'intérêt de m'envoyer à l'école. Chaque fois qu'on abordait le sujet, elle disait : "J'ai quitté l'école le jour de mes quatorze ans, et est-ce que je m'en porte plus mal ?" Et je devais répondre : "Non, Min, tu ne t'en portes pas plus mal." Et elle : "À quoi ça servait, l'école, dans un trou comme Stoneytown ? Trois pauvres maisons et un vent à vous flanquer par terre ?" Alors je disais : "On n'est pas à Stoneytown, vieille buse" – ou plutôt je le pensais. Tout haut, je disais juste : "On n'est pas à Stoneytown." Et elle ne répondait pas. »

Je m'en souvenais comme si c'était hier. J'ai fixé la cheminée. Rien. Juste les pommes de pin argentées que Mme Beckett – cette voisine qui autrefois, quand Decco ouvrait le pub le matin pour nettoyer le sol, était déjà devant la porte à attendre – avait peintes en cure de désintoxication.

« Viens donc au club de gym avec moi, m'a crié Tess, qui se lavait les mains dans l'arrière-cuisine. Travailler l'équilibre, c'est ça dont tu as besoin. Quel que soit le sens de la vie, il faut qu'on apprenne à éviter les chutes et les fractures du col du fémur.

— Mais, Tessa, ne t'en va pas ! J'ai plein de questions à te poser, toi qui sais tout. Je voulais te demander : pourquoi tu crois que les femmes de la vieille génération ne parlent jamais des bouffées de chaleur ? Min, ou Pearl, ou Reeny ? Et comment ça se fait que je n'aie jamais rien lu là-dessus dans un roman ? Oh, et autre chose, Tessie – les poils blancs. Si j'épile tous les poils blancs qui me poussent dans les sourcils, est-ce qu'il en repoussera plus ou est-ce que ça ne fait aucune différence ? »

Sur ce, je me suis détournée pour qu'elle ne me voie pas rougir. Pas très diplomate de poser cette question à

Tess : ses sourcils à elle étaient d'un auburn homogène et plutôt suspect.

J'ai marmotté : « De toute façon, je ne vois vraiment pas pourquoi on se donne tant de peine. On déploie mille ruses pour affronter le vieillissement, et quel est le résultat ? On meurt, c'est tout. »

Tess, qui était en train de mettre sa veste, s'est arrêtée net, est venue vers moi par-derrière et m'a étreinte gauchement.

« Là, là, mon chou, m'a-t-elle dit – et, bien sûr, voir cette vieille pète-sec de Tess se montrer si douce m'a fait venir les larmes aux yeux. Cesse de t'en faire pour tout ! Tu réfléchis comme les gens dans les livres, mais on vit très bien sans ça. Je ne sais pas ce qu'on fait sur cette Terre, et la plupart des gens non plus, et ça ne nous gêne pas.

— Tu es une vraie grande sœur », ai-je dit affectueusement, et je l'ai raccompagnée jusqu'à la porte.

Mais, par-devers moi, je pensais : Et qu'est donc devenu ce projet de mariage avec Andy Sutton ? Si la vie est si facile que tu le prétends, comment se fait-il qu'on n'en ait plus entendu parler ?

Après son départ, je me suis assise à la table de la cuisine. Un temps gris s'installait ; la pluie se faisait plus insistante aux fenêtres. J'ai allumé mon ordinateur portable et envoyé un message express à Markey, juste pour voir s'il était connecté.

De RosieB à MarkC

Et si on appelait le bouquin *Dernière Sortie avant le tunnel ?*

La réponse ne s'est pas fait attendre – *ping*.

De MarkC à RosieB

Eh ! Décompresse !

Ouaip. Il était là.

Au fil des années, je m'étais concocté un petit kit de survie mentale pour éviter de sombrer dans le désespoir à chaque contrariété – les ferries bloqués dans le port pour cause de vents violents, les fêtes auxquelles je n'étais pas invitée, les hommes qui voulaient des caresses, mais pas en donner, les coloc qui décampaient sans payer les factures, les boulots que je n'obtenais pas, les endroits que j'allais voir et ne trouvais pas. J'avais économisé de longs mois pour m'offrir un voyage à Athènes. Sur place, j'avais dû emprunter un sentier de pierres glissantes pour grimper jusqu'à l'Acropole derrière une femme grassouillette en mini-short et mules à talons hauts ; le soleil était si chaud que le Parthénon nageait devant mes yeux et, quand j'étais redescendue tant bien que mal, mon portefeuille avait disparu de ma poche-revolver.

Ce que j'avais fait ce jour-là, avant même de me mettre en quête d'un policier, c'est compter les raisons que j'avais de me réjouir. La première, c'était cet arbre qui m'offrait son ombre.

Où était donc passé mon calepin rose ? Ah, là. J'ai barré les quelques mots inscrits sur la première page et écrit :

Pense-bête pour les moments difficiles

1. Dressez la liste de tout ce qui va bien.
2. Lavez-vous le visage et coiffez-vous.
3. Rangez votre sac.

4. Établissez votre situation financière exacte, *même si elle est catastrophique.*

5. Faites une BA.

6. Souriez à tous ceux que vous croisez ; ils ne sauront pas que ce n'est pas sincère.

7. Changez les draps de votre lit.

Aucune autre idée ne me venait à l'esprit. D'ailleurs, comment faire si on était à l'hôtel ? On ne pouvait tout de même pas changer les draps soi-même. Et ce numéro 7 faisait un peu femme au foyer. Il fallait que j'invente des résolutions unisexes.

J'ai tapé la liste et l'ai envoyée à Markey par mail, histoire de lui montrer que je ne chômais pas.

Puis, par pur désœuvrement, et parce que trouver autre chose à lire m'aurait forcée à me lever, j'ai ouvert la première enveloppe de la pile de courrier de Min. C'était une enveloppe brune avec une harpe imprimée, une enveloppe officielle ; elle n'était pas cachetée et ne pouvait donc rien contenir de personnel. De toute façon, Min ne recevait jamais de lettres personnelles, à l'exception de celles que je lui envoyais.

Ministère de la Défense

Objet : Camp d'entraînement des cadets de l'Armée de l'air à Milbay Sud

À qui de droit :

Le ministre de la Défense, M. Hal McFadden, a le plaisir d'annoncer que l'Armée, sur la base d'une évaluation de ses besoins aériens, renonce aux terrains proches de la ville de Milbay réquisitionnés durant l'État d'urgence. Un projet substantiel de reconversion du site est prévu à court terme ; il comprend la construction d'une route d'accès et d'un escalier menant à une plage publique, des travaux de recépage, etc.

Nos services ont constaté qu'une maison d'habitation sise sur la Pointe de Milbay, dans la commune de Baile na gCloch (Stoneytown), n'avait pas été, contrairement aux maisons voisines, acquise en pleine propriété, mais mise à la disposition de l'Armée par emphytéose au terme d'un accord avec son propriétaire, M. Joseph Connors, en septembre 1948. Il est précisé dans ledit accord qu'en cas de rupture du bail, la propriété (incluant le verger, l'enclos et les diverses dépendances, les servitudes de passage, droits sur les lais et autres, voir plan cadastral n° Wex/39/577) devait revenir à sa fille, Marinda Connors. Le bail étant résilié, la propriété revient donc à ladite Marinda Connors. D'après le Registre des électeurs, une dénommée Marinda Connors réside à l'adresse indiquée ci-dessus. Une copie du bail peut lui être fournie sur demande.

L'accès à la propriété n'est actuellement possible que par l'intermédiaire du service de l'Entretien des bâtiments de l'Armée de l'air, aérodrome de Casement, Baldonnel, où une clé de la grille de l'ancien camp d'entraînement peut être provisoirement remise à Mlle Connors ou à ses représentants, ainsi que la clé d'origine de la maison. Pour toute demande, merci de mentionner la référence "Pointe de Milbay/Maison d'habitation". Veuillez noter que la propriété, bien que réquisitionnée, excédait les besoins de l'Armée de l'air ; en conséquence, la maison n'a jamais été rénovée et n'a pas été ouverte depuis des années.

Respectueusement,

(… et une signature)

J'ai regardé la pendule. C'était serré, mais c'était jouable – je pouvais faire un saut là-bas.

À ce moment, j'ai entendu des coups légers à la porte et Andy Sutton a passé la tête à l'intérieur.

« Salut, Rose ! J'arrive de chez Pearl et je vais à l'aéroport, donc je passais dire bonjour.

— Andy ! L'homme qu'il me faut ! Comment on fait pour aller à Milbay ? »

La question a semblé le ravir.

« J'ai le nouvel atlas routier dans le camion, m'a-t-il dit d'un air fanfaron, lui qui ne se vantait jamais pour les choses importantes. Y a que ça de fiable avec ces nouvelles autoroutes et tout. »

Ensuite, il a perdu un temps précieux en allant prendre l'atlas dans le camion, puis en ressortant chercher des crayons de couleur pour tracer les différents itinéraires possibles. Je ne cessais de lui crier que s'il ne se dépêchait pas, il ferait nuit avant que je parte.

« Et qu'est-ce qui presse comme ça ? a-t-il demandé. Ça ne peut pas attendre quelques jours ? Je pourrais t'emmener en camion si tu me préviens un peu à l'avance. Je connais le coin comme ma poche depuis que je conduis les animaux à Rosslare. »

Mais je ne pouvais pas attendre.

« Tu veux que je te confie un secret, Andy ? Je vais à la Pointe de Milbay, à l'endroit où Min et ma mère ont grandi ! Si j'arrive à entrer, je verrai leur maison – je pourrai la toucher, peut-être même…

— Tu ne l'as jamais vue ?

— Je l'ai vue de bateau, à des kilomètres. Juste quelques minutes, quand j'avais neuf ou dix ans. Oh, Andy, croise les doigts pour moi ! »

Un été, en arrivant à Bailey's Hut, mon père avait remarqué une petite barque cachée entre les blocs de béton sur lesquels se dressait le cabanon. Il m'avait fait ramper jusqu'à l'embarcation pour voir s'il y avait des rames et c'était le cas – deux beaux avirons. Nous avions donc tiré la barque sur l'herbe, puis sur notre petite plage de sable et de galets.

« Voyez voir si vous pouvez nous ramener un poisson ! » nous avait dit Min.

C'était une blague (mon père savait à peine reconnaître un poisson), mais elle témoignait de la bonne humeur de Min.

« Viens, Rosie, m'avait dit mon père. En route pour l'aventure ! »

Aujourd'hui, en quittant Dublin, j'étais aussi haletante d'excitation que ce jour lointain où mon père et moi avions mis la barque à l'eau. C'était un début de soirée d'été et nous avions encore des heures de lumière devant nous. Le soleil commençait juste à décliner à l'ouest et l'estuaire de la Milbay, à son extrémité, était si large et calme que le rose du ciel s'y reflétait. La barque était petite et s'enfonçait dans l'eau ; mon père ramait lentement sur cette étendue rose qui se fendait, lisse et tranquille, et devenait noire sous les avirons. Rien ne bougeait dans l'air du soir ; tout était silencieux, même les mouettes qui flottaient haut dans le ciel et se détachaient sur de délicates bandes de nuages.

C'est ce jour-là que j'ai entendu pour la première fois le nom « Stoneytown ».

Arrivé au milieu de l'estuaire, mon père a rentré les avirons, laissant le bateau se balancer doucement, et s'est retourné pour désigner notre point de départ. Milbay était là, sur la rive nord, avec ses docks, ses toits et les flèches de ses deux églises ; et plus loin, là où les quais et les vieux entrepôts laissaient place à une dernière étendue de terrain plat, on pouvait juste apercevoir le cabanon.

Puis il a tendu le bras vers la rive sud, celle qui était encore devant nous et faisait face à la ville. Vers l'intérieur des terres, on voyait des bois denses, puis un haut pylône avec des lumières clignotantes et une manche à air gonflée de vent près d'un bâtiment qui ressemblait à un petit immeuble de bureaux. Et puis, plus près de la mer, une colline verte et lisse avec des entailles sombres sur son flanc. Papa s'est remis à ramer et la barque à glisser doucement et, bientôt, nous nous sommes retrouvés face à l'extrémité de la rive sud. Là, coincée entre la colline et l'eau, une rangée de maisons grises regardait Milbay par-dessus l'estuaire. J'avais déjà vu ces maisons depuis l'autre rive quand le temps était clair. De loin, elles avaient l'air normales, mais j'avais remarqué, quand je jouais près du cabanon avant d'aller me coucher, qu'elles n'étaient jamais éclairées.

« Voilà Stoneytown, m'a dit mon père, et si on avance encore un peu, tu verras la maison où Min et ta mère ont passé leur enfance. »

J'étais stupéfaite. Je savais plus ou moins qu'elles venaient de la campagne, mais je pensais que l'endroit était à des centaines de kilomètres de Dublin. Je n'imaginais pas que je l'avais sous les yeux chaque été.

« Est-ce qu'elle t'en a déjà parlé ? » m'a demandé mon père. Et, comme je secouais la tête : « Ne lui dis rien, alors. Ça ne regarde qu'elle. »

La maison se dressait à l'écart des autres, au-delà d'une jetée à moitié effondrée dans l'eau et couverte de barbelés. C'était une solide habitation en pierre avec un toit en dalles. Je ne distinguais rien d'autre. J'aurais aimé que mon père s'approche davantage, mais nous étions juste à l'endroit où la rivière fait place à la mer et l'eau était plus agitée que partout ailleurs. Papa a décrété qu'il était temps de rentrer.

« Pourquoi il n'y a personne ? ai-je demandé.

— Le gouvernement a confisqué cet endroit quand il y avait la guerre entre l'Angleterre et l'Allemagne et que personne ne savait ce que l'Irlande allait devenir. Les habitants ont dû partir. Avant ça, ils étaient incontrôlables. Ils travaillaient dans la carrière de pierre. Tu sais ce que c'est qu'une carrière ? Tu vois cette colline ? La pierre de cette colline était célèbre autrefois. Tu vois l'église où on va à la messe ? Eh bien, elle a été construite en blocs de pierre de cette colline. Après la guerre, comme les gens étaient tous partis, le gouvernement a gardé cet endroit pour l'Armée de l'air qui se développait. »

Je conduisais maintenant, le cœur battant, sur une route qui contournait Milbay et traversait le fleuve en amont de la ville. Après le pont, elle s'enfonçait dans des bois qui devaient être ceux que j'avais vus autrefois depuis la barque, derrière le pylône aux lumières clignotantes. Oui. J'ai atteint la haute clôture d'enceinte du camp et, après l'avoir longée sur un peu plus d'un kilomètre, je suis tombée sur une large grille. Je me suis rangée et suis restée assise dans la voiture à respirer profondément. La soirée était venteuse et les nuages s'accumulaient. Une heure vingt depuis la maison de Kilbride. Pas mal du tout, même si, l'été venu, il y aurait nettement plus de monde sur la route.

Mon père a fait demi-tour à l'aide d'un aviron et s'est mis à ramer régulièrement en direction du cabanon. Bientôt, l'eau est redevenue lisse comme de la soie. Et soudain, ô surprise : tandis que nous traversions l'estuaire, quelque chose qui ressemblait à un petit typhon est venu vers nous, troublant l'eau calme, depuis la mer d'Irlande.

« Des maquereaux ! s'est exclamé mon père. Bon Dieu, un banc de maquereaux ! »

La surface s'est mise à bouillonner et les poissons ont environné le bateau, pressés de contourner l'obstacle. Victimes de leur propre nombre, ils se sont retrouvés projetés hors de l'eau, bondissant en arcs argentés au-dessus de la surface huileuse, métamorphosant le paysage en une frénésie de reflets verts, bleus et gris-noir. Le tout en silence, ou presque : on n'entendait qu'une succession de ploufs et le bruit dur des maquereaux qui heurtaient le bois au fond de la barque, où ceux qui avaient échoué frétillaient un instant avant de mourir.

Mon père était fou de joie : « Attends un peu que Min voie ça ! Ces poissons qu'on va lui rapporter. Et tout ça sans canne à pêche ! »

À notre retour, il a hissé la barque sur notre petite plage couverte de coquillages, ôté sa chemise et noué les manches entre elles pour former un sac qu'il a rempli de poissons dodus. Puis il m'a précédée vers la maison, impatient d'épater Min.

Mais avant de pénétrer dans la flaque de lumière qui s'échappait de la porte, il s'est arrêté et penché vers moi pour me souffler : « Ne lui dis pas qu'on a jeté un œil à Stoneytown. Elle n'aime pas en parler. »

Sur ce, nous avons fait irruption dans le cabanon tels des héros de film – mon père à demi nu, hilare et fier comme un coq, et moi presque aussi glorieuse et enchantée d'être à la maison.

La grille du camp était trop haute pour que je l'escalade et je ne voyais pas grand-chose. Les teintes grises du crépuscule faisaient rapidement place à la nuit, tout comme ce soir d'été où les poissons avaient dansé autour de notre bateau. Il m'aurait fallu une lampe électrique pour bien distinguer la chaîne et le cadenas et, naturellement, je n'en avais pas.

« Mais je reviendrai, ai-je chuchoté. Vous verrez. Je reviendrai demain matin prendre possession de notre maison. »

Soudain, comme si j'avais été entendue, la scène s'est éclairée de façon spectaculaire.

Une centaine de mètres devant moi, deux puissants projecteurs de sécurité fixés à des poteaux venaient de s'allumer, illuminant les vitres cassées du bâtiment le plus proche, ainsi qu'une route à l'asphalte troué et fissuré, une barrière de mauvaises herbes entrelacées à la grille d'entrée et, de chaque côté, d'anciennes guérites de sentinelles emplies de monceaux de feuilles mortes. Les bois se dressaient, immobiles, au-delà de la zone éclairée, plus sombres que le ciel nocturne.

Quand Min allait apprendre ça ! Qu'elle était propriétaire – propriétaire ! – de la maison de son enfance ! Je n'avais plus qu'à me mettre au boulot dans la maison de Kilbride. Elle allait arriver par le premier avion. Et j'avais tout intérêt à peigner Bell soigneusement. Oh, et des fleurs. Des fleurs de bienvenue. Et des courses au supermarché. Et cacher ces draps de luxe que j'avais achetés à New York…

J'ai bondi dans la voiture et suis repartie vers Dublin, le cerveau en ébullition.

De MarkC à RosieB

Pour poursuivre sur ce que je te disais l'autre jour, Rosie : les Américains, qui sont pour la plupart des gens charmants, profitent de ce qu'ils vieillissent pour se teindre les cheveux, se marier une cinquième fois, faire l'ascension du mont Rainier à vélo, s'initier à la menuiserie, essayer la chirurgie esthétique, voyager, se rendre utiles à la communauté, etc. Ils restent très actifs. Beaucoup d'entre eux – et j'en fais partie – s'emploient à gagner de l'argent et à passer du temps avec leurs petits-enfants.

Tu as le haut débit, Rosie ? J'aimerais t'envoyer le dernier numéro du magazine *More*. Il cible les femmes de 40 ans et plus, soit exactement le public visé par les *Pensées*. J'ai vérifié les mots employés sur la couverture. Les voici :

Battante
Élégante
Dynamique
Audacieuse

Les mots qu'emploient les ronchons et les pisse-vinaigre de chez nous n'apparaissent jamais dans *More* pour la bonne et simple raison qu'ils ont de quoi plonger dans une déprime noire n'importe quelle personne confrontée au passage du temps.

De RosieB à MarkC

Pardon si je suis un peu lente, mais est-ce que les Américains ne vieillissent pas exactement de la même manière que nous ? Ils meurent, si je ne m'abuse ?

Mais juste pour le cas où il te viendrait à l'idée de me classer parmi les pisse-vinaigre, laisse-moi te dire qu'aujourd'hui, je trouve la vie FORMIDABLE ! J'ai pour Min une MERVEILLEUSE surprise que je meurs d'impatience de lui annoncer, même si j'ai bien de la peine à obtenir une réponse sur le portable de sa copine Luz.

Au fait, je suis tombée sur une épigraphe possible pour les *Pensées* dans *Les Cahiers de Malte Laurids Brigge* (c'est toi, au passage, qui m'avais offert le livre quand on était dans notre phase Rilke) : « J'ai prié pour retrouver mon enfance, et elle est revenue, et je sens qu'elle est toujours dure comme autrefois et qu'il ne m'a servi à rien de vieillir. »

Qu'est-ce que tu en penses ?

De MarkC à RosieB

Tu plaisantes, j'espère ?

De RosieB à MarkC

OK. Je plaisantais.

11

Le lendemain matin, j'ai ouvert la grille du camp avec les clés que j'avais obtenues du personnel de l'Armée de l'air. Personne au monde ne savait où j'étais. Je me suis immobilisée dans l'air doux et vivace, écoutant les corbeaux annoncer mon arrivée depuis les branches d'un hêtre au gris éclaboussé de vert.

En refermant la grille derrière moi, je sentais littéralement mon cœur bondir dans ma poitrine.

À présent, j'étais sur mon territoire.

Il n'y avait pas de route conduisant au rivage, mais une piste faisait le tour du camp par l'arrière. Des huttes Nissen si vieilles que les bâches qui les couvraient avaient rendu l'âme s'alignaient le long d'un terrain d'aviation défoncé. La piste contournait un pré luxuriant et s'effaçait avant d'atteindre une crête entaillée par les ouvriers carriers. La mer devait se trouver juste derrière. J'ai fait marche arrière pour garer la voiture dans un renfoncement envahi par la végétation. Des lapins se sont enfuis vers un tas de machines rouillées croulant sous les fleurs blanches d'une plante envahissante.

Du liseron, ou *convolvulus*. Autre bon présage pour la journée. Un jour, Markey m'avait arrêtée pour me montrer la plante et m'avait demandé si je connaissais le mot « circonvulation ».

« Même racine, a-t-il déclaré. Quelque chose qui s'enroule.

— Comment ça ? » ai-je demandé. Après tout, je n'avais que seize ans et n'étais que vendeuse dans un grand magasin.

« Parler en usant de circonvulations, c'est tourner autour du sujet, comme la tige du liseron autour de son support. »

Pour la première fois, je comprenais que les mots avaient une histoire et qu'ils pouvaient, tout en étant différents, avoir un ancêtre commun. J'ai regardé Markey, muette de plaisir. Ç'a été l'une des seules fois où il m'a gratifiée d'une petite bise.

Il va falloir aller plus loin maintenant, ai-je songé joyeusement. M'acheter des guides sur les fleurs et les arbres. Et sur les oiseaux d'Irlande.

J'ai grimpé sur la petite crête aussi lestement que si j'avais seize ans. Existait-il des guides sur l'herbe ? Comment appellait-on l'herbe quand elle était aussi courte, dense et douce qu'ici ? Un petit lapin est passé en courant, tache blanche éclatante sur le gazon émeraude, et je le suivais encore des yeux quand j'ai été assaillie par une délicieuse brise marine. J'ai levé la tête et embrassé d'un regard Milbay sur sa rive, la mer devant moi et Stoneytown à mes pieds, le tout serein et souriant sous le soleil du matin. Au loin sur ma gauche, je voyais les toits et les clochers étincelants de la ville ; puis, toujours sur ma gauche mais juste en contrebas, de ce côté du fleuve, une rangée de maisons en ruine derrière une jetée effondrée. L'arrière des maisons était envahi par une débauche de bruyères, d'orties, de lierre, de fourrés d'aubépines et de noisetiers, et les tempêtes avaient accumulé de grosses pierres devant ce qui avait été leurs portes d'entrée.

Mais ce qui retenait le plus mon regard ébloui, c'était le groupe de bâtiments situé en contrebas sur ma droite, face à la mer. La maison, dont le toit était fait de larges dalles de pierre, était magnifiquement entourée par un verger ceint de hauts murs d'un côté, une grange en pierre de l'autre et, à l'arrière, une série de remises délimitant une grande cour. La marée était haute et les vagues semblaient danser presque jusqu'à la maison. De l'endroit où j'étais, il n'y avait pas de sentier pour y accéder : la colline dégringolait directement jusqu'à elle. Mais un peu plus loin sur ma droite, j'ai repéré un chemin de terre profond et envahi par l'herbe qui descendait entre les haies déchiquetées de deux champs à l'abandon et aboutissait à l'entrée de la cour. Je l'ai rejoint en courant, puis, abritée par la végétation, j'ai marché vers la maison. Le bruit de la mer était plus présent à chaque pas. Enfin, après avoir longé les remises et la grange, je me suis retrouvée à quelques mètres des vagues vertes frangées de blanc qui déferlaient sur les rochers noirs luisants.

Je me suis retournée pour regarder la maison où ma mère et Min avaient grandi – la maison que mon père m'avait montrée le soir des maquereaux.

Puis, comme si j'avais fait ce genre de chose toute ma vie, j'ai escaladé les grosses pierres arrondies que les tempêtes avaient rejetées en haut du rivage et, pesamment, en tenant mon sac devant moi pour me protéger, je me suis frayé un passage à travers les orties pour accéder à la maison. Une ronce barrait la porte et je l'ai piétinée jusqu'à ce qu'elle reste à terre. Le bois était poli et blanchi par l'âge et la serrure emplie d'une poussière si vieille qu'elle était presque aussi dure que la pierre. Je l'ai grattée avec la pointe de mes ciseaux à ongles sans cesser de chuchoter – s'il vous plaît, oh, s'il vous plaît. Enfin, j'ai réussi à dégager le trou. J'ai craché sur la clé pour qu'elle glisse bien, l'ai introduite dans la serrure et – tout doucement, les yeux fermés, en retenant mon souffle – j'ai tourné.

Ça a marché : j'ai entendu, tel un son miraculeux, le clic bruyant de la serrure. Oh, merci, merci. Je me suis laissée glisser sur le sol ; mes genoux tremblaient trop fort pour me porter.

Au bout d'un moment, je me suis relevée et j'ai poussé la porte de tout mon poids en la martelant avec ma hanche. J'ai réussi à l'entrebâiller assez pour me glisser à l'intérieur. Elle était bloquée par un petit noisetier qui avait poussé dans les crevasses du sol dallé et s'élançait vers la faible lumière diffusée par une fenêtre crasseuse. J'ai empoigné les branches de l'arbrisseau et tiré de toutes mes forces. J'étais fermement résolue à emplir cette maison d'air et de lumière et je ne pouvais le faire qu'en ouvrant la porte en grand. Voyant que la plante ne bougeait pas, je me suis de nouveau faufilée dehors et j'ai exploré le rivage jusqu'à trouver une pierre à l'extrémité pointue. Puis je suis rentrée et, m'accroupissant près du noisetier, j'ai commencé à sectionner ses racines avec ma pierre. Comme un ancêtre hominidé avec un outil de silex. Comme un enfant qui joue patiemment. Et, au bout d'un moment, j'ai réussi à vaincre la résistance du petit arbre. Je l'ai jeté sur le côté, ai dégagé du plâtre et de la poussière avec le pied et – centimètre par centimètre, en raclant la terre sur le sol pour faciliter la manœuvre – j'ai forcé la porte à s'ouvrir. Le soleil a inondé une pièce plongée dans l'obscurité depuis plus d'un demi-siècle.

J'ai ri tout haut. Tu es déjà une autre femme, ai-je pensé fièrement. À l'évidence, personne n'avait mis les pieds ici depuis l'abandon de la maison. Et il n'y avait personne à des kilomètres à la ronde. Mais tout de même : m'étais-je jamais sentie libre de faire autant de bruit que je voulais ? Avais-je jamais poussé des cris de joie, ou renversé la tête en arrière et éclaté de rire toute seule ?

C'est avec un réel appétit que je me suis mise au travail pour ouvrir la maison. Haletante, ahanante, j'ai traversé l'arrière-cuisine en heurtant les seaux et les cuvettes rouillés qui jonchaient le sol, sans doute tombés des crochets auxquels ils étaient à l'origine suspendus. J'ai tiré sur la lourde porte de derrière pour l'ouvrir, gémissant en même temps qu'elle. Rien n'arrêtait ma progression de barbare, pas même les jantes de roues en fer empilées sur les planches qui couvraient le puits.

Mais les planches elles-mêmes étaient trop lourdes pour moi.

Je me suis affaissée sur les dalles de la cour et adossée contre un mur en attendant que mon corps cesse de trembler. À cet endroit, les pierres étaient couvertes de lichens couleur bleu-vert, blanc d'argent ou jaune pâle. L'air devait être parfaitement pur. Sur le mur orienté au sud-est, en revanche, elles étaient aussi nettes que si on les avait récurées le matin même. Je savais donc d'où venait le vent dominant ! J'étais ridiculement fière de ma modeste trouvaille.

Je suis restée assise dans la cour paisible. De l'autre côté de la maison, les vagues faisaient entendre leur chuchotement rauque. J'ai mangé la moitié du chocolat que j'avais apporté. J'en trimballais toujours dans mon sac, car le petit ami d'avant Leo, un obsédé de la forme, m'avait expliqué que le taux de sucre dans le sang pouvait à tout moment chuter dangereusement et qu'il fallait avoir du chocolat sur soi pour pouvoir, le cas échéant, le rebooster.

J'en avais informé Min qui avait répliqué : « Alors pourquoi tout le monde est pas mort ?

— Quoi ?

— Les gens de l'ancien temps, qui connaissaient pas le chocolat – pourquoi ils sont pas tous tombés raides morts ? »

J'ai tenté de me remémorer le visage de cet homme, mais ce qui m'est revenu est le souvenir du jour où notre rupture s'était esquissée. Nous étions alors en Autriche, où nous visitions à vélo les rives du Danube, et il avait refusé de m'accompagner au camp de concentration de Mauthausen. Quel intérêt ? avait-il demandé, non sans ajouter que l'Holocauste était devenu un vrai business de nos jours. J'avais répondu – je me voyais encore lui répondre, dans une chambre aux murs lambrissés de pin et aux rideaux chichiteux – que je comprenais qu'il soit trop paresseux émotionnellement pour visiter un lieu de réelle souffrance, et spirituellement pour se confronter au mal véritable ; mais fallait-il qu'il soit paresseux intellectuellement au point de reprendre les clichés que serinaient les autres, comme celui qui tentait d'amoindrir l'expérience de l'Holocauste en l'associant au mot « business » ?

Pas étonnant, me suis-je dit en me levant pour rentrer dans la maison, que tu te sois retrouvée avec quelqu'un comme Leo, qui parle si peu que même toi ne pouvais pas lui sauter à la gorge.

Trois des quatre marches en bois menant au grenier étaient encore en place. Je suis montée. Le plancher avait pourri dans un coin – on voyait le rez-de-chaussée par le trou – mais, partout ailleurs, il restait praticable. Un miroir terni par le temps était encore accroché à un gros clou entre deux poutres et d'immenses festons de toiles d'araignées grises le reliaient au cadre de lit en fer qui se trouvait au-dessous. Leurs fils tremblaient dans le remous de ma présence ; je me suis immobilisée jusqu'à ce qu'ils cessent de bouger. La vie devait se dérouler pour l'essentiel en bas, autour du fourneau, mais ce grenier y participait certainement. Les deux niveaux n'étaient séparés que par le mince plancher.

Il devait faire bon ici grâce à la chaleur qui montait du fourneau et au plâtre qu'on avait grossièrement étalé entre les poutres pour isoler la pièce. Derrière le lit, entre la dernière poutre et le sol couvert de poussière, il y avait aussi une petite étendue de plâtre et, parce que les ressorts du lit étaient rongés par la rouille, j'apercevais des marques à cet endroit. Il y en avait une multitude dans ce coin de la pièce et aucune ailleurs. Je me suis accroupie pour les examiner. C'étaient de petits groupes de lignes ou de traits, sans doute tracés dans le plâtre avec un bout de bois pointu dont on avait brûlé l'extrémité. Chaque groupe comportait six traits verticaux barrés par une diagonale. Vingt-huit par ensemble.

Je n'ai pas eu à deviner : je savais. Je savais, parce qu'un instant plus tôt j'avais repensé à la carrière de pierre de Mauthausen et à l'horreur qui flottait dans l'atmosphère de ce lieu, où les détenus travaillaient jusqu'à mourir d'épuisement ou jusqu'à ce que des gardiens sadiques les tuent pour s'amuser. Eh bien, un faible écho d'horreur émanait également de ces marques. Elles avaient été tracées par une personne désespérée (par endroits, le plâtre était creusé, et non juste éraflé), et cette personne était une femme. La mère de ma mère avait été la première femme à vivre dans cette maison, que mon grand-père avait construite pour elle. Je n'avais presque jamais pensé à cette grand-mère. Je savais juste qu'elle était morte de l'appendicite quand ma mère avait quinze ans et Min à peu près dix. Min ne possédait pas de photo d'elle et, à ma connaissance, on ne savait plus rien à son sujet. Ni son nom de jeune fille, ni son âge quand elle était morte. Elle était comme la grande majorité des femmes nées sur cette Terre : elle ne laissait aucune trace de ce qu'elle avait été, mis à part ses enfants.

Sa fille Min.

Et sa petite-fille, Rosaleen Barry. J'ai touché mes joues tièdes avec la paume de mes mains. Moi. Elle me laissait moi.

Et ce calendrier – c'était sûrement le sien ? Même dans un bout de campagne aussi isolé, aussi désolé que devait l'être celui-ci dans les années vingt, une femme savait forcément qu'il y avait des jours où elle pouvait concevoir et d'autres non. Peut-être voulait-elle à tout prix éviter une nouvelle grossesse. Ou peut-être était-ce l'inverse – peut-être qu'après deux filles, elle tentait de déterminer sa période de fertilité parce que, dans un lieu comme Stoneytown, une femme ne devait pas valoir grand-chose si elle n'avait pas donné naissance à de robustes garçons. J'avais connu dans le monde un tas d'endroits misérables où les femmes qui n'avaient pas produit de fils étaient des parias.

« C'est le diminutif de quoi, Min ? » avais-je un jour demandé à ma tante, et elle m'avait répondu que c'était celui de « minute, et il t'en reste plus qu'une pour finir tes devoirs ».

Quelques années plus tard, je lui ai reposé la question.

« Marinda, a-t-elle dit. C'est ça, mon vrai nom : Marinda Connors.

— Ça n'existe pas, Marinda. Il n'y a que Miranda.

— C'est vrai. Elles se sont trompées. On me l'a déjà dit.

— Qui, elles ?

— Les femmes. Ma mère était dans un état affreux à l'hôpital de Milbay et les femmes sont venues de l'île pour m'emmener, mais je pouvais pas sortir de l'hôpital avant d'être baptisée. Alors elles ont choisi Miranda, mais elles se sont trompées. Elles avaient vu Carmen Miranda dans un film.

— Je croyais qu'il fallait avoir un nom de saint ou un nom irlandais pour que le prêtre vous baptise ?

— Eh ben, a fait Min d'un ton plein d'espoir, Marinda est peut-être un des noms de la Sainte Vierge ? C'est presque la même chose que Maria. »

Je croyais le sujet clos, mais, brusquement, elle a explosé : « De toute façon, tout le monde s'en fichait ! C'était pas important, le nom d'une fille ! On entendait jamais son nom en entier ! »

La femme qui avait fait ces marques sur le mur tentait de maîtriser les cycles naturels de son corps : quel manifeste dans une société où les hommes maîtrisaient tout, du ravitaillement du ménage à l'enterrement des morts ! J'ai voulu toucher les marques en signe de respect, mais ma main a tressailli avant d'entrer en contact avec le plâtre.

Ce ne pouvait tout de même pas être l'œuvre de ma propre mère ? Elle n'avait que quinze ans quand elle s'était enfuie de Stoneytown. Pourquoi aurait-elle cherché à surveiller son cycle menstruel ? Ou bien Min…

Non.

Debout dans le grenier, j'ai écouté le soupir de la mer. Les marques me faisaient l'effet d'une brûlure.

Nous aurions aussi bien pu être des esprits désincarnés, Min et moi, tant la féminité occupait peu de place dans nos rapports. Elle avait passé la moitié de sa vie à quelques pas d'un homme – son père, puis le mien – et, très probablement, le fait qu'elle était une femme n'avait jamais été mentionné. Le jour où mes premières règles m'avaient laissée sans voix, je m'étais tournée d'instinct vers quelqu'un d'autre qu'elle. J'étais allée chez Reeny et j'avais attendu que Monty soit sorti pour me mettre à pleurer en montrant mon bas-ventre endolori. Reeny avait dû parler à Min, car, à dater de ce jour et jusqu'à mon embauche au Pillar, une pièce d'une demi-couronne m'attendait toutes les quatre semaines dans la poche avant de mon cartable. Mais il n'en a jamais été question entre nous.

Même à l'époque où j'allais à des manifestations et à des marches de protestation pour soutenir telle ou telle cause féministe, nous ne discutions jamais « de femme à femme », ma tante et moi. Entre nous, il n'était jamais question de désir d'enfants, par exemple, et encore moins de désir tout court. En un sens, la période où elle m'avait le plus dévoilé d'elle-même était ces dernières années, où la boisson et le silence devaient être sa manière à elle de contenir une forme de rage.

Je me suis détournée du lit dans son linceul de toiles d'araignées et suis redescendue lentement, en posant les pieds exactement à l'endroit où j'imaginais que ses pieds d'enfant s'étaient posés. Et, comme un halo autour de ses empreintes, j'ai imaginé celles – légèrement plus grandes – de ma mère.

J'ai dû connaître des centaines de maisons dans ma vie, ai-je pensé, et en habiter des dizaines. Mais cette maison était celle qui m'attendait.

Il fallait que je songe à rentrer à Dublin. Mon portable ne fonctionnait pas à Stoneytown et je devais me renseigner d'urgence sur les assurances médicales disponibles aux États-Unis pour une personne de soixante-dix ans. Avant de partir, je suis de nouveau sortie dans l'arrière-cour. C'était un endroit délicieux. Les murs de pierre étaient hauts et la brise marine passait au-dessus – on sentait sa présence animée, mais elle ne venait pas troubler la douce chaleur des dalles et de l'herbe, du vieux bois des portes de la grange ou de la pierre chaulée de la rangée de remises. La remise la plus proche de la maison contenait une planche en bois percée sous laquelle on pouvait poser un seau : les cabinets, certainement. Sur le mur du fond, du côté du rivage, il y avait une minuscule fenêtre avec une vitre fissurée par le temps et les intempéries et un loquet rouillé. Le bruit de la mer s'est engouffré à l'intérieur quand je l'ai ouverte.

En sortant, je me suis accroupie pour faire pipi dans un coin d'herbe et la mer s'est de nouveau éloignée derrière les haies trop hautes et le mur épais. C'était extrêmement sensuel de sentir la caresse du soleil sur mes cuisses et mes fesses et l'éclat du ciel bleu, de l'herbe verte et de la pierre moussue derrière mes paupières mi-closes.

Pour finir, je me suis attaquée une dernière fois aux planches qui couvraient le puits. J'étais calme à présent : je les ai poussées patiemment vers la bordure du muret circulaire et elles ont fini par tomber lourdement sur le sol. Ensuite, j'ai descendu deux marches en pierre pour scruter l'intérieur et une vague d'euphorie m'a submergée. Sous l'action de la source qui alimentait le puits, l'eau se ridait presque imperceptiblement, et elle était si limpide que je distinguais chaque pierre de la magnifique paroi. C'était une eau vivante. Une eau riche. Elle faisait battre le cœur de cette maison avec ses murs de granit, son toit de dalles, ses linteaux et ses portes en bois usé. Les mots « Il n'est pas mort, mais il dort » ont surgi de nulle part dans mon esprit.

Enfin, j'ai escaladé la colline pour reprendre ma voiture. Je me suis tenue un instant sur la crête dans l'air clément de l'après-midi, les oreilles pleines du chant des alouettes. J'ai passé en revue le toit de la maison et la petite plage, la jetée éboulée et la rangée de maisons croulantes, les rochers et la boue luisante de l'estuaire où la marée pénétrait en assauts écumants, le cours d'eau profond qui séparait cette rive et Milbay familièrement blotti sur la sienne. Des échassiers pataugeant dans la boue lançaient des appels désespérés et un guillemot aux ailes neigeuses descendait du ciel en poussant un cri rauque, tel un contremaître apostrophant ses ouvriers. Tout ce vaste panorama fourmillait de vie. La maison, si vétuste et délabrée fût-elle, était vivante, ainsi que le rivage où des cormorans se tenaient sur de noirs rochers, la colline avec sa crête de velours et ses flancs entaillés, et le pré verdoyant, et les hêtres étincelants, et même les vieux bureaux et dortoirs du camp d'aviation. Quant à moi, le monde me faisait don d'un nouveau lien avec lui. Je vibrais de vie, moi aussi.

Le voyant lumineux du répondeur clignotait dans un coin de la cuisine de Kilbride.

« Tout va bien là-bas, Rosie ? C'est Min. Je me demande si Bell reconnaît ma voix – salut, Bell ! »

Elle hurlait, comme si cela pouvait nous aider à l'entendre par-delà l'Atlantique.

« Y a une dame qui vit dans la rue en face du Harmony Suites et ils lui ont offert un appartement, mais elle en veut pas parce qu'elle devrait dépenser une partie de sa sécurité sociale, alors on l'a pris, Luz et moi, et on lui donne chacune vingt-cinq dollars par semaine. Ma parole, je gagne ça en quelques heures en cuisine. C'est de l'argent facile, sauf qu'on m'oblige à porter cette casquette blanche comme un ambulancier et que je dois prendre le bus et ensuite le métro. Bref, tu peux appeler le téléphone de Luz quand tu veux sauf aux heures de travail, on arrive au travail à cinq heures de l'après-midi et ensuite on fait neuf heures avec la pause comprise. J'ai vu un manteau en solde chez Macy's, un gentil manteau en laine marron qui t'irait à ravir, Rosaleen. S'il est pas déjà parti, je te l'achèterai samedi en allant à la chorale de Notre-Dame de Guadalupe – j'avais beaucoup entendu parler d'elle, la Vierge noire. Bon, je raccroche. Je m'amuse bien ici, mais le problème à l'Estrellita, c'étaient les voleurs, on a fauché à Luz son petit sac avec tous ses produits de beauté pendant qu'elle était à la douche, et ça faisait pas trois heures qu'on était là. Je te rappellerai demain, c'est pas un problème pour Luz, elle a une carte avec des chiffres et elle appelle sans arrêt le Mexique avec. Bon, je raccroche. Au revoir. Au revoir, Bell ! Sois gentille avec Rosie. »

Je suis sortie appeler Bell dans la cour, puis je l'ai fait asseoir sur un vieux journal et je l'ai peignée tandis que le message de Min repassait. Elle n'a pas réagi en entendant son nom, mais elle cachait peut-être ses sentiments.

Pour ma part, je suis allée me coucher comblée.

Je venais de trouver une maison magique et elle appartenait à ma famille. Elle me *donnait* ma famille.

Et je devais manquer à Min, parce qu'elle ne m'appelait Rosaleen que dans ses moments de tendresse.

12

C'est avec une terrible anxiété que j'ai attendu son coup de fil le lendemain.

Toutes les fois où je l'avais entendue mentionner Stoneytown, c'était à contrecœur et avec plus ou moins de dégoût. Comment lui décrire l'endroit de telle façon qu'elle réserve au moins son jugement ? Comment lui communiquer l'enchantement qu'il m'inspirait ? Stoneytown pouvait devenir un sujet de désaccord majeur entre nous.

Je suis montée faire mon lit. Qu'il était austère ! Il fallait au moins que je me procure quelques coussins de soie et de velours ; ma chambre ressemblait toujours à celle d'une jeune fille studieuse et désargentée. Sur l'étagère d'honneur, juste au-dessus du lit, trônaient les poches de Joyce jaunis que je lisais sous le comptoir quand je travaillais au rayon Souvenirs et Cadeaux irlandais du Pillar. J'avais lu *Ulysse* en sautant la moitié du livre parce que je ne supportais pas Stephen Dedalus. J'avais fini par sauter aussi les passages difficiles, même si je me rappelais m'être accrochée très fort pour tenter de les comprendre. À l'époque, je me laissais accabler par des choses qui me semblaient désespérantes – ne pas comprendre Joyce, ne pas avoir d'argent, ne pas avoir de vêtements, ne pas avoir de père, avoir une tante qui voulait que j'arrête mes études, avoir les cheveux ondulés.

« Ça me serait égal s'ils étaient *bouclés*, disais-je aux filles du Pillar. Mais ondulés, y a pas pire ! »

Je suis retournée m'asseoir à la table de la cuisine et, morose, j'ai transcrit quelques phrases dans mon calepin rose. Apparemment, Ashley Judd avait passé quarante-sept jours dans un centre thérapeutique de Buffalo Gap, Texas, parce qu'elle souffrait « de codépendance, de dépression et d'une tendance à dénigrer, mépriser, étouffer, nier et rabaisser mes sentiments ». Au bout de quarante-sept jours, elle en était sortie en pleine forme. « C'est si simple, en fait, disait-elle. J'étais malheureuse et maintenant, je suis heureuse. »

Mais alors, si c'était si simple, quel intérêt d'écrire quoi que ce soit – même une brochure pour les boutiques de cadeaux ?

Quatorze heures. Min était certainement debout maintenant ? J'ai testé le téléphone. Il fonctionnait. Elle n'avait pas appelé, c'est tout.

Le portable de Luz n'avait encore jamais répondu.

D'ailleurs, je ne connaissais même pas son nom de famille.

Eh bien, je n'allais tout de même pas perdre un précieux après-midi. Quelle que fût la suite des événements, la maison de la Pointe avait besoin d'un bon ménage. Cette pensée m'a mise en joie et je me suis mise à chanter, tel Figaro prenant des mesures pour son lit, en rassemblant un balai et une pelle, un balai à franges, divers produits ménagers, des torchons, des serviettes et quelques vieilles couvertures qui ne pouvaient qu'être utiles.

Puis j'ai consulté les pages jaunes pour voir si, par hasard, Bailey's Hardware and Builders' Providers était toujours en activité. Ce n'était pas le cas, mais il y avait une quincaillerie dans la rue principale de Milbay. Je me suis donc arrêtée en ville et garée juste devant.

« Des clous, monsieur, s'il vous plaît, ai-je dit au quincaillier dans la boutique encombrée et basse de plafond. Des clous et un marteau.

— Quelle taille, les clous ?

— Des petits, des moyens et des gros. Et un seau en plastique. Et une cuvette. Et un barbecue portable, et un petit réchaud à gaz de camping. Et une lampe électrique, et un seau où je pourrais mettre des cendres. Et un de ces trucs-là. »

L'homme a dû sauter en l'air pour attraper l'escabeau extensible que je lui montrais.

« Nom d'un petit bonhomme, a-t-il fait. Et moi qui songeais à mettre la clé sous la porte quand vous êtes entrée.

— Dites-moi, qu'est-ce qu'il me faut d'autre pour donner un coup de neuf à une vieille maison à l'abandon ?

— Va vous falloir une perceuse, m'a-t-il dit. Y a l'électricité ? Alors je peux vous proposer un bon modèle à piles. Je vous fais cadeau des piles. Et puis une clé et une pince. Autrement, y a des ronces ? J'ai ici un sécateur qui tronçonnerait un chêne. Et qu'est-ce que vous diriez d'un cutter ? Ah, et y a bien une fenêtre dans cette maison ?

— Bravo, le cutter sera parfait pour gratter les crottes d'oiseau. Ça me fait penser – vous auriez un seau avec un couvercle pour les toilettes ? Avec ce produit chimique qui sent si fort ? J'espère qu'il n'y a pas de souris, mais vous auriez quelque chose pour les chasser au cas où ? Sans leur faire de mal ? Et puis quelques couverts. Un rouleau de sacs-poubelle. Et ces tapis en caoutchouc qu'on met dans les voitures

– six, je dirais. Ça ira pour le sol. Oh, et une théière ! Et de la mine de plomb pour faire briller le fourneau.

— Je vends plus de mine de plomb depuis des années, a dit l'homme. Et vous, ça doit faire autant de temps que vous avez pas nettoyé un fourneau.

— En effet, ai-je dit en lui souriant de toutes mes dents. Je m'appelle Marie-Antoinette. »

Tandis qu'il chargeait mes achats dans la voiture, je suis allée acheter du pain, du saumon fumé, du beurre, du lait, du thé, un citron et des pommes un peu plus bas dans la rue. J'ai également pris un journal. Si j'avais envie de rester assise à lire, je ne me priverais pas.

Puis j'ai remonté la rue en courant pour demander à l'homme d'ajouter deux tabourets en bois. Pendant que j'étais dans la boutique, un contractuel a passé une tête à l'intérieur.

« Une seconde, camarade, lui a dit le quincaillier, je finis de remplir le carrosse de Sa Majesté », et la tête a disparu.

Je suis repartie en sifflotant.

Depuis la veille, une plante grimpante avait pris d'assaut la grille du camp, ce qui m'a donné l'occasion d'utiliser mon sécateur sans attendre. C'est à peu près le seul usage que j'ai fait de mon nouvel équipement. Des averses venues du sud éclataient régulièrement dans le ciel gris et je devais attendre un répit pour faire l'aller et retour entre la maison et la voiture. La prochaine fois, j'achèterais deux petits chariots et j'en laisserais un dans l'entaille de la colline où je me garais.

J'ai rangé toutes mes affaires sur les larges étagères de l'arrière-cuisine en écoutant le bruit de la mer qui pénétrait par la porte ouverte. En matière de ménage, je n'ai pas fait grand-chose d'autre que repousser l'épaisse couche de débris de plâtre, de poussière et de brindilles qui couvrait le sol près de l'endroit où j'avais déraciné le noisetier. Un hochequeue sautillant s'est aventuré à l'intérieur, puis, voyant l'avalanche de poussière qui venait vers lui, a battu en retraite. J'ai balayé la petite clairière que j'avais dégagée, révélant des dalles si résistantes que seules deux ou trois d'entre elles s'étaient fissurées pendant toutes ces années. Mais elles étaient posées directement sur la terre et, malgré l'obscurité, des mauvaises herbes et des plantes rabougries avaient poussé entre elles.

Après avoir répandu de l'huile sur les gonds rouillés de la petite fenêtre, je me suis aidée d'un couteau pour tenter de l'ouvrir. Comme elles se trouvaient dans mon champ de vision, j'ai remarqué une constellation de taches brunes sur le dos de mes mains. Le vieillissement de ma peau ne faisait que commencer, même si elle s'était déjà affinée, plissée et décolorée par endroits – rien de terrible, mais rien de réversible non plus. Les mains de Min étaient couvertes de taches et de marbrures et son visage d'un réseau de rides extrêmement fines, comme des craquelures dans le vernis d'un tableau ancien. Le jour de son dernier anniversaire, j'avais insisté pour qu'elle se lève et nous étions tous allés au Kilbride Inn pour la regarder souffler ses bougies et lui chanter « Joyeux anniversaire ». Elle s'était maquillée à la hâte et avait enfilé son précieux pull noir et l'un de mes jeans d'il y a vingt ans qui lui faisait une silhouette maigre et nerveuse. Dans cet accoutrement, avec ses cheveux en bataille, elle ne paraissait ni jeune ni vieille.

Que pensait-elle de cet anniversaire ? Elle avait paru touchée – et intimidée, ce qui ne lui ressemblait guère. Que pensait-elle des décennies écoulées depuis l'époque où elle était un nourrisson couché dans cette pièce ?

Mon corps à moi s'était lancé dans le monde vers l'âge de quinze ans, partant à la découverte d'autres corps. Quand Min avait-elle eu l'occasion de faire la même chose ?

Elle avait elle-même quinze ans quand on m'avait confiée à sa garde, et les choses s'étaient arrêtées là. Pas de désirs brûlants ni de gloussements embarrassés ; de petits seins pointus et un ventre plat condamnés à ne jamais gonfler ni se remplir. Ni conception, ni contraception.

Elle repassait presque tout, même les chemises infroissables de mon père. Un jour, Reeny l'y avait prise et s'était moquée d'elle.

« Est-ce que tu te rends compte, Min, que le tissu infroissable est l'invention la plus importante depuis la pilule ? »

J'avais attendu pour voir si Min allait répondre : « Quelle pilule ? »

Mais elle n'avait pas répondu du tout.

Ce dont Reeny était loin de se douter, c'est que Min repassait également les caleçons de mon père, et ses draps, et ses mouchoirs, et les petits napperons qu'elle posait sur son plateau à l'époque où il ne pouvait plus venir s'asseoir à table. Elle y posait aussi une fleur, toujours ; je le savais à mes dépens, parce qu'elle avait failli me tuer le jour où j'avais chipé le dernier chrysanthème dans le vase. Reeny avait beau se croire au courant de tout, elle ne savait rien de ces plateaux si soigneusement préparés. Dès que quelqu'un arrivait, dans la seconde qui séparait ses coups à la porte et son entrée dans la cuisine, hop ! le plateau de mon père disparaissait.

Les fenêtres enfin ouvertes ont grincé sous l'effet d'une bourrasque. Je me suis précipitée à l'arrière pour jeter un coup d'œil à mon royaume avant qu'il se mette à pleuvoir vraiment fort. Dans le coin le plus éloigné de la cour, la dernière latte d'une barrière en bois pendait entre deux magnifiques piliers de pierres plates ; au-delà débutait le profond chemin de terre qui montait jusqu'aux bois. L'herbe mouillée et emmêlée était parsemée de minuscules fleurs bleues. Des bleuets, peut-être. En tout cas, je savais que les oiseaux bruns bavards qui descendaient en piqué des bruyères de la colline et faisaient ployer les herbes sous leur poids étaient des moineaux des champs. Ils portaient aussi un autre nom, mais c'était ainsi que mon père les appelait. Il ne savait pas grand-chose sur les oiseaux, mais il s'intéressait. Pas Min. Min ne savait nommer aucun animal. Et pourtant, c'était ici qu'elle avait grandi.

J'ai fait demi-tour pour rentrer.

Elle qui n'avait jamais rien possédé de sa vie, tout cela lui appartenait.

Une première goutte de pluie s'est écrasée sur mon nez. J'ai descendu le chemin et traversé la cour au pas de course, puis je suis allée disposer mon pique-nique – mon sac de provisions, mes nouveaux couverts et une tasse d'eau cristalline du puits – à l'avant de la maison, juste devant la porte, sur un de mes tapis en caoutchouc. J'ai regardé la mer. Un doux écran de pluie arrivait du large, mais je distinguais encore la lointaine avancée de terre sur laquelle se dressait autrefois le cabanon. Je la reconnaissais parce qu'il y avait maintenant un parc de conteneurs à cet endroit et que les conteneurs étaient empilés très haut. Le port de Milbay avait toujours été très quelconque, plein de chalands crasseux et de chalutiers nauséabonds – rien de très attirant. Mais j'adorais cet endroit. J'adorais cette rivière. Qui aurait cru qu'elle me comblerait à ce point ? Que je serais si parfaitement heureuse sur chacune des deux rives qui bordaient son embouchure ?

Il fallait que je rentre à Kilbride si je voulais avoir une chance de parler à Min. Après avoir mangé, j'ai fermé la maison aussi lentement que possible, en caressant le bois poli des portes pour sentir sa surface lisse sous ma paume.

J'ai escaladé la colline pendant la pause qui précède le crépuscule – ce moment où tout dans la nature cesse de bouger et retient son souffle. De l'autre côté de l'estuaire, le parc de conteneurs était maintenant bien visible dans la lumière rasante de la soirée. Et le souvenir de la douceur de Min quand nous étions au cabanon imprégnait la scène tout entière.

C'était la douceur de quelqu'un de pur, ai-je songé. À l'époque, Min était une jeune femme coupée de son propre passé, sans parent ni amant pour la chérir, qui travaillait à plein temps sans salaire et regardait tomber la pluie avec l'enfant d'une autre à ses pieds, le veuf d'une autre à ses côtés. Mais ces traits négatifs ne suffisaient pas à la définir. Elle pouvait être aussi heureuse qu'une gamine et, quand c'était le cas, la douceur s'exhalait d'elle comme un parfum.

Elle était restée telle qu'au premier jour. Elle avait joui de la position de maîtresse de maison, et pourtant elle ne s'était jamais exposée, jamais offerte en pâture. Son corps n'avait jamais été une monnaie d'échange.

Je me suis dépêchée de regagner la voiture. Je n'aurais pas dû penser à ça – son corps intact par opposition au mien, impur et compromis. Depuis un an, j'avais refoulé aussi loin de moi que possible toute réflexion sur ce qu'était devenue ma relation avec Leo. Et voilà que Macerata faisait irruption dans ma mémoire et que je ne pouvais plus rien faire pour l'en chasser.

Le taxi que j'avais pris de l'aéroport était climatisé, mais je défaillais presque tant je me sentais mal à l'aise. Je savais que Leo ne souhaitait pas que je vienne en Italie, même s'il était trop poli et discret pour me le dire tout net. Quand nous avions quitté Ancône après un Noël pas très réussi, il avait signalé que les gens du festival d'opéra de Macerata l'invitaient à une réunion au printemps suivant, et j'avais dit que Macerata était facile d'accès – le moment venu, pouvait-il me faire savoir dans quel hôtel il descendait ? Quand j'avais eu le courage de lui jeter un coup d'œil, il me regardait avec un sourire impuissant, comme un père qui cède malgré lui au caprice d'un enfant. Il avait murmuré quelque chose, mais je n'avais pas entendu quoi.

Quelle chaleur. Le ciel était d'un bleu presque blanc, bien qu'on ne fût qu'au début de mai. J'ai cru suffoquer en sortant du taxi et j'ai rejoint en toute hâte la terrasse ombragée par une charmille où Leo se levait lentement de son fauteuil en rotin. Il est venu à ma rencontre, toujours aussi courtois. Mais voûté. Il n'était plus le même depuis l'échec de son projet d'hôtel. Au déjeuner, lorsqu'il a ôté ses lunettes de soleil pour lire le menu, j'ai remarqué, malgré son hâle, les demi-lunes un peu bleuies qu'il avait sous les yeux. Et même si, pendant le repas, il m'a souri une fois avec son charme d'antan, il n'a presque rien avalé. Le reflet de la carafe d'eau dansait sous son menton. Derrière sa tête, un tramway est passé le long de la promenade.

« Tu as l'air en pleine forme, Rosie, m'a-t-il dit. Tes yeux brillent toujours autant. »

J'ai réprimé une repartie potentiellement spirituelle sur les yeux brillants de désir ; ma liaison avec Leo n'avait jamais fait beaucoup de place à l'humour.

Cela étant, ces retrouvailles se sont vite avérées non seulement sérieuses, mais sinistres. Pire que sinistres.

« Je me souviendrai de cette chaleur toute ma vie », ai-je dit quand nous nous sommes retrouvés dans sa chambre.

Les portes-fenêtres donnant sur le balcon étaient ouvertes et des rais de lumière brûlants zébraient le parquet.

« Il n'y a que ça entre le soleil et nous, m'a dit Leo en fermant les rideaux. Nous fondons, comme la planète. »

C'était ma faute.

Tout le temps que nous avons passé sur le lit, la chaleur a été comme une agression supplémentaire. La brise venue de la mer soulevait ou écartait les rideaux et les rayons de soleil qui tombaient sur mon bras, mon ventre ou l'arrière de mes cuisses me mettaient au supplice. Leo n'avait pas assez d'énergie pour m'arracher à ce calvaire. Il me besognait sans me voir, comme si on le cravachait, et respirait spasmodiquement.

Malgré mes prières, il n'a pas voulu dire un mot.

« Arrête, Leo ! Parle-moi ! Leo, s'il te plaît, parle-moi. »

Ce qu'il faisait autrefois pour sa propre jouissance, il le faisait maintenant par désespoir, pour contraindre la vitalité qui avait un jour uni nos corps à se manifester de nouveau. C'était une bien triste et amère parodie de ce que nous avions été. Et c'était moi qui l'avais forcé. Il savait que le désir nous avait désertés. Il avait voulu nous éviter de finir si mal.

Ce soir-là, à l'aéroport, je me suis recroquevillée dans un coin. Il y avait un téléphone public à proximité. J'aurais aimé appeler Leo pour lui dire que j'étais désolée, désolée pour nous deux, et que j'avais honte de moi, mais il était plutôt du genre à laisser les choses non dites. Dans l'avion, j'ai tiré la couverture sur ma tête et pleuré en silence. J'ai convoqué le souvenir des mains de Min manipulant doucement ma tête pour verser de l'huile dans mes oreilles. Quand elle m'avait tournée vers elle, mon visage s'était retrouvé pressé contre son tablier et, un demi-siècle plus tard, je sentais encore l'odeur du coton propre. Mais ça ne m'aidait pas.

Quand j'avais vingt ou trente ans, je ne connaissais pas la peur. On ne peut pas dire que j'avais tous les hommes que je voulais, loin de là. Mais les gens remarquaient toujours ma présence. Ils me scrutaient, me flairaient – je les intéressais, même quand ils ne s'en rendaient pas compte. Un homme bien sous tous rapports avait voulu faire de moi sa maîtresse lorsque j'avais vingt-cinq ans et, par la suite, d'autres hommes remarquables m'avaient trouvé quelque chose de spécial et préférée à des femmes en apparence supérieures. Aucune relation n'avait duré, mais être élue par ce genre de personnes compensait toutes les fois où les hommes ordinaires ne me trouvaient pas à leur goût.

Moi-même, je n'avais jamais cessé d'évaluer et de choisir ; c'était comme un « accompagnement obligé » du reste de ma vie. Je n'avais jamais eu d'aventure avec une femme, mais je savais qu'il y avait des femmes que je trouvais séduisantes et d'autres non, de sorte que toutes celles qui croisaient mon chemin avaient droit à un rapide coup d'œil, fût-il inconscient. La seule catégorie que j'excluais, sans même m'en apercevoir, c'étaient les gens qui me paraissaient vieux.

Puis j'étais entrée dans la quarantaine. Le jeu – le jeu de la séduction – occupait une place si centrale dans ma vie que j'avais de la peine à croire qu'il touchait à sa fin. Et, à l'approche de la cinquantaine, ç'avait été comme si les gradins se vidaient et que je me retrouvais seule au milieu d'une arène déserte.

Alors j'avais rencontré Leo et, après notre nuit à l'Excelsior de Zurich, de la gratitude et du soulagement s'étaient mêlés à la passion. Comment s'en étonner ? J'avais retrouvé ma place. J'étais de nouveau chaude et souple et féminine.

Et maintenant ? Maintenant, sans Leo ? Chaque fois que j'allais au Kilbride Inn, je constatais combien ma place dans le monde s'était réduite avec les années. J'entrais dans la salle et les hommes assis au bar jetaient un coup d'œil dans le miroir, derrière les bouteilles alignées, pour voir qui arrivait. En me reconnaissant, ils baissaient les yeux et reprenaient leur conversation. Leur expression ne se modifiait même pas. Pas un sourire. Pourquoi auraient-ils pris la peine de saluer l'arrivée d'une femme qui, pour eux, était invisible ?

Pour une fois, Luz a décroché son portable.

« La Rosie de Min ! s'est-elle écriée. Salut, ma jolie ! »

Elle était enchantée de m'avoir en ligne, disait-elle. J'avais bien de la chance d'avoir une tante qui était un tel boute-en-train. Quand le patron l'avait transférée en salle, tous les pourboires avaient augmenté.

« Et la voilà qui arrive – mignonne à croquer, comme toujours !

— Min ! Enfin ! »

J'entendais des *boum* et des *bang* en bruit de fond, ainsi qu'une voix qui criait des ordres. Cela m'a rappelé que je ne parlais pas à la femme qui s'asseyait à la porte du cabanon dans le soleil du matin, mais à une travailleuse occupée.

« Laisse-moi t'envoyer de l'argent pour des vacances, Min, l'ai-je implorée. Comme ça, tu pourras rentrer un peu.

— Ça, j'ai eu assez de vacances, m'a-t-elle dit. Ça fait un bien fou de travailler.

— Si tu veux passer l'été là-bas, jusqu'à l'expiration de ton visa, j'ai une police d'assurance que je peux liquider. Ce serait avec plaisir. Tu pourrais emménager dans un appartement digne de ce nom. »

Mais elle était gaie comme un pinson.

« Pourquoi ça me dérangerait de travailler puisque la paie est bonne ? Et on s'ennuie jamais avec ces Chinois, même quand ils comprennent pas un mot de ce qu'on dit. On a pris le bus ensemble pour aller parier sur les chevaux et je croyais qu'on allait au champ de courses et que je verrais de vrais chevaux, même si on sortait du boulot et qu'on était au milieu de la nuit. Et devine quoi, Rosie ? Les chevaux étaient à la télé ! Ils étaient en Chine ! »

Mais elle est devenue silencieuse comme la mort quand je lui ai parlé de la lettre qui lui restituait Stoneytown.

« J'ai été chercher les clés et j'y suis allée, ai-je ajouté. Il n'y a pas âme qui vive par là-bas – c'est un lieu fantôme. Mais j'ai pu entrer dans la maison. »

J'ai attendu. Min ne disait toujours rien.

« C'est une maison qui a été construite pour durer, ai-je poursuivi, nerveuse. Et le site est magnifique. S'il y avait l'électricité, on pourrait la retaper. » Ma voix s'est perdue.

« Mon père m'a laissé la maison ? » a-t-elle demandé.

J'ai répondu que oui.

« Dans un testa…

— Pas exactement un testament, mais…

— Ça veut dire qu'il est mort à coup sûr ?

— Évidemment qu'il est mort ! Personne n'a entendu parler de lui depuis presque soixante ans, si ?

— Je sais pas. J'ai jamais revu les autres après être montée à Dublin pour m'occuper de toi. »

Je n'ai pas pu me retenir.

« Il y avait des marques, Min, des marques sur le mur près du lit dans le grenier. Quelqu'un a fait des marques sur le mur pour compter les jours du mois. Est-ce que c'était…

— Ce lit était là pour les gens mariés, a dit Min. Et pour mon père. Y avait pas d'enfants qui dormaient là. Je sais pas pourquoi y a des marques. Moi et ta mère, on dormait sur le banc-lit derrière le fourneau. C'est souvent que j'y repense, à ce banc-lit. Le meilleur lit dans lequel j'aie jamais dormi. Je suis retournée là-bas une fois – y a une brèche dans la clôture le long de la grand-route, derrière la cabine téléphonique. Avec ton père, en moto. Je voulais lui montrer ce banc-lit pour voir si on pouvait l'emporter, mais la maison était fermée de partout. On a pu entrer que dans la grange et on a gelé toute la nuit. De toute façon, c'était qu'un méchant taudis, cette maison.

— Tu ne vis pas exactement sur Park Lane aujourd'hui, il me semble.

— Moi ? J'ai pas un souci en tête ! On est trois maintenant, parce que la dame qu'est censée habiter l'appartement, celle qui campe en face de l'hôtel, elle est souvent là finalement. Elle aime pas trop certains des hommes qui sont venus s'installer sur son lopin.

— Mais ce n'est pas une alcoo…

— Et cet appartement ! Si propre qu'on pourrait manger par terre. Luz se débrouille pour qu'il soit toujours impeccable parce qu'elle a la poitrine fragile et qu'elle doit pas respirer la poussière. Elle a même une machine pour humidifier l'air.

— Je n'en doute pas. Reste que tu es une retraitée qui occupe un logement social en compagnie d'une clocharde et qui travaille huit ou neuf heures par jour pour des clopinettes !

— J'ai de l'argent ! s'est-elle écriée – et, malgré la friture sur la ligne et le boucan qui se déchaînait derrière elle, je percevais de la passion dans sa voix.

— Mais tu avais de l'argent ici ! Tu peux avoir le mien !

— J'ai mon argent *à moi* ! Je peux aller et venir comme ça me chante ! Dans cette maudite maison, on marchait sur des dalles humides de septembre à juin, oui madame, même en faisant un bon feu on pouvait pas les faire sécher. Ici, pas besoin d'allumer un feu, le chauffage fonctionne tout seul et y a même pas à payer. Rends-leur la maison. Dis-leur de nous donner l'argent à la place… »

J'ai entendu un brouhaha au bout du fil.

« Prends l'argent, Rosie ! Il faut que j'y aille maintenant. Le patron s'énerve et… »

Luz a repris son portable. « Porte-toi bien, ma jolie, m'a-t-elle dit joyeusement, et fais attention à toi ! »

Bell s'était endormie sur mon ordinateur portable. J'ai fait du feu, posé son panier devant la cheminée et placé un petit morceau de jambon sur la couverture pour l'aider à surmonter le traumatisme du réveil.

Puis j'ai ouvert l'ordinateur et tapé :

Kilbride, Dublin.

Mon cher Leo,

Il m'est arrivé une chose merveilleuse et je viens de m'apercevoir que tu étais la personne à qui j'avais envie d'en parler. Sans doute parce que tu aimais tant la villa. À l'heure actuelle, je ne connais personne d'autre qui sache ce que c'est que de tomber amoureux d'une maison.

Il s'avère que ma tante est propriétaire d'une petite maison en pierre – abandonnée depuis des décennies, mais en bon état – sur un magnifique bout de côte au sud de Dublin. Ma tante est en Amérique en ce moment, mais je suis allée voir la maison et j'ai peine à exprimer combien je me suis sentie heureuse là-bas. Je crois que c'est pour ça que j'ai pensé à toi.

Leo s'était entiché d'une maison qui, bien qu'infiniment plus distinguée que celle de Stoneytown, avait produit sur lui le même genre d'impression. En la regardant, il avait eu une vision de l'Idéal. Il y aurait des paons dans le bosquet de magnolias et, au-delà des dalles de marbre bordant la piscine, une porte secrète pratiquée dans le vieux mur, sous les cascades de roses anciennes, afin que les clients puissent accéder à l'hôtel depuis *la piazza* du haut du village. Il allait compenser la musique qu'il n'avait pas composée, la famille qu'il n'avait pas su unir autour de lui en créant l'hôtel le plus élégant du monde. Il s'était rué vers l'avenir comme s'il pouvait transformer le passé.

Ce que je crains maintenant, c'est que ma tante ne gâche tout. Imagine qu'elle vende la maison ? Je ne sais pas comment je lui pardonnerais.

Quand tu as perdu la villa, je n'ai pas compris pourquoi tu avais perdu le goût à tout. J'étais trop jeune, même si c'était il n'y a pas si longtemps. À vrai dire, il y a quelques années, je me croyais encore à la fleur de l'âge. Je n'ai compris que récemment quel impact le temps peut avoir sur nos émotions. Combien elles deviennent plus pressantes avec chaque année qui passe. Combien il devient urgent de réaliser un rêve.

J'espère que ce mot te trouvera en bonne forme et te souhaite du fond du cœur santé et bonheur.

Rosie

PS : Quand un rêve s'avère irréalisable, il faut aussi savoir l'accepter. J'écris – ou songe à écrire – quelques petites pensées sur l'âge mûr, et c'est un âge où l'acceptation est une des clés du contentement.

J'ai imprimé la lettre pour pouvoir la poster dès que j'aurais un timbre sous la main. Puis je me suis fait la réflexion que, si j'étais Leo, je trouverais ça un peu léger comme lettre. Un peu sec. J'ai donc ajouté une phrase avant la signature :

Je pense à toi très souvent, et avec une immense gratitude. Je te suis reconnaissante de ce que tu es, bien sûr, mais aussi de m'avoir éclairée sur le Quintette en ut majeur *de Schubert. Tu es un prof formidable, tu sais !*

Et j'ai imprimé la nouvelle version.

Ensuite, j'ai rouvert mon dossier « Pensées ».

N'était-il pas intéressant, même vaguement, que je ne veuille consacrer aucune de ces pensées à la passion amoureuse ? Alors qu'elle avait régi une si grande partie de ma vie ? À une époque, j'étais si folle de Leo que j'aurais bravé tous les dangers pour être avec lui, mais j'avais relégué cette expérience dans le coin de mon cerveau où je rangeais les questions insolubles. Quel était le sens de tout ça ? me demandais-je souvent. Mais sans espoir de trouver la réponse.

J'ai entrepris de rédiger une pensée sur le pouvoir délétère de la déception. Le souvenir de Leo et de la manière dont sa vie avait dérapé m'a suggéré les mots justes. Il avait investi toute sa personne dans son rêve, mais, quand les hôteliers locaux lui avaient mis des bâtons dans les roues et que les avocats de sa femme l'avaient forcé à vendre la villa, il s'était avéré que « toute sa personne » n'était pas suffisante. Il aurait fallu une personne plus forte.

De RosieB à MarkC

Markey,

Je joins une pensée sur la déception et une autre sur l'argent, qui me préoccupe en ce moment parce que je m'apprête à avoir un gros conflit avec Min à ce sujet : elle veut vendre la vieille maison de mon grand-père et je tiens *absolument* à ce qu'elle la garde.

Dis-moi ce que tu en penses. Tu es censé m'encourager. Comment s'appelait ce type qui a édité Fitzgerald et Thomas Wolfe ? Ah oui, Perkins. Tu ne pourrais pas être comme lui ?

PJ n° 1 : Une pensée… sur l'équilibre

Un homme projette d'ouvrir un hôtel de luxe ; son projet échoue et cet échec manque le détruire. Une femme politique tombe amoureuse du chirurgien qui a pratiqué son hystérectomie et lui achète une rivière parce qu'il aime pêcher ; lorsqu'il décide de rompre, elle s'effondre. Un cadre supérieur se fait doubler pour le poste de P-D G ; il devient une présence maussade parmi ses collègues déboussolés et s'en va un jour sans dire au revoir.

Ces personnes se sont brisées toutes seules.

Elles ont perdu l'équilibre.

Quelque part, vers le milieu du parcours, une sélection s'opère. Certains continuent d'aller de l'avant ; d'autres, qui n'ont pas su maintenir l'équilibre entre rêve et réalité, boitillent par-derrière, déçus, amers et hargneux.

Continuez à prendre des risques, mais souvenez-vous qu'on se relève moins vite en vieillissant. Respectez l'ordre des choses. Attachez-vous non à ce qui aurait pu être, mais à ce qui est.

(153 mots)

PJ n° 2 : Une pensée... sur l'argent (premier jet)

« L'or est l'épée du vieil homme » (P. B. Shelley, poète anglais, 1792-1822)

Passé cinquante ans, il peut nous arriver de sentir notre identité vaciller parce qu'elle n'est plus confortée par le regard des autres.

L'un des meilleurs remparts contre l'insignifiance est l'argent.

Faites de votre argent un usage qui renforcera votre présence dans le monde et lui donnera, aux yeux d'autrui, de l'éclat, de l'utilité et du charme.

Organisez des événements. Vous ne pouvez pas acheter l'amitié, mais vous pouvez acheter des occasions de rencontrer des gens et de leur faire plaisir, ce qui est un préalable indispensable.

Créez des emplois ou œuvrez pour l'environnement. Que vos bonnes actions aient pour effet secondaire de vous mettre en valeur n'ôte rien à leur légitimité.

Faites du mécénat. Cela ne peut pas nuire à l'art ni aux artistes. Et si, à cette occasion, le sens profond de l'art se révèle à vous, il vous absorbera ; il vous sauvera.

(159 mots)

13

J'étais invitée chez Peg pour le repas du dimanche, qui était toujours un régal. Pendant la nuit, je me suis réveillée à plusieurs reprises ; la pensée de Stoneytown m'assaillait, lancinante.

Un peu avant l'aube, alors que les oiseaux perchés dans l'arbre de Mme Beckett commençaient à se réveiller mutuellement, j'ai passé à la hâte quelques vêtements et, après avoir ouvert une boîte de sardines pour Bell, qui était de sortie, je me suis mise en route pour Milbay. Je me trouvais dans le comté de Wicklow et le soleil se levait tout juste quand j'ai aperçu un panneau indiquant une plage. J'ai bifurqué sans réfléchir, désirant instinctivement regarder l'est et laisser mes soucis se dissoudre dans la douce lumière du jour naissant. Le chemin s'élargissait au-dessus d'une petite baie ; je me suis arrêtée et j'ai ouvert la portière sans couper le moteur. Près de la voiture, un fossé déversait une eau claire sur la plage, où elle s'écoulait en ruisselets de boue et de galets. Je me suis mise en marche sur le sable ferme, progressant d'un pas régulier vers les vagues lointaines. Des oiseaux marins s'envolaient à mon approche, puis revenaient se poser sur le sable, où ils couraient et picoraient tandis que je passais parmi eux.

Sois ici et maintenant, ai-je pensé.

Les cris des oiseaux, le murmure de la mer, la brise qui soulevait mes cheveux et me caressait le visage comme le fantôme d'une mère aimante. Plus loin, au bord de l'eau miroitante, la marée montante emplissait en silence les rides délicates du sable brun.

Je suis revenue sur mes pas avant qu'elle me barre la route.

Ici et *maintenant*.

Plus tard, je me suis demandé si c'était parce que je m'étais en quelque sorte « préparée » que la chienne s'était montrée.

J'avais laissé la voiture près des bâtiments du camp et étais en train de traverser le pré, mes chaussures de tennis humides de rosée, quand quelque chose a attiré mon regard vers le bois de hêtres et que j'ai vu une petite bête noire en sortir et s'immobiliser dans l'ombre mouvante des feuilles. Elle m'a fixée pendant un long moment, puis s'est élancée dans le pré, où son dos noir faisait ressortir le vert argenté de l'herbe, et a couru gauchement dans ma direction. Bientôt, elle était à mes pieds, ses yeux marron levés vers moi. Elle me regardait avec confiance. Peut-être que les gens de l'Armée de l'air l'avaient laissée derrière eux en quittant le camp, mais si c'était le cas, quelqu'un l'avait nourrie.

Je ne me suis pas trop empressée d'accueillir la petite chienne, même si elle était charmante. Elle appartenait à quelqu'un d'autre. Elle ne faisait que passer.

Mais elle est restée avec moi. Et sa présence a modifié la qualité du temps – a modifié, dans son ensemble, l'expérience de cette matinée. Elle était si curieuse de chaque endroit où j'allais (elle bondissait vers l'avant, puis revenait vers moi, me tournait autour, me guidait comme un berger) et si intéressée par tout ce que je faisais que mes actions acquéraient de l'importance à mes propres yeux. Quand j'ai testé le fourneau en y allumant un feu, elle s'est couchée sur le sol près de moi et m'a regardée faire avec une extrême attention. Les flammes se reflétaient dans ses yeux brillants. Je lui parlais – pas à voix haute, mais dans ma tête – et cela me réjouissait tant que j'ai pris conscience que je me sentais sans doute seule.

Min ne se sent pas seule une seconde, ai-je dit à la chienne.

Tu sais, ai-je poursuivi tandis que les flammes grandissaient et couraient sur le petit bois, tout au long de la rangée de maisons, les toits se sont effondrés, des arbres poussent dans les foyers, le bois des fenêtres a pourri et laissé place aux orties. Et pourtant, je suis sûre que les fourneaux s'allumeraient à la première tentative. Imagine qu'on aille de maison en maison et qu'on allume un bon feu dans vingt de ces vieux fourneaux en fonte. Les gens de Milbay le verraient – des cheminées inactives depuis plus d'un demi-siècle qui se mettent à cracher de la fumée. Mais ils ne verraient pas notre feu à nous. La maison de mon grand-père est bien cachée.

Le feu avait maintenant bien pris ; j'ai refermé la petite porte en fonte et je me suis hissée sur mes jambes raides. En baissant les yeux, j'ai vu la chienne endormie sur le côté, ses deux pattes à bout blanc croisées devant elle, son flanc soyeux se soulevant et retombant paisiblement.

Tu n'écoutais pas, chérie, lui ai-je dit.

Elle n'avait pas compris que j'étais venue en voiture. À la seconde où elle a vu le véhicule, elle a battu en retraite. J'ai encore aperçu son dos lisse une ou deux fois tandis qu'elle s'éloignait furtivement le long du pré ; quand j'ai ouvert la portière, elle avait disparu. Parenthèse refermée, donc.

Mais, sur le trajet du retour, la radio passait de la musique chorale et il se trouve que j'écoutais lorsque le présentateur a cité le titre du morceau, *O Magnum Mysterium*, et traduit ces paroles : « Ô grand mystère que des animaux aient assisté à la naissance du Christ. »

Je n'avais jamais pensé à ça et j'en ai été enchantée.

« Quand c'est qu'arrive le bus ? demandait sans arrêt M. Colfer. Il est pas l'heure de partir ? »

Peg lui criait alors que le centre d'accueil était fermé pour la journée, et ça le mettait de mauvaise humeur jusqu'au moment où il oubliait et reposait la question.

Le téléphone a sonné.

« C'est Tom, du Canada, a dit Peg. Papa, c'est Tom au téléphone ! Il veut savoir comment tu vas.

— Dis-lui que je me sens pas trop bien. Dis-lui Dieu te bénisse et rappelle-moi quand je me sentirai un peu mieux. M'embête pas avec tous ces gens, Peg. Parle-leur, toi.

— Dympna et les enfants ont appelé aussi et ils ont chanté *Perfect Day* pour toi, papa.

— Et pourquoi Dympna rentre pas nous donner un coup de main ? » a demandé M. Colfer avec humeur.

J'ai fait une tentative pour me rendre utile : « Dympna vit avec son mari à Manchester maintenant.

— Et le garçon de Reeny, pourquoi il se remue pas un peu ? m'a rétorqué M. Colfer d'un ton soudain cinglant. Qu'est-ce qu'il attend, on peut savoir ?

— Allons, papa », a fait Peg sans se départir de son calme olympien.

« Ton père n'avait sans doute pas tort de poser la question », lui ai-je dit un peu plus tard.

Elle avait enfin réussi à le mettre au lit pour sa sieste – dentier dans un verre d'eau, pot de chambre à proximité et téléphone sans fil à portée de la main. Auparavant, elle lui avait servi des choux de Bruxelles et des patates écrasés dans un peu de sauce et une grosse cuillerée de farce coupée en petits morceaux. Pas de poulet. Le vieil homme s'étouffait toujours.

« Et qu'est-ce qui s'est passé pour… ? » Je savais que je n'avais pas besoin de donner de noms. « Je veux dire, quand même Tess songe à se trouver quelqu'un pour que les nuits soient moins longues…

— Elle est partie à Fatima avec Pearl, m'a dit Peg. Des fanatiques de la pénitence, dans ce pèlerinage. Et Andy collecte des lapins dans le sud du comté. Elles y sont juste pour un long week-end, à Fatima, mais Tessa dit qu'Andy lui est très reconnaissant d'accompagner sa mère parce que sans ça il devrait le faire lui-même, et ce serait la énième fois qu'il y va. Franchement, je préfère Las Vegas ! On songe à y retourner cette année, Monty et moi, parce qu'on a à boire et à manger pour trois fois rien et qu'on peut dépenser tout le reste sur les machines à sous. Je veux dire, c'était bien, Fatima, mais l'endroit où on logeait était trop religieux – les hommes étaient d'un côté du bâtiment et les femmes de l'autre…

— Justement, Peg. Quand vous êtes en vacances, toi et Monty, vous n'avez jamais envie de… ? »

Elle m'a jeté un coup d'œil pour vérifier que je parlais bien de ce qu'elle pensait. Nous n'évoquions jamais ce genre de chose ensemble.

« N'oublie pas, m'a-t-elle dit, décidant de me suivre provisoirement, que c'est moi qui ai élevé les plus jeunes pour ma mère. À vingt ans, je savais déjà que je ne voulais plus jamais voir les fesses d'un bébé. » Effrayée par sa propre audace, elle s'est empressée d'ajouter : « Mais ça ne m'ennuyait pas, hein. Je n'étais pas comme toi. J'ai toujours été nulle en classe. Les sœurs ne savaient même pas que j'existais. »

Ça alors… Y avait-il une pointe d'amertume dans ce que je venais d'entendre ? Tant de temps plus tard ?

Quoi qu'il en soit, Peg disait la vérité. Elle avait été en première ligne pour élever ses jeunes frère et sœur, et c'étaient des bébés énormes. Tout Kilbride se demandait comment une femme aussi fluette que Mme Colfer avait pu faire des enfants aussi costauds avec M. Colfer, lequel était lui-même plutôt chétif et d'une lenteur proverbiale dans son travail. Il passait le plus clair de son temps derrière son magasin, adossé contre le mur, à contempler le bout de terrain vague qui s'étendait à cet endroit et le cheval qu'il s'était accordé l'autorisation d'y faire paître. Chaque fois que Mme Colfer avait de nouveau un gros ventre, des blagues fusaient comme quoi il n'était pas étonnant que Danny Colfer soit déjà crevé en arrivant au boulot. Mais on ne plaisantait pas devant lui, même au pub, parce qu'il avait du poids au Fianna Fáil et connaissait des gens qui pouvaient vous aider à obtenir un travail ou une maison.

« Mais simplement en tant que femme, Peg, tu ne ressens pas le besoin… »

Je me suis tue en me rappelant qu'il suffisait que je mentionne un homme et une femme dans la même phrase pour que Tess m'accuse d'être obsédée par le sexe. De fait, cet aspect-là des choses me fascinait ; je n'y pouvais rien. Même à la messe – les rares fois où j'y allais –, quand nos respectables voisins redescendaient l'allée centrale en traînant les pieds, je m'amusais à repérer ceux qui avaient l'air sexuellement satisfaits.

« Toi aussi tu es une femme, Rosie, m'a lancé Peg. Je ne vois pas pourquoi ça tombe sur moi. Et tes besoins à toi ? Tu n'as même pas quelqu'un comme Monty avec qui partir en vacances. Enfin, pas depuis ce croûton sec de Français qui a logé chez Tessa une fois. Pas à ma connaissance, en tout cas.

— Il n'était pas français, ai-je corrigé comme une automate. Et il n'avait rien de sec quand tu l'as rencontré. Il ne faut pas se fier aux apparences.

— C'est bien ce que je dis : ne te fie pas aux apparences. Y compris pour Monty et moi. »

Là-dessus, elle est allée téléphoner à sa voisine pour lui demander de garder un œil sur la maison une heure ou deux pendant que nous sortions. C'était un plaisir de la voir ainsi, debout, le combiné sur l'oreille, observant nonchalamment sa main tendue devant elle, pinçant les lèvres tandis que son interlocutrice lui parlait, puis les retroussant en un sourire inconscient. J'aimais regarder Peg. De fines rides entouraient maintenant ses yeux bleus et ses cheveux blonds grisonnaient très légèrement aux tempes, mais je la trouvais plus jolie que jamais. Auparavant, elle ressemblait trop aux autres femmes de son âge. Ces délicates empreintes du temps l'avaient rendue elle-même.

« Où est-ce qu'on va ? m'a-t-elle demandé, les yeux brillants d'impatience. J'adore sortir quand papa fait sa sieste. Même pour apporter les poubelles aux bacs de recyclage !

— Et si on allait voir votre maison ? ai-je proposé. Comme Monty n'en parle jamais, je ne sais même pas où en sont les travaux.

— Euh… d'accord, si tu veux. Mais ce n'est pas très amusant. Et je ne pourrai pas rester longtemps, parce que papa risque de s'énerver.

— Mais, Peg, ai-je dit en montant en voiture, comment se fait-il que tu aies passé toute ta vie d'adulte à t'occuper de tes parents ? Est-ce que c'est naturel ? Ce n'est pas comme ça que les rapports entre les générations sont censés fonctionner. Pourquoi tu ne demandes pas aux autres de rentrer de temps en temps, au moins, histoire de souffler un peu ?

— C'est un grand soulagement pour les autres que je sois ici, a répondu Peg. Ces mariages n'ont pas été un long fleuve tranquille, tu sais. Ils ne le disent pas ouvertement, mais ça les a aidés, dans les moments difficiles, de savoir que j'avais les choses en main à la maison. Et puis, tu ne comprends pas : je regarde mon père dormir pour vérifier qu'il respire bien. Même quand il ne me reconnaît pas, ça m'est égal. Moi, je le reconnais. Et je serai perdue quand il partira. »

J'ai ralenti en quittant la petite route qui passait derrière l'aéroport pour m'engager sur une route plus étroite encore. Des maisons neuves et nues s'alignaient tout du long ; pourtant, à l'époque où Monty avait acheté sa parcelle, il n'y avait encore que des champs par ici.

« Prochaine à droite, m'a dit Peg. C'est juste un chemin de campagne. Monty a choisi l'endroit pour sa tranquillité.

— Comment ça, “Monty” ? C'est quand même bien ta maison aussi ?

— Pour tout t'avouer, Rosie, j'aime bien la vie à Kilbride. J'aime qu'il y ait de l'activité autour de moi. Ici… »

Nous nous sommes garées près du chantier. Au loin, derrière les champs, on apercevait l'autoroute de Belfast et le miroitement de la circulation sous le soleil de l'après-midi, mais le silence n'était troublé que par le chant des oiseaux. Les fondations du pavillon avaient été creusées, mais elles étaient remplies de boue et de mauvaises herbes ; plus loin, un tas de parpaings abandonné depuis longtemps était couvert de chiendent et d'orties.

Je n'ai rien trouvé d'autre à dire que : « C'est un endroit formidable pour avoir un chien.

— Je ne conduis pas, a dit Peg. Il faudrait que j'apprenne si je vivais ici.

— Pourquoi tu n'as jamais appris ? Monty est un excellent prof.

— Je n'ai jamais eu besoin. »

J'ai regardé à la dérobée son visage à demi masqué par des mèches bouclées.

« Mais est-ce que c'est comme ça qu'il faut vivre ?

— J'ai juste pris les choses comme elles venaient. Tu sais, Rosie, je regarde autour de moi et, même à la télé, les gens divorcent et ont l'air malheureux comme les pierres. Et Tess est vraiment à bout. Je veux dire, c'est quand même un peu fort, de décider qu'Andy va l'épouser. Pauvre gars, il ne va pas comprendre ce qui lui tombe dessus. Et toi non plus, Rosie chérie, je ne dirais pas que tu es heureuse, même si tu cours de pays en pays et que tu essaies un tas de choses différentes. Et moi – je suis heureuse. Je suis très heureuse, même si je ne vais nulle part. Quoi qu'il arrive, ça me convient. Si je dois vivre ici, je vivrai ici et sinon, ce sera ailleurs. La seule chose que j'espère, c'est que papa ne souffrira pas et que Dieu me laissera les autres – qu'on vieillira tous ensemble, toi et Monty et Min et moi, entourés de ceux qu'on aime… » Sa voix s'est perdue.

« Mais qu'est-ce que tu fais de l'amour ? n'ai-je pu m'empêcher de crier. Qu'est-ce que tu fais du désir ? Je n'arrive pas – j'ai beau essayer, Peg, je n'arrive pas à admettre que le monde me considère comme finie alors que je me sens encore pleine de vie.

— Là, là. Ne t'énerve pas, mon chou. »

Nous avons commencé à rebrousser chemin vers la voiture.

« Pourquoi tu n'es pas restée en Amérique avec Min ? a demandé Peg avec douceur. Ça te conviendrait mieux qu'ici.

— Ah, c'est qu'elle voulait faire les choses à sa façon, ai-je dit d'un ton léger. Ma présence l'aurait gênée. Et puis, je n'ai pas le même besoin qu'elle de bouger. *J'ai* bougé. J'ai connu tout ça.

— Elle a mille fois raison de faire ce qu'elle fait, a dit Peg. Les gens d'ici, ils ne se rendent même pas compte que le temps leur échappe. Ils sont là à raconter qu'ils vont faire ci et ça et la minute d'après j'entends sonner la cloche de la chapelle et je vois passer le corbillard et c'est eux qui sont dedans. Et ils n'ont jamais vécu ! Les Irlandais ne savent même pas qu'ils sont nés. J'aimerais tant qu'il y en ait un qui se réveille et qui voie quelle belle personne tu es, Rosie.

— Ouais, ai-je répondu, larmoyante. Le jour de la Saint-Glinglin. »

Mais, dans la voiture, j'ai fait un effort. « *Que sera, sera !* ai-je déclaré. À partir de maintenant, c'est ma devise. Comme Doris Day. Même si je crois que cette bonne Doris n'a pas trop aimé vieillir. »

J'ai accéléré à fond pour sortir du champ.

Ce soir-là, j'ai tourné en rond dans la cuisine de Min. J'étais un peu vexée que Peg s'imagine que j'avais juste besoin d'un homme. Je ne savais pas exactement à quoi j'aspirais, mais ça dépassait largement tous les hommes que j'avais connus, et plus encore ceux que je risquais de connaître à l'avenir. En outre, les propos de Peg sous-entendaient clairement que j'avais cherché et échoué à trouver un homme. Ce qui n'était pas le cas. Ma relation avec

Leo m'avait protégée de ce genre de situation. D'ailleurs, si j'avais cru qu'un homme résoudrait tous mes problèmes, j'aurais su comment en trouver. Je n'avais qu'à manipuler les probabilités. Je pouvais chercher du travail sur une base aérienne canadienne, par exemple. Ou m'inscrire à des cours sur le fonctionnement du moteur à explosion. Ou demander à enseigner en prison.

Mais quel homme, désormais, connaîtrait le moi qui avait vécu les pieds dans l'eau au sud de Kalamata, dans une maisonnette environnée de tamaris et de jasmin trompette où je pouvais lire mon Proust pendant des journées entières sans être interrompue ? Le moi qui avait sillonné la planète, qui pouvait vous dire où acheter la meilleure mozzarella de bufflonne à Rome, quel hôtel réserver si vous alliez admirer la tapisserie de Bayeux ou comment accéder aux ruines de Persépolis depuis la ville de Chirāz ? Le moi dont les pieds s'étaient enfoncés, à la grande mosquée de Tombouctou, dans un sable froid et doux qui n'avait pas vu le soleil depuis la construction du sanctuaire à même le désert des siècles plus tôt ? Le moi qui, par un hiver glacial, avait emprunté les ruelles saturées de brume et de fumée d'un village indien dominant le lac Atitlán après des jours passés à enseigner l'anglais à des petits Guatémaltèques turbulents ?

Quel homme comprendrait que ce genre d'énumération n'était pas destiné à me faire mousser – que ces noms de lieux étaient des étiquettes, des abréviations pour désigner les souvenirs qui m'avaient façonnée ?

J'aurais pu éviter la solitude en restant là où j'étais née, comme la plupart des femmes de Kilbride. Elles avaient des partenaires qui connaissaient les mêmes potins et les mêmes gens qu'elles. Dans ma jeunesse,

Min désirait pour moi cette sécurité-là. Mais mes rêves à moi étaient plus romanesques. Et maintenant… Oh, la radio passait « *Un bel dì* » chanté par Leontyne Price, et sa voix passionnée s'élançait pour affirmer que son bien-aimé reviendrait, et mon cœur se tordait de regret.

Vite ! Mon calepin rose !

J'ai repris mon « Pense-bête pour les moments difficiles ». Combien de préceptes avais-je déjà ? Sept.

J'ai ajouté :

8. Évitez d'écouter de grands arias romantiques quand vous êtes mélancolique.

9. Si cela vous arrive par mégarde, ne vous asseyez pas. Restez en mouvement.

Le téléphone a sonné ; j'ai failli applaudir.

« Min ! » ai-je crié dans l'appareil.

Mais ce n'était que Peg.

« Juste pour te souhaiter bonne nuit, mon chou, et vérifier que tout va bien. Pas vraiment, hein ? Je l'entends à ta voix. Écoute, Rosie, essaie de bien dormir. La vie te paraîtra peut-être plus belle demain. Et, Rose, ne me gronde pas, mais je voulais te dire que je pense que tu es quelqu'un de formidable et que j'ai de la chance de t'avoir pour amie. »

J'ai marmonné un vague remerciement.

Elle est comme la dernière duchesse de Browning, me suis-je dit en raccrochant : « Elle aimait tout ce que ses yeux regardaient, et ses regards allaient partout. »

Mais, pour une fois, j'ai perçu le caractère destructeur de ma propre réaction. La vérité, c'était que Peg était sincère.

Et note bien, Rosie Barry, ai-je ajouté intérieurement, que si les gens aiment tant Peg, c'est parce qu'elle se donne du mal pour les autres. Peg a pris la peine de te téléphoner.

Le téléphone à nouveau.

Cette fois, c'était Min.

« Salut, ma jolie ! » Pause. « Tu as entendu ce que j'ai dit, Rosie ? Salut, ma jolie !

— Félicitations pour cette nouvelle façon de parler, ai-je dit. Mais ne t'américanise pas trop vite. Tu te souviens de l'Irlande ? Je n'arrête pas de penser à Stoneytown – tu ne pourrais pas rentrer pour qu'on voie ensemble si on peut retaper la maison ? Le fourneau fonctionne et tout. Ça n'a aucun sens, Min, de rester dans la fournaise de New York et de violer les lois d'immigration pour travailler dans une gargote sordide…

— Ah, Rosie, arrête, m'a-t-elle dit sur un ton pas très affectueux. Je suis même plus à New York. Il commençait à faire trop chaud pour la poitrine de Luz, donc on a pris le premier avion pour Portland – un endroit charmant, Portland. Charmant, même s'il pleut. Je sais pas combien de temps on va rester, mais j'irai partout où va Luz.

— Comment ça, vous avez « pris le premier avion pour Portland » ? Tu te souviens du jour où j'ai eu mon billet pour Roubaix ? Tu te souviens que tu faisais les cent pas dans la cuisine en jurant que jamais on ne te ferait monter dans un avion ? Que tu voulais savoir qui était le saint patron du vol pour lui dire une prière – même que je t'ai demandé pourquoi ce ne serait pas une sainte, pourquoi tu associais toujours les choses importantes aux hommes ?

— Sûr qu'ils me font plus peur, les avions, depuis que j'en ai pris un toute seule de Dublin, a-t-elle répondu en riant. Ici, on a un mobile home pour trois fois rien près d'une rivière où on peut aller pêcher le petit déjeuner, et je commence un nouveau boulot demain, dans la cuisine d'un pub. Il est de Galway, le gars qui dirige ça, donc tout va bien. »

Je ne lui avais jamais demandé tout de go si elle était heureuse. Quand j'employais le mot à propos de quelqu'un d'autre, elle le répétait toujours sur un ton monocorde qui avait quelque chose d'ironique.

« Donc tu es en forme ? ai-je demandé.

— En pleine forme ! Comme jamais ! »

Luz et elle étaient allées à une soirée irlandaise « à l'ancienne » près de Portland et avaient dormi bien au chaud dans un chalet qui, d'habitude, servait aux gens qui faisaient de la marche en montagne. Il y avait là un couple qui enseignait la danse irlandaise et on n'avait pas besoin de partenaire, on dansait par groupes de huit personnes, ou quatre si on n'en trouvait pas huit, le prof vous disait dans quel groupe aller et vous aviez de la chance si vous tombiez sur quelqu'un qui connaissait les pas. Elle avait dansé avec un homme qui touchait une pension parce qu'il avait fait la guerre du Vietnam.

Non, elle n'avait jamais fait ça avant.

Non, on ne dansait pas à Stoneytown.

« Tu veux rire ? m'a-t-elle demandé, incrédule. Danser ? Et où qu'on aurait dansé, là-bas ? Avec qui ? Y avait même pas de musique ! Et on laissait pas les garçons et les filles s'approcher, et les gens mariés faisaient jamais ce genre de chose – les hommes avaient leurs endroits pour boire et les femmes leur apportaient à boire, un point c'est tout. Les vieilles personnes chantaient, surtout les femmes, mais seulement si elles chantaient bien. Ça faisait hurler les chiens. Y avait toujours des chiens partout, et pourtant les gamins noyaient les petits. Mais y avait pas de danses. C'était la même chose tout le temps, sauf que l'hiver, les hommes buvaient dans les maisons.

— Eh bien, ai-je fait observer plutôt froidement, tu ne m'en avais jamais autant dit.

— Ça les intéresse, l'ancien temps, ici. Y a un gars, chaque fois que j'ouvre la bouche, il me met un petit magnétophone sous le nez. Il s'intéresse aux chansons, mais j'en connais pas beaucoup. »

Bell miaulait de l'autre côté de la fenêtre.

« Une seconde, ai-je dit. Bell se fait saucer. » Puis : « Je songeais à demander un prêt pour l'amélioration de l'habitat et à m'attaquer sérieusement à la cour. J'ai lu quelque chose là-dessus. Une pièce extérieure, ils appellent ça. Bell adorerait. »

Il y a eu un silence.

« Rosie, m'a finalement dit Min. Garde ton argent pour toi. Tu rajeunis pas et tu vas en avoir besoin pour tes dents. Moi, j'économise pour me payer des dents américaines. Pendant la journée, je fais le ménage dans deux ou trois mobile homes pour gagner quelques sous en plus – d'ailleurs je vais devoir te dire au revoir maintenant, Dieu te bénisse, et aller faire mes ménages. Parce que tu pourras pas vendre la vieille maison très vite, si ? J'en ai parlé à Luz et elle dit qu'y a peut-être une réglementation…

— Mais, Min…

— Rosie, je suis heureuse comme une reine ici. Vraiment. Donc t'en fais pas pour moi. »

Et elle a raccroché.

J'ai composé le numéro de Luz aussi vite que j'ai pu.

« Ce numéro n'est pas en service actuellement. Veuillez consulter les renseignements. »

Le programme d'opéra s'achevait à la radio quand j'ai fait le tour de la maison en éteignant pour la nuit. Un jour où nous étions tous les deux à la caisse et où la librairie était calme, Hugh Boody m'avait donné un conseil : « N'allez à l'opéra que dans les pays riches », m'avait-il dit.

Mais j'y étais allée avec Lalla à Budapest à l'époque où la Hongrie était communiste et n'avait pas d'argent ; nous n'avions pas d'argent non plus et, malgré le bas prix des tickets, l'opéra avait été merveilleux. Quand un personnage mourait, si les spectateurs voulaient l'entendre à nouveau, ils applaudissaient jusqu'à ce qu'il revienne à la vie. Dans *Tosca*, Scarpia était revenu deux fois, et Tosca elle-même avait ressurgi de derrière le parapet dont elle venait de se jeter pour se tuer à nouveau.

Quand nous étions sorties, euphoriques, les cloches sonnaient pour annoncer Noël et la neige tombait.

Je suis montée me brosser les dents. Mon Dieu. Est-ce qu'elles jaunissaient ? Mon dentiste de Kilbride était contre le blanchiment au peroxyde d'hydrogène, mais il n'était pas une célibataire d'âge respectable, lui.

Avant de connaître Lalla, je ne me brossais même pas les dents le soir. Il faut dire que mes trois mois à Roubaix n'avaient pas seulement été merveilleusement heureux ; ils m'avaient aussi beaucoup appris.

Le grenier que je partageais avec Lalla sentait bon le pain frais parce qu'il était situé au-dessus d'une boulangerie, et de drôles de garçons aux cheveux et aux sourcils enfarinés me sifflaient le matin quand, vêtue d'une jupe qui me couvrait à peine les cuisses, je descendais en trébuchant l'escalier extérieur. Je marchais jusqu'à la maison où habitaient les enfants que je gardais et, après les avoir fait petit-déjeuner, je les accompagnais à l'école. Sur le trajet, je savourais tout ce qui était différent de Dublin : les lettres des vieilles publicités peintes sur le côté des maisons, les deux rideaux de dentelle (au lieu d'un) suspendus aux fenêtres, l'odeur fruitée de la bière qui s'échappait par les portes ouvertes des tavernes, les manteaux ceinturés à la taille même quand les gens n'avaient pas de taille. Être à l'étranger rivait mon attention au présent immédiat et, en marchant dans la rue, je me sentais aussi légère qu'une biche.

J'essayais de soutirer à Lalla des informations sur les garçons parce que les filles de Kilbride ne disaient jamais rien d'important. Je lui avais raconté que j'étais folle de quelqu'un en Irlande, mais que nous ne nous touchions jamais, même quand nous étions assis l'un près de l'autre dans une salle de cinéma vide.

« C'est très malsain, avait-elle déclaré d'un air désapprobateur. Surtout pour le garçon. Ça peut lui donner de méchantes migraines. »

Remarque qui m'avait laissée perplexe, car, peu de temps auparavant, Lalla m'avait reproché de ramener des garçons chez nous.

« Je ne fais que les embrasser, avais-je dit timidement. Je ne vais pas plus loin. »

Lalla s'était contentée de rougir. Elle avait la peau si fine qu'on voyait le rouge envahir son visage, comme Marie, reine d'Écosse, dont la gorge était si blanche que, lorsqu'elle buvait un verre de vin rouge, on pouvait suivre la descente du liquide.

J'attendais toujours avec impatience l'heure du coucher : nous gagnions alors l'antre douillet de notre chambre, nous glissions dans le même lit sous un gros édredon et, tête contre tête, discutions à voix basse et avec sérieux. Il m'avait toujours semblé qu'on me prenait pour quelqu'un d'agité et de peu fiable, mais Lalla me donnait le sentiment d'être une personne de valeur.

« Ta destinée n'est pas de travailler dans un grand magasin, Rosie, me disait-elle. C'est ton opinion de toi-même qui rend ta vie grande ou petite. Ma mère et ma grand-mère étaient médecins. C'est un des avantages d'être juif : les femmes ont toujours eu droit à l'éducation.

— Je croyais que les femmes juives devaient sans arrêt se faire purifier par les rabbins et tout ? Comme les catholiques quand elles ont accouché ? Tu savais ça ? On fait venir une espèce de sorcier appelé prêtre pour les asperger d'eau et les purifier parce qu'elles se sont souillées en ayant un enfant.

— Qu'est-ce qu'il y a de sale dans le fait d'avoir un enfant ? a demandé Lalla.

— Tout ce sang, j'imagine.

— Il n'y a pas forcément de sang.

— Comment tu le sais ?

— J'ai assisté à un accouchement. Notre cuisinière a eu un accouchement prématuré et j'ai aidé ma mère…

— Oh, Lalla ! Raconte-moi tout !

— Retourne dans ton lit. J'ai besoin de dormir… »

Nous lisions tous les livres écrits par des Américaines qui nous tombaient sous la main, et nous lisions et relisions, jusqu'à ce qu'ils se disloquent, les numéros de *Ms. Magazine*[1] qui avaient atterri parmi les périodiques étrangers de la bibliothèque de l'université de Lille.

« Ma mère est une femme prisonnière, disait Lalla. Manifestement, elle se demande comment elle a échoué dans une villa sur la côte algérienne avec un étranger qui se dit son mari.

— Min ne ressemble à aucune des femmes décrites dans les livres, disais-je. Ni dans *Ms.* Mais la plupart des femmes de Kilbride, la famille est toute leur vie. Quand on est un peu différente comme Min, même si

1. Célèbre magazine féministe américain.

elle l'est par accident, elles ne vous prennent pas au sérieux.

— Beauvoir a raison, répondait Lalla, sur ce que les hommes font aux femmes ; mais ce que les femmes font aux femmes est parfois pire. C'est ma mère qui va décider de mon avenir, et ma liberté ne l'intéresse pas parce qu'elle n'est pas libre elle-même.

— Tu penses sans arrêt à ta mère, Lalla, et moi je pense beaucoup à Min, qui est plus ou moins ma mère. Pourtant, Kate Millett et Gloria Steinem et les autres n'ont pas l'air d'accorder beaucoup d'importance aux mères. Tu crois que c'est parce qu'il y a tant d'espace en Amérique ? Les enfants vont tous vivre ailleurs. Les mères ne sont pas au courant de ce que font leurs filles.

— Je ne crois pas que les mères seraient aussi dures avec leurs filles s'il n'y avait pas les pères. Je crois que les femmes font le sale boulot des hommes pour eux.

— Quand même. Elles vous le font bien sentir si vous n'êtes pas comme elles. Même le jour de ma première communion, elles ne m'ont pas laissée être contente de moi. Mon père était malade ce jour-là et on est arrivés en retard à l'église. Toutes les filles avaient déjà monté l'allée, main dans la main. J'ai dû passer en dernier, toute seule, après les garçons. La seule enfant toute seule. Tout le monde se moquait de moi.

— Tu t'en souviendras jusqu'au jour de ta mort, m'a dit Lalla – et la tendresse de son sourire m'a réchauffée tout entière.

— Mais les femmes peuvent aussi être bonnes l'une pour l'autre. Min n'aurait pas de vie sans Reeny, notre voisine. Et… Et regarde comme tu partages tout avec moi depuis que je suis là, ai-je poursuivi en rougissant.

— Oui », m'a dit Lalla. Puis, avec un orgueil teinté d'ironie, elle a ajouté : « Oui, sœurette. »

Parfois, on aurait juré qu'elle m'aimait autant que je l'aimais.

Bien sûr, il ne peut jamais y avoir qu'une seule première fois. Le premier sentiment de fierté. Les premières idées qui vous appartiennent en propre, à vous et à vos semblables. La première amie adorée.

À l'époque où je travaillais à Sydney, je suis restée trois ans sans rentrer en Irlande. Au bout de ces trois ans, Min a demandé à Monty de l'emmener à l'aéroport de Dublin pour m'accueillir ; ç'a été la seule et unique fois. Dans la voiture, elle m'a raconté les potins locaux, lesquels, surtout dans sa bouche, étaient toujours palpitants. C'est vers cette époque, par exemple, que M. Colfer, dont la femme venait de mourir, s'est pris de passion pour la jeune épouse grassouillette qu'Enzo, de la friterie Sorrento, avait ramenée d'un de ses voyages au pays. La femme qui faisait le ménage au poste de police avait entendu le sergent de la Garda[1] dire à M. Colfer qu'il était exclu du Sorrento, sur quoi M. Colfer avait traité le sergent de Chemise Bleue[2] et d'anglophile qui devrait avoir honte de se promener la tête haute dans une Irlande indépendante.

De retour à Kilbride, je me suis installée dans le fauteuil avec Christabel, la chatte de l'époque, en attendant la suite du récit de Min. Celle-ci s'est assise sur la chaise où elle montait d'habitude pour tirer le store et a fixé le dos de ses mains.

« Ils ont envoyé un message de l'école, m'a-t-elle dit. Ils avaient reçu un coup de fil de cet endroit où

1. Police nationale irlandaise.

2. Allusion au mouvement fascisant des *Blueshirts*, fondé en 1932 par le général Eoin O'Duffy.

t'étais en Belgique. Y a une sœur là-bas qui voulait parler à Sœur Cecilia.

— Roubaix est en…

— Bref. Sœur Cecilia vit plus au couvent, elle habite dans un logement social en ville avec les pauvres d'entre les pauvres et elle a pas le téléphone, donc les gens du magasin du coin ont dû courir sous ses fenêtres et lui crier qu'y avait quelqu'un qui l'appelait de l'étranger. Ça a dû coûter une fortune de patienter comme ça, pour la personne qu'appelait. »

J'ai attendu. Min lissait son tablier.

« Apparemment, elle parle anglais parfaitement. L'autre sœur.

— Quoi ? ai-je fini par demander. Qu'est-ce qu'il y a ?

— Apparemment, l'autre a dit : “Est-ce que la petite Irlandaise – c'est toi, la petite Irlandaise – sait pour Lalla ?” Alors Sœur Cecilia a demandé : “Sait quoi ?” Et la sœur a dit que Lalla et son mari étaient dans un hôtel quelque part dans les montagnes, et Lalla – eh ben, peut-être qu'elle a glissé, mais en tout cas, elle est tombée du balcon. »

Min a marqué une pause.

« C'était aussi dans le journal de l'endroit où c'est arrivé, a-t-elle précisé, et le journal disait qu'elle avait sauté.

— Pourquoi… »

Je ne pouvais détacher mon regard de sa bouche.

« Le journal disait qu'on avait renvoyé son corps à sa famille. »

Je devais la fixer avec des yeux franchement hostiles.

« Ma mère est partie en bateau pour Milbay enveloppée dans une couverture et on a même pas récupéré la couverture, a-t-elle repris d'un ton amer. Des années plus tard, j'ai cru que j'allais retrouver ma sœur, au moins pour lui dire au revoir, mais quand je suis venue te chercher, ils l'avaient déjà renvoyée au sanatorium, et personne a jamais parlé de m'y emmener. Et ton père ! J'étais encore une jeune femme, dans ma tête en tout cas, quand il est tombé si malade. Y a pas moyen de se reposer sur qui que ce soit dans ce monde. T'as vu toi-même comme il était malade. Ç'a été une vraie délivrance quand il est parti. Et ton Markey chéri qu'était ton grand ami, il a décampé en Amérique. Et ta Lalla, elle est morte. C'est pareil pour tout le monde. Te fie jamais à personne, Rosie Barry, parce que je peux te le dire maintenant, y a pas une personne au monde qu'en vaut la peine. Elle devait avoir le moral si bas qu'elle arrivait plus à se relever. C'est terrible, y a pas de doute, et en même temps, on voit pas trop ce genre de chose par ici. Les femmes d'ici, si elles avaient la chance d'aller à l'hôtel, elles la gâcheraient pas en sautant d'un balcon. »

Je la fixais toujours.

« Les gens meurent, madame ! » a-t-elle conclu d'un air désespéré, et je suis montée dans ma chambre.

De RosieB à MarkC

Une pensée… sur l'amitié

Le cœur ne s'autoentretient pas ; il faut prendre des mesures pour préserver sa vigueur. L'amitié lui permet de se maintenir en forme. L'amitié est la fonction ordinaire, quotidienne du cœur.

Une mauvaise amitié peut tuer. Les habitants de l'île d'Okinawa vivent plus longtemps, en meilleure santé physique et psychique, que tout autre peuple sur la Terre. Ils soutiennent qu'il faut identifier, y compris parmi nos proches, les personnes qui sont toxiques. Et nous en séparer.

Aimez vos vrais amis. Prenez soin d'eux comme vous aimeriez qu'ils prennent soin de vous, même si votre amitié n'est pas la relation facile et plaisante que vous pourriez paresseusement souhaiter. Cultivez vos amitiés, même lorsqu'elles semblent avoir disparu, tel un musicien qui improvise jusqu'au retour du chanteur.

Vous pouvez recréer votre propre Okinawa. Si vous répondez généreusement aux exigences de l'amitié, votre cœur battra avec toujours plus de vigueur.

(146 mots)

De MarkC à RosieB

J'ai des problèmes avec celle-là, Rosie. Il faudrait peut-être commencer par quelque chose comme : « Même si vous avez déjà des amis à la pelle, vous pouvez élargir le cercle en… » Les gens ont besoin d'être rassurés sur le fait qu'ils *ont* des amis.

Ce qui me chiffonne dans l'anecdote d'Okinawa, c'est qu'elle incite les gens à se débarrasser de certaines personnes, ce qui signifie que quelqu'un d'autre s'apprête sans doute à se débarrasser d'eux.

D'un autre côté, j'ai pensé aux « personnes toxiques » et quitté mon mécanicien auto, qui m'humilie depuis des années, pour aller en voir un nouveau. Eh bien, tu ne peux pas savoir à quel point ça m'a rendu heureux.

Comment se débrouille Min ? Et toi, comment vas-tu ? Il ne doit pas rester beaucoup de « pensées » à écrire. Ça m'attriste de savoir que notre petit projet touche déjà à sa fin.

14

Le lundi, il pleuvait à torrents ; le ciel était bas et lourd et les gouttières de la cour glougloutaient et crachaient. J'ai dû allumer toutes les lumières de la cuisine rien que pour faire du thé. Bell était assise sur le rebord de la fenêtre et contemplait l'eau qui ruisselait sur la vitre ; ses yeux se fermaient régulièrement sous l'effet d'un ennui mortel. Je m'ennuyais moi-même. L'Amérique, apparemment, avait tendu le bras vers nous et nous avait touchés : un ouragan avait épargné la côte de la Floride en bifurquant dans notre direction et ce déluge était l'une de ses lointaines terminaisons.

Ça t'apprendra, me suis-je dit. Ça t'apprendra à faire des rêves de *farniente* méditerranéen sur une île de l'Atlantique Nord.

Mais mon imagination se refusait à abandonner Stoneytown. J'ai amendé mentalement les détails du tableau : je n'étais plus allongée sur les dalles chaudes d'une cour inondée de soleil, mais sous un toit satiné par la pluie, dans une arche miraculeusement tiède et confortable qui voguait entre une mer blanche d'écume et un pré vert et lustré.

J'ai trouvé un parapluie dans l'armoire de mon père – la dernière personne ordonnée à avoir vécu dans cette maison.

Un jour, dans l'escalier menant à l'appartement de Granny Barry, il avait barré la route à Min et sorti son peigne pour lui démêler les cheveux. Elle n'avait pas décoléré de la soirée. Mais de toute façon, elle était d'humeur rétive chaque fois que nous allions chez ma grand-mère. Je me souvenais encore de certaines des remarques que faisait cette dernière, en les accompagnant d'un petit rire pour bien montrer qu'elle plaisantait : « Min a l'air tout droit sortie des ruines de Berlin », ou « Il ne lui manque plus qu'un bâton pour jouer les gardiennes de vaches ».

Granny m'emmenait dans sa chambre pour m'apprendre les bonnes manières : il fallait croiser les jambes au niveau de la cheville, me taire jusqu'à ce qu'on m'adresse la parole et toujours laisser quelque chose dans mon assiette. J'étais malheureuse comme les pierres jusqu'au moment où je pouvais regagner ma cabane sous la table, près des pieds de Min, derrière la nappe en velours dont les pompons atteignaient le sol. Je faisais semblant d'avoir une lampe à gaz là-dessous ; j'imitais le bruit de la lampe à manchon de Granny avec sa flamme bleue et j'ajustais un levier imaginaire. J'emportais la balayette et la pelle miniatures et je balayais des miettes imaginaires sur une table imaginaire. Un jour, j'ai mis Granny très en colère. Le miroir de sa coiffeuse était descellé (livré à lui-même, il penchait vers l'avant et ne reflétait que le sol), donc elle l'avait calé sur le côté avec un numéro du *Messenger of the Sacred Heart*, un petit magazine à couverture rouge écarlate qui était le seul imprimé présent dans la maison. Ce jour-là, je l'ai pris sur la coiffeuse et emporté furtivement sous la table, puis j'ai léché sa couverture jusqu'à ce qu'elle déteigne et je me suis fait des lèvres rouges comme une femme.

Min ne disait jamais rien quand je me faisais gronder ou complimenter chez Granny. On aurait dit qu'elle ne me connaissait pas.

Les adultes dînaient de cuisses de poulet disposées sur des feuilles de laitue et de montagnes de pommes de terre blanches coupées en morceaux et nappées de sauce jaune. Ensuite, ils repoussaient leurs chaises et ôtaient la nappe. Granny avait chez elle différentes bouteilles qu'elle posait bruyamment sur la table.

« Comme d'habitude ? » demandait-elle, et elle servait à Min un petit verre de sherry – le seul alcool auquel j'aie vu ma tante toucher avant la mort de mon père.

Puis venait une petite séance de chant. Derrière la tête de Granny, la fenêtre était grande ouverte sur le soir estival et des oiseaux qui ressemblaient à des hirondelles tournoyaient et descendaient en piqué dans le crépuscule. Granny chantait des chansons vieillottes comme *I Dreamt that I Dwell* ou *Roses are Blooming in Picardy*. Il suffisait à Min de les entendre une fois pour être capable de les fredonner. Mais les vieilles chansons ne l'intéressaient pas. Un jour où nous regardions Enya à la télévision, elle m'a raconté que, dans sa jeunesse, les femmes chantaient surtout des chants en irlandais – les gens de Stoneytown venaient d'un endroit dans le Waterford où il y avait des mines de cuivre et où tout le monde parlait irlandais. Mais elle ne savait pas ce que signifiaient les paroles.

Ce qu'elle aimait, c'étaient les chansons en vogue à l'époque de son arrivée à Dublin. « *I'm all yours in buttons and bows* », chantait-elle. Ou bien, quand la soirée était plus avancée, elle entonnait *Jealous Heart* : « *Jealous heart, oh jealous heart stop beating* », et mon père hochait la tête et montrait sa poitrine comme pour indiquer que c'était exactement ce qu'il ressentait.

Je les écoutais depuis ma cachette sous la table ou je les regardais, assise au fond du canapé rouge à l'autre bout de la pièce.

Eh bien, je vais faire quelques recherches à l'intérieur, me suis-je dit, et j'ai pris la route sous la pluie pour me rendre à la bibliothèque de Milbay, espérant dénicher quelque chose sur Stoneytown parmi les ouvrages d'histoire locale qu'elle pouvait détenir. Au départ, je n'avais pas l'intention de pousser jusqu'à la Pointe, mais la pluie a cessé tandis que je m'éloignais de Dublin. Et j'étais curieuse du moindre détail : je voulais savoir de quelle couleur étaient les dalles du toit après la pluie, et à quoi ressemblait le ruisseau qui jaillissait de la colline et longeait le mur de la cour avant de se jeter dans la mer lorsqu'il était plein. Je me suis promis de ne pas aller plus loin que la crête et de jeter juste un coup d'œil de là-haut : cela ne me prendrait pas beaucoup plus d'une demi-heure.

Je me suis garée dans les bois, sur l'aire de stationnement aménagée près de la cabine téléphonique, et j'ai remonté la route encore mouillée jusqu'à la grille du camp. Puis, en évitant les flaques qui brillaient dans la lumière merveilleusement pure d'après la pluie, j'ai suivi la piste circulaire, dépassé le renfoncement où je laissais généralement la voiture et escaladé la colline qui dominait la maison, penchée vers l'herbe courte que j'entendais, en retenant mon souffle, répondre au soleil en un millier de bruissements secrets.

Arrivée sur la crête, je me suis redressée. Tout allait bien en bas. La marée était haute et venait lécher les grosses pierres accumulées devant la maison, mais aucune menace ne semblait peser sur le lieu. Les feuilles vert foncé des haies touffues qui entouraient la cour étaient plus brillantes que jamais. Il y avait de grandes flaques sous l'avant-toit des remises, dont les gouttières avaient rendu l'âme : la pluie avait dû tomber en cascade sur la cour. J'ai poursuivi mon inspection, passant à la maison : un petit paquet noir avait été déposé sur le seuil de la porte de derrière…

Non. Ce n'était pas un paquet.

J'ai raconté la suite à Andy lorsqu'il est venu ce soir-là après être passé chez Reeny.

J'ai commencé par camper le décor : « Derrière les remises en pierre, la mer était si calme que, pour une fois, on n'entendait pas son bruit, et des oiseaux silencieux dérivaient en fragments pâles vers les bois sombres, comme des avions de papier…

— Je sais ce que tu veux dire ! m'a coupée Andy. T'as trouvé les bons mots ! J'aurais jamais pensé que c'était à ça que les oiseaux ressemblaient.

— Ouais », ai-je marmonné. Je n'en recevais pas tant que ça, des compliments ; je ne pouvais pas me permettre de faire la difficile. « Bref, le truc, c'est que le paquet bougeait.

— Quoi ! » s'est exclamé Andy en ouvrant grand la bouche.

Il avait vraiment une drôle de tête avec son spaghetti pendu aux lèvres. Je me suis penchée pardessus la table, l'ai ôté de sa bouche et l'ai balancé devant son visage.

« C'était le chien », ai-je chuchoté. Puis je me suis levée d'un bond et j'ai virevolté dans la cuisine en laissant bruyamment éclater ma joie. « C'était la petite chienne noire que j'ai trouvée il y a deux jours ! Elle m'attendait ! »

J'avais sifflé – pas un beau sifflement net, mais un sifflement de fille, voilé et tremblant d'émotion. Aussitôt, la chienne s'était levée et, sans même regarder la crête, s'était mise à grimper rapidement dans ma direction. Elle me paraissait nettement plus efflanquée que la dernière fois, peut-être parce que son poil était mouillé.

Je ne lui ai pas demandé de m'accompagner – je me suis même retenue de trop la regarder : elle vivait sans doute ailleurs et n'allait pas tarder à y retourner. Mais, de son propre chef, elle m'a suivie à travers le pré et dans les bois où il semblait encore pleuvoir tant les arbres dégoulinaient. Je me suis rappelé que j'avais emporté le parapluie de mon père et je l'ai ouvert, mais les branches enserraient trop étroitement le sentier. Je l'ai donc rangé dans un tronc creux aussi commodément situé qu'un panier à la porte d'un restaurant.

« Là ! ai-je dit à la chienne. Je prends possession des lieux », et elle s'est animée au son de ma voix, regardant vivement le parapluie, puis moi.

Elle a franchi à ma suite la brèche de la clôture derrière la cabine téléphonique. J'avais un sandwich dans la voiture. Elle m'a regardée le déballer avec intensité et, quand je le lui ai tendu, l'a pris délicatement entre ses crocs, puis a couru derrière la cabine pour le déguster en paix. En revenant, elle a lappé un peu d'eau de pluie dans la rigole. J'étais assise de côté sur le siège arrière, jambes à l'extérieur, visage tourné vers le soleil ; elle s'est allongée en travers de mes pieds pour faire un petit somme, pattes soigneusement croisées devant elle.

La veille au soir, je m'étais comparée à Peg et – tout en riant à demi de me voir si morose – j'avais décrété que si je n'étais pas aussi bien aimée qu'elle l'était, c'était parce que je n'avais pas assez bien aimé moi-même. J'avais ouvert le calepin rose et ajouté au Pense-bête :

10. Ne vous lamentez pas si la vie est injuste envers vous. Il n'y a pas de justice.

Mais n'était-ce pas de l'amour, cette tendresse que j'éprouvais pour la petite chienne allongée à mes pieds ? Ça devait en être, même s'il ne s'agissait que d'une bête, J'étais submergée par un désir presque douloureux de la protéger. Qu'était-ce, sinon de l'amour ? Il avait suffi qu'un frêle animal m'aborde pour qu'à l'intérieur de moi, de lourdes portes s'écartent et un barrage commence à céder. Même mes pieds, auxquels je ne pensais jamais, m'étaient aujourd'hui précieux parce que la chienne, qui me faisait confiance, s'était couchée en travers.

Elle voulait être près de moi.

Et où était la justice là-dedans ? Nulle part ! Il se trouvait que j'étais là et il se trouvait qu'elle avait besoin de moi.

C'était donc une chose merveilleuse qu'il n'y ait pas de justice !

En rentrant à Kilbride, j'écrirais dans mon calepin : « La chance ne peut pas toujours vous sourire, mais elle ne peut pas toujours vous tourner le dos. »

Mais la chienne refusait de monter dans la voiture. Quand je l'ai prise dans mes bras, elle s'en est échappée précipitamment et a fui derrière la cabine, puis dans les bois. Je me sentais affreusement malheureuse. J'ai alors entendu un timide aboiement. Elle était de l'autre côté de la clôture, à plusieurs mètres, mais elle me regardait ; elle voulait que je la voie. J'ai ouvert les portières et tenté de la faire revenir. Je me suis penchée près de la clôture et je l'ai implorée : « Viens, ma jolie ! Viens ! » Puis je me suis redressée et j'ai répété l'ordre sur un ton impérieux. Puis j'ai sifflé. Sans la quitter des yeux, je suis allée m'asseoir derrière le volant et je suis ressortie. Elle restait immobile dans la verdure dense, dressant haut sa petite tête éveillée, et me regardait.

Et puis, brusquement, elle a disparu, et je ne pouvais rien y faire.

Un jour, j'ai vu la photo d'un homme qui se mourait dans un hospice. On le voyait de profil, gisant, émacié, sur un haut lit d'hôpital, pâle silhouette sous un drap pâle sur un fond pâle et nu. Mais son bras droit pendait hors du lit et sa main reposait sur la tête d'un beau chien assis par terre – corps au repos, tête intelligente, alerte et bienveillante. L'homme se mourait auréolé d'amour pur.

J'aurais aimé en parler à Markey, mais il n'était que sept heures du matin sur la côte Ouest et je pouvais difficilement l'appeler chez lui pour discuter chiens. En revanche, j'ai essayé le portable de Luz.

« Il pleut ici aussi, m'a dit Min quand elle a été assez réveillée pour parler, mais il pleuvrait encore plus que ce serait pas pour déranger Luz. C'est quelque chose avec sa poitrine, faut qu'elle garde la tuyauterie humide. En tout cas, pour l'instant, elle est en pleine forme. »

Et au lieu d'avoir une conversation avec moi, elle s'est lancée dans un de ses résumés effrénés.

« Y a des gens ici qu'ont vécu toute leur vie dans un mobile home et ils se serrent les coudes comme les gens de Kilbride dans le temps. Le gars qu'habite à côté, il m'emmène au boulot tous les après-midi parce que c'est le moment où il y va aussi. Faut l'arracher à la rivière tellement qu'il aime pêcher. Et on me renvoie chez moi en voiture une fois que j'ai fait mes heures. Je connais tous les chauffeurs, ils s'en vont pas avant que j'aie ouvert la porte et allumé la lumière, des gens formidables. Et y a un chat qui m'attend sur le seuil tous les soirs. Une beauté – une pure beauté. Quelqu'un l'a abandonné, on devrait fusiller ces gens-là. Il s'appelle Edward et ça lui va comme un gant. Reeny est rentrée ? Dis-lui que je m'amuse comme une folle et que son Espagne à côté, ça vaut pas un pet de lapin.

— Mais s'il y avait une urgence ? ai-je demandé. Tu ferais mieux de me donner ton numéro maintenant, et le nom du pub de ce type de Galway.

— Je savais jamais où t'étais, a-t-elle répliqué sans colère. Pendant des années. Y a plein de fois où j'avais pas ton numéro pour demander à Reeny de t'appeler si je tombais dans les escaliers ou quoi… »

Le téléphone a bipé. J'ai inséré une nouvelle pièce de deux euros.

« Pauvre Bell, elle pourrait pas faire concurrence à Edward une seconde. C'est un chat qui vaut de l'argent, tu devrais voir sa fourrure. Et on me donne à dîner au boulot, qu'est-ce que je pourrais demander de plus ? Même le week-end – le week-end prochain, on va à une espèce de fête irlandaise.

— Rien ne t'empêchait d'aller à des fêtes irlandaises ici, ai-je dit d'un ton boudeur. Et on ne fait pas plus irlandais que Stoneytown.

— C'est de là que t'appelles ?

— Oh, j'étais juste venue jeter un coup d'œil. Il pleuvait. Mais maintenant je ne sais plus quoi faire, parce qu'une adorable petite chienne s'est mis en tête de me suivre et ne veut pas monter dans la voiture. »

Bip bip. Deux euros supplémentaires.

« Min, si je te donne le numéro de cette cabine – tu sais où elle est, sur la route principale, dans les bois –, est-ce que tu m'appellerais ? Ça coûte dix fois moins cher d'un téléphone privé en Amérique que d'une cabine en Irlande, et on ne serait pas interrompues tout le temps. On pourrait se donner un rendez-vous régulier. Le samedi, par exemple, vers l'heure où tu te réveilles ? Il ne reste plus beaucoup de samedis, mais j'aimerais bien…

— Donne-le-moi que je l'écrive, a-t-elle dit. Mais tu vas quand même pas aller à la Pointe si souvent ? Pour quoi faire ?

— Je dois m'occuper de la chienne.

— Écoute, Rosie. Prends un chien à toi. Commence pas à frayer avec les chiens errants.

— Merci du conseil, Min. J'imagine qu'il vaut aussi pour les chats ?

— Tu sais ce que je trouve le plus dingue ? » Elle ne m'écoutait même pas. « Le plus dingue, c'est comment les femmes d'ici s'occupent d'elles. La dame qu'habite en face, elle a téléphoné pour proposer qu'on vienne me faire les ongles le jour où on lui faisait les siens, et elle a quatre-vingts ans passés. Une dame bien aimable, elle a payé pour mes ongles en plus des siens, tu devrais voir comme ils sont beaux.

— Et comment se fait-il…

— Le problème, quand j'y repense, c'est que les femmes qui vivaient à la Pointe – c'est comme ça qu'on appelait l'endroit, on disait jamais Stoneytown – elles étaient vieilles avant l'âge. Elles faisaient deux fois plus vieilles que les femmes d'ici. La plupart, elles avaient plus une seule dent dans la bouche. Moi, y a une fille du boulot qui va m'emmener voir son voisin dentiste.

— Mais tu ne m'as jamais rien dit sur tes dents ! ai-je crié. Pourquoi tu… »

Nouveaux bips d'avertissement.

« Quand est-ce qu'on... »

Mais nous avons été coupées. Je n'avais plus de pièces et Min n'a pas rappelé.

Au bout d'un moment, j'ai cessé d'appeler la chienne et je suis partie pour Milbay, où je me suis garée sur le quai, devant les locaux de la Garda. Le parking dominait la jetée où les bateaux venus de Stoneytown devaient s'amarrer quand la carrière était encore en activité. Il s'était remis à pleuvoir, un fin crachin mouvant qui piquetait le fleuve, mais je distinguais encore assez bien la rangée de maisons sans toit où les carriers vivaient autrefois. J'étais enchantée de ne pas voir ma maison du tout, de ne pouvoir que l'imaginer de l'autre côté du promontoire, face à la mer.

Un jeune garde m'a écoutée en fixant sur moi un regard vide, puis est passé dans un autre bureau et revenu avec un collègue plus âgé, un sergent. Derechef, j'ai expliqué que je voulais avertir la police que je traversais fréquemment l'ancien camp d'aviation pour aller à la Pointe, que ma famille avait une propriété là-bas. J'ai commencé à fourrager dans mon sac pour retrouver la lettre du ministère de la Défense, mais le policier a fait un geste embrassant mon visage et mes vêtements pour indiquer que ma tenue et mon âge respectables étaient des garanties suffisantes.

Lui-même n'était pas du coin, m'a-t-il expliqué, mais, bien sûr, il avait entendu parler des gens de Stoneytown. Il s'est alors tourné vers un vieil homme qui, assis derrière un bureau dans un coin de la pièce, regardait le patinage artistique sur un petit téléviseur.

« Paddy a été garde ici pendant des années, et il nous donne encore un coup de main pour le téléphone. Paddy ! Tu sais quelque chose sur Stoneytown ?

— Et comment ! a fait le vieil homme en s'approchant avec empressement. Et comment que je me souviens de Stoneytown ! C'est vous qui voulez savoir, ma p'tite dame ? Je débutais tout juste quand les gens de là-bas ont été rabattus vers la ville – c'était vers la fin de la guerre et tout le monde avait peur que les Allemands débarquent avec leurs sous-marins, ou les Anglais ou les Japs ou qui ou qu'est-ce, donc les gens de Stoneytown ont été expulsés et relogés dans des bungalows derrière l'église, des trucs invivables, le vent vous traversait ça comme des passoires. Mais y avait le rationnement à l'époque, et pas de charbon, et ils seraient tous morts autant qu'ils étaient s'ils avaient pas quitté leur île.

— Et ils sont encore là ? » ai-je demandé. J'avais peine à parler tant j'étais excitée. Min et moi, nous pouvions…

« Oh, non. Ils ont filé avant qu'on ait le temps de dire ouf. Au pays de Galles ou dans le Yorkshire ou ce genre d'endroit. Et vous savez combien de temps ça a pris à Martin Blake de démolir ces bungalows ? Toute la rangée ? Allez-y, devinez ! Une demi-journée, que ça lui a pris. Pour vous dire les taudis que c'était.

— Mais leurs descendants…

— Y en a pas, des descendants. Les enfants sont partis avec – jamais ils auraient laissé quelqu'un de leur clique derrière eux. Une sale bande de voleurs, que c'était. Y avait pas de boulot et y avait pas un pub qui les acceptait. Ils ont décampé dès que les trains et les bateaux ont recommencé à bien circuler. Mon sergent de l'époque, il se préparait à aller arrêter le dernier – le gars qu'était leur chef quand ils travaillaient. Le patron, genre. On pouvait pas lui faire quitter l'île parce qu'il avait construit sa maison lui-même et qu'il acceptait d'ordres de personne.

— C'était mon grand-père, ai-je déclaré.

— Vous rigolez ! m'a fait le vieux, bouche bée, avant d'ajouter en toute hâte : Un homme tout ce qu'y a de bien, personne avait rien à lui reprocher. Mais quand le gouvernement lui a dit de partir, il a refusé tout net. Il disait qu'aucune loi l'obligeait à partir maintenant que la guerre était finie. Alors ils en ont fait une, de loi, et il a fini par s'en aller, et toute la zone est devenue interdite.

— Quand est-ce qu'il est parti ? ai-je demandé.

— Jimmy ! a crié le vieil homme en se tournant vers une cloison. C'est quelle année que le Roscommon a battu le Cavan ?

— 1948, vieille buse, t'as donc aucune mémoire ?

— C'est ça. 1948. Je me souviens des gens devant les pubs qu'essayaient d'entendre le match à l'intérieur. Et votre grand-père – désolé, ma p'tite dame – il est resté sur l'île à peu près un an de plus, parce que je travaillais ici en 1947 quand le sergent parlait d'aller l'arrêter. Mais ensuite le gouvernement a envoyé des hommes et ils ont tout arrangé légalement et il est parti. »

Il fallait que je m'asseye. Je suis allée m'installer au Harbour Coffee Nook. L'établissement n'avait pas changé d'un iota depuis l'époque où mon père m'y emmenait lors de nos vacances au cabanon. Je le tenais alors pour le sommet du glamour. Aujourd'hui, il me rappelait les bars à glaces des petites villes oubliées de l'*outback* australien, ou bien les salons de thé de villes comme Gdansk ou Erevan – des endroits avec des tables couvertes de toiles cirées, des pots remplis de fleurs en plastique poussiéreuses et des étagères peintes décorées çà et là de pyramides de conserves vides. J'ai mangé un gâteau glacé au citron en mémoire de feu mon père. Et de Min : chaque fois que nous allions au Nook, mon père et moi, il lui rapportait un gâteau.

L'agence de l'ESB[1] se trouvait juste à côté ; je suis entrée pour m'informer sur la possibilité de faire installer l'électricité dans la maison.

« Non », m'a dit le responsable avant même de préciser : « Je connais l'endroit. »

C'était un homme séduisant, aux yeux bruns limpides, à la mâchoire puissante, aux cheveux gris ondulés soigneusement peignés.

« J'ai vu Stoneytown plusieurs fois quand j'étais gamin, a-t-il poursuivi. Les gens de l'île – c'est comme ça que la vieille génération les appelait, même si l'endroit n'est pas vraiment une île – allumaient des feux de joie sur la plage pour la veillée de la Saint-Jean, et les habitants de Milbay y allaient en bateau. J'ai fait la traversée moi-même quand j'étais un petit gars. Les gens de l'île nous ont jeté des pierres, mais ils ne pouvaient pas nous atteindre. Non. Il n'y aura pas d'électricité là-bas. Il n'y a aucun projet de raccordement au réseau. »

Il s'est tu brusquement, comme pour indiquer qu'il n'était pas disposé à perdre son temps avec une femme d'aspect quelconque et trop vieille pour qu'il fasse l'effort de la charmer. Ou bien étais-je paranoïaque parce qu'il me plaisait tant ? Nous avions sans doute quasiment le même âge, lui et moi, mais depuis quand cela nous rendait-il égaux ?

Mes yeux baissés ne cessaient de revenir se poser sur ses mains et ses bras musclés – plutôt regarder là

1. *Electricity Supply Board*, principale compagnie d'électricité irlandaise.

qu'affronter l'air renfrogné qui, à son insu, avait pris possession de son visage.

« Cette maison a été construite par mon grand-père », ai-je déclaré.

Il n'a même pas daigné s'exclamer poliment.

En mon for intérieur, je me rebellais : Ce n'est pas ma faute, l'apostrophais-je en silence, si je t'ennuie parce que je ne suis pas assez jeune pour toi. Mais, chaque fois qu'il me lançait un regard mécontent, je baissais un peu plus la tête.

Il n'avait pas épuisé le sujet, cela dit.

« On n'a pas accosté, a-t-il repris. On a juste rentré les avirons et regardé les gens de Stoneytown assis autour de leurs feux. »

Il avait une vraie présence, en plus. Il aurait fait un flirt formidable.

J'ai tenté de l'amadouer avec des sourires et un langage corporel plein d'humilité. Et dire qu'au lieu de devenir plus sincère avec l'âge, j'étais obligée de mentir ! De cacher, comme la pire des hontes, que je le trouvais extrêmement sexy. Je me considérais moi-même comme pas si mal – OK, sans doute légèrement plus forte et ridée qu'autrefois, mais toujours appétissante. Néanmoins, je savais qu'il aurait été scandalisé à l'idée que je me permettais de le désirer. Et le jeu ne devenait jamais égal. Pour une raison ou pour une autre, mon dentiste avait un magazine d'anciens de Harvard dans sa salle d'attente, et les professeurs retraités, pour certains âgés de près de quatre-vingt-dix ans, qui passaient une annonce dans la section « Rencontres » précisaient qu'ils cherchaient des sexagénaires.

« Tout le monde avait peur des ouvriers carriers, racontait maintenant mon interlocuteur. Des gens vraiment pas commodes, et portés sur le *poteen*[1] avec

1. Whiskey distillé clandestinement.

ça. Les femmes comme les hommes. Et ce bout de côte à l'embouchure du fleuve, il était censé être gardé par les elfes et les lutins – mais, bien sûr, on raconte la même histoire partout où y a de la contrebande. »

J'ai adopté un air d'intérêt poli. Fantasmer sur ce que la bouche de cet homme pourrait… Qui, *moi* ?

« Non, a-t-il poursuivi. Ça n'arrivera jamais. Des vieux tas de pierres, voilà ce que c'est, ces maisons. J'y ai jeté un œil avec les jumelles quand j'étais à la pêche. On ne peut pas les raccorder. Ces carriers, ils se souciaient tant de leurs maisons qu'ils auraient aussi bien pu vivre dans des grottes. C'étaient des gros bosseurs et des gros noceurs aussi.

— Les hommes faisaient peut-être la noce, ai-je rétorqué. Je suis sûre que les femmes se contentaient de travailler.

— Vous devriez faire attention toute seule dans cet endroit, a-t-il dit en me regardant avec aversion. Impossible de savoir qui va là-bas boire son cidre.

— La maison de mon grand-père n'est pas un vieux tas de pierres, ai-je répondu froidement. Elle est étanche et il y a de grosses barres en bois pour fermer la porte d'entrée et la porte de derrière. Quant à moi, j'ai signé un contrat pour un livre et j'ai besoin d'électricité pour faire mon travail.

— Eh bien vous n'en aurez pas. Désolé. À moins que vous ne soyez millionnaire et, même dans ce cas, la compagnie n'acceptera pas de raccorder une ruine qui sera rasée d'un jour à l'autre, dès que les promoteurs auront mis la main sur le vieux camp. Ça, ça mettra fin aux beuveries, quand le fric arrivera.

— Pourquoi voulez-vous que quelqu'un fasse des kilomètres en voiture, trouve le moyen d'escalader la clôture du camp et marche encore un bon moment jusqu'à une maison abandonnée et impossible à ouvrir, tout ça pour boire son cidre ?

— Vous n'imaginez pas ce que les gens sont prêts à faire », a-t-il répondu.

Mais, cette fois, il m'a adressé un sourire honteux.

La bibliothèque était encore ouverte pendant une demi-heure ; je m'y suis précipitée pour me changer les idées. Mais quelle trace écrite pouvais-je espérer y trouver ? Les gens de Milbay craignaient les carriers de Stoneytown autant qu'ils les méprisaient. Quant aux ouvriers eux-mêmes, lequel de ces hommes alcooliques et violents aurait délaissé son pic pour prendre la plume ?

Eh bien, j'étais en veine.

Ce que j'ai trouvé, grossièrement relié à l'aide de toile adhésive, c'est un épais livre brun intitulé *Notes sur Milbay et ses environs*, d'un certain C. O. Conchubhair. Daté de 1956, l'ouvrage avait été « imprimé sur les presses du *Milbay Herald*, dir. M. J. Bailey & Fils ».

J'ai parcouru l'index et, je ne sais comment, les mots « Pointe de Milbay » m'ont sauté aux yeux parmi la multitude de petits caractères. Ils figuraient sous l'entrée « Langue, Irlandais ».

Les linguistes de l'Institute of Higher Education se sont, à une époque, intéressés au patois du peuple semi-nomade qui s'était fixé sur la côte à la Pointe de Milbay, et y avait exploité une carrière de granit entre 1920 et 1946 environ. Ce patois, selon des professeurs survivants de la Saint Jude's National School (laquelle fut sporadiquement fréquentée par les enfants de l'île) abondait en vocables empruntés à l'irlandais et au gallois. Durant l'état d'urgence, le ministère du Gaeltacht[1] *aida au relogement des*

1. Nom donné aux territoires où le gaélique demeure la langue dominante.

familles encore présentes dans des habitations certes temporaires, mais dont on peut encore voir les fondations derrière l'ancienne chapelle méthodiste et le Temperance Hall.

Selon certaines sources, les derniers ouvriers carriers émigrèrent aux États-Unis lorsque les liaisons transatlantiques reprirent après la guerre, encouragés en cela par le pilote survivant d'un monoplace qui s'était écrasé non loin de la carrière en 1944. Le Milbay Herald *rapporte que le pilote aurait invité ses sauveteurs à lui rendre visite dans sa ville natale. L'auteur de ces lignes, toutefois, est d'avis que cette invitation n'a jamais été honorée, car il n'y a aucune trace de demande de passeports, lesquels auraient, de fait, été inabordables pour des personnes aussi démunies que l'étaient les ouvriers carriers après plusieurs années d'éloignement de leur unique source d'emploi.*

J'ai appelé Bell aussitôt le seuil franchi, comme d'habitude. Au bout d'une demi-minute, comme elle n'avait pas bondi sur le rebord de la fenêtre, je suis sortie jeter un coup d'œil dans la cour de Reeny par-dessus le mur. De la musique ! Oui ! Notre Reeny était enfin de retour d'Espagne !

J'ai couru chez elle et l'ai serrée frénétiquement dans mes bras. Je ne pouvais me résoudre à la lâcher. Elle savait, bien sûr, ce que j'essayais de lui dire : Quelle tristesse que Min ne soit pas avec nous !

Puis, selon la coutume, je me suis extasiée sur ses jambes nues et bronzées, les reflets blonds de ses cheveux et sa silhouette affinée par la natation. Elle a ouvert un litre du rioja qu'elle rapportait toujours en quantités astronomiques.

« Personne a jamais su ce que cette femme-là avait dans la tête, m'a-t-elle dit en s'installant pour causer.

C'est ce que j'ai dit à Pearl quand j'ai appris la nouvelle : c'est tout Min. Elle a saisi la première occasion pour prendre la tangente. Tu te souviens quand elle avait décidé de devenir chanteuse d'opéra ? »

Je devais avoir environ douze ans. Mon père passait déjà beaucoup de temps en bas, dans son lit d'invalide, faute de pouvoir monter les escaliers tout seul, mais il était encore assez bien pour s'asseoir. Ce soir-là, il tentait même de m'aider en maths – le fléau de mon existence – quand Min est rentrée du cinéma. Elle pouvait y aller quand elle voulait parce que mon père connaissait tous les autres directeurs de salles de Dublin et qu'ils savaient que Min élevait sa fille pour lui.

Elle est entrée et nous a regardés comme si elle nous voyait à peine. Puis, en ôtant son manteau, elle a déclaré : « Je vais devenir chanteuse.

— Quoi ? »

Elle avait fait un peu de chant récemment ; Sœur Cecilia lui avait demandé de se joindre au chœur du couvent et elle s'était débrouillée parce que la sœur lui avait noté sur une carte les paroles du *Panis Angelicus* et du *O Salutaris Hostia* – pas les vraies paroles, mais une approximation qui sonnait comme du latin. Cela étant, c'est surtout le film qu'elle venait de voir qui l'avait conquise. Quelques jours plus tard, Reeny est allée le voir à son tour et nous a raconté qu'il y était question d'une chanteuse d'opéra qui, si elle chantait, était condamnée à mourir ; elle avait chanté, et elle était morte. Le film s'intitulait *Les Contes d'Hoffmann*. Reeny disait que ç'aurait pu être pire – que Min aurait pu aller voir *Le Rock du bagne* et rentrer avec l'idée fixe de devenir une rock star.

Bien sûr, Min ne savait ni où ni comment on se formait pour devenir chanteuse ; il ne s'est donc rien passé, sinon que chaque fois qu'elle en avait assez de moi – et ce manège a duré non pas des jours, mais des semaines entières – elle menaçait de nous quitter, mon père et moi, et de partir pour l'Angleterre, où elle trouverait un travail dans une salle de spectacle le temps de percer à l'opéra.

« Même si je dois faire le sol ! » déclarait-elle, et je répondais : « Oh, tu devrais *sûrement* faire le sol. »

Mon père revenait alors à la vie pour me dire : « Ne parlez pas comme ça à votre tante, mademoiselle. » Mais sa voix tremblait. Les menaces de Min l'angoissaient horriblement.

« Tu te souviens, Reeny, de ces deux livres de la bibliothèque qu'elle a gardés pendant des lustres – *Histoires de l'opéra*, volumes 1 et 4 ? Je la taquinais en disant qu'elle n'avait pas à s'en faire pour les volumes qui lui manquaient puisqu'elle ne lisait jamais ceux qu'elle avait.

— Et ton père qui remontait ce vieux gramophone pour elle, a ajouté Reeny.

— C'est vrai… »

Min possédait un gramophone à manivelle acquis dans une brocante, avec un caisson en bois sculpté et peluche fanée et un grand pavillon en métal terni. Monty, le fils de Reeny, et Andy Sutton, qui étaient alors des adolescents, l'avaient trimballé jusqu'à notre cuisine. À l'époque, nous avions encore certaines des affaires de feu Granny Barry, et parmi elles figurait un sac à provisions rempli de lourds 78 tours dans des pochettes en papier brun : la collection « Great Voices ».

Un temps, Min a écouté ces voix frêles et exquises en faisant son repassage. Quand elle avait les mains prises, occupées, par exemple, à asperger d'eau les draps, elle ne pouvait pas tourner la manivelle, et la voix de Nellie Melba, de Gigli ou de Rosa Ponselle se déformait jusqu'à devenir un long et grave mugissement. Mais mon père, qui était assis en pyjama tout près, remontait le mécanisme et rendait à la voix son timbre et sa justesse, comme un créateur insufflant la vie à sa création.

« Je vais apprendre à chanter pour l'opéra, disait Min en soulevant et posant lourdement son fer. À la première occasion. »

J'évitais désormais de regarder mon père lorsqu'elle disait cela. Quel que fût le problème, il ne pouvait rien y faire. Mais ce n'était pas drôle. Min lisait et écrivait très bien pour quelqu'un qui n'avait fréquenté l'école qu'occasionnellement et jusqu'à quatorze ans, mais elle aurait été incapable de suivre une partition. Elle ne connaissait aucun mot d'aucune langue étrangère. Et nous n'avions pas d'argent. Nous n'étions même pas propriétaires de la maison : nous payions le loyer chaque semaine et le monsieur l'inscrivait dans son petit livre de comptes.

Enfin et surtout, Min ne savait pas ce qu'était un opéra. Moi, je le savais, même si je n'avais jamais assisté à une représentation.

« Tu as bien conscience, Min, lui disais-je, qu'il n'y a pas que du chant dans l'opéra ? Entre les chants, il y a des passages où on ne fait que parler. Tu mourrais d'ennui. »

Elle me regardait comme si j'étais la pire des ignorantes.

Finalement, j'étais allée trouver Sœur Cecilia pour lui dire que Min nous rendait la vie impossible.

« J'étais obligée, ai-je dit à Reeny. On devenait dingues.

— Je me souviens. Je l'ai vue arriver chez vous. »

J'étais sortie et avais erré dans la rue tandis que la sœur se trouvait à l'intérieur. J'avais peur. Et si Min lui annonçait qu'elle partait et que c'était son dernier mot ? Qu'est-ce que nous ferions, mon père et moi ?

En sortant, Sœur Cecilia m'avait fait signe de la suivre tandis qu'elle reprenait d'un bon pas le chemin du couvent. Tout ce qu'elle m'avait dit, c'est : « Attends un peu et ça passera. Ta tante n'est pas malade. »

Aujourd'hui, je comprenais qu'elle ne pouvait pas me dire : « Ta tante a vingt-sept ans et aucune vie à elle. Ta tante te voit devenir une jeune fille accomplie et sa propre jeunesse a passé en pure perte. » Et encore moins : « Pour cette raison, et pour d'autres encore, ta tante est malheureuse. » Dans le Kilbride de l'époque, le malheur n'était pas une condition reconnue.

« Qu'est-ce que tu penses de tout ça, Reeny ? ai-je demandé. Je veux dire, je vois bien qu'à l'époque, elle n'avait pas vraiment de vie, avec moi à l'école et papa si malade. Mais aujourd'hui ? À soixante-dix ans, se cacher dans les toilettes dames de l'aéroport ! Pourquoi faire une chose pareille maintenant ? Elle qui n'a même pas essayé les voyages organisés ? Je l'aurais emmenée où elle voulait, mais avant d'aller voir la tombe de Bernadette de Lourdes, elle n'avait même pas songé à demander un passeport.

— Je l'ai dit à Pearl, a judicieusement répondu Reeny. C'est parce que c'était l'Amérique. Elle a dû se dire que c'était sa dernière chance de voir l'Amérique.

— Mais je l'aurais emmenée en Amérique si j'avais su.

— Je veux dire, l'Amérique comme elle l'aurait vue si elle y était allée quand elle devait. En faisant les choses à sa manière. Elle t'a déjà dit qu'elle avait ce projet ? Elle pensait que rien pourrait l'arrêter. La guerre était finie et même son père lui disait qu'elle pouvait partir. Elle avait l'argent, à l'époque. Et puis le prêtre a reçu ce message comme quoi ta mère en avait plus pour longtemps, et y avait personne d'autre pour s'occuper de toi. Et pendant toutes ces années où tu voyageais, elle a jamais vraiment eu d'argent. Pas assez pour aller en Amérique. Personne ici n'avait assez. Mais aujourd'hui, elle a ce qu'il faut. Elle me l'a dit et répété : depuis que t'es rentrée, elle a pas eu à débourser un centime.

— Je ne crois pas que c'était une question d'argent », ai-je dit en me levant pour rentrer.

Je pensais à la façon dont Min écoutait les voix de la collection « Great Voices ». Notre vie à Kilbride était innocente, mais elle devait avoir la nostalgie de cette innocence encore plus parfaite. Elle connaissait la nostalgie.

De retour chez moi, je n'ai pas allumé la lumière. Je me suis assise devant la table dans la pénombre. Un instant, j'ai songé à me remettre au travail sur mon livre, mais les pensées qui se bousculaient dans ma tête – les rêves de jeunesse de Min, l'ingénieur de l'ESB et les sous-entendus de notre conversation, la petite chienne (où était-elle ? la reverrais-je un jour ?) – m'ôtaient momentanément tout intérêt pour le projet.

C'est sans doute pour ça que les livres de développement personnel sont si morts, ai-je songé. Ils ne parlent pas de ces choses ordinaires qui saturent chaque seconde de notre vie. Ils ne rendent pas compte de la densité de l'existence. Et ils ne s'intéressent pas au contexte de l'expérience – au fait qu'on soit homme ou femme, jeune ou vieux, irlandais ou américain, riche ou pauvre, éduqué ou inculte ; au fait qu'on ait ou non été élevé par des personnes aimantes dans une maison digne de ce nom. Les livres de développement personnel que j'avais feuilletés regorgeaient de petites paraboles sur des marionnettes flottant dans une dimension où n'existaient ni lieu ni époque historique.

Quant à ces Brad, ces Carol, ces Marty et ces Rachel – dont le portrait était agrémenté de quelques détails, comme un profil de poste dans la publicité, les relations publiques ou le Web design – on aurait cru des volontés pures. Il suffisait de leur dire comment améliorer les choses et hop ! aussitôt, elles s'amélioraient. Tout se passait comme si les gens qui avaient des problèmes n'étaient pas réels aux yeux des auteurs de ces livres. Les conseils qu'ils dispensaient étaient réels – pas les personnes auxquelles ils les dispensaient.

Une musique langoureuse s'insinuait dans la pièce obscure. Oh ! Reeny remettait ça ! Il y avait des soirées où elle passait *Lady in Red* de Chris de Burgh à n'en plus finir. Dix fois de suite, peut-être.

Et elle dansait toute seule, je le savais. En arpentant la cuisine de long en large.

« *I hardly know*, psalmodiait-elle en suivant le disque, *how beautiful you are...* ».

Je l'avais déjà vue faire. Ses bras s'incurvaient devant elle comme s'ils enlaçaient un partenaire ; sa tête s'inclinait de côté, comme si elle voisinait avec une autre tête. Ses yeux étaient mi-clos.

« *Lady in red...* »

Quand Monty entrait et la surprenait ainsi, il s'exclamait « Bonté divine, maman ! » et arrêtait brutalement le CD.

J'ai appelé Bell en sifflant doucement et suis restée assise encore un moment devant les braises du foyer avec la chatte sur les genoux. Je repensais à quelque chose que Reeny m'avait dit.

Elle m'avait dit : « Tu sais, Rosie, on suit tous notre petit bonhomme de chemin sans réfléchir à ce qu'on fait ; et puis, un jour, on décide que les choses doivent changer. Je veux dire, tout le temps où Min était ici, toi, tu étais ailleurs. Pourquoi ça t'a pris si longtemps de rentrer ? Pourquoi ça lui a pris si longtemps de partir ? C'est la même chose, non ? »

15

J'étais en route vers le centre avec le calepin rose dans mon sac ; je comptais prendre des notes en vue d'une pensée sur les arts, si l'inspiration me venait. Le sujet m'impressionnait un peu, mais je me rappelais combien je prenais plaisir à apprendre de Markey autrefois, et combien cela avait façonné ma vie ultérieure, et je concluais que je ne pouvais pas ne pas parler de l'art. Tandis que le bus chauffait à la gare routière de Kilbride, j'ai griffonné :

Comme l'a bien noté le critique George Steiner, nous sommes des animaux dont le souffle vital est fait de rêves racontés, peints, sculptés, chantés. Et qu'est-ce que le rêve, sinon opposer l'objet d'art éternel à la dissolution du corps individuel ?
Pourtant, la plupart d'entre nous…

La plupart d'entre nous *quoi* ? La plupart d'entre nous ne savent pas vraiment où ils se situent par rapport à l'art. Je me demande si George Steiner prend le bus. Il l'a certainement pris quand il vivait à Genève. Mais écoutait-il les vieilles dames parler des bonnes affaires de la période des soldes ? Parvenait-il à formuler ses idées quand son voisin lui demandait anxieusement qui était son favori dans le Derby ?

Le fossé qui sépare le goût populaire des formes élevées de l'art…

Le bus était maintenant coincé dans les embouteillages de Talbot Street. Mon voisin a fait remarquer que c'était toujours le même bordel.

L'un des grands avantages de la maturité est de permettre à l'artiste qui vit en chacun de nous…

Le bus a bondi vers l'avant, puis s'est de nouveau arrêté.

En chacun de nous ? Monty ? Enzo, de la friterie ? Non. *En beaucoup d'entre nous*. Non. *En certains d'entre nous*.

Nous venions de croiser Marlborough Street. Du temps des 33 et des 45 tours, il y avait là un magasin de disques dirigé par un chic type. Je suis comme Nora Joyce, me disais-je alors, car j'avais lu quelque part que, pendant que Joyce écrivait *Finnegans Wake*, Nora allait écouter de l'opéra chez les disquaires parisiens. Je pensais souvent à cela – la solitude de l'épouse qui sortait écouter de grands airs passionnés. Markey était pour moi un immense génie, comme son mari l'était pour elle, mais le fréquenter ne diminuait pas mon besoin de ravissement. À la limite, cela le rendait même plus fort.

La musique était le seul art sur lequel Markey manquait d'assurance – du moins si l'on en excepte les madrigaux : le jour où il avait découvert les madrigaux, il avait grimpé sur le mur de notre cour et, perché là-haut, s'était efforcé de chanter seul une harmonie à quatre voix.

Dans ce domaine, je possédais un avantage sur lui depuis que Sœur Cecilia était arrivée à l'école. Elle avait fait irruption dans la salle avec ses bottines bien nettes, nous avait passées en revue en silence, si longuement que nous osions à peine respirer, puis avait ouvert le piano à la volée et nous avait toutes fait bondir avec un accord tonitruant. Un pluvieux après-midi, elle avait joué une ballade de Chopin rien que pour moi – la *Ballade en la bémol majeur*. À la fin, alors que je restais muette d'admiration, elle s'était sauvée comme si elle avait fait quelque chose de mal. Plus tard, j'avais fait venir Markey au magasin de disques et il avait écouté cette ballade jouée par Rubinstein. Il ne bougeait pas et pourtant, il n'avait pas l'immobilité de Leo quand il écoute.

Le bus s'est arrêté au niveau d'O'Connell Bridge. J'ai salué la rive de boue et de galets juste en amont, à l'endroit exact, peut-être, où les Dublinois du Moyen Âge avaient halé à terre les navires des Vikings. Je croyais presque voir de grands hommes à longues barbes d'or grimper sur la rive et se frayer un chemin dans le désordre des ruelles enfumées.

« C'est un carnet de notes que vous avez là ? m'a demandé mon voisin.

— Oui », ai-je répondu fermement, et, d'un bond, je suis sortie du bus.

C'est dans la librairie située face à Trinity College que j'ai déniché le premier trésor de la journée, un livre de portraits lithographiés dus à un artiste allemand. Ces portraits représentaient non des visages entiers, mais des yeux, et chaque paire d'yeux voisinait avec un poème de style haïku de W. G. Sebald. La relation entre les mots et les images m'échappait, à moins qu'elle ne fût tonale, mais l'une des paires d'yeux était celle du chien de Sebald, et ils étaient aussi tristes que ceux de leur maître. J'ai acheté le livre et poursuivi mon chemin vers la Bibliothèque nationale tout en composant mentalement une argumentation.

L'un des avantages de l'âge, c'est qu'on apprend à faire plus confiance à ses propres réactions. Ainsi, les experts vous diront qu'une réaction esthétique pure doit être exempte de toute sentimentalité. Notre réaction à la représentation d'un chien, par exemple, n'a rien à voir avec les questions de forme ou de couleur qui ont toujours occupé...

J'étais en retard à mon rendez-vous avec Tess, mais j'ai quand même pris le temps, devant l'entrée de la bibliothèque, d'aller d'une colonne de granit à l'autre en les touchant furtivement, parce que James Joyce lui-même s'était appuyé contre ces colonnes, et moi dans ma jeunesse, et Markey dans la sienne. Lors de mon jour de congé de la librairie Boody, nous sortions discuter sur les marches qu'elles encadraient, comme les jeunes gens de *Dedalus* – et sur le même genre de sujets qu'eux. Puis je remontais dans la salle de lecture, m'asseyais devant ma table, penchais la tête en arrière et contemplais rêveusement les pattes des mouettes qui déambulaient sur la verrière de la coupole. Parfois, je glissais mon livre sous mon pull et allais m'asseoir dans l'une des cabines des toilettes dames à l'ancienne, où je fumais tout en lisant.

J'avais dû faire signer à Min le formulaire de demande de carte de lecteur.

« Qu'est-ce que c'est que ça ? avait-elle dit, comme si elle voyait un formulaire pour la première fois.

— C'est pour la Bibliothèque nationale.

— Il faut pas un homme pour signer ces trucs-là ?

— Non, c'est écrit "Tuteur ou tutrice"...

— Cette vieille garce de la bibliothèque de Milbay, elle voulait pas me donner de carte, a fait Min amèrement. Elle disait que je devais trouver un homme pour signer. »

J'étais abasourdie.

« Moi, je croyais que n'importe qui pouvait entrer dans une bibliothèque et prendre un livre. Je croyais que c'était comme les bureaux de poste – qu'on avait le droit. Y avait pas la télé en ce temps-là, et l'hiver, y avait de quoi se faire sauter la cervelle tellement on s'ennuyait. La seule chose qu'on avait à la maison, c'était une radio avec une batterie au plomb ; mon père l'emmenait au garage de Milbay pour qu'on la recharge, mais souvent il oubliait et de toute façon, elle était pas facile à transporter en bateau. Donc fallait faire signer ce truc par quelqu'un qui votait aux élections, mais les hommes de l'île signaient jamais rien et votaient jamais pour personne. Si on voulait savoir quelque chose sur eux, la seule solution, c'était d'aller voir le prêtre.

— Mais ils savaient lire ?

— Bien sûr qu'ils savaient lire ! s'est-elle exclamée, agacée. Ça, on était bien obligés d'aller à l'école, même si l'école voulait pas de nous. Pas mal de femmes savaient lire. Des prières, qu'elles lisaient. Des prières écrites sur des petites cartes, avec des vrais mots de l'ancien temps. Des mots difficiles. Et tout ce qu'elles trouvaient sur les remèdes. Et des magazines sur les stars de cinéma – souvent, les hommes rapportaient des magazines passionnants du pays de Galles.

— Pourquoi tu ne m'as jamais raconté ça ?

— J'ai oublié.

— Non, tu n'as pas oublié. »

Je me rappelais aussi lui avoir dit un jour : « La mort est partout dans *Gens de Dublin*. »

C'était l'époque où je travaillais au Pillar Department Store et lisais, sous le comptoir du rayon « Souvenirs et Cadeaux irlandais », les poches de Joyce que nous vendions.

« Elle est présente sous toutes ses formes dans la meilleure nouvelle, qui d'ailleurs s'appelle *Les Morts*. Ça parle d'un mari qui est déprimé parce qu'il n'arrive pas bien à comprendre sa femme…

— Le pauvre ! » m'avait coupée Min avec une soudaine sauvagerie. Et, debout à la porte de l'arrière-cuisine, elle m'avait tiré dessus à boulets rouges. « Quand le mari de Reeny est parti s'acheter des cigarettes et qu'il est pas revenu, Reeny avait un petit enfant et il a bien fallu qu'elle continue, dépression ou pas. Et ton père, combien de temps il est resté sans pouvoir travailler avant sa mort ? Deux ans. Deux ans, tu m'entends ? Et pas un sou qui rentrait, sauf la pension d'invalidité. Toi, t'as seize ans et un travail en or et de la nourriture et des vêtements à plus savoir qu'en faire, alors viens pas me parler de dépression ! »

En d'autres termes, elle ne voulait pas que je sois différente d'elle ni des femmes de notre entourage. Et, en un sens, je n'étais pas différente, surtout à cette époque, quand je commençais juste à lire. J'apprenais le monde par les gens réels et par ceux qui peuplaient les livres et, à mes yeux, ils étaient très similaires. Dilly Dedalus était comme cette jeune fille dont la mère était au sanatorium et qui traînait toujours autour du Kilbride Inn, attendant son père pour lui soutirer quelques shillings et acheter à manger aux enfants, Et Min disant « Qu'est-ce que c'est que ce mot-là ? jamais vu un mot pareil » (le mot en question était *haberdashery*[1] et j'avais dû aller jusqu'à la

1. En anglais, « mercerie ».

bibliothèque pour chercher la définition ; on n'avait pas Google en ce temps-là) était comme Molly Bloom interrogeant Poldy sur la métempsycose, à ceci près qu'elle me regardait d'un air défensif, comme si je risquais de me moquer de sa question.

Peut-être même qu'elle était hostile à mes lectures parce que rien ne m'avait empêchée de lire, contrairement à elle.

« Rosie ! »

Après avoir étreint Tessa, j'ai tenté de la pousser devant moi dans la queue du self-service afin qu'elle ne voie pas ce que je choisissais.

Raté.

« Pas une part de quiche *plus* une tarte. Ça fait deux fois de la pâte… » Elle chuchotait pour que les fonctionnaires occupés à mastiquer aux tables voisines ne l'entendent pas.

« Qu'est-ce que ça peut te faire, espèce de tyran ? » ai-je rétorqué agressivement.

Mais j'ai laissé la tarte. Si je l'avais prise, j'aurais eu droit au sempiternel sermon sur l'autodiscipline auquel Tess avait ajouté, dans les années quatre-vingt, un couplet sur la forme et la santé et, plus récemment, un couplet sur les ressources limitées de la planète.

Un jour, elle avait employé à mon propos l'expression « grignotage de compensation » et, mortifiée par ce qu'elle sous-entendait, j'avais répliqué sèchement : « Quelques compensations ne te feraient sans doute pas de mal, à toi non plus. » Elle avait rougi sous le choc. Mais, malgré tout, elle ne pouvait s'empêcher de parler à tout moment de portions d'hydrates de carbone – parfois avec un petit rire chantant, comme si le sujet venait juste de lui traverser l'esprit.

« Tessa, ai-je lancé. Laisse tomber, OK ? Je mangerai une salade ce soir, parole d'honneur. Dis-moi plutôt : quel est ton art préféré ? Quel est, dans ton âge d'or, la forme artistique qui compte le plus à tes yeux ? »

Elle s'est laissé distraire.

« Âge d'or mon œil, a-t-elle dit. Qu'est-ce qui a changé à part le fait qu'on peut se payer des tickets ?

— Eh bien…

— Autrefois, c'était l'opéra », a-t-elle poursuivi, et un beau sourire s'est lentement épanoui sur son visage.

Je savais, sans aucun doute possible, qu'elle pensait à quelque chose qu'elle avait vécu avec Hugh Boody.

« Mais aujourd'hui, a-t-elle repris en s'apercevant qu'elle s'était interrompue à mi-chemin, je n'écoute plus jamais rien de long. C'est terrible, non ? Pour te dire la vérité, j'ai la télé allumée presque tout le temps. Tu as vu ce documentaire sur l'autre, là, celui dont la femme passait son temps au bain ?

— Bonnard. Non. Je ne pense presque jamais à allumer la télé. Sauf quand il y a une guerre. Tu prendras un café ?

— Mais il y *a* une guerre. Il y en a même plusieurs. Non merci – même le déca me détraque maintenant.

— Tu aimes Yeats ?

— J'aimais bien à l'école, a-t-elle répondu avec sérieux. “Viens donc, ô petit d'homme !”

— Ça, c'est l'enfance de Yeats, ai-je déclaré. Avant que son génie s'épanouisse. Des fées, non mais je vous jure ! Des fées. Un homme adulte ! Il y a une expo sur Yeats à deux pas d'ici. On pourrait y aller après le déjeuner…

— Pendant qu'on parle d'hommes, a dit Tess, qu'est donc devenu le docteur La Mort ?

— Tessie, se peut-il que tu fasses allusion à mon très cher amant ? »

De tous mes amis, Tess était celle qui avait le plus vu Leo. Dans la frénésie des débuts de notre relation, apprenant qu'il devait assister à un colloque à Ajaccio, j'avais réservé un séjour dans un Club Med voisin et, comme je payais de toute façon une chambre double, j'avais proposé à Tess de m'accompagner. Au départ, je ne lui avais pas parlé de Leo ; après tout, je n'étais pas sûre qu'il vienne. Mais il était venu et j'avais passé les trois jours où il était là au lit avec lui, ou assise en silence face à une Tess furibarde. Ensuite, je ne l'avais revue qu'au bout d'environ six mois, mais je devinais, au soin qu'elle prenait de ne jamais le mentionner, ce qu'elle pensait de lui. Pourtant, quelques années plus tard, alors que Leo et moi nous trouvions tous les deux à Dublin, elle m'avait prêté la solide maison bourgeoise de brique rouge que lui avaient léguée ses parents. Je voulais que nous soyons comme un couple marié, pour une fois, et non logés à l'hôtel. Min croyait que je suivais une formation organisée par la bibliothèque de Kilbride qui me prenait de huit heures à minuit. Du moins je crois que c'est ce qu'elle croyait.

« Tu sais, m'a dit Tess, quand j'hésitais à faire cette formation de conseillère, une des choses qui ont compté, c'est que je me demandais comment t'aider à te débarrasser de ce barjo.

— Barjo ? » ai-je murmuré, comme si le mot ne m'était pas familier. J'étais émue, malgré tout, de penser que Tess s'était fait du souci pour moi.

« Mais bon, a-t-elle repris d'un ton magnanime, on fait toutes moins les difficiles quand on est désespérées.

— Il n'y avait rien de désespéré dans ma relation avec Leo, ai-je répliqué d'un ton glacial. Il me comblait, et j'ai pitié des femmes qui ne savent pas ce que vaut un homme comme lui.

— Et où il est maintenant ? » a demandé Tess avec une pointe de sarcasme. CQFD, voilà ce qu'elle semblait dire.

« Il est en Italie, à ce qu'il se trouve, ai-je répondu d'un ton léger. Il adore l'Italie. Mais il viendra pour mon anniversaire, j'espère. » C'était une invention pure et simple. « Tu viendras à la fête aussi, n'est-ce pas, Tess ? Le 5 septembre – mort de Flaubert.

— Oh, je n'avais pas compris que vous étiez toujours ensemble, a fait Tess sur un ton qui, pour elle, ne manquait pas d'humilité.

— Mais regarde-nous ! me suis-je écriée en me levant. Quelles midinettes on fait ! On projette d'aller voir une expo sur Yeats et, deux minutes plus tard, on est là à parler garçons ! »

Je parlais trop fort. Un petit homme chauve assis à la table voisine a sursauté, faisant tomber le journal qu'il avait soigneusement calé contre une carafe d'eau.

Ce soir-là, tout en dînant, j'ai envoyé un e-mail à Markey. J'avais tiré la table de la cuisine près du feu et disposé tout ce dont je pouvais avoir besoin à quelques centimètres de mon siège, comme si je vivais dans une yourte environnée de toundra vierge. Même Bell a consenti à s'asseoir à mes pieds dans son panier et s'est mise à regarder les flammes aussi fixement que si, à la moindre baisse de vigilance, elles risquaient d'envahir la maison.

J'ai expliqué à Markey que j'avais tenté d'écrire en son honneur une pensée sur les arts et le vieillissement, mais que je n'y étais pas parvenue – il y avait trop à dire.

Pour ceux qui ont la chance d'être artistes, vieillir est une chance supplémentaire. Je l'ai vérifié aujourd'hui à propos de Yeats, dont la vieillesse a été grandiose, et on pourrait en dire autant du Titien ou de Wallace Stevens ou de Verdi ou de Beethoven. L'art va en s'approfondissant. Même des gens comme toi ou moi, qui ne sommes pas artistes mais nous intéressons à l'art – notre compréhension s'approfondit. Nous suivons peut-être l'artiste en trébuchant, mais nous allons dans la même direction que lui. Avec le temps, ce que nous lisons, écoutons, regardons représente toujours plus pour nous. D'ailleurs, où, sinon dans l'art, le commun des mortels a-t-il accès à quelque chose qui dépasse la dimension individuelle et dure plus longtemps qu'une existence humaine ? Et puis, l'art nous détourne de l'argent et autres préoccupations matérielles. Parce que l'art ne s'achète pas. L'art ne se laisse pas dicter sa portée. Il choisit lui-même le moment de la révéler.

Je ne peux pas y arriver, Markey. Pas en 150 mots, ni en plus, d'ailleurs.

Au lit, avant de m'endormir, j'ai présenté mes excuses à W. B. Yeats : « Qui peut affirmer que ce monde ne pullule pas de fées ? »

Puis j'ai imaginé les chants d'oiseaux qui envahiraient les bois de hêtres de Milbay lorsque le beau temps s'installerait enfin. La lumière jouerait à travers les feuilles et on entendrait le cri implorant des palombes ; à la lisière du camp, là où les bois devenaient moins denses, on verrait des papillons voleter au-dessus de l'herbe soyeuse des clairières. Et peut-être des libellules, avec leurs doubles ailes noir et argent.

Enfant, je demandais toujours à mon père de m'attraper une libellule pour que je puisse voir son visage – parce que les libellules avaient des visages dans les illustrations des livres que je regardais à l'école. Min m'a raconté que, vers la fin de sa vie, quand son esprit battait parfois la campagne, il s'était réveillé un matin en disant qu'il arrivait de Phoenix Park, où il avait attrapé des libellules, et qu'il fallait qu'elle leur donne à manger.

« Elles sont là, avait-il dit. Dans la poche de mon bon manteau. »

De MarkC à RosieB

Ma chère Rosie,

Difficile de mieux parler de l'art en 150 mots. Tu as un vrai don pour la synthèse.

Pour le citoyen lambda du Midwest, cela dit – celui qui achète de jolis livres miniatures à couverture en tissu damassé –, il n'est pas plus mal que les trois dernières pensées portent sur des sujets plus accessibles. Le voyage, la nourriture et… j'ai oublié le dernier. Mais nous y sommes presque.

Tu es une fille formidable et tu l'as toujours été.

16

« Un ciné cet après-midi ? m'a crié Andy depuis le seuil. Je ne peux pas y aller trop tard – je dois rentrer à la ferme pour partir en Angleterre ce week-end. *Ocean's Eleven*. Tu pourras mater George Clooney et moi regarder le film. Je suis passé hier soir, mais tu n'as pas répondu à la porte.

— Viens voir ici, Andy. J'étais là hier soir. Comment se fait-il que je ne t'aie pas entendu sonner ? Pour une fois que j'avais fermé…

— Je vais jeter un coup d'œil, m'a-t-il dit, et il s'est mis à ramper le long de la plinthe. Prépare-nous du thé, tu veux ? Quand Min est là, j'ai pas le temps de passer la porte qu'elle a déjà mis l'eau à chauffer. Enfin, quand elle est de bonne humeur.

— Elle est de bonne humeur en permanence maintenant. Les voyages lui réussissent. C'est comme ta mère – toujours par monts et par vaux, cette bonne Pearl.

— Ma mère ne voyage pas vraiment. Ce fil électrique est foutu. Tu devrais voir sa valise : elle emporte des sandwichs à l'œuf et à l'oignon – une tonne – pour le cas où la nourriture serait étrangère. Moi, je lui dis : “Et qu'est-ce que tu veux qu'elle soit d'autre, en Espagne ?” Elle emporte des sachets de thé Lyons et des chips Tayto. Et encore, c'est pas la pire. Y avait une dame dans le pèlerinage à Fatima, c'est Tess qui m'a raconté ça, ils arrivaient à peine à déplacer sa valise tellement elle était lourde, et devine ce qu'y avait dedans ? Quatre litres d'eau du robinet de chez elle.

— Comment va Tess ? » ai-je demandé. S'il avait des nouvelles à m'annoncer, c'était le moment ou jamais.

« En pleine forme, a-t-il répondu gaiement. Elle est partie à Belfast choisir son nouveau parquet. Et ce n'est qu'un début : elle va refaire toute la maison. »

Oh, pauvre Tess ! Peg et moi, nous allions devoir faire comme si elle n'avait jamais rien dit.

Andy continuait à bavasser. « Elle me disait justement que tu devrais en faire poser un ici.

— Ça, c'est bien Tess. Elle sait toujours ce que les autres devraient faire. Mais cette maison n'est pas ma maison – c'est celle de Min. D'ailleurs, si j'avais le choix, ce n'est pas ici que je vivrais. Je sais où j'aimerais vivre… »

Et j'ai entrepris une fois de plus, en y mettant toute mon âme, de lui décrire Stoneytown. J'ai commencé par la piste qui passait derrière les baraquements de l'Armée de l'air et longeait le grand pré. J'ai poursuivi jusqu'à la crête et dépeint le tableau que formaient, sur ma gauche, la rangée de maisons en ruine qui regardaient Milbay par-dessus l'embouchure et, sur ma droite, face à la mer, la maison solitaire de mon grand-père avec sa cour, son vieux verger muré, sa grange, son enclos et les deux petits champs qui s'étendaient jusqu'aux bois. Je lui ai répété ce que le vieil homme du poste de police et le responsable de l'ESB m'avaient raconté sur le passé de ce lieu.

« Il faut te reconnaître une chose, Andy, ai-je conclu. Tu sais vraiment – mais alors vraiment – écouter. »

Car j'avais remarqué en parlant qu'il se passait quelque chose lorsqu'il était attentif et ne se sentait pas observé : ses yeux, généralement troubles et indéchiffrables, s'ouvraient tout grands. Et cela affûtait son visage ; ses traits se réorganisaient autour de ces yeux. J'avais connu Andy en culottes courtes et j'étais parfaitement franche avec lui. J'allais donc lui exposer mes réflexions lorsqu'il m'a stupéfiée en faisant une remarque du même genre à mon propos.

« Tu sais quoi, Rosie ? m'a-t-il dit. Tu es transformée quand tu parles de cet endroit. Enfin, pas vraiment transformée, mais un peu comme à l'époque où tu travaillais à la librairie et où tu t'enflammais pour tout. Tu ressemblais à une gamine à l'époque – mais, bien sûr, tu étais une gamine.

— Oh, non ! me suis-je écriée. J'étais déjà partie en ce temps-là ! J'avais vécu à Roubaix avec mon amie Lalla ! Min essayait de me faire retourner au Pillar dans l'espoir que je rencontrerais un brave gars et moi, j'essayais de lui montrer que tout ça, c'était du passé, que ce que j'allais faire, c'était lire tous les livres du monde, que ma vie avait changé !

— Je sais, a fait Andy en souriant. Il m'est arrivé la même chose. Je suis parti faire une marche de charité en Tanzanie avec les gars du club GAA[1] et j'avais pas passé vingt-quatre heures là-bas que je cherchais déjà un moyen d'y retourner.

— Ah, mais ce n'est pas pareil. Vous, à NoNeed, vous essayez d'aider les autres. Moi, je n'aide personne. Je pense juste à ma pomme.

— Qu'est-ce que tu crois ? » Andy riait en cherchant sa veste. « Moi aussi, je fais ça pour moi. Allez,

1. *Gaelic Athletic Association*, puissante association œuvrant pour la promotion des sports et de la culture irlandais traditionnels.

Rosie, monte vite dans la chambre. Je vais sonner à la porte et tu me diras si tu m'entends cette fois. »

En attendant qu'il revienne me chercher, j'ai sorti mon ordinateur. À tout prendre, mieux valait rester assise à le regarder que rester assise à regarder dans le vide. Il faisait trop chaud dans la cuisine, mais je savais que, si je montais, je m'affalerais sur le lit, m'endormirais et devrais affronter un réveil cafardeux ; que cette maison m'accablerait de nouveau comme au jour de la mort de mon père. Quel mystère que la désolation qui vivait en moi ne m'ait jamais quittée, mais se manifeste uniquement quand je m'endormais l'après-midi et me réveillais au crépuscule.

Et que m'arrivait-il tout d'un coup ?

Il suffisait du regard d'un homme posé sur moi.

J'avais oublié ce que c'était. Combien l'homme est *autre* – même un homme aussi totalement domestiqué qu'Andy. La distance traversée par son regard avait, je ne sais comment, éveillé en moi une réaction ancestrale. Pas étonnant que toutes les femmes – même celles qui sont satisfaites de la vie qu'elles se sont construite, même celles qui savent pertinemment qu'elles ne peuvent s'appuyer que sur leurs amies – désirent avoir un homme. Ne serait-ce que pour la *saveur*.

J'ai tapé :

Le voyage, brouillon.

M'avait-il toujours regardée ? Ou bien juste dans ma jeunesse, quand je travaillais à la librairie ? À la fête organisée par Tessa pour son départ du syndicat, j'étais la seule femme à porter des talons hauts. Mais aussi bien, une semaine plus tôt, il m'avait vue dans la cour vêtue de ma robe de chambre tachée d'eau de Javel. Je l'avais appelé sur son portable parce que

Bell refusait de quitter l'arbre de Mme Beckett – d'où elle était finalement descendue, comme il se doit, une seconde avant son arrivée.

Bref. Ce genre de réflexions ne me menait nulle part.

À l'image de saint Brendan prenant la mer sur son coracle pour trouver l'Amérique, les Irlandais ont toujours été des errants.

Ç'avait été le plus léger des frissons, mais un frisson tout de même. Cela signifiait-il que j'avais atteint le dernier degré de la frustration ? Était-ce possible, à mon insu ? Margaret Mead disait qu'une femme avait besoin de trois hommes dans sa vie : un pour lui faire l'amour avec passion et lui donner des enfants, un pour la protéger et élever ses enfants, et un pour lui tenir compagnie dans ses années de déclin. Je ne déclinais pas, pour ma part, du moins pas physiquement ; je ne m'étais même jamais sentie aussi bien. Et, à l'évidence, je n'avais besoin ni d'enfants ni d'un homme pour les élever. Restaient donc les ébats passionnés.

J'ai jeté un regard à la cuisine. Des ébats passionnés ? Ici ? Chez moi ? Ah, non – la dernière personne qui avait haleté et râlé dans cette pièce, c'était mon père. De toute façon, l'amour physique n'a pas sa place dans la maison de notre enfance, celle dont les boiseries portent la trace des griffes de chats qu'on a aimés plus que tout. Pas si on est romantique. L'amour physique est un fruit succulent qui croît dans des contrées exotiques. Une jeune fille monte le grand escalier de l'hôtel Gresham auprès d'un bel Américain ; elle tremble, pour plusieurs raisons, et notamment de crainte que le portier ne les rappelle. Après avoir longé un couloir silencieux, son compagnon se penche pour ouvrir la porte d'une chambre et soudain, elle est éblouie par la lumière provenant de vastes fenêtres dont les rideaux blancs ondulent dans le courant d'air, et les bruits familiers des voitures et des piétons s'élèvent de la rue, et le jeune homme se tourne vers elle et la serre dans ses bras. Ou bien : un homme rencontré dans un avion à destination d'un pays inconnu vous donne rendez-vous le lendemain pour vous faire visiter. Ou bien : la silhouette qui se tenait près de vous dans la lumière trouble de l'aquarium se transforme en un homme qui sourit et demande « Lequel préférez-vous ? »

La possibilité de la passion est *ailleurs*. Elle vous fait signe de venir la chercher.

Comme les lieux.

Était-ce cela que les gens avaient derrière la tête quand on leur demandait quelle envie ils n'avaient pas encore assouvie et qu'ils répondaient « j'aimerais voyager » ? Drôle que personne ne réponde jamais : « J'aimerais faire l'amour à n'en plus finir. »

À l'image de saint Brendan prenant la mer sur son coracle pour trouver l'Amérique, les Irlandais ont toujours été des errants. Transporter ses bagages jusqu'à l'aéroport, faire la queue, affronter les risques du vol et ses séquelles et, bien sûr, s'ajuster physiquement et mentalement à un lieu nouveau : tout cela mobilise les réserves de sens pratique et de flexibilité que nous avons accumulées au cours des années.

Mais le voyage n'est pas nécessairement…

Un jour, sur la rive albanaise du lac d'Okhrid, je m'étais retrouvée dans un village qui avait été un lieu de villégiature de l'élite du temps de Hodja, mais était devenu sale et délabré. Les immeubles où logeaient les ouvriers ressemblaient désormais à des bâtiments prémodernes ; du bois s'entassait sur les balcons, car les systèmes de chauffage, victimes du vandalisme, ne fonctionnaient plus depuis longtemps. À l'hôtel, qui empestait la pourriture, la plupart des conduites avaient été arrachées des murs, et celle de notre salle de bains crachait de l'eau bouillante. J'étais avec une collègue du Luxembourg qui avait beaucoup bourlingué en son temps, mais même elle avait perdu son sang-froid quand, alors que nous suivions une ancienne promenade au-dessus d'une rive pierreuse, jonchée de déchets et bordée de blockhaus à l'odeur excrémentielle, de jeunes garçons nous avaient attaquées. Des gamins sauvages qui, après s'être furtivement approchés par-derrière, nous avaient frappées parce que nous n'avions rien à voler.

D'un côté, il y a la logistique. De l'autre, la richesse d'expérience que seul procure le voyage, et à laquelle l'âge mûr nous donne accès : enfin, nous avons le temps, l'argent et la sagesse nécessaires…

Mais une vieille femme postée devant sa petite maison nous avait chuchoté un mot de bienvenue en français. Et, tandis que nous nous blottissions l'une contre l'autre dans le lit humide, une musique rythmée nous était parvenue de l'étage inférieur, ainsi que les rires de danseurs. Et au matin, nous avions marché sous un soleil étincelant jusqu'à la frontière, un kilomètre et demi plus loin, et étions passées en Macédoine, où un bus à impériale vide de passagers s'était matérialisé sur la longue route de campagne menant à la ville la plus proche. Nous lui avions fait signe par jeu, mais il s'était arrêté, et le chauffeur nous avait conduites à tombeau ouvert jusqu'au centre de la ville. Là, nous avions loué une chambre pour la nuit – la chambre à coucher d'un fils de famille, tapissée de posters de foot – et, enfin, nous avions mangé. Sur une terrasse dominant le lac limpide, on nous avait servi des saucisses à la peau croustillante, des pommes de terre et de la bière dorée, et mon amie avait souri pour la première fois depuis notre départ de Grèce quelques jours plus tôt.

Je lui avais rendu son sourire, avais commandé une autre bière et m'étais laissée aller sur mon siège tandis que les moineaux venaient picorer à nos pieds.

Dans ces circonstances extrêmes, je comprenais ce qui me poussait sans cesse au départ. Ce que je recherchais dans le voyage, c'était le mouvement lui-même. Il s'agissait d'avancer, envers et contre tout, vers des abris temporaires où le bonheur était possible.

Je savais, avant même de commencer à voyager, que j'avais sacrifié quelque chose au voyage.

Dans le vieux porte-documents où je conservais mes trésors, il y avait, usée le long des pliures, la notice nécrologique de Hugh Boody que Min m'avait donnée des années plus tôt. Personne ne savait qu'elle était là.

Je la chérissais.

L'année de mes vingt-cinq ans, j'achevais mes études à l'université et, comme j'étais boursière, je pouvais me permettre de ne plus travailler à la librairie que le jeudi soir. Un jeudi, M. Boody est passé avant d'aller chercher sa femme à un dîner de club de golf et m'a demandé, comme si c'était de la chose la plus naturelle au monde, de le retrouver le dimanche à seize heures dans le bar d'un hôtel proche de la gare de Heuston. Cet hôtel ne m'était pas totalement inconnu : au cours d'une introduction accélérée à la pensée de Wittgenstein à laquelle je n'avais rigoureusement rien compris, Markey m'avait signalé que le philosophe y avait séjourné. Mais je n'étais jamais entrée à l'intérieur.

Le dimanche est arrivé. Après nous avoir servis, le barman a filé dans un salon où un match de foot tonitruant passait à la télé. Nous étions seuls dans le bar.

Hugh Boody avait des doigts longs et fins. Il a rempli mon verre de limonade et me l'a tendu, puis est resté assis face à moi, parfaitement calme, derrière son petit verre de whiskey. J'étais intriguée, mais en aucun cas inquiète – il avait toujours été pour moi le plus aimable des patrons.

« Rosie, m'a-t-il dit, et son beau visage respirait la franchise, j'aimerais que tu sois ma bonne amie. Je suis sûr qu'on ferait la paire, tous les deux, et que tu ne le regretterais pas. Je te parle de quelque chose de régulier, Rosie – un arrangement, comme au bon vieux temps, mais secret, bien sûr. Ça fait longtemps que je me dis qu'on se conviendrait parfaitement, donc j'espère que tu accepteras d'y réfléchir. Tu es quelqu'un de sincère, c'est écrit sur ton visage. C'est pour ça que je prends le risque de te parler ouvertement. Je te trouverais un logement agréable. Et je t'ouvrirais un compte en banque, bien sûr. »

Je ne crois pas avoir employé de mots ; je me suis contentée de secouer la tête, encore et encore.

« Si tu es sûre de ne pas vouloir, m'a-t-il dit, rouge à présent, eh bien, n'en parlons plus. Il n'y a pas de problème. Oublie ce que je t'ai dit. »

En enfilant mon manteau pour partir, j'ai déclaré : « Je veux voir le monde. Je veux voyager. »

Il a levé la tête vers moi ; un instant, nous nous sommes regardés droit dans les yeux, et il avait raison : nous aurions fait la paire tous les deux. Maintenant que je le regardais sous cet angle, je sentais l'excitation me gagner.

Mais j'ai réussi à articuler « Bientôt, je partirai », et je suis sortie.

Par la suite, j'ai évité autant que possible de repenser à cet épisode. Je ne me suis pas dit : Comment a-t-il osé ? Je ne me suis pas demandé : Pourquoi moi ? Je n'ai pas tenté d'imaginer ce qu'aurait été l'amour avec lui. Je ne me suis pas autorisé de questions d'ordre pratique, comme : Et qu'est-ce qu'il comptait faire de sa femme ? Et de Tess ?

Parce qu'il m'avait blessée. J'étais mortifiée de penser qu'à un moment où ma vie était encore devant moi, j'avais déjà renoncé à une voie possible. Ce que l'on recherche dans le voyage – la raison pour laquelle on continue à se projeter, à se déplacer et à apprendre –, c'est l'illusion de la plénitude. En ce qui me concerne, par la faute de Hugh, j'ai eu conscience dès le départ qu'il n'y a aucun moyen de tout avoir.

À de rares occasions, je me laissais aller à regarder en arrière. Ç'aurait été si paisible, pensais-je. Comme une vie bien rangée en compagnie de mon papa. J'aurais pu faire ce que je voulais…

Non ! Et je chassais de mon esprit le souvenir de cet après-midi.

Une fois de plus, je l'ai chassé en me remettant au travail et, une heure plus tard, je me suis connectée pour écrire à Seattle.

De RosieB à MarkC

Markey,

En PJ, un brouillon sur le voyage. Pas si facile que ça en a l'air – je n'ai que 150 mots pour parler de chaque mètre que j'ai parcouru dans ma vie.

C'était le numéro 7, non ? On a déjà :

— Le miracle de l'âge mûr

— Le corps
— La déception et ses pièges
— L'argent
— L'amitié
— L'art

Ouais. Ça fait 7. Et je lance les animaux et la nourriture.

OK ? Je me rappelle t'avoir entendu dire que tu avais eu une tortue qui attendait ton retour derrière la porte et faisait des bruits quand tu grattais sa pauvre vieille tête. Donc j'essaierai de caser les tortues.

Je t'ai déjà parlé de l'ara que j'avais vu dans un *bed & breakfast* londonien ? Un énorme oiseau rouge et bleu. Le proprio m'a raconté qu'au printemps, il suivait les jeunes clientes partout et montait même les attendre devant leur chambre avec des airs d'amoureux transi, mais qu'il snobait complètement les femmes plus âgées.

Tu ne trouves pas ça *terrifiant* ?

PJ : Le voyage, brouillon.

À l'image de saint Brendan prenant la mer sur son coracle pour trouver l'Amérique, les Irlandais ont toujours été des errants. Et l'errance n'a rien d'une vocation confortable. Les bagages, l'aéroport, l'attente, les ajustements du corps et de l'esprit : tout cela met à l'épreuve notre sens pratique et notre flexibilité et, parfois, les épuise.

Assis à la terrasse d'un café sur une piazza, *nous chantons la gloire du vaste monde. Nous affrontons le dépaysement pour parvenir à la richesse d'expérience que seul procure le voyage. Et cette richesse, à la fois sensorielle et intellectuelle, acquiert plus de saveur avec l'âge : enfin, nous avons le temps, l'argent et la sagesse nécessaires pour donner forme à l'expérience du voyage.*

Dans sa version la plus luxueuse comme la plus vulgairement touristique, le voyage est affaire de créativité. Il proclame notre capacité à sentir, voir et penser de façon nouvelle – à nous ouvrir aux surprises du monde.

(156 mots)

Tut tut ! a fait un camion dans la rue. C'était Andy. Puis *bang !* la porte d'entrée, et son visage souriant a fait irruption dans la cuisine.

« Mets ton manteau, Rosie, George Clooney t'attend !

— Andy… Je sais que tu me rends service sans arrêt mais, cette fois, j'aimerais que tu me rendes un *énorme* service…

— Raconte-moi tout. Tu m'as déjà vu dire non à l'une d'entre vous ? »

Je lui ai donc demandé d'abandonner son projet de cinéma et de m'accompagner à Stoneytown sur le chemin de sa ferme. Enfin, sa ferme se trouvait dans le Carlow, donc Stoneytown n'était pas vraiment sur le chemin, mais en empruntant les petites routes, ce n'était pas si loin.

« Et – prépare-toi, Andy – je voudrais que tu descendes mon lit pour qu'on l'emporte avec nous. *S'il te plaît.* Je voudrais passer la nuit là-bas, mais je ne peux pas dormir par terre parce que j'ai peur des souris. J'ai déjà mis les draps et les couvertures dans ma voiture. Parce que je sais que tu diras oui. Parce que si tu dis non, Andy, je suis fichue. Aucune société n'acceptera de livrer un lit dans un endroit sans route avec une colline à escalader. Mais ce n'est qu'un lit une place et je t'aiderai et ensuite, j'en rachèterai un pour ici. Donc c'est d'accord ? C'est d'accord, hein, mon petit Andy ?

— Et quand est-ce qu'on mange dans tout ça ? »

L'appétit d'Andy Sutton était légendaire.

« J'ai deux hamburgers ici – de bons steaks hachés moelleux, Andy, avec du ketchup, dans de délicieux petits pains grillés. Je peux les servir dans la minute. Et je peux acheter tout ce qu'il faut pour un pique-nique à Milbay. Tu n'auras pas faim, je te jure. S'il te plaît, Andy. C'est ma seule chance puisque tu rentres à la ferme. *S'il te plaît.*

— Tu as une clé à molette ? m'a-t-il demandé. Et ces hamburgers, y a de la moutarde dedans ? Et puis, où est Bell ? Qu'est-ce que tu comptes faire de Bell ? On l'emmène ?

— Où veux-tu qu'elle soit ? Sur le lit de Min, bien sûr.

— Bella ! a-t-il crié du pied de l'escalier. Ici, Bella ! Viens, ma jolie. Viens manger un peu de hamburger. »

La chatte est descendue à pas feutrés. Andy l'a prise sur ses genoux, l'a embrassée et s'est mis à la caresser sous le menton.

« On ne peut pas l'emmener, ai-je décrété. Il y avait la petite chienne là-bas, et elle y sera peut-être encore. Elles ne s'entendraient sans doute pas. Tu vas aller voir Monty à côté et tu seras sage, n'est-ce pas, Isabella ? »

Elle m'a dévisagée calmement avant de se mettre à bâiller.

Tout en arpentant la rue principale de Milbay pour faire mes emplettes, je n'ai cessé de regarder le ciel ; la journée était grise et je craignais qu'il ne se mette à pleuvoir. Au pain et au jambon, j'ai ajouté un journal, une tarte à la rhubarbe, des tomates et des pommes. Même nourriture qu'au cabanon. Mêmes magasins, ou presque.

Andy était parti acheter un diable à la quincaillerie pour faciliter le transport du camion jusqu'à la maison. Je l'avais chargé de dire au quincaillier que c'était pour la reine de France.

Je croisais les doigts pour que le temps s'améliore et que Stoneytown se montre sous son meilleur jour, et mon vœu a été exaucé. Les bois et le pré étaient d'un vert encore plus délicat que dans mon souvenir. Nous avons transporté le sommier dans l'herbe moelleuse jusqu'à la crête ; là, nous nous sommes arrêtés sous la brise pour admirer la vue simple, douce et nacrée qu'offraient le fleuve et la mer. Je mourais d'envie de regarder Andy. Je savais que son visage trahissait toujours le moins d'émotion possible, mais il devait être impressionné, car il restait exceptionnellement silencieux.

Après cette première expédition, nous sommes retournés chercher le matelas et avons fait le trajet jusqu'à la maison en le portant sur nos têtes. Ensuite, Andy a apporté les derniers éléments avec le diable et installé le lit dans le grenier tandis que j'allumais un feu dans le fourneau et allais chercher de l'eau au puits. Il a été voir les champs, la grange et les remises et a fait le tour de la maison en frappant sur les murs, en tâtant les poutres et en vérifiant les sols et les plafonds – le tout sans rien dire, mais en émettant de petits grognements, comme font les hommes quand ils sont en mode « inspection ».

En me voyant disposer notre pique-nique sur le rebord de la fenêtre, il m'a dit d'attendre une minute et a disparu en direction de la rangée de maisons. Il en est revenu avec une porte en bois antédiluvienne dont il a posé une extrémité sur le rebord de la fenêtre et l'autre sur un socle fait de grosses pierres ramassées sur le rivage. Puis il a étalé les tapis en caoutchouc sur le sol et nous nous sommes assis par terre côte à côte, comme dans une maison arabe. Nous avons mangé de bon appétit près de la porte ouverte sur la mer et le ciel, lequel était maintenant d'un bleu pâle et délicat.

Sans un bruit, la petite chienne noire s'est glissée à l'intérieur. Je ne l'ai pas remarquée avant de sentir sa truffe froide qui flairait mon bras en remontant vers mon sandwich au jambon.

« Eh ! » ai-je crié – et, de surprise, je suis tombée à la renverse en riant. Croyant à un jeu, elle a bondi sur mon ventre, et Andy a dit quelque chose comme « Tiens tiens, regardez qui est là » et s'est mis à la papouiller tandis qu'elle me léchait le visage et cherchait à attraper mon sandwich, et bientôt nous n'avons plus formé qu'une masse joyeuse sur le sol avec la chienne qui nous assaillait et faisait mine de gronder et notre table improvisée qui menaçait de s'effondrer.

« Venez par ici, mademoiselle, a finalement dit Andy pour la calmer. Vous allez avoir droit à votre propre dîner. »

Et nous avons achevé notre repas, parfaitement à l'aise tous les trois. Même si mon cœur se serrait chaque fois que je regardais la chienne et constatais combien, après ces exubérantes retrouvailles, elle avait l'air malade et épuisée. Tout ce qu'elle semblait en état de faire, c'était laper bol d'eau sur bol d'eau. Nous avons donc renoncé à aller nous promener. Andy a nettoyé les vieux volets des deux petites fenêtres et, tant bien que mal, réussi à les faire pivoter sur leurs gonds, puis il s'est attaqué à la porte qui grinçait dans l'arrière-cuisine. La chienne et moi nous sommes contentées de nous reposer.

Ensuite, il est retourné à Milbay en coup de vent pour m'acheter deux chaises pliantes, une lampe à pétrole et un sac de nourriture pour chien et faire dupliquer la clé de la grille du camp. Il ne voulait pas avoir à emprunter ma clé chaque fois qu'il viendrait ici pour enfoncer un clou, m'a-t-il expliqué. Je me suis détournée pour qu'il ne voie pas combien ses paroles me faisaient plaisir.

Il m'a aussi rapporté un poulet rôti de chez le traiteur, une bouteille de vin et un tire-bouchon.

« Tu sais quoi, Andy ? lui ai-je dit. Les femmes de ta vie ont eu sur toi une merveilleuse influence. »

Mais, à mesure que l'heure avançait, il devenait nerveux. Il ne cessait de répéter : « Si seulement les portables passaient ici ! Ou si tu acceptais de venir à la ferme avec moi ! »

Impossible. Je savais que la chienne ne voudrait pas davantage monter dans son camion que dans ma voiture. Je lui ai dit qu'on avait accès à une cabine en coupant à travers bois et que s'il arrivait quoi que ce soit, je l'appellerais. Non que j'en eusse vraiment l'intention : qu'aurait-il pu faire à soixante-dix ou quatre-vingts kilomètres de distance ?

« Et tu as des pièces pour la cabine ? a-t-il demandé. Montre-les-moi. Compte-les. Et tu as le numéro de la ferme sur toi ? »

Avant son départ, nous avons vu la chienne revenir à la vie. Elle n'a pas mangé le poulet, mais s'est couchée devant l'assiette où je l'avais posé en plaçant une patte de chaque côté et a monté la garde avec sérieux. Quand Andy a voulu l'emmener faire une petite promenade le long du rivage, elle a rechigné à quitter son poste, mais il a insisté. Je les ai regardés s'éloigner depuis la porte. Andy s'avançait avec précaution parmi les rochers et tout ce que je voyais de la chienne, c'était sa queue noire qui le suivait.

J'ai couru au verger pour faire un petit pipi parmi les arbres rabougris. Les lumières de Milbay commençaient à scintiller dans le crépuscule ; la soirée était fraîche.

« On restera à l'intérieur après ton départ, ai-je dit à Andy lorsqu'il est revenu. C'est encore un peu étrange, ici. En tout cas, merci ! »

Nous nous sommes étreints, comme d'habitude, puis je suis rentrée et j'ai posé les barres de bois en travers des portes. Andy a poussé celles-ci du dehors pour me prouver qu'elles étaient bien fermées et m'a crié au revoir, non sans m'avoir intimé l'ordre d'aller à la cabine dès que je serais réveillée : il attendrait mon coup de fil.

J'apprenais déjà au contact de la chienne. Elle était très calme, et moi presque autant. Elle s'est endormie contre ma cuisse et n'a même pas bougé quand je me suis levée pour ajouter un peu de bois de grève dans le fourneau, où les flammes étaient ténues, mais vivaces. En général, je n'avais pas la patience de rester assise à ne rien faire, mais, pour elle, j'ai retardé les corvées jusqu'à ce que le ciel ait viré bleu marine à la petite fenêtre. Puis je suis allée dans l'arrière-cuisine et j'ai lavé la vaisselle dans une cuvette en m'éclairant avec deux bougies qu'Andy avait plantées dans une boîte de conserve remplie de terre. J'ai grimpé les quatre marches menant au grenier et – à la lueur des bougies, mais aussi du fourneau ouvert dont la lumière dansait au plafond – j'ai fait mon lit. J'ai aspergé le miroir de produit pour vitres, l'ai nettoyé avec de l'essuie-tout et ai solennellement contemplé mon reflet dans sa clarté restaurée.

Le dernier visage qu'avait vu ce miroir était peut-être celui de ma mère.

J'ai allumé la lampe à pétrole. Il restait environ quarante minutes d'autonomie à mon ordinateur ; j'en ai profité pour taper une « pensée » sur ma nouvelle table. La chienne s'était réfugiée dans l'ombre des marches. Elle se tenait assise, yeux ouverts et brillants, mais elle ne bougeait pas et je l'ai laissée en paix.

Pensée n° 8 : les animaux

Peut-être n'y a-t-il personne pour rendre son amour à votre cœur aimant. Ou peut-être votre cœur lui-même est-il devenu, au fil du temps, moins confiant et expansif qu'autrefois.

Mais on oublie combien aimer est difficile en admirant les animaux, en leur souriant, en louant l'inventivité de la nature pour des couleurs si riches, des robes si soyeuses, des fourrures si douces, des yeux si luisants, des mouvements si gracieux, des élans si spontanés, un instinct si sûr, une telle richesse de personnalité. D'emblée, on aime les animaux tels qu'ils sont, sans songer à vouloir les changer.

Sentez votre cœur s'ouvrir lorsqu'un être sans défense remet son sort entre vos mains – qu'il soit chien, chat, perroquet, tortue ou vieux cheval. Un amour naît alors, si désintéressé, si attentif à l'altérité de l'autre, que celui des hommes peut nous sembler grossier en comparaison.

Les animaux sont un don de la création à l'être humain.

(155 mots)

J'enverrais ça de Milbay dans la matinée.

J'ai monté tous les tapis en caoutchouc au grenier, en ai fait une pile sur le sol et les ai couverts d'une serviette : si la chienne voulait dormir près de moi, mais sur son lit à elle, elle n'aurait qu'à venir s'installer ici. Cela étant, elle pouvait aussi rester où elle était. Avant d'aller me coucher, je me suis accroupie près d'elle pendant une longue minute, une main légèrement posée sur sa tête. Puis je l'ai laissée dans l'obscurité et je suis montée me mettre au lit. Le grenier était incroyablement douillet. J'apercevais le rougeoiement du feu dans le coin lointain où le plancher manquait et j'entendais le bruit de la mer. C'était le même bruit que faisait Bell lorsqu'elle était comblée : un ronronnement profond, lent et régulier.

Même les marques dans le plâtre, derrière le lit, ne me paraissaient plus aussi tragiques. Après tout, il y avait de la volonté là-dedans, et de l'énergie. Ma grand-mère avait fait de son mieux pour prendre en main sa destinée. Comme le faisait sa fille Min. Comme je le faisais moi-même…

Juste au moment où le sommeil allait me happer, la chienne est montée me rejoindre. J'ai entendu le cliquetis léger de ses pattes sur les larges marches de bois. Elle a sauté sur le lit et, après un rapide survol des possibilités, s'est blottie dans le creux de mes reins. Au départ, elle n'était pas à l'aise. Des frissons parcouraient son corps. Je l'entendais haleter doucement et je sentais ses mâchoires travailler. Quels tourments doivent être ceux des bébés, ai-je pensé, si un petit chien qui ne risque rien peut être anxieux à ce point !

Puis elle a cessé de remuer et, avec un ultime soupir qui m'a fait sourire, parce qu'il ressemblait aux soupirs de Min quand elle s'estimait affreusement surmenée, elle a sombré dans un sommeil profond et silencieux.

QUATRIÈME PARTIE

LE PIQUE-NIQUE

17

Les quelques semaines qui ont suivi ont été comme une vie dans une vie. Je suis devenue sereine, et la petite chienne aussi. Au bout de quelques jours, les couinements et les frissons des cauchemars ont cessé d'agiter son sommeil, même si quelque chose, la nuit, continuait à tourmenter sa conscience, et s'il m'arrivait de m'éveiller pour la trouver assise, immobile, fixant l'obscurité. Dans ce cas, le matin, elle était aussi grognon qu'un être humain et tentait de s'accrocher au sommeil tandis que je me levais. Mais je la forçais à descendre avec moi. J'avais besoin d'elle. C'était un mois d'août magnifique et j'avais déniché, à quelques minutes de la maison, une petite crique de sable foncé où, si je laissais mes chaussures sur certain rocher, je pouvais entrer dans l'eau sans rencontrer le moindre galet. J'y allais avec ma serviette presque tous les matins, et la chienne devait venir avec moi.

Si j'avais eu le moyen d'envoyer des mails, j'aurais écrit à quelqu'un ce que j'avais découvert – à savoir qu'on peut pratiquement tout faire seul sans éprouver la solitude, sauf aller se baigner. On ne peut pas courir dans l'eau froide en s'éclaboussant, s'immerger en poussant de hauts cris, puis nager une minute en haletant avant de se réchauffer et de s'étirer dans l'eau en la trouvant délicieuse, sans ressentir l'absence d'un témoin.

Quel dommage pour Leo. Il ne se baignait plus du tout désormais. Des années plus tôt, j'avais passé une semaine au bord du lac de Lucerne, dans un village proche de chez lui. Il me retrouvait sur le môle très tôt le matin, quand le ciel était encore pâle et la brume épaisse, et nous nagions jusqu'à ce que le jour soit complètement levé. Puis il enfilait un peignoir et sautait dans sa voiture pour rentrer tandis que je remontais le sentier jusqu'à ma pension, qui sentait bon le café chaud.

Mais trêve de nostalgie. Leo était, à bien des égards, un homme merveilleux, mais il n'avait aucun sens de l'humour. Il n'avait même pas ri quand je lui avais raconté que, pour Joyce, un môle n'était rien d'autre qu'un pont avorté. Un peu d'humour l'aurait aidé aujourd'hui. Vieillir est sans doute aussi terrible pour un homme vaniteux que pour une femme ordinaire – pour toute personne qui a été, d'abord et avant toute chose, l'objet du regard des autres. C'était déjà assez dur d'être moi et de voir les sillons s'approfondir dans la peau relâchée de ma lèvre supérieure ; qu'aurait-ce été si, en mon temps, j'avais ressemblé à Marilyn Monroe ?

Je nageais nue, comme toujours lorsque j'en avais la possibilité. Après tout, j'avais vécu seule dans une petite maison sur la plage au sud de Kalamata, la première fois que j'avais lu Proust. Et, à Stoneytown, il n'y avait que de l'eau entre moi et le Cardiganshire. De toute façon, je n'avais pas de maillot.

Il y en avait bien un à Kilbride, même s'il ne risquait pas de m'aller : le costume de bain à pois que Min avait conservé toute sa vie sans jamais songer à apprendre à nager. Son gainage et son épais tissu de nylon étaient encore en étonnamment bon état ; c'est ce que j'avais pu constater en ouvrant le sac de Min à la maison Sunshine. Voir le costume là-dedans m'avait fait sourire. J'avais oublié que Min l'emportait partout – même à Nevers, au cœur de la France profonde, quand elle était allée en pèlerinage sur la tombe de Bernadette de Lourdes. Pour elle, ce costume était synonyme d'« inhabituel ». Pour moi aussi, d'ailleurs. Avant que mon père tombe malade, son apparition signifiait que le cabanon était proche. Quand les voisins commençaient à prendre le bus pour Dollymount Strand avec leurs réchauds Primus et leurs sandwichs emballés dans du papier sulfurisé, Min sortait de l'armoire le sac marron doux et usé où elle le gardait, protégé par une boule de naphtaline granuleuse dont l'odeur âcre diminuait chaque année.

Elle n'a jamais voulu me dire d'où venait ce costume.

« C'est un modèle *bandeau** », a-t-elle un jour déclaré, et je me suis dit qu'elle avait dû le commander dans un magazine ou un catalogue, car le mot français *bandeau* était loin de faire partie de son vocabulaire habituel. Le costume avait des fronces aux côtés et trois centimètres de volant plat en haut des cuisses.

« J'ai vu le même sur Esther Williams au cinéma, a-t-elle ajouté.

— Mais elle nage, elle », ai-je observé.

Min n'a pas relevé.

Avec les années, les pois blancs ont viré au jaune et la poitrine baleinée s'est mise à mener une vie propre à mesure que Min s'amenuisait au-dessous. Mais l'aversion de mon père pour ce costume de bain n'a pas varié.

« Tu ne vas pas sortir avec ça, n'est-ce pas ? lui demandait-il toujours. N'est-ce pas, ma chère ? »

Il n'était jamais aussi près de se fâcher contre elle que lorsqu'il l'appelait « ma chère ».

Et elle n'était jamais aussi près de le narguer que dans ces moments-là.

« Et pourquoi pas ? » répondait-elle – et elle traînait l'un des fauteuils cannés devant le cabanon, s'y asseyait et se prélassait ostensiblement dans son costume de bain.

Un matin, au cours de ce mois d'août magique, je rentrais de mon bain d'un bon pas, la serviette nouée autour de ma taille et mes seins séchant au soleil, quand la chienne est revenue vers moi en courant, puis s'est de nouveau éloignée en aboyant furieusement. J'ai levé les yeux et aperçu à quelques mètres, derrière les pierres entassées en haut du rivage, Andy qui détournait la tête en toute hâte.

« Je vais mettre de l'eau à chauffer ! » a-t-il crié par-dessus son épaule, et il s'est empressé de remonter vers la maison.

J'ai défait la serviette et l'ai renouée sous mes bras. Une rougeur s'était répandue sur l'ensemble de mon corps. Dans le même temps, je me répétais vigoureusement : Ça n'a pas d'importance ! Ce n'est rien ! Ça ne va rien gâcher !

Car il m'était arrivé, ces derniers temps, de me dire – timidement, en retenant mon souffle – que j'étais parfaitement heureuse à présent. Peut-être pour la première fois de ma vie. Chaque soir, avant de m'endormir, je comptais les raisons que j'avais de me réjouir – à commencer par mon lit propre et confortable – et, en reprenant les formules de toutes les prières dont je pouvais me souvenir, bombardais de remerciements extatiques la personne ou la chose qui se trouvait là-haut. J'avais ce lieu exquis. J'avais ce chien sorti de nulle part. J'avais mes amis à proximité. J'avais

Andy pour m'aider. Bientôt, je recevrais des nouvelles de Markey et, que les *Pensées* finissent ou non par voir le jour, elles nous auraient permis de renouer notre amitié. Min vivait une aventure lointaine, mais elle ne tarderait pas à rentrer. Enfin, ma foi, j'étais en Irlande, et si épouvantable fût l'Irlande – ou si épouvantable eût-elle été – elle ne l'était pas au point de m'empêcher d'y vivre.

Et je ne pouvais en dire autant de bien des endroits où j'avais séjourné. Je n'avais pas pu vivre au Mali parce que le traitement anti-paludisme me rendait malade comme un chien. Ni à Osaka parce que le quartier de l'école était incroyablement bruyant, ni à Managua à cause du machisme. Au Cap, je n'avais pas supporté la violence envers les femmes que je sentais partout présente autour de moi, même si les hommes avec lesquels je travaillais étaient charmants. J'aurais pu habiter une somptueuse villa à Lahore et gagner beaucoup d'argent en écrivant un rapport pour l'Unicef sur un projet d'enseignement à distance, mais après avoir aperçu, dans le quartier des prostituées, des gamines de dix ou onze ans au visage peinturluré et aux membres couverts de plaies, j'avais décliné l'offre.

J'excluais d'emblée les pays où le mépris des femmes était institutionnalisé : il était hors de question qu'on m'interdise de conduire ou de boire ou qu'on me force à marcher trois pas derrière quelqu'un sous prétexte que ce quelqu'un possédait un pénis. Et je ne supportais plus la tristesse de ces pays où les gens se réfugiaient dans l'excès d'alcool. Et puis, je voulais vivre à un endroit où je pouvais parler ma langue maternelle. Même en Italie, où je passais très bien à l'époque où j'étais mince et théâtrale, fumais comme un pompier et me teignais les cheveux au henné, j'avais la nostalgie de l'anglais. Et de la tranquillité. Comme celle, si merveilleuse, que j'avais trouvée ici.

Oui, l'Irlande était formidable – même si l'homme irlandais d'âge mûr était un modèle de timidité et d'inhibition.

« Quelle belle matinée, n'est-ce pas, Andy ? » ai-je lancé d'un air détaché en entrant dans la maison.

Il était dans l'arrière-cuisine, en train de sortir les tasses et les assiettes du petit déjeuner, et me tournait le dos.

« Hier soir, ai-je poursuivi en montant au grenier, je suis allée à la cabine appeler Min, parce qu'elle a une ligne fixe maintenant et peut me rappeler pour trois fois rien. On a reparlé du temps où on passait nos vacances dans un cabanon près des quais de Milbay et où on allait se doucher en douce dans un club de sport. »

J'étais sèche à présent ; j'ai enfilé mon vieux survêtement râpé et suis redescendue.

« Parce que je ne sais pas si tu as remarqué, Andy, mais ça ne vous lave pas d'aller nager. Je suis dégoûtante. J'ai en permanence du sable et du gravier entre les orteils. Et c'est déjà toute une affaire de me nettoyer le visage, alors ne parlons pas du reste. Un seau plein est un peu lourd pour moi. »

Je me suis approchée de la vieille porte qui me tenait toujours lieu de table.

« Min sera de retour pour ma fête d'anniversaire, ai-je repris. Et toi, tu seras en Irlande ? Oh, Andy, dis-moi que oui ! Ce ne serait pas la même chose sans toi. »

J'ai remarqué, en lui jetant un coup d'œil, que ses joues étaient toujours légèrement empourprées. J'en faisais trop, je le sentais. Depuis quand Andy Sutton était-il indispensable à la réussite d'une fête ? Mais aussi, depuis quand se montrait-il aussi dévoué et attentionné envers moi ? Ce qui me faisait penser…

« Au fait, Andy, qu'est-ce que tu fais là ? Je veux dire, je suis ravie de te voir, mais… »

Ô mon Dieu, je n'aurais pas dû commencer comme ça.

J'ai repris mon babillage.

« Min a changé, Andy. On se parle sur un ton différent maintenant. Elle n'est plus aussi irritable et je la prends moins de haut. Espérons que ça dure. Mais je suppose que ça ne durera pas. À son retour, elle sera de nouveau sur son territoire. Dans sa maison, avec ses pétunias, son chat, son fauteuil, sa nièce. »

Andy s'efforçait de faire des toasts en tenant de grosses tranches de pain devant la grille du fourneau, mais le feu n'était plus assez nourri.

« Et puis, on n'est pas d'accord sur cette maison, toutes les deux. Je n'ai pas eu le temps de discuter cette fois-ci, parce que tu sais, j'ai parfois peur dans cette cabine, quand les arbres grincent et craquent et qu'on a l'impression que quelqu'un rôde dans les parages. Mais avant de raccrocher, elle m'a bien fait comprendre que je ne profiterais plus de Stoneytown très longtemps. Je lui ai demandé d'apporter son billet d'avion et son passeport au téléphone et de me lire ce qui était écrit dessus. Elle quitte les États-Unis le 4 septembre pour être ici le 5 – le jour de mon anniversaire. “Et le 6, elle m'a dit, même si j'ai pas fermé l'œil, j'irai en ville trouver la plus grosse agence qui rachète des maisons et je jetterai la lettre du gouvernement sur la table et je dirai au gars : Alors mon brave, combien vous me donnez de ça ?” C'est ce qu'elle m'a dit, texto. »

Je parlais seule depuis un temps ridiculement long. Il fallait que je m'arrête.

« Alors j'ai dit que je devais rester ici parce que la chienne refusait de monter dans une voiture et que j'adorais cet endroit, mais elle m'a répondu qu'avec l'argent de la vente, elle pourrait mener la grande vie. Qu'elle pourrait voyager. J'ai dit que je ne comprenais pas ce qu'avaient les gens de nos jours, qu'ils ne tenaient plus en place, mais elle m'a rappelé qu'autrefois, quand je rentrais à Kilbride, elle regardait les tampons dans mon passeport et voulait tout savoir sur les pays où j'étais allée.

— Rosie, m'a fait Andy. J'ai une surprise pour toi. »

Sa voix était parfaitement normale. Il avait eu le temps de se reprendre. De toute façon, je ne devais pas offrir un spectacle très excitant tout à l'heure, avec mes cheveux plaqués sur le crâne et ma peau bleuie par l'eau froide. Pas grand-chose à voir avec Ursula Andress sortant de l'eau dans *Docteur No*.

La surprise, c'était qu'Andy avait amené Bell de Dublin. Tout en la peignant pour l'aider à se remettre du trajet en camion, il m'a raconté qu'elle s'était assise sur ses genoux et avait posé ses pattes sur le volant pour conduire.

« Je te l'ai amenée pour le cas où il y aurait des souris. Parce que je me fais du souci pour toi, Rosie. Rien qu'avec les bougies, tu pourrais facilement mettre le feu. Et tu pourrais te bloquer le dos en portant ces seaux ; Pearl s'est bien bloqué le dos en descendant d'un train. Je pourrais te bricoler une petite pompe à eau – j'en fabrique sans arrêt en Afrique – mais, bien sûr, il me faudrait l'électricité… Alors il m'est venu une idée à la dernière réunion NoNeed. On parlait de Rosslare. On a un problème là-bas avec les animaux que les vétos ont disqualifiés ou qui sont en surpoids. On n'a nulle part où les garder jusqu'à ce que je revienne de Gatwick avec le camion pour les emmener à la ferme. On avait bien un parc à bestiaux, mais le conseil municipal l'a repris pour en faire un parking parce que le port était congestionné. Ils doivent nous donner un autre endroit, mais ça risque de prendre un peu de temps.

— Je pourrais vous aider ! me suis-je écriée. J'ai les deux champs ! Enfin, ils sont à Min.

— Ce n'est pas le problème. »

J'ai baissé la tête. « Ça m'aurait bien plu.

— Non, je vais te dire quel est le problème. C'est vrai que tu pourrais facilement garder des animaux ici. Le problème, c'est que ces parcs à bestiaux sont réglementés. Il faut qu'ils aient l'électricité.

— Bon, tant pis…

— Donc si on crée un parc à bestiaux à Stoneytown, a conclu Andy, l'ESB sera bien obligé d'installer l'électricité. C'est la loi. Et ça ne devrait pas poser de problème. J'ai vérifié : il y a une ligne qui passe tout près, au terrain d'aviation. »

J'ai dû le regarder avec adoration, telle une starlette à qui un grand producteur vient de confier un premier rôle. J'étais littéralement sans voix.

« J'ai parlé aux gars de la section agricole de l'ESB et ils disent qu'une équipe sera là demain à la première heure. »

Je m'apprêtais à le remercier chaleureusement lorsqu'il a achevé :

« Donc mieux vaudrait prévoir de porter quelque chose. »

Je me suis penchée par-dessus la table et lui ai collé un gros baiser sur la bouche, balayant toute trace de gêne par un éclat de rire. Ça alors ! Qui aurait cru notre Andy capable de sortir une blague ! D'autant qu'il avait été – je l'avais bien senti – réellement embarrassé par le petit incident de ce matin.

Quand j'allais raconter ça à… Non. Ce n'était sans doute pas la meilleure chose à raconter à Tessa.

La table penchait et les assiettes glissaient vers le sol. « Je commence à comprendre pourquoi on a inventé les meubles », ai-je dit.

Il restait trois samedis avant la fin du mois d'août, et j'avais avec Min un rendez-vous téléphonique ferme le samedi soir à neuf heures. Je mourais d'impatience de lui décrire l'émotion que j'avais éprouvée en appuyant sur un interrupteur et en voyant les vieux murs jaillir de la pénombre, avec la poussière accumulée à leur pied et la pourriture à la base du banc-lit.

Nous avons traversé le pré en courant pour rejoindre la cabine, la chienne et moi. Elle était complètement elle-même à présent. Son pelage ressemblait à une épaisse peau de soie noire ; je m'émerveillais de le voir si luisant. Ses côtes avaient disparu sous de jolies rondeurs qui lui donnaient l'aspect d'une saucisse. Ses yeux brillaient comme l'onyx. L'un d'entre eux était presque masqué par une oreille tombante ; la deuxième oreille se dressait bien droite, de même que la queue fine que je voyais circuler en fouettant l'air toute la journée, comme une entité autonome, tandis que sa propriétaire explorait les lieux, truffe au sol.

Comme l'herbe du pré était plus haute qu'elle, je l'entraînais à courir dans mon sillage ; de la sorte, lui faisais-je observer, nous abîmions le moins de fleurs possible. Nous avons pénétré dans le bois de hêtres. De minces colonnes de lumière s'élevaient entre les arbres, étincelantes de poussière dorée, et les oiseaux, loin au-dessus de nos têtes, chantaient à qui mieux mieux. La chienne s'est arrêtée à la clôture bordant la route ; elle craignait que je ne cherche à l'emmener près d'une voiture, mais j'ai fini par la convaincre, centimètre après centimètre, de me rejoindre. Malgré sa terreur, elle me regardait avec confiance, et ce regard me donnait envie de pleurer. Comment les gens peuvent-ils choisir de faire du mal à un petit être inoffensif qui les regarde ainsi ?

Min était surexcitée par sa toute première partie de poker.

« Donc j'ai retourné la carte, Rosie, m'a-t-elle dit à l'issue d'un long récit embrouillé, et tu vas pas y croire, mais c'était le sept de pique ! Les autres ont dû payer comptant !

— J'ai lu l'autre jour que les arbres s'enracinaient plus difficilement avec l'âge – que l'enracinement était une caractéristique de la jeunesse. Toi, à ce que je vois, tu n'as aucun mal à prendre racine. Il est vrai que tu n'es pas un arbre.

— Pourquoi tu pars pas en vacances quelque part, m'a-t-elle dit, au lieu de faire la maligne et de rester à te tourner les pouces ? »

Mais je n'avais attendu que pour mieux l'épater.

« Je ne peux aller nulle part, ai-je répondu. À partir de mardi, j'aurai quatre chèvres à nourrir.

— Tu *quoi* ? a-t-elle fait, incrédule.

— Et un cochon qui n'a pas obtenu l'agrément du véto. Pas assez gros. Un cochon dépressif. C'est l'organisation caritative pour laquelle travaille Andy Sutton : ils distribuent des animaux irlandais à des familles démunies du tiers-monde – comme ça, elles peuvent gagner de l'argent et envoyer leurs enfants à l'école. Les animaux qu'on me confie sont en attente avant le départ.

— Ils les envoient par paires ?

— Les lapins, oui, mais je n'en aurai pas – les lapins n'ont pas besoin de parc à bestiaux. Voilà ce qu'est ta propriété maintenant : officiellement, c'est devenu un parc à bestiaux. D'après Andy, Stoneytown est l'endroit idéal. On n'est qu'à environ trois quarts d'heure de Rosslare et il n'y a pas de risque de contamination par d'autres animaux. Et, bien sûr, il y a de l'herbe à gogo. Andy a tout arrangé.

— Andy ! Ça alors ! Pas croyable. Et tu es payée ?

— Bien sûr que non ! ai-je répondu d'un ton indigné. C'est de l'action caritative, Min. Mais je suis ravie. J'adore les animaux. Le créateur a dû s'amuser comme un fou à les inventer. Enfin, s'il y a un créateur.

— Le créateur a aussi fait les hommes, Rosie. T'es pas saint François, tu sais ; t'as pas à passer tout ton temps avec des animaux. Et c'est dangereux là-bas pour une femme de ton âge.

— Justement ! me suis-je écriée triomphalement. C'est pour ça qu'Andy l'a fait ! Ça m'a permis d'avoir l'électricité, figure-toi – c'est temporaire, mais quelle importance ? Maintenant, il y a un câble qui relie le camp à la maison et qui remonte le chemin jusqu'aux bois. Il y a trois interrupteurs dans la maison. Je vais pouvoir pomper de l'eau. J'ai même un grille-pain !

— Doux Jésus ! a fait Min, abasourdie. Un grille-pain dans la vieille maison ! Mais où tu l'as mis ? Y a nulle part où le mettre.

— À ton avis ? » ai-je demandé. J'avais conscience qu'elle ne tarderait pas à rentrer et à critiquer tout ce qu'elle voyait. « Il y a une étagère…

— Où est Tess en ce moment ? m'a-t-elle coupée avec brusquerie.

— Tess est à Dublin pour sa formation. Elle descendra bientôt.

— Et Andy ?

— À la minute qu'il est, Andy est dehors près du puits, en train d'installer la pompe. Mais ensuite il repart pour Dublin, lui aussi. »

Min n'est pas la seule personne, dans cette famille, à ne pas toujours dire aux autres ce qu'ils veulent savoir.

J'aurais bien fait une partie de poker aussi, ai-je songé après notre conversation. Le retour vers la maison m'a paru long, car j'ai évité les bois, où l'obscurité s'épaississait, en faisant le détour par le vieux camp, puis en escaladant la colline qui dominait l'estuaire de la Milbay. La chienne allait et venait, truffe au sol, dans ce paradis d'odeurs de lapins, et je n'avais nulle envie de la brusquer. J'ai renversé la tête en arrière pour suivre le drame qui se jouait dans la grande voûte du ciel. Les premières étoiles étaient apparues, mais de petits nuages déterminés accouraient, comme dépêchés spécialement pour les éteindre. Quand j'ai atteint le bas de la pente et commencé à traverser la cour, leur travail était achevé : ils avaient pris possession du haut empyrée, masquant sa lumière blanche glacée et nous emprisonnant sous un couvercle cotonneux. Puis un frisson les a parcourus et une petite brise s'est levée. En silence, une pluie fine s'est mise à tomber.

La soirée a été bonne, même si la chienne était incommodée par la lumière électrique. J'allais devoir me procurer des abat-jour.

« L'ambiance est devenue plus urbaine tout d'un coup, lui ai-je fait observer. Et tu as remarqué ces nouveaux bruits ? La bouilloire qui siffle ? Le battement d'ailes de ce papillon de nuit contre l'ampoule ? »

J'ai pu manger proprement, maintenant que j'y voyais clair. Après le repas, j'ai fait bouillir de l'eau et sorti la cuvette devant la porte pour me laver.

C'est alors que la douleur que j'avais tenté d'ignorer m'a submergée.

J'ai vérifié les écuelles du chien et éteint toutes les lumières, puis je suis montée d'un pas lourd et me suis mise au lit. Là, je suis restée allongée sur le côté, poings sur le visage, en luttant de toutes mes forces pour me résigner.

C'était donc fini ? Fini à jamais ? Pourquoi était-ce fini pour moi ? Pourquoi ? Comment se pouvait-il que ce soit fini – l'excitation qui montait lentement, les coups de langue et les chuchotements, la bouche avide sur la peau, le choc des épaules et des hanches, la silhouette sombre auréolée de lumière qui se cambrait au-dessus de moi ? Comment le supporter, si cela devait ne plus jamais arriver ? Et peut-être que ça n'arriverait plus. Peut-être qu'il n'y aurait plus personne. Peut-être que ça y était. Juste un aperçu. Une chaleur subite et aussitôt retirée. Ne plus jamais m'ébattre sur un drap froissé, sans honte, en distribuant des baisers de joie et de gratitude – et tout ça à cause de mon âge !

J'ai bondi hors du lit, plaqué mon visage défiguré par les larmes contre le miroir, dégagé brutalement mes cheveux de mon front. Là ! Là ! Gris à la racine ! Était-ce juste pour ça ? Juste pour ça ?

Le mardi, Andy m'a amené les chèvres. La première chose que j'ai pensée en les voyant, c'est que si le vent virait à l'ouest, il rabattrait leur odeur vers la maison et c'en serait fini de la douceur de vivre. Je n'avais jamais vu créatures à l'aspect aussi primitif. J'étais stupéfaite que des êtres aussi éloignés pussent faire quoi que ce soit pour des humains. Pourtant, elles se sont laissé décharger du camion et conduire dans le champ le plus proche sans problème. Andy avait travaillé des heures à poser une clôture en barbelé, ne s'interrompant que pour rentrer déjeuner. Nous avions mangé nos sandwichs près de la porte ouverte, écoutant les cris des échassiers dont les pattes imprimaient de subtils hiéroglyphes dans la vase de l'estran. Les mouettes planaient sur un vent juste assez fort pour les maintenir immobiles devant le ciel bleu. De l'autre côté du seuil, de délicats hochequeues s'éloignaient en sautillant et, un peu plus loin, deux rouges-gorges guettaient les miettes avec des yeux brillants. Je les ai montrés à Andy : n'avaient-ils pas exactement les yeux de Min ?

Il m'a appris que les chèvres étaient les plus appréciés des animaux envoyés par NoNeed car, non contentes de fournir du lait et de la viande, elles éliminaient les broussailles. Je lui ai raconté un fait méconnu, à savoir que le fil de fer barbelé avait été inventé par une bonne sœur. Il m'a dit qu'elle cherchait certainement à garder des chèvres.

Puis il s'est absenté un moment et, cette fois, est revenu avec une grande caisse contenant une truie à l'arrière du camion.

La bête n'était pas énorme, mais je l'ai aussitôt prénommée Mother Ireland, même si je doutais fort que mon entourage comprenne la plaisanterie.

Andy m'a recommandé de garder l'œil sur elle, mais elle n'a pas semblé le moins du monde perturbée par son changement de domicile. Néanmoins, au lieu de me consacrer aux tâches qui m'attendaient, j'ai passé un long moment dehors à surveiller la chienne qui frémissait, couchée sur les dalles, devant l'enclos qu'Andy avait bricolé dans un coin de la cour. À l'intérieur, Mother Ireland était allongée sur le côté et grognait paisiblement. Des hochequeues s'affairaient autour d'elle en s'inclinant vivement et avec raideur, comme des diplomates. Finalement, la chienne a sauté sur le mur et, en quelques rapides enjambées, a rejoint la truie dans son enclos. Je me suis élancée pour les séparer mais, à mon grand étonnement, la chienne était en train de se vautrer sur le flanc rose sale de Mother Ireland. Celle-ci a d'abord poussé quelques grognements surpris, puis elles se sont toutes les deux endormies.

Si seulement un homme et une femme pouvaient s'allonger l'un près de l'autre aussi facilement !

J'étais encore un peu perturbée par ma rencontre avec Andy sur la plage. L'incident avait quelque chose de tragi-comique – un éclair de vérité animale, aussitôt renié. Que se serait-il passé si c'était moi qui avais entrevu son pénis, et non lui mes seins ? Je m'en serais souvenue, aucun doute là-dessus. Je l'aurais automatiquement « classé ». Je veux dire que j'aurais pensé « Dieu qu'il est petit », ou « Dieu qu'il est gros », ou « Dieu qu'il est tordu » – en tout cas, j'aurais pensé *quelque chose*. Andy avait dû en passer par la même phase ; il avait dû apprécier les qualités et les défauts de mes seins. Et je ne pouvais pas dire que ça me contrariait. La vérité, c'était que, avec la serviette couvrant l'essentiel de mon ventre et le reste de mon corps luisant d'eau, je ne devais pas être si déplaisante que ça. Je veux dire, si j'avais été sèche, il aurait vu les taches de vieillesse qui s'accumulaient entre mes seins et sur ma gorge. Sans parler de l'horrible petite plaque dépigmentée qui était récemment apparue sur mon cou.

Non, ce qui me troublait, c'était cette intrusion, même discrète, de la sexualité dans ma relation avec Andy. Ce n'était pas bien. L'idée ne m'avait jamais effleurée avant, mais je devais reconnaître que, dans le cas improbable où je me serais retrouvée nue avec Andy Sutton, j'aurais eu beaucoup de peine à me motiver. Le premier obstacle aurait été mes bouffées de chaleur. Elles étaient déjà pénibles en elles-mêmes (elles débutaient par des picotements douloureux au niveau de la plante des pieds, puis enflaient et inondaient mon corps d'une vague de chaleur moite), mais il me fallait en plus un moment pour m'en remettre. Elles ravageaient l'intérieur de mon cerveau qui, après leur passage, me faisait l'effet d'un espace vide et jaune. Elles prenaient du *temps*. Je serais peut-être parvenue, au bout d'un moment et s'il me caressait, à me sentir chaude et mouillée à l'intérieur. Le créateur avait plutôt bien fait les choses de ce côté-là. Même les films porno de chambre d'hôtel fonctionnaient. Mais j'aurais été incapable de fondre si je ne l'avais pas fait fondre aussi.

Et comment diable aurais-je pris un Andy *fondant* suffisamment au sérieux pour faire l'amour ? J'aurais été gênée pour lui. J'aurais été immédiatement rebutée. Je l'étais déjà quand son visage se relâchait après quelques verres, alors inutile d'aller chercher plus loin. Et s'il se mettait à parler ? À dire des choses censément érotiques et à me demander de lui faire ci ou ça ? J'en mourrais.

Et pourtant… ses mains étaient si habiles sur cette pompe à eau.

Et où donc trouverais-je un homme pour me faire l'amour si je n'en trouvais pas un ici, chez moi ? Pouvais-je me permettre de placer la barre très haut ? À mon retour de Macerata, après cette affreuse visite à Leo, je m'étais juré de ne plus jamais avoir de liaison avec un homme si je n'étais pas sûre qu'il voulait de moi. Mais d'où cet amant nouveau, parfait, magique était-il censé surgir ? J'étais une femme d'âge mûr qui vivait avec sa tante à Dublin. Réalistement, je ne pouvais pas prétendre imposer mes conditions.

18

Le quincaillier de Milbay s'efforçait de calculer combien de mètres de guirlande lumineuse il me fallait. Je comptais la faire passer par la fenêtre de la cuisine de Kilbride – qui, de toute façon, était ouverte en permanence pour Bell –, la dérouler parmi les derniers pétunias et la fixer au mur de la cour avec du ruban adhésif en formant les mots : BIENVENUE, MIN !

« Je regrette de ne pas pouvoir aider Votre Majesté, m'a dit le quincaillier, que la plaisanterie amusait toujours autant que moi. Votre serviteur n'a rien d'assez long pour… »

La porte s'est ouverte à la volée et un vieil homme est entré – celui-là même qui m'avait parlé de Stoneytown dans les locaux de la Garda quelques semaines plus tôt, ai-je pris conscience en entendant sa voix.

« Maudit soit l'enfant de salaud qu'a installé les égouts dans cette ville, a-t-il déclaré. Y a tout qui remonte encore une fois.

— Ça devait être les gars de Bailey's, a observé le quincaillier.

— Bailey's ? ai-je demandé. Vous vous souvenez de Bailey's ? Ma grand-mère, Mme Barry, a été comptable chez eux pendant des années.

— Barry la snobinarde ? » s'est exclamé le vieux au moment même où le quincaillier répondait : « Ça, sûr que je me souviens de Bailey's, ils étaient encore là dans les années soixante. »

Le vieil homme m'a examinée attentivement.

« Vous seriez pas la p'tite dame qu'est venue au poste y a quelque temps ? Celle qui disait que l'autre fou de Stoneytown, c'était son grand-père ?

— Elle-même, ai-je répondu, tout sourires.

— Venez voir ici, ma p'tite dame – ça vous en fait combien, des grands-parents ? Vous en auriez pas un partout où vous allez ?

— Allons, Paddy… a fait le quincaillier.

— Le fils de Mme Barry était mon père, ai-je répondu. Il a épousé ma mère. Ils s'étaient rencontrés à Peamount. Ils avaient tous les deux la tuberculose, même si ma mère ne le savait pas – elle travaillait à la lingerie de l'hôpital.

— Vous êtes en train de me dire, a repris le vieil homme, stupéfait, que le fils de *Mme Barry* a épousé une *fille de Stoneytown* ? C'est ça que vous êtes en train de me dire ? »

Le quincaillier a de nouveau tenté de s'interposer. « C'étaient des ambulants, ces gens de Stoneytown. C'est ce qu'on m'a toujours dit. Et, apparemment, c'était rare qu'ils se marient en dehors de la communauté.

— Ça alors, c'est trop fort ! » Le vieux n'en revenait toujours pas. « Jamais entendu une chose pareille. Mme Barry, qui prenait de haut tous ceux qu'entraient chez Bailey's ! Et son fils a marié une romanichelle ! »

Sur le chemin de la bibliothèque, je me suis arrêtée au Harbour Coffee Nook pour me consoler de cette mésalliance manifeste en dégustant une part de tarte à l'abricot avec de la crème. Puis je suis allée me connecter pour écrire à Markey.

De Rosie B à Mark C

Pensée n° 9 : la table.

Chacun devrait consommer des aliments aussi sains et frais que possible, sans en abuser. Ce conseil vaut tout au long de la vie.

Mais la table offre à la personne d'âge mûr – qui, souvent, a dû s'adapter aux goûts et horaires d'autrui pendant des années – un plaisir nouveau : celui de manger seul(e). Il ou elle peut manger ce qui lui plaît, quand cela lui plaît : du brie et du raisin en pleine nuit, des œufs au bacon à l'heure du thé, une salade en milieu de matinée...

Il y a juste une règle d'or : ne renoncez pas à vos exigences.

Mettez la table convenablement. Consommez, outre le plat principal, une entrée et un dessert – ou remplacez le plat par deux desserts. Buvez un verre de vin. Mangez devant une émission qui vous intéresse ou réservez le journal du jour pour l'heure du dîner.

Bref, savourez *votre liberté !* (155 mots)

J'ai cherché les prévisions météo sur Google – le bulletin destiné aux pêcheurs, sur lequel, j'en étais sûre, les météorologues planchaient davantage. Il n'annonçait que du bon pour le samedi de mon pique-nique. Y penser a fait poindre une légère anxiété. Je suis rentrée chez moi, refusant de la laisser grandir.

Markey n'a pas donné signe de vie pendant plusieurs jours. Enfin, un message est arrivé.

De MarkC à RosieB

Désolé, Rosie, de ne pas avoir réagi plus tôt à cette pensée sur la nourriture. J'ai traversé la semaine dernière une petite crise financière et professionnelle, les locataires de l'appartement situé au-dessus de la librairie ont disparu en laissant un robinet ouvert dans leur salle de bains, ce qui a provoqué une chute de plâtre mouillé sur des volumes de valeur non négligeable, etc., etc. Et puis, nous avons emmené les petits-enfants à Disneyworld ce week-end et je leur avais promis de ne pas emporter mon ordi (j'ai triché, bien sûr, et passé pas mal de temps au Business Center de l'hôtel ; quant à toi, je suis sûr que tu y aurais passé *tout* ton temps).

Cela étant, Rosie, je me vois dans l'obligation de t'informer que tu *régresses*.

Cette idée qu'on peut apprécier un repas en solo est totalement étrangère à l'Américain moyen. Solodining.com, par exemple, est l'un des nombreux sites à proposer de l'aide aux célibataires pour leurs repas, parce qu'il part du principe que ceux qui doivent manger seuls ont *besoin* d'aide.

Et savais-tu que le dîner de famille virtuel serait, d'ici trois à cinq ans, une réalité dans nombre de cuisines ? La technologie est presque au point. À l'heure où je t'écris (j'ai vu ça dans la revue de l'AARP, qui s'adresse aux personnes âgées), on est en train de finaliser un système dans lequel un ordinateur, lorsqu'il voit une mère de famille commencer à servir le repas, « fait automatiquement une recherche dans un répertoire de membres de la famille élargie, trouve parmi eux une personne disponible pour chatter et projette l'image grandeur nature de cette personne sur l'écran ».

Le genre de chose qu'il faut écrire, c'est : « Essayez ce nouveau régime de jouvence ! » Ce que les gens recherchent, ce n'est pas tant de la nourriture que des curiosités gastronomiques. Plusieurs de nos voisins, par exemple, ne jurent actuellement que par les graines de lin – lesquelles, tu en conviendras, peuvent difficilement passer pour de la nourriture. Et ces mêmes voisins ne liraient jamais le journal en mangeant parce que : a) ils n'aiment pas vraiment lire ; b) il faut qu'ils se concentrent pour mâcher chaque bouchée trente fois, cela afin d'éviter de trop manger et de fiche leur existence en l'air en devenant *gros*.

Rester mince, voilà ce qui compte. Tu ne peux pas conseiller de dessert. Je sais bien que les gens *mangent* du dessert – mais ils préféreraient ne pas.

De RosieB à MarkC

FAIS-LE TOI-MÊME, MONSIEUR JE-SAIS-TOUT, PUISQUE TU ES SI FUTÉ. Je m'en fiche. On n'a même pas de contrat, et j'ai une fête d'anniversaire à préparer.

Et puis, je ne veux pas donner raison, ni même *avoir l'air* de donner raison, aux fascistes antigros qui font la loi aux États-Unis.

Bien le bonjour à toi.

Rosie

Le samedi suivant, quand j'ai parlé à Min – l'année basculait déjà et il commençait à faire sombre quand j'atteignais la cabine –, j'ai diplomatiquement abordé la question du statut social telle que l'avaient soulevée, à tout le moins, les deux hommes à la quincaillerie. Mais le sujet ne l'intéressait pas. Elle voulait parler de ses nouveaux amis. Il y avait Luz, bien sûr, et Bud, le voisin, qui conduisait toujours Luz à l'hôpital quand elle avait un problème respiratoire ; et puis Helen et Lou, et Maya, qui était latino (jamais je n'aurais cru entendre ce mot dans la bouche de Min) et le compagnon (autre mot nouveau) de Maya, Tuk, mais Tuk était esquimau et passait le plus clair de son temps en mer, sur son bateau de pêche, même si, quand il était gamin, il cultivait des tomates malgré le froid terrible qu'il faisait là d'où il venait. Il y avait aussi ses amis de l'église catholique, et ses amis du pub.

En l'écoutant parler, j'ai songé à ces gens dans le monde entier que j'avais connus, appréciés ou aimés et que j'avais fini par perdre de vue. Ce n'était pas faute d'efforts de ma part : en général, c'était moi qui, jusqu'à la dernière minute, avais continué à envoyer des cartes d'anniversaire et des mails. Un soir, dans un pub de Sidney, j'avais fini par intégrer ce qu'il en coûtait de ne pas faire comme tout le monde. Un couple d'amis dont j'avais été proche quand j'enseignais dans la ville cinq ans auparavant avait eu un enfant depuis. Le soir de nos retrouvailles, ils ont décidé de rentrer chez eux tôt, malgré la présence d'une baby-sitter et le dîner spécial que j'avais commandé pour fêter l'occasion.

Si je m'étais donné la peine de penser à eux et à leur nouvelle vie, j'aurais su que toute une soirée loin de leur enfant était trop leur demander. Mais ils n'avaient pas davantage pris le temps de penser à moi. Il ne leur était pas venu à l'esprit qu'après leur départ, je n'aurais rien d'autre à faire que rester assise dans le pub à me morfondre.

« Mais tes amis américains ne sont pas de vrais amis, ai-je dit à Min, parce que j'étais jalouse et parce que la voir si confiante me faisait peur. Ils ne seront jamais comme Reeny. Ils n'ont même pas de maison. Et ils ont leur vie à eux – tu ne peux pas compter sur eux.

— Je sais bien, a-t-elle fait. Sinon, pourquoi tu serais rentrée en Irlande ? Sûr que tu serais pas rentrée si t'avais trouvé un endroit où tu te plaisais plus. »

Je me suis abstenue de geindre : Ça ne te fait donc pas plaisir que je sois rentrée ? Tu ne m'en es pas reconnaissante ?

« Tu es ma tante, ai-je déclaré aussi légèrement que possible. Ma seule parente encore en vie. Tu devrais me juger un peu mieux. Ce n'est pas parce que je ne suis pas une vedette que je n'ai pas d'amis. Beaucoup de gens m'apprécient énormément. Il y a des gens qui m'apprécient dans le monde entier. Je ne me suis juste jamais posée… »

Soudain, elle s'est adressée à moi sur le même ton aimant et réconfortant que la nuit lointaine où elle m'avait soigné les oreilles : « Tout ça est encore devant toi, Rosaleen, m'a-t-elle dit. Attends d'avoir mon âge et tu auras ta bande, toi aussi. T'es encore qu'un bébé. »

Quant à ma vie de Robinson Crusoé, elle la prenait plutôt de haut.

« Le puits ? s'est-elle écriée. Dieu soit loué pour les robinets ! N'empêche, de l'eau comme ça, on en fait plus. Et c'est un puits consacré, tu sais, je me souviens plus du saint. Les vieilles femmes croyaient – tu sais comment sont les vieilles avec leurs histoires à coucher dehors, mais c'était pas leur faute, les pauvres, elles étaient jamais sorties de chez elles – elles croyaient que l'eau de ce puits pouvait empêcher les bébés de mourir, et pourtant y en avait plein qui mouraient. »

Une voiture est passée, phares allumés. Les arbres étaient si sombres à cet endroit ; ce soir, en plus, ils frémissaient sous un vent frais.

Pour prolonger la conversation, j'ai demandé : « Tu crois qu'il y a trop de vent ici pour faire pousser des tomates ?

— Qu'est-ce que tu veux que j'en sache ? Viens pas me demander ça à moi ! J'ai pas eu une tomate dans les mains avant l'âge de quinze ans. On devait manger des algues, tu y crois, toi ? On travaillait plus dur que des esclaves. T'as déjà ramassé des algues sous la pluie, dans une vieille paire de bottes de ton père, en glissant et en t'écorchant les mains et les genoux et les chevilles sur les rochers ? *Sleabhcan*, qu'ils appelaient ça. C'était ça qu'on récoltait. Des algues. Faut que je raconte ça à Luz. J'y avais pas pensé depuis des années, Dieu merci. Y a deux choses que je sais sur la récolte de *sleabhcan* – comment on la fait, et comment on oublie qu'on la faisait. »

Et elle a commencé à me dire au revoir. Elle devait se rendre avec Luz à un festival d'artisanat où tous les objets étaient en bois.

« Soit en bois soit en baleine, a-t-elle précisé fièrement. Tous les objets jusqu'au dernier.

— Comment ça, en baleine ?

— Je sais pas exactement quelle partie de la baleine, a-t-elle ajouté d'un ton moins assuré.

— Eh bien, j'espère que les baleines ne sentent pas. Il y a une carcasse de blaireau près de l'endroit où je laisse la voiture, dans ce creux près de la crête…

— Je la connais, cette caverne. C'était là qu'on laissait nos sacs, moi et les autres femmes. On remplissait toutes un grand sac de toile avec du foin ou de la bruyère et on s'asseyait dessus pour casser la pierre.

— C'était une bonne idée.

— Fallait pas toucher au sac des autres ou on se faisait attaquer. Y avait des femmes terribles dans ce patelin. J'en ai vu qui se griffaient au visage et s'envoyaient des coups de pied et se faisaient des croche-pattes et se poussaient sur les rochers avant de frapper.

— Oh !

— Un jour, en hiver, j'en ai vu qui mouillaient le sac d'une autre femme dans une flaque, et pendant la nuit le sac a gelé et quand la femme est retournée à la carrière le matin, elles l'ont battue en lui cognant la tête avec ce sac jusqu'à ce qu'elle se mette à saigner. Elles adoraient la bagarre. »

À l'entendre, on aurait dit que c'était la chose la plus naturelle du monde.

« Parfois, même quand y avait pas de problème avec les sacs, elles se battaient comme des harpies, et les hommes criaient pour les encourager.

— Oh, Min ! » ai-je soufflé.

La chienne se pressait contre la cabine pour tenter de m'en faire sortir.

« Oh, je sais, a dit Min. C'était pas drôle en ce temps-là, c'est sûr. Mais si t'es née quelque part et que tout le monde connaît les tiens… Je veux dire, les femmes de là-bas, elles étaient pas commodes, mais elles connaissaient toutes et ma mère et sa mère. Et elles avaient des souvenirs formidables, la plupart. Elles pouvaient te réciter un film par cœur, même si elles l'avaient vu que deux fois. On attendait toujours dans la salle pour voir les films deux fois. Le gars du cinéma, il était furieux, mais un jour il a fait venir les flics et ils ont dit qu'il pouvait pas nous jeter dehors. Qu'y avait pas de loi qui nous empêchait de rester toute la journée si on voulait. »

Elle en riait encore en me faisant ses adieux.

« Viens, mon chou ! ai-je dit à la chienne. Et reste bien près de moi ! »

Nous nous sommes faufilées par la brèche de la clôture et avons traversé les bois le plus rapidement possible.

Ma grand-mère se battait-elle avec les autres femmes ? La voyait-on se redresser, haletante, le visage couvert de boue, de sang et d'éclats de glace ?

Et ma mère ?

Le troisième et dernier samedi, je trépignais d'impatience en attendant le coup de fil de Min. La température était agréable, mais, une fois de plus, les roses et les bleus enfantins du ciel d'été cédaient progressivement la place à des nuages sombres. Des hirondelles traversaient la route en volant à tire-d'aile. Pourquoi avait-on installé une cabine dans un lieu aussi isolé, derrière une demi-lune d'herbe montée en graine, sous une haie d'aubépines pleine de bruissements ? J'ai imaginé les oiseaux qui se préparaient à rentrer la tête sous leur aile pour dormir. J'étais fatiguée, moi aussi : prise de panique à l'idée que Min risquait d'appeler tôt, j'avais couru jusqu'en haut de la colline et à travers pré et bois.

La chienne s'est mise à poursuivre les abeilles qui s'activaient encore parmi les mauvaises herbes. J'ai coincé la porte de la cabine avec une pierre pour la maintenir ouverte et observé la sonnette, une sonnette métallique ronde fixée au plafond, car elle vibrait toujours une fraction de seconde avant que le dring retentisse. « Ferrugineux » : c'est ainsi que Proust décrivait le bruit du grelot qui annonçait l'arrivée de Swann. Pouvait-on utiliser ce mot pour n'importe quel métal ou fallait-il que ce soit du fer…

La sonnette a vibré. J'ai saisi le combiné.

« Allô, Min ? Min ! J'ai quelque chose d'incroyable à te raconter sur la Pointe ! »

Puis je l'ai fait poireauter. Je lui ai raconté par le menu mon expédition à Milbay, où, devant le supermarché Spar (qui avait remplacé les locaux de Bailey's ; l'appartement de Granny Barry avait disparu, lui aussi), un gamin qui aurait sans doute dû être à l'école lui-même m'avait expliqué que, comme tous les enfants étaient en classe, je pourrais accéder sans problème aux ordinateurs de la bibliothèque. J'avais suivi son conseil…

« C'est ça que tu voulais me raconter ?

— Non. Attends. »

Où était la bibliothèque ?

Près de l'agence ESB.

En passant devant celle-ci, je m'étais tournée vers la vitrine pour faire une horrible grimace et tirer la langue aux fers à repasser, aux lampes et aux réfrigérateurs, car j'étais loin d'avoir oublié l'ingénieur qui m'avait refusé l'électricité. Avec un peu de chance, il m'avait aperçue.

« Tu te souviens de ce que je t'ai dit que j'avais trouvé sur Stoneytown à la bibliothèque ? Que les habitants avaient été déplacés à Milbay et qu'ensuite ils étaient repartis l'un après l'autre, peut-être en Amérique, parce que le type dont l'avion s'était écrasé était américain et les avait invités ?

— Bien sûr que je me souviens ! C'est ça que tu fais tant de chichis pour me raconter ?

— *Attends*, tu veux bien ? D'après mes recherches, il y avait une photo dans le *Milbay Herald*. Le problème étant que le *Milbay Herald* a cessé de paraître depuis belle lurette. Eh bien, les archives du journal sont à la bibliothèque ! La bibliothécaire commence à me connaître, ça fait suffisamment de temps que je traîne là-bas, donc elle m'a laissée descendre au sous-sol pour faire ma recherche moi-même. Et, Min, j'ai trouvé la photo ! Jamais je n'aurais cru voir une photo de Stoneytown ! Le type a une coupe en brosse et une combinaison de vol, il porte son casque sous le bras et il sourit de toutes ses dents. L'arrière-plan est très flou, même si on devine une foule, mais, devant lui, il y a une floppéc d'enfants qui s'accrochent à ses jambes. On ne distingue pas grand-chose, juste des enfants pieds nus avec un visage brouillé et des taches noires à la place des yeux, mais tu saurais sûrement te reconnaître.

— Ça alors ! » a fait Min. Elle semblait complètement déboussolée. « Ça alors ! L'aviateur ! Mon Dieu !

— Dans le journal, il y a une légende sous la photo – tu m'écoutes ?

— Bien sûr que je t'écoute !

— C'est écrit : "M. 'Ginger' Charles Novitsky, originaire de Duluth (États-Unis), a reçu un accueil chaleureux cette semaine lors de sa visite inopinée à Milbay ; son avion, qui effectuait un vol d'entraînement depuis la base de Prestwick, ayant connu un problème de moteur, l'intrépide pilote a été contraint de se poser dans un pré à l'est des bois de Trumbull, sous les regards fascinés de la population locale." Donc j'ai fait une demande pour essayer de localiser la photo originale et d'en avoir un exemplaire plus net, ai-je conclu fièrement.

— Relis-moi ça », m'a dit Min après quelques secondes de silence. Je crois que sa voix tremblait, mais difficile d'en être sûre à des milliers de kilomètres de distance.

J'ai relu le petit texte.

« C'est ça, a-t-elle repris lentement. Ginger. C'est ça. Ta mère et moi, on dormait dans le lit de notre père, et l'aviateur sur le banc-lit, et notre père dans son fauteuil. Mais ils dormaient pas beaucoup : mon père sortait sa bouteille de *poteen* et je les entendais papoter des heures. Ils parlaient de la guerre. Est-ce que ta mère est sur la photo ? Ta mère trouvait qu'il avait l'air droit sorti d'un film.

— Je ne sais pas, Min. Tu me le diras en rentrant. Je ne sais pas à quoi elle ressemblait.

— Lis-le-moi encore une fois. »

J'ai obéi.

Alors, d'un seul coup, elle m'a raconté l'histoire qu'elle ne m'avait jamais racontée.

« Ta mère, elle s'était fourré l'Amérique dans la tête et je crois bien que c'était à cause de ce gars-là. De la manière dont il était tombé du ciel. De toute façon, fallait qu'elle s'en aille et vite, parce qu'elle avait entendu une femme dire que celui qu'aurait Noreen Barry aurait une belle maison en prime, donc elle savait qu'ils allaient pas tarder à lui choisir quelqu'un. Alors elle a commencé à voler des pièces dans les manteaux des hommes qui venaient jouer aux cartes chez notre père, une ou deux pièces à chaque fois ; elle les gardait dans une boîte de cigarettes avec l'image d'une rivière sur le devant. Ça lui a pris un an, peut-être même plus, et le jour où elle est partie, elle pensait qu'elle avait assez pour aller en Amérique. On venait de voir *L'Extravagant Mr. Deeds* et elle rêvait de partir là-bas. Et moi, je l'ai aidée. Je lui ai apporté sa belle jupe et son chapeau et une miche de pain fraîche dans les bois, là où elle avait caché son sac dans un tronc creux, et elle a pris le car pour Dublin sans problème. Et puis, tout ce temps-là, j'ai cru qu'elle était en Amérique. J'ai plus entendu parler d'elle jusqu'au jour où le prêtre est venu nous dire qu'elle était à Dublin.

Nous sommes restées silencieuses toutes les deux. La nuit était tombée et j'avais envie de pleurer.

Au bout d'un moment, Min m'a demandé comment se portaient les chèvres et la chienne, mais je sentais que le cœur n'y était pas. Elle m'a dit qu'elle me rappellerait à la même heure le samedi suivant, et j'ai répondu qu'il n'y avait plus de samedi – samedi prochain, elle serait rentrée puisque c'était le jour du pique-nique. Alors elle m'a dit bonne nuit et au revoir et prends soin de toi et Dieu te bénisse, et elle a raccroché.

Je suis rentrée par la route et la piste. Des nuages aussi déliés que de la fumée passaient furtivement devant la lune et s'amassaient sur les bords du ciel silencieux en dégageant les environs de l'astre. L'étoile du berger était apparue, point lumineux isolé à la lisière de la voûte. Elle me donnait toujours l'impression d'envoyer un signal universel – Allô ? Allô ? Une étoile là-haut pour me tenir compagnie ? Pauvre Keats. « Brillante étoile, que n'ai-je ta constance... » Il regrettait amèrement de ne pas avoir fait l'amour à sa fiancée avant de tomber malade. On passe son temps à regretter, bien sûr, même quand on ne meurt pas jeune.

La chienne a frôlé ma jambe ; quelque chose avait dû lui faire peur.

Si au moins Leo avait un chien. Aujourd'hui, il n'avait rien d'autre que l'intérieur de son crâne et personne d'autre que ses fils, qu'il voyait rarement.

J'ai tenté de relativiser l'humanité. J'ai levé les yeux et me suis sérieusement efforcée de nous voir, Leo et moi, du point de vue des étoiles, de saisir notre insignifiance et celle d'autrui au regard des immenses et froides dimensions de l'espace. Mais j'avais beau savoir que j'indifférais l'univers, je ne pouvais faire mienne cette indifférence. Je ne pouvais m'empêcher de me sentir réchauffée par le monde naturel, même lorsqu'il était froid. J'étais heureuse que la chienne recherche ma protection. J'aimais la silhouette sombre des bois, et que les formes qui m'entouraient me soient familières. J'avais plaisir à contempler les lignes d'écume blanche sur la plage parce qu'elles se mouvaient régulièrement dans l'obscurité et semblaient obéir à un dessein.

Et je ne pouvais croire que ce que je faisais ou ne faisais pas était sans conséquence, même si je savais que l'univers s'en fichait. Mon attitude envers Leo ne pouvait pas être indifférente. Laisser quelqu'un pourrir seul sur la côte adriatique de l'Italie ne pouvait pas être anodin. Bientôt, ce serait l'hiver.

Le lundi matin, Andy et le vétérinaire sont venus jeter un œil à Mother Ireland.

« Elle se porte comme un charme, a déclaré le veto en sirotant une tasse de thé. En voilà une qui va faire plus d'heureux après sa mort que de son vivant…

— Ah, non, ai-je répliqué. Moi, elle me rend heureuse. Et elle rend le chien et le chat heureux. »

Il m'a lancé un regard. Je l'ai vu jauger cette femme d'âge mûr aux racines grisonnantes (je ne m'en étais pas occupée depuis un mois), chaussée de tennis en toile usées aux gros orteils, qui s'adressait à lui pour dire quelque chose de sentimental. Je l'ai vu décider de ne même pas relever. Par contraste, j'ai apprécié le sourire et la voix douce d'Andy.

« Ils doivent tous partir avant l'hiver, Rosie. Tous les animaux qui ne feront pas partie du dernier lot seront abattus.

— Et quand part le dernier lot ? »

Je pensais qu'il allait dire fin octobre, peut-être même novembre. Je savais qu'il allait en Afrique à Noël pour montrer aux gens qui avaient reçu des animaux comment s'en occuper. Je savais qu'il fêtait

Noël avec Pearl (il l'emmenait dîner dans l'un des restaurants les plus chics de Dublin, où ils ouvraient leurs cadeaux) quelques jours avant la vraie date.

Mais j'ai eu un sacré choc lorsqu'il m'a répondu : « Vers le début octobre. Peut-être même plus tôt. »

Je l'ai regardé, mais il avait la tête tournée vers la mer.

« Laisse-la-moi jusque-là ! » ai-je supplié malgré la présence du vétérinaire qui, je le savais, me regardait avec mépris.

Il y a eu un silence. Le veto a fermé sa mallette avec un *clac* agressif.

« D'accord, a dit Andy. Autant te la laisser puisqu'elle est si en forme. Et puis, j'ai à faire de mon côté. NoNeed a été invité à monter une antenne au Laos. Là-bas, avec une paire de lapins, on peut envoyer tous les enfants d'une famille à l'école. Je vais me faire vacciner la semaine prochaine. »

Le Laos.

« Allez, Rose, m'a fait Andy, rompant le silence après le départ du véto. Suis-moi jusqu'à Milbay et on ira boire un café au Nook avant mon départ. »

Nous nous sommes levés et j'ai vu la tête de la chienne disparaître de l'interstice entre le mur et la porte, d'où elle nous épiait anxieusement depuis tout à l'heure. Elle détestait qu'on sache qu'elle regardait et pensait que je ne la voyais pas. Elle ne comprenait pas, par exemple, que je pouvais voir sa patte, sa queue ou le reste de son corps même quand sa tête était cachée.

« Je me demande bien ce que va devenir la maison de Min, m'a dit Andy une fois assis au café. Autour de ma ferme, on rachète toutes les terres pour construire des logements. Je ne vois pas pourquoi ce serait différent à Milbay. Mais peut-être qu'elle voudra la garder quand elle la verra.

— Min déteste Stoneytown, ai-je répondu. À vrai dire, elle déteste tout ce qui a trait à l'histoire. Elle pense qu'on ne devrait pas avoir de passé. Je parie qu'elle ne sait pas que les États-Unis ont été une possession anglaise, ni rien d'autre les concernant, et qu'elle se porte très bien comme ça. J'espère juste qu'une fois rentrée de sa petite virée, elle réussira à se poser. Qu'elle ne retombera pas malade.

— Comment ça, malade ?

— Elle ne mangeait plus. Elle ne se levait plus.

— Peut-être qu'elle n'était pas… »

Je l'ai fixé ; il a baissé les yeux.

« OK, a-t-il lâché à contrecœur. Elle devenait un peu accro à la bouteille, aussi.

— Elle ne me parlait même plus ! »

Andy m'a stupéfiée en me prenant la main et en la posant tendrement, pendant une seconde, contre sa joue.

« Pauvre Rosie, a-t-il murmuré. C'était pas si grave, tu sais. C'est une femme formidable, ta tante, et tu es une femme formidable, et la meilleure des nièces ; simplement, tu te fais trop de mouron. Et essaie de m'écouter pour une fois, parce que je peux t'assurer que j'en sais un paquet sur les femmes. »

J'ai regardé s'éloigner sa silhouette rapide et fluette – un homme ordinaire, en tout point comparable à ceux qui allaient et venaient dans cette petite ville irlandaise. Un homme fondamentalement mystérieux, même si, parfois, je lisais en lui à livre ouvert. Je savais, par exemple, qu'il s'était débrouillé pour que le veto soit là quand il me parlerait du Laos afin que ma réaction, quelle qu'elle fût, reste sobre. Et je savais qu'il avait encore autre chose en tête. Qu'il ne m'avait pas demandé de le suivre jusqu'à Milbay juste pour discuter de tout et de rien. Mais, quoi qu'il ait eu à me dire, il avait finalement décidé de s'abstenir.

Il montait à présent les marches menant au parking. Il portait des vêtements passe-partout et commençait à se dégarnir, comme tous les sexagénaires du coin. Comment se faisait-il que tant d'Américains du même âge aient encore tous leurs cheveux ? Tous ces sénateurs à belles têtes blanches. Ça ne pouvait quand même pas être le lait ?

Sur un coup de tête, je suis allée à la bibliothèque, me suis postée juste derrière une gamine qui parcourait le site de *Friends* et ai poussé de gros soupirs jusqu'à ce qu'elle me cède l'ordinateur. Après avoir convaincu le matériel d'imprimer une lettre à Leo, j'ai obtenu une enveloppe en papier kraft de la bibliothécaire. La femme a glissé ma lettre dans le courrier urgent de la bibliothèque et j'ai laissé quelques euros dans la tirelire posée sur le bureau. Pour les sans-logis. Ce qu'était Leo, bien sûr.

Milbay / Kilbride
Tel : 1-387-3896

Mon cher Leo,

Dans ma lettre de juin, je te parlais de l'endroit où j'ai campé cet été – la vieille maison que mon grand-père a construite au bout d'une péninsule de la côte sud-est, près de la carrière de pierre qu'il supervisait. J'y ai été plus heureuse que je ne l'ai jamais été (quoique : tu te souviens de cette petite maison perdue dans les dunes près d'Ostende ? Il y faisait bon vivre aussi, n'est-ce pas ?). Malheureusement, l'idylle touche à sa fin. La maison appartient à ma tante, qui ne s'y intéresse pas et préfère la vendre pour avoir un peu d'argent.

Mais pour célébrer le merveilleux été que j'ai passé, fêter le retour de ma tante des États-Unis et rassembler mes amis (il y a aussi mon anniversaire, mais ce n'est pas un anniversaire important), j'organise un pique-nique à la vieille maison le 5 septembre (mort de Flaubert). Une fête champêtre* *à l'irlandaise.*

Leo, se pourrait-il que tu sois libre et que tu te sentes assez bien pour venir ? Il y a des vols directs entre Ancône et Dublin à cette période de l'année. Je viens de vérifier et d'en trouver un avec plein de places disponibles le 3. Ces vols sont incroyablement bon marché, donc je me suis permis d'acheter un billet à ton nom (détails en PJ). Cela étant, si tu ne l'utilises pas, il n'y a AUCUN PROBLÈME.

Je sais que tu ne voyages plus guère, et j'appréhendais de te faire cette proposition. Mais ta présence signifierait beaucoup pour moi. J'avais mal évalué les choses, quand nous nous sommes vus à Macerata ; je n'avais pas compris qu'il était temps pour nous d'établir une forme d'amitié différente. Mais c'est ce que je souhaite maintenant, si tu le souhaites également. Et je peux te loger à Kilbride dans la maison de ma tante ; elle sera absente jusqu'au jour du pique-nique.

Si tu viens, apporte ton ombrello – piove sempre, *comme tu disais lors de ton dernier séjour, quand nous avons emprunté la maison de Tessa.*

Appelle-moi au numéro de Kilbride et je consulterai ton message depuis une cabine (il n'y a pas de ligne téléphonique à Stoneytown). Et, quelle que soit ta décision, sois assuré de toute mon affection.

Rosie

19

Le mardi matin, au saut du lit, j'ai appelé Tess et l'ai priée humblement de venir m'aider à préparer la fête. Après tout, la reine de l'efficacité, c'était elle. Et il y avait deux ou trois détails sur lesquels j'avais besoin de ses lumières. Mon derrière, par exemple, commençait à prendre beaucoup d'ampleur ; si ça continuait, je ressemblerais bientôt à la Vénus de Willendorf. Y avait-il quelque chose à faire ? Et qu'avait-elle à dire sur le chocolat ? Ces derniers temps, je m'étais vue marcher jusqu'à la voiture en pleine nuit pour aller à la station-service m'acheter du chocolat. Par contre, si les mots « grosse » ou « régime » franchissaient ses lèvres, je la frapperais.

Elle était égale à elle-même.

« Bien sûr que je peux venir. Les fêtes, ça n'a jamais été ton point fort.

— Il faut que ce soit parfait, Tess. Je veux que Min soit enchantée, impressionnée par Stoneytown. Comme ça, elle renoncera à vendre. Et je veux que ce soit comme la fin des *Noces de Figaro*…

— Qui vient, d'abord ?

— Eh bien, peut-être Leo…

— C'est tout ce dont on a besoin pour s'amuser. Le docteur La Mort en personne. »

Je me suis maîtrisée en respirant un grand coup.

« Et je veux quelque chose de joyeux à l'endroit où nos pauvres ancêtres ont mené une vie si dure. Je veux que Stoneytown soit complètement différent de ce qu'il était dans la jeunesse de Min – ou même de la chienne, parce que cette chienne descend sans doute d'un chien de carrier et…

— Plus concrètement… tu as un frigo là-bas ?

— Mais même sans parler des carriers, je veux que le thème de ma fête soit le même que celui des opéras de Mozart. »

Tess s'est efforcée d'ignorer l'allusion, mais sa curiosité a fini par l'emporter.

« Ah oui ? a-t-elle fait évasivement.

— Le pardon », ai-je conclu.

Du coup, trois jours avant le pique-nique, alors que je donnais des feuilles de pissenlit à Mother Ireland dans la cour, j'ai entendu un cri au-dessus de moi et, en levant la tête, vu Tess qui descendait avec précaution la colline, chaussée de bottines pointues à talons hauts et chargée d'assez de sacs et de cartons pour ouvrir un magasin.

« Andy m'a indiqué le chemin et donné une clé pour ouvrir la grille, m'a-t-elle dit, rayonnante. Ouaouh ! »

On aurait dit la Méditerranée ce jour-là ; Tess a dû y penser en survolant du regard la cour inondée de soleil, les petites feuilles semblables à du crépon vert qui ornaient les vieux pommiers noueux et le bleu de la mer à l'horizon.

« Ça bat de loin la Corse, a-t-elle dit. Aucun doute. Et c'est l'endroit rêvé pour une fête. Mais qu'est-ce qui t'a pris d'inviter Leo ? Je veux dire, Andy ne sera pas là ? Il est toujours fourré ici quand je le cherche.

— Non, il n'est pas toujours fourré ici. Mais quand bien même – qu'est-ce que ça change ? »

Le visage de Tess est un vrai livre ouvert. Je voyais le chagrin et l'amusement s'affronter sur ses traits et c'était comme contempler ces deux sentiments à l'état pur.

« J'aimerais savoir comment tu fais, s'il te drague. »

J'ai dû ouvrir la bouche toute grande.

« Comment tu fais pour supporter l'ennui, Rosie, a-t-elle poursuivi en rougissant un peu, mais avec détermination. Même moi, il ne comprend pas de quoi je parle, et je ne suis pas un rat de bibliothèque, comme toi. Pour ce que j'en sais, il n'a jamais lu un livre, sauf peut-être sur les soins vétérinaires. Il n'a jamais entendu parler de Mitterrand, de Lou Reed ou de Soljenitsyne – enfin, Soljenitsyne, il ne faut pas trop en demander, mais il n'a jamais entendu parler d'Andy Warhol ni de James Connolly ni de Seamus Heaney ni de Billy Joel. Il n'aime pas la télé. Il dit qu'il n'a pas le temps parce qu'il est toujours en Afrique ou occupé à bricoler quelque part dans la ferme, et il se contente de lire un journal le dimanche. Mais ça n'alimente pas beaucoup la conversation. Je veux dire, j'adorerais aller en Toscane, et y aller avec un homme, mais quand j'en ai parlé à Andy, il m'a dit : "C'est où déjà, la Toscane ?" »

Elle bafouillait, en proie à différentes formes de tension.

« Andy était mon seul espoir, et je l'aime beaucoup et je l'ai toujours beaucoup aimé et on s'entend parfaitement pour tout, sauf pour discuter. Et voilà qu'il te tourne autour et je n'arrive pas à y croire. Toi ! Je veux dire, même moi, je t'ennuie, et je ne suis pas si vide que ça. Mais Andy… Rosie, tu as eu plus d'hommes dans ta vie que moi de paires de chaussettes. Tu as voyagé…

— Une minute ! me suis-je écriée. Il n'est que dix heures du matin, donc on ne peut pas se mettre à boire, mais on peut se préparer un thé bien fort. On a besoin de se poser. »

Nous avons emporté notre thé dans la cour et ouvert les gâteaux secs initialement destinés au pique-nique. De son côté, Bell est sortie de sa cachette pour laper sa soucoupe de lait.

« Pourquoi tu voudrais partir avec un homme ? ai-je demandé à Tess.

— Partir où ?

— Tu viens de le dire : en Toscane, par exemple.

— Oh, a-t-elle fait, s'interrompant pour me lancer un regard indécis. Tu sais. Le truc habituel. Après un bon déjeuner et tout. » Pour noyer le poisson, elle s'est empressée d'ajouter : « Et puis, cette manière qu'ont les gens de te regarder quand tu es avec une autre femme… Encore deux vieilles filles, voilà ce qu'ils pensent.

— Mais est-ce qu'Andy aurait envie – je veux dire, déjeuner ou pas…

— Je pensais que tu connaîtrais la réponse », a dit Tess.

Je l'ai regardée d'un œil soupçonneux, mais son expression n'avait rien de sarcastique.

« Je n'ai jamais échangé ne serait-ce qu'un bécot avec ton cousin, ai-je déclaré avec hauteur.

— D'accord, a-t-elle fait en fixant sur moi son regard franc. Mais qu'est-ce que tu en penses ? »

Parce qu'elle était ma fidèle amie, j'ai renoncé à répliquer : Qu'est-ce que je pense de quoi ?

« Je pense qu'Andy est merveilleusement tendre pour un homme – il suffit de le voir faire avec un chat ou un chien. Mais je ne suis pas sûre que la tendresse soit ce que tu veux.

— Et toi, c'est ce que tu veux ?

— Moi ? » J'ai inspecté la cour, avalé une grande gorgée de thé et pris mon inspiration avant de déclarer : « Je veux un amant qui soit quelqu'un de bien, qui tienne à moi et qui m'apprécie, mais qui apprécie aussi Min et Peg et toi et les chiens et les chats, et qui adore l'Irlande ; je veux qu'il soit un peu distant, très responsable et fondamentalement détaché pour ne jamais avoir l'impression de le posséder, passionné par ce qu'il fait, mais ouvert à de nouvelles expériences et tellement en phase avec ma façon de voir les choses qu'on papotera jusqu'à tomber de sommeil et qu'on se réveillera en riant et en s'embrassant – voire plus.

— Est-ce que, par le plus grand des hasards, tu lui demanderais aussi d'être beau ? s'est enquise Tess au bout de quelques secondes.

— Oui ! ai-je clamé. Et vigoureusement hétérosexuel tout en restant sensible. Et de n'avoir eu aucune femme avant moi – même pas de mère, maintenant que j'y pense, et bien sûr pas d'enfants.

— Et l'argent ?

— Je ne me soucie pas trop de l'argent.

— Alors tout va bien, a conclu Tess. Tu devrais trouver sans trop de problèmes. »

Nous avons été prises de fou rire et nous sommes roulées sur les dalles tandis que Bell quittait la cour, écœurée.

Pour le ménage, nous formions une équipe redoutable. Naturellement, la meilleure recommandation pour les moments difficiles était : Nettoyez quelque chose à fond. J'ai été chercher mon calepin rose pour prendre note, laissant Tessa continuer seule un moment. J'étais si enthousiasmée par l'effet psychologique immédiat des travaux domestiques que j'ai rangé tous les produits dans un carton pour entreprendre un grand ménage de printemps à Kilbride dès le lendemain.

Nous sommes allées nous coucher tôt. La chienne s'est blottie entre nous, extatique, et Bell s'est étalée sur mon oreiller, logeant sa queue tout contre mon nez. Nous avions nettoyé la maison et la cour centimètre par centimètre et étions épuisées ; Tess a à peine eu le temps de me souhaiter bonne nuit avant de s'endormir. J'ai récité le Magnificat pour remercier un créateur hypothétique de la chance qui m'était offerte – celle de m'endormir auprès d'êtres chers au son du mouvement lent de la mer. À bien des moments de ma vie, tant de bonheur m'aurait paru inaccessible.

Mais une pensée m'empêchait de m'endormir tout à fait.

En nettoyant méthodiquement le fourneau en fonte, nous avions évoqué les travaux ménagers des femmes des générations antérieures, et cela nous avait amenées à parler du profond attachement d'Andy pour sa mère. Tess avait alors observé – à mon grand étonnement, car elle refusait généralement d'admettre que les actes pouvaient être soumis à l'analyse – que, malgré tout, il ne la laissait jamais s'exprimer.

« Tout ce qu'elle a à dire, elle le dit quand il n'est pas là. Observe-la bien, Rosie, la prochaine fois que tu les vois tous les deux. Comme tu sais, elle est un peu émotive et a tendance à exagérer, et ça ne dérange personne parce que c'est une si gentille petite vieille. Mais lui, ça le dérange, et le résultat, c'est qu'elle a peur d'ouvrir la bouche quand il est là.

— Comment ça, peur ? Andy est l'homme le plus doux que je connaisse.

— Avec nous, oui. Mais avec sa mère… Il ne répond presque jamais quand elle lui pose une question, ou lui parle de ce qu'elle ressent, ou lui demande ce qu'il ressent. Il se contente de pousser des grognements. Alors elle comprend le message : elle se tait et elle le laisse parler de l'essence que consomme la voiture ou du temps qu'il fera demain.

— Mais il ne ferait sans doute pas la même chose avec sa propre femme. » Partout dans le monde, j'avais eu des patrons qui empêchaient les femmes d'utiliser leur langage et sapaient leur confiance en elles et leur facilité à s'exprimer en les forçant à parler comme des hommes. « Pas si c'était quelqu'un d'autonome…

— Difficile à dire, non ? Ça dépendrait s'il la considère ou non comme sa propriété. En tout cas, il y aurait de quoi rendre une femme malheureuse, a conclu Tess pensivement.

— Ouais. Ça me paraît plus grave qu'avoir un mari qui ne sait pas qui est Salman Rushdie.

— Qui est Salman Rushdie ? » a-t-elle demandé.

Et nous avons éclaté de rire une fois de plus.

Le lendemain matin, nous sommes allées nous baigner, Tessie en maillot et moi en culotte et T-shirt. Au retour, nous avons fait cuire deux œufs dans la bouilloire électrique pour le petit déjeuner. Tess a vérifié sa terrine et l'a mise de côté dans le garde-manger, sous un plat alourdi par des cailloux ; quant à moi, j'ai rapidement confectionné un cake.

« Des framboises pour un coulis, ai-je dit. Fais-y-moi penser. Surgelées, ça ira très bien. Et de la crème. Il sera toujours temps de se mettre au régime dimanche. »

Nous avons laissé à manger et à boire pour la chienne, mis Bell dans son panier de voyage (elle serait certainement ravie de faire semblant de conduire entre la Pointe et Kilbride) et escaladé la colline d'un pas léger.

« Il ne nous manque plus que des jupes froncées pour ressembler aux filles Von Trapp », ai-je lancé, et Tess a observé que, de fait, une chanson résonnait dans les collines : la matinée était si calme qu'un air des Beatles nous parvenait depuis Milbay. « *I wanna hold your hand...* »

« Ça n'a pas vieilli, hein ? ai-je fait, mais elle ne m'écoutait pas.

— Je ne comprends pas ce que tu lui trouves, a-t-elle déclaré – et je savais à qui elle pensait. Tu me diras, on ne comprend jamais ce que les autres trouvent à un tel ou un tel.

— Je comprends très bien ce qu'on trouve à George Clooney, ai-je répliqué.

— Très juste. Moi aussi. »

J'ai regardé Leo s'avancer lentement dans le hall d'arrivée, vêtu d'un magnifique costume en lin qui, instantanément, le désignait comme non-irlandais. Mais en voyant cet homme, encore récemment plein d'autorité, devenu si fragile en si peu de temps, j'ai senti mon cœur se serrer de pitié. Et dire qu'il n'avait que cinq ans de plus que moi ! Ses bagages se limitaient à un minuscule sac de voyage et une serviette en cuir, mais il semblait peiner sous leur poids ; je me suis glissée sous le cordon pour courir l'aider. Il m'a regardée un moment en me tenant par les épaules, puis s'est penché vers moi et m'a dit doucement : « Je suis toujours si heureux de voir ce visage rayonnant. »

Je ne pouvais guère lui retourner le compliment, mais je me suis hissée sur la pointe des pieds pour déposer un baiser sur ses lèvres. Son charme n'avait jamais rien dû à la vitalité – même si, peut-être parce qu'il était si peu expressif à tout autre point de vue, il menait en silence une vie érotique d'une intensité incroyable. Mais je l'avais toujours trouvé beau, dans un genre un peu désuet ; sa distinction me faisait penser à celle du mari d'Ingrid Bergman dans *Casablanca.* Je ne le lui avais jamais dit, d'abord parce qu'il était fort possible qu'il n'eût pas vu le film, ensuite parce que nous ne nous disions jamais rien de personnel. Nos conversations étaient aussi polies que des discussions entre collègues, comme si ce que nous révélions de nous-mêmes au lit rendait toute autre forme de déclaration superflue.

Mais les années « lit » étaient révolues. Et, de près, j'ai fait le même constat que lors de notre brève rencontre à Macerata : Leo avait beau être bronzé et ses cheveux impeccablement coiffés, il avait beau sourire et murmurer comme à l'accoutumée, ses yeux étaient soulignés par des demi-lunes bleues et boursouflées. L'homme que j'avais devant moi n'était pas en bonne santé.

« Je suis si contente que tu sois venu ! » ai-je dit en l'attirant vers la sortie.

Et j'étais on ne peut plus sincère. Souvent, durant mes languissantes soirées à Stoneytown, j'avais repensé à des maisons où j'avais vécu, à des gens que j'avais connus, à des amants qui m'avaient fait trembler. Tous avaient disparu de ma vie aussi totalement que l'Atlantide de la surface des mers. Une chance précieuse m'était offerte d'éviter que ce ne soit le cas avec Leo, même si la passion avait déserté notre relation, et de faire quelque chose de ce qui, jusque-là, avait toujours été réduit à néant.

« À quand remonte mon dernier séjour à Dublin ? » m'a-t-il demandé, levant la tête pour sourire au fougueux vent irlandais et au ciel traversé de nuages rapides. « Une de mes petites capitales préférées, malgré les idiosyncrasies de vos joueurs de cuivres. »

Il faisait allusion au concert que nous avions été écouter trois ans auparavant, quand Tess nous avait prêté la maison restée vide depuis la mort de ses parents. C'était l'unique concert donné en ville ce week-end-là, avec au programme la Neuvième de Beethoven, et le corniste n'avait pas tant joué que molesté et éreinté son solo. Leo avait été fasciné par sa prestation. Il est vrai qu'en bon maniaque de l'ordre, il avait pour le désordre une considération exagérée.

« Tu as faim ? ai-je demandé en l'installant dans la voiture. On pourrait aller vers le nord, à Skerries – il y a un petit endroit tout simple sur le port où on sert la pêche du jour.

— Ce n'est peut-être pas la peine d'aller si loin ?

— Tu es fatigué, mon cher. Je l'entends à ta voix. Mais il est l'heure de dîner et, comme j'arrive de la campagne, il n'y a rien à manger dans la maison de Kilbride. Oh, je connais une ancienne école convertie en resto à dix minutes d'ici, et ils savent ce que c'est que cuisiner. Si on essayait ça ? »

Mais, tandis que nous faisions la queue pour accéder au parking du restaurant illuminé, il m'a touché la main en disant : « Peut-être pas, Rosie. J'ai mangé quelque chose à Ancône. Si on faisait juste un petit pique-nique ?

— Je sais ! ai-je répondu. On va s'arrêter au Sorrento pour prendre du *fish and chips*. Qu'est-ce que tu en penses ? Je te laisserai aller commander, parce qu'il faut dix minutes pour préparer les frites, et je te rejoindrai dès que j'aurai trouvé une place. »

En arrivant à la friterie après avoir garé la voiture, déposé son sac dans la cuisine et allumé un feu, je l'ai trouvé accoudé au comptoir et en grande conversation avec Enzo. Maintenant que j'y pensais, Enzo était lui-même une sorte de Suisse italien, originaire des environs de Lugano. Les deux hommes avaient en main un verre de l'horrible vin rouge de la maison et évoquaient gravement ses caractéristiques tandis que la jeune épouse d'Enzo – celle-là même qui, en son temps, avait inspiré à M. Colfer une imprudente passion – servait la clientèle d'adolescents habituelle.

Quelques minutes plus tard, ils en étaient aux médecins. Au dos d'Enzo. Au dos d'Enzo et aux douleurs qu'il lui causait. Au dos d'Enzo et à l'onguent avec lequel il demandait à sa femme de le masser tous les soirs…

— *Manger*, ai-je chuchoté à Leo. Je meurs de faim ! »

Comme il m'avait entendue, Enzo a roulé deux grosses morues fumées dans la pâte à frire et commencé à fourrer nos frites dans des sachets.

Les deux hommes ne tarissaient pas d'*arrivederci*. Leo devait passer dès que possible pour goûter le blanc. Mme Enzo semblait furieuse, mais nos compères, qui se serraient la main avec enthousiasme, ne s'en étaient même pas aperçus.

J'ai été heureuse de descendre la rue en compagnie de Leo ; nous cheminions bras dessus bras dessous, sauf quand l'un d'entre nous allait piocher des frites dans le sac. Il était aussi affamé que moi, ai-je remarqué. Kilbride me paraissait délicieusement peuplé et vivant après Stoneytown. Les fenêtres devant lesquelles nous passions laissaient voir, en une succession de tableaux vivants, ce qui se passait dans les salons. Les gens que nous croisions me disaient bonjour et saluaient Leo d'un hochement de tête. Mme Beckett, qui avait dû forcer sur la vodka, m'a hélée depuis son seuil : « Qui c'est le gars, Rosie ? Déjà en pyjama, à cette heure ? » Heureusement, elle ne portait pas son dentier et Leo n'a pas dû comprendre. Il y avait de la lumière chez Reeny, mais je savais qu'elle était en Espagne – ce qui était aussi bien, sans quoi j'aurais eu droit à ses commentaires également.

« Des gens charmants, a commenté Leo d'un air approbateur. Et l'Irlande – j'avais oublié. Quand on est si à l'ouest, la lumière est très différente. C'est étrange de voir de la lumière dans le ciel si tard le soir. »

La maison de Min lui plaisait beaucoup. J'ai disposé notre *fish and chips* dans des assiettes et apporté le sel et le vinaigre à table. Pendant le dîner, Leo n'a cessé de jeter des regards à la ronde en marmonnant : « Parfait, parfait. » Tout l'enchantait : les impatientes écarlates dans leur pot en porcelaine, le petit fauteuil bleu, le tapis en lirette devant le foyer, le buffet métallique, les rideaux jaunes. Mais je l'ai aussi vu se retourner plusieurs fois d'un air inquiet vers quelque chose ; au bout d'un moment, j'ai pris conscience qu'il s'agissait de l'escalier abrupt qui s'élevait près de la cheminée.

Sur une subite inspiration, j'ai couru chercher Monty dans la maison voisine et nous avons descendu mon lit tout neuf pour l'installer au rez-de-chaussée, sous la fenêtre donnant sur l'arrière-cour ; Leo pourrait ainsi avoir autant d'air qu'il voulait.

Puis je suis montée quatre à quatre et redescendue avec les draps de luxe que j'avais achetés à Manhattan pour copier ceux du Harmony Suites Hotel.

« Là ! ai-je dit. Et regarde. » J'ai ouvert la porte de derrière. Le ciel était d'un riche turquoise marbré virant progressivement au marine. « Il y a des cabinets ici ; le conseil municipal les avait ôtés pour faire moderne, mais on les a réinstallés pour mon père un ou deux ans plus tard. Pratique, non ? Et en plus, il ne pleut pas. *Non piove sempre.* »

Bell est entrée en frôlant mes jambes.

« Minou minou », a fait Leo poliment.

Elle nous a regardés, moi, puis lui, puis de nouveau moi, avant de ressortir dans la cour d'un air digne. J'ai claqué la porte derrière elle pour lui signifier qu'elle pouvait dormir dehors si elle refusait de se montrer aimable envers notre invité.

Leo a fait la vaisselle et été jusqu'à préparer un café instantané, même s'il s'est pratiquement pincé le nez en le buvant par la suite. J'ai descendu des cintres pour ses deux costumes, qu'il a suspendus à la patère fixée sur la porte. Puis il s'est mis en pyjama, s'est brossé les dents dans l'évier, a nettoyé ce dernier avec soin et s'est mis au lit. J'ai lu le journal au coin du feu. Nous étions aussi paisibles que de vieux époux.

Je m'apprêtais à monter moi-même me coucher lorsque la question qui me préoccupait confusément m'est revenue en mémoire.

« Leo, c'est toi qui as payé le *fish and chips* ? Parce que je ne l'ai pas fait. »

Le silence a duré si longtemps que j'ai fini par me tourner vers lui. Il était assis dans le lit, calé sur tous les oreillers que j'avais pu trouver, les yeux gravement fixés sur moi.

« Qu'est-ce qu'il y a ? » ai-je demandé.

Il semblait incapable de parler. Je suis allée m'asseoir sur une chaise près du lit et lui ai pris les mains.

« Qu'est-ce qu'il y a ?

— Je n'ai pas d'argent, Rosie.

— Tu n'as pas d'argent ? » ai-je répété bêtement. Mon grand seigneur ! Trois fils dans les meilleures écoles privées britanniques ! Conseiller pour les affaires culturelles auprès des institutions européennes ! « Tu n'as *pas assez* pour un *fish and chips* ?

— Non. Je n'ai rien. Si tu n'avais pas payé mon billet…

— Oh, non ! me suis-je écriée, bouleversée – pas parce qu'il était sans le sou, mais parce que j'avais cru qu'il venait pour moi.

— *Non*, Rosie ! a-t-il fait, devinant ma pensée. J'aurais dû emprunter l'argent, mais je serais venu de toute façon pour ton anniversaire, ma très chère amie. Tu ne peux pas savoir combien ta lettre m'a touché. » Il a fait un effort visible pour continuer à parler, reprenant dans un souffle : « Je n'ai pas pu emporter de valise. Il y a eu un problème avec ma logeuse. J'ai dû me contenter de mon petit sac, donc j'ai pris mes notes et mon manuscrit et quelques CD. Sinon, la *signora* aurait remarqué. Peut-être qu'elle me gardera mes vêtements, mais ça m'étonnerait, parce qu'elle était très en colère. Et puis, pour le moment, je ne vois pas comment je trouverais l'argent pour la payer.

— Mais, Leo… »

Une affreuse pensée m'était venue. Tous ces restaurants et ces chambres d'hôtel… Tous ces martinis et ces cappuccinos ! Ô mon Dieu, et la note de téléphone de la *pensione* d'Ancône – je comptais la lui rembourser, mais je ne l'avais jamais fait.

« Et ça fait combien de temps ? Combien de temps que tu as ce… ce problème ?

— Ce n'était pas si terrible au départ », a-t-il commencé. Puis il a dû voir la honte qui enflammait mon visage. « Allons, Rosa, a-t-il chuchoté. C'est moi qui ai choisi de ne rien t'expliquer. C'était mon choix.

— C'est pour ça que tu ne voulais pas aller au restaurant tout à l'heure ? Mais qu'est-ce que tu vas devenir ? » J'ai porté ses mains à mes lèvres.

« Ma femme est une très bonne mère, a-t-il dit. Elle comprendra sans doute bientôt qu'il faut qu'elle parle au père de ses enfants, et quand on se parlera, on arrangera quelque chose. Ma femme est riche, mais il y a beaucoup d'objets de valeur dans la maison de Lucerne qui viennent de ma famille et que j'ai le droit de vendre. Simplement, je dois attendre qu'elle parle la première. En tant que mari, je suis entièrement dans mon tort.

— Mais tu ne vas pas bien !

— Je suis fatigué, c'est tout.

— Alors reste ! Regarde comme tu es bien ici ! Min, ma tante – tu te souviens ? – sera de retour après-demain et, quand je lui expliquerai que tu as besoin de te reposer, elle sera l'hospitalité même. Et en attendant... » J'ai fourragé dans mon sac pour trouver mon portefeuille. « En attendant, Leo, voici tout le liquide que j'ai sur moi, et j'irai en retirer demain. »

Ses yeux se fermaient. Il a encore marmonné quelque chose concernant le père de Mozart, et il semblait en rire en sombrant dans le sommeil. Finaude, j'ai conjecturé qu'il songeait à la musique pour cor que Leopold avait composée et au sort que le corniste que nous avions vu massacrer le solo de la Neuvième lui aurait réservé.

De MarkC à RosieB

Chico vient d'appeler. Je crois qu'il commence à se dégonfler. Il dit que les Celtes sont complètement out, que le moment « world » est en train de passer, que l'heure est aux Latinos.

J'ai dit qu'on lui envoyait 10 × 150 mots dans les plus brefs délais. Il a dit que le nombre de mots n'avait pas d'importance, que ce dont il avait besoin, c'était un synopsis pour les commerciaux, qui ne lisent jamais rien d'autre.

Tu crois que tu pourrais m'envoyer ça ?

De RosieB à MarkC

Dix pensées sur la maturité *explore, dans un format agréable et facile d'accès, ce moment du voyage de la vie où les questions de la jeunesse ne se posent plus vraiment, mais où les certitudes de la vieillesse sont encore à venir.*

Vous avez atteint le riche et fécond plateau de la maturité – l'âge de tous les possibles ! Vous voulez en profiter pour progresser sur la voie de la sagesse et de la joie de vivre ? Alors, laissez ces « pensées » faussement simples vous guider.

Lisez…

Méditez…

… Et souriez !

De MarkC à RosieB

Tu es un génie.

J'ai fait passer à Chico et attends avec confiance fortune et gloire.

Markey

20

Le lendemain matin – la veille du pique-nique – je nous ai préparé deux grandes tasses de thé et suis allée m'asseoir près du lit de Leo. Postée à l'autre bout de la pièce, Bell nous lançait des regards noirs. Quand j'ai apporté les toasts, Leo m'a fait un baise-main.

Pas la pire manière d'entamer cette journée, ai-je songé. Je veux dire, c'est un expert mondial de Brahms qui nous présente ses respects. Pas Monsieur tout-le-monde.

« Mince alors ! ai-je fait. Merci. Et, dis-moi, comment te sens-tu aujourd'hui ? Je peux te confier quelques courses ? »

Je lui ai appris à dire *batch loaf*[1] et, bientôt, il s'est mis en route pour le Xpress Store. L'expédition lui a pris tant de temps que j'étais déjà douchée et habillée lorsqu'il est revenu, les yeux brillants, en racontant gaiement que c'était comme d'aller remplir sa cruche au puits d'une oasis, que tout le monde était debout à papoter dans le magasin. Et les gens l'avaient accueilli très gentiment, lui demandant où il logeait et comment j'allais et comment Min se débrouillait en Amérique.

1. Pain de fabrication typiquement écossaise et irlandaise.

Hmmm… ai-je pensé. Je peux définitivement dire adieu à ma réputation.

Tandis qu'il faisait la vaisselle, j'ai branché l'ordinateur pour me connecter et me suis laissée aller contre le dossier de mon siège, prête à recevoir de nouveaux compliments.

De MarkB à RosieC

!!! URGENT

Ma bonne vieille Rosie, assieds-toi avant de lire ce mail.

J'ai envoyé ton brillant synopsis à Chico et reçu une réponse automatique qui signalait son absence sans préciser la date de son retour.

J'ai donc appelé Louis en personne.

Il m'a dit que Chico ne faisait « plus partie de la famille Louisbooks ». Il me l'a dit d'une voix si redoutable que j'ai tout de suite compris pourquoi il était multimillionnaire et moi pas. Bref – en tout cas, plus de Chico.

J'ai respiré un grand coup et dit que c'était dommage, parce que tu venais de réaliser une prouesse en rédigeant dix pensées qui exploraient, dans un format agréable et facile d'accès, ce moment du voyage de la vie où les questions de la jeunesse ne se posent plus vraiment, mais où les certitudes de la vieillesse sont encore à venir.

Il m'a dit que c'était une prouesse en effet, et qu'il t'en félicitait. Que, d'après ses collaborateurs, le secteur des guides pratiques était un peu congestionné en ce moment, que mieux valait se concentrer sur les cadeaux & souvenirs.

Les torchons, par exemple, m'a-t-il dit. Les boutiques de cadeaux réclament à cor et à cri des torchons sympathiques. Aurions-nous une idée de torchon à lui soumettre ?

J'ai dit que je le recontacterais.

Bonne journée, Louis, que j'ai dit.

J'avais conscience qu'il n'était que trois heures du matin à Seattle, mais je n'ai pas pu me retenir.

« Markey ! ai-je tonné au téléphone, si fort que Bell a bondi du fauteuil où elle était assise et atterri directement dans la cour, sans même passer par le rebord de la fenêtre. Markey, comment ils ont pu nous faire ça ? Des gros porcs de capitalistes, voilà ce que c'est ! On aurait dû prendre un avocat…

— Rosie ! »

Il criait presque aussi fort que moi ; je ne l'avais sans doute pas réveillé.

« Quoi ?

— Calme-toi !

— Comment veux-tu que je me calme quand le plus gros…

— Rosie, ce problème-là peut attendre. Bon. Tu es calme maintenant ? Oui ? Eh bien, il y a du nouveau pour Min – rien d'inquiétant, je comptais d'ailleurs attendre demain pour t'en parler, mais puisque tu es là… Les flics de Portland ont trouvé ma carte près de son lit dans son mobile home et m'ont appelé il y a une heure environ. Je leur ai bien sûr certifié que je la connaissais depuis toujours, que c'était une vieille dame parfaitement respectable, et…

— Qu'est-ce que les flics foutaient *dans le mobile home de Min* ?

— Apparemment, ils effectuaient une visite – pas une descente, hein, plutôt une sorte de visite pastorale – dans le parc de mobile homes suite à divers petits incidents. D'après eux, c'est un peu un repaire de soiffards – il y a là quelques Inuits qui biberonnent sec, plus quelques Mexicains et Guatémaltèques qui n'ont pas l'air nés de la dernière pluie, et avec eux c'est un peu la fiesta permanente, même si l'âge moyen des fêtards, visiblement, excède largement les soixante-dix ans. Cela étant, les flics n'étaient pas là pour alpaguer qui que ce soit, même parmi les clandestins. C'est le contrôle sanitaire qui leur avait demandé d'y passer, parce que ces vieux ont tendance à ignorer les consignes anti-incendie et tout ça. Simplement, quand ils sont arrivés au mobile home de Min, il s'est avéré qu'elle avait décampé. Aucune raison à ça, n'est-ce pas ? Elle a un visa touristique parfaitement valide, n'est-ce pas ? Et pourtant, il n'y avait plus trace ni d'elle ni de Luz. Son passeport avait disparu aussi, et quant à son argent, les flics ont vérifié : elle venait de toucher un mois de salaire du Galway Bay Saloon et de prendre congé définitivement.

— Oh, ne t'inquiète pas, Markey ! ai-je dit en riant de soulagement. Je sais où elle est – en route pour l'Irlande ! Elle rentre pour la petite fête d'anniversaire que j'organise demain. Il fait un temps splendide ; je prie juste pour que le pique-nique se conserve bien. Mais pour en revenir à Chico, ce rat, et à son…

— Rosie Barry ! On parlera de ça demain. Billy, mon compagnon, qui a le malheur de dormir du côté du téléphone et n'a jamais rencontré un Barry de sa vie, a déjà été réveillé deux fois cette nuit pour une affaire concernant ta famille.

— Oh, Markey, je suis confuse. Dors bien et appelle-moi quand tu pourras, d'accord ? »

J'ai tenté d'expliquer toute l'affaire à Leo. Vieux copain Markey. Marché de la sagesse celtique. Guide de développement personnel, papier non ébarbé, en pile près de la caisse pour stimuler les achats d'impulsion – tu me suis, Leo ? Il ne me suivait pas. Je l'ai donc renvoyé au XPress Store acheter ce qu'il fallait pour préparer des spaghettis carbonara. Il ne trouvait pas de mots, m'a-t-il informée en revenant, pour exprimer son mépris envers le petit sachet de fromage râpé qui passait à Kilbride pour du parmesan. Sans parler de la curieuse consistance des pâtes irlandaises. Quand elle a senti l'odeur du bacon en train de frire, Bell n'a pas pu se retenir : elle est rentrée comme une flèche par la fenêtre. Cela m'a fait penser que Monty serait peut-être content de déjeuner avec nous, mais je savais que, si je me contentais de l'appeler par-dessus le mur de la cour, il serait trop intimidé pour nous rejoindre. Je suis donc allée frapper à sa porte et l'ai convaincu de venir partager nos spaghettis.

Je l'ai regardé avec affection tandis qu'il se plantait anxieusement devant le miroir de l'entrée. Toute sa vie, il s'était zieuté partout où il pouvait entrevoir son reflet. Il avait désormais une panse rebondie, sanglée bien au-dessous de la taille, et des cheveux plus clairsemés qu'autrefois. Il a sorti un peigne de sa poche-revolver et se l'est passé sur le crâne.

« Comment va ta mère ? » ai-je demandé.

Il avait beau sortir avec Peg, c'était Reeny qui avait toujours été son pilier.

« Ma mère a un petit ami espagnol », a-t-il fait d'un ton plaintif.

J'ai réussi à répondre « Vraiment ? » au lieu de : Je sais et je trouve ça formidable, elle l'a bien mérité, bien sûr j'espère que c'est un brave gars et qu'il dit quelques mots d'anglais, mais même dans le cas contraire je suis contente pour elle. À ton âge, il serait peut-être temps que vous vous lâchiez un peu mutuellement.

Un jour, en parcourant un avion bourré d'hommes d'affaires qui attendaient leur dîner, j'avais noté que certains d'entre eux portaient leur serviette en bavoir sous le menton ; ça m'avait donné l'impression d'être au jardin d'enfants, entre deux rangées de bambins naïfs et impatients. Monty me faisait le même effet. Je voyais toujours en lui le petit garçon potelé qui regardait la télé chez nous, impassible, tandis que sa mère pleurait toutes les larmes de son corps dans la maison voisine. On retrouve l'enfant beaucoup plus facilement chez les hommes que chez les femmes.

« Et comment il est, ce lit ? » a-t-il lancé avec chaleur à Leo.

Un peu surpris par ce ton jovial, Leo a répondu « Formidable ! » avec un petit geste du pouce et de l'index dénotant la perfection qui aurait bien fait rigoler les piliers de bar du Kilbride Inn. « Un confort ! Et ce calme ! Merveilleux.

— Il y a donc beaucoup de bruit là d'où vous venez ? » a demandé Monty, qui faisait décidément un gros effort de conversation.

« Depuis quelques années, je vis dans des petites villes italiennes où il n'y a pas une seconde de silence. Mais j'espère retourner dans la maison de ma famille, en Suisse…

— En Suisse ! s'est écrié Monty avec enthousiasme. J'y suis allé y a pas longtemps pour l'Open ! Jamais vu un terrain pareil !

— Vous avez joué ? » s'est enquis Leo.

J'ai d'abord cru qu'il voulait parler d'un instrument de musique, mais il s'est avéré au cours du déjeuner que son fils, celui qui avait quinze ans – celui sur lequel il comptait pour fléchir sa femme –, était « capitaine de golf » dans sa prestigieuse école britannique.

Il n'en fallait pas plus pour que Monty prenne Leo sous son aile à titre de confrère sportif. En moins de temps qu'il n'en faut pour le dire, il avait rapporté ses clubs de golf et deux vestes pour l'emmener à Portmarnock et lui montrer un *links* irlandais typique.

« C'est l'idéal pour un gars qui se sent un peu mal fichu, m'a-t-il assuré. Il aura rien d'autre à faire que rester dans la voiturette et respirer l'air marin pendant que je m'entraîne. »

J'ai regardé Leo d'un air impuissant. Les manches de son anorak en polyester violet marqué *Team* ne laissaient voir que le bout de ses doigts.

« C'est une très bonne idée, Rosie, m'a-t-il dit. Comme ça, la prochaine fois que je verrai mon garçon, j'aurai un tas de choses à lui raconter.

— Mais vous allez y rester des heures ! ai-je gémi. Et j'ai tellement à faire à Stoneytown !

— Eh bien, m'a dit Monty, vas-y, au lieu de nous mettre la pression. Je m'occuperai de Leo. Je le présenterai aux copains et on ira manger – ils font un steak formidable à Portmarnock. On boira quelques bières, on se couchera tôt, et on viendra ensemble au pique-nique demain.

— Et Peg alors ?

— Peg vient avec Tess.

— *Mais ça va très bien, Rosie !** s'est exclamé Leo. Cette organisation me convient parfaitement. »

Monty souriait fièrement, comme s'il était personnellement responsable du bon français de Leo.

Je me suis élancée vers ce dernier tandis qu'il montait lentement en voiture.

« Tu as assez d'argent ? ai-je chuchoté d'un ton pressant. Il va falloir payer ta tournée.

— *Qu'est-ce que c'est ?**

— Monty ! Tu expliqueras à notre *ami** ici présent le système irlandais des tournées de bière, OK ? Et occupe-toi bien de lui. Et…

— À demain !

— À demain ! »

J'ai passé l'essentiel de l'après-midi à faire le ménage chez Min. J'ai nettoyé la cour au jet d'arrosage ; j'ai préparé un feu et laissé une boîte d'allumettes près du foyer, traversant avec entrain les formes jaune beurre que le soleil traçait sur le sol. Soudain, j'ai entendu à la radio l'air que j'avais toujours considéré comme « mon » air, parce que je le repassais chaque fois que je décidais qu'il était temps d'aller vivre ailleurs. Je me suis assise sur le seuil et l'ai écouté avec un ravissement intact. C'était le dernier *lied* composé par Schubert et je le connaissais vraiment bien, car je l'avais déjà sur cassette dans le temps. Il s'intitulait *Le Pâtre sur le rocher* et, pour une raison ou pour une autre, était chanté par une soprano. Par sa voix, le pâtre racontait au monde que le chagrin le consumait, que sa joie s'en était allée, que tout espoir l'avait quitté en ce monde.

« Je suis si seul ici », se lamentait la voix, et la clarinette se lamentait avec elle.

Puis (à ce moment, j'ai bondi et foncé sur la radio pour monter le volume), en un retournement vertigineux, charmant et totalement arbitraire qui me faisait chaque fois sourire irrépressiblement, elle explosait : « Le printemps approche. Le printemps, ma joie ! Je vais maintenant m'apprêter à partir. »

J'écoutais donc ce chant avant de me remettre en route.

Je me suis levée et, debout dans l'arrière-cour de Min, j'ai fait un vœu : tout ça était terminé. Sans même que j'aie besoin d'y penser, une décision s'était fermement ancrée en moi : je partirais de nouveau, certes, mais pour revenir vers un chez-moi.

Cette chose qui m'avait fait dire non à Hugh Boody, cette chose qui m'avait laissée avec des amis partout et nulle part, que j'avais volontairement payée de ma solitude, c'était la liberté de poursuivre le merveilleux. Et je l'avais poursuivi tout autour du globe. C'était l'appel des chutes d'Iguaçu et de la cathédrale de Cologne, du monde caché de la Grande Barrière de corail et de tous les endroits où je n'étais pas allée ; c'était la possibilité de m'improviser auteur de mini-guides que des inconnus paieraient une fortune pour publier et que d'autres inconnus liraient et méditeraient.

Mais, à présent, j'étais tout aussi exaltée par le quotidien. À Stoneytown, par exemple, j'adorais sortir dès le soir le couvert du petit déjeuner – rien qu'une tasse, une assiette, une cuiller et un couteau, mais les poser à côté de la bouilloire était pour moi un immense plaisir. J'adorais décrocher le linge de la corde et refaire le lit avec des draps encore subtilement rafraîchis par les brises qui les avaient séchés. J'adorais faire ma ronde avec la chienne avant d'aller me coucher, vérifiant que la grange et les remises étaient bien verrouillées, puis fermant la porte de derrière à l'aide de la barre en bois. La chienne courait vers la prochaine étape, fière d'anticiper mes actions ; j'étais heureuse de répéter le même rituel chaque soir, et elle aussi, je le savais.

C'était ce que je dirais aux autres quand ils boiraient à ma santé le lendemain : Je ne suis pas ici en visite, comme je l'ai souvent été ; je suis de retour. Si je dois repartir, ce ne sera jamais que pour une excursion.

Allons – il était temps de me bouger ! Oui, j'avais été au supermarché, oui, j'avais emballé les assiettes et les verres, oui, j'avais réussi à attraper Bell, qui boudait dans son panier à l'avant de la voiture, et oui, j'avais posé sur le siège arrière la petite robe blanche achetée à Mykonos – à Stoneytown, je lui donnais environ cinq minutes pour être victime d'une catastrophe ou d'une autre. Le second costume en lin de Leo était pendu derrière la porte, long et fin comme son propriétaire. La passion n'était-elle pas la chose au monde la plus proche d'une tornade ? Si envahissante lorsqu'elle était là, si totalement disparue une fois enfuie ?

Le téléphone a sonné.

« Oh, Min ! Oh, c'est *génial*. Tu m'attrapes juste au moment où je partais. Je me faisais un peu de souci, parce que Markey m'a dit ce matin que les flics de Portland l'avaient contacté – ils ont trouvé sa carte dans ton mobile home. Et puis, j'avais peur que tu sois surprise de trouver un inconnu chez toi. Mais tu te souviens de cet ami – un homme – qui m'appelait de temps en temps et dont tu disais qu'il avait l'air de lire les infos au téléphone ? Eh bien…

— Les flics ont appelé *Markey* ? Doux Jésus, mais pourquoi ? Il a rien à voir avec tout ça !

— Eh bien, c'est un peu leur boulot, non ? Je veux dire, pourquoi tu n'as prévenu personne que tu quittais cet endroit ? Pourquoi tu ne m'as pas dit…

— Ah ça, Rosie Barry ! m'a-t-elle coupée vivement. Tu t'es jamais vraiment tuée à me tenir au courant quand t'allais d'un endroit à un autre.

— Mais je n'ai jamais eu affaire à la police !

— Et moi non plus ! C'est pour ça que je suis partie ! J'avais aucune envie de me retrouver au poste pour me faire engueuler par des gamins qui pourraient être mes petits-fils. Qu'est-ce que j'avais fait ? Rien du tout ! Et le loyer était payé et j'avais mon salaire dans la poche, donc je suis partie. C'est quoi le problème, je te le demande ! Et puis, Luz embête personne et elle veut rien avoir à faire avec les flics.

— Mais pourquoi les flics étaient là ?

— Parce que ce pays marche sur la tête ! Les riches sont maigres comme des clous et ils ont peur de leur ombre et les pauvres sont gros et tout le monde essaie de les empêcher de s'amuser. Tu sais que si t'achètes une bouteille de vodka ici – et ça coûte rien, laisse-moi te le dire, comparé au prix que font ces escrocs en Irlande – il faut pas la sortir de son sac en papier ? Et que t'as pas le droit de l'ouvrir dans une voiture ? Dans une *voiture* ! On faisait de mal à personne et avant qu'on ait eu le temps de dire ouf, les proprios du parc de mobile homes sont tombés sur Tuk et sur Maya avec une liste longue comme le bras de trucs pas bien qu'on était censés avoir faits. Je suis dégoûtée de l'Amérique, ça tu peux me croire. Y a que les gens en Amérique qui sont bien. Les lois sont dégoûtantes.

— Eh bien, ça n'a plus beaucoup d'importance puisque tu rentres. »

Je ne pouvais pas passer mon temps à lui faire des reproches. De toute façon, j'avais tant de choses à lui montrer et à lui demander à son retour que ce n'était pas le moment de me disputer avec elle. Sans compter que Leo vivait dans sa cuisine.

« Où es-tu, au fait ? ai-je demandé, car l'idée m'a soudain traversée qu'elle n'était peut-être pas encore à New York.

— À Duluth.

— Quoi ? *Où ça* ? »

Alors je me suis souvenue. Le pilote. Le pilote qui s'était écrasé à Milbay. Il était de Duluth.

« Mais…

— Je t'appelle avec une carte et y a une voix qui me dit que j'ai plus que cinquante cents et, Rosie, je suis pas sûre de pouvoir être à New York à temps pour l'avion. »

Sa voix avait rarement été aussi tendue.

« On a trouvé une chambre dans un genre de foyer pour les gens respectables qui ont pas de maison – des “sans domicile”, c’est comme ça qu’on nous appelle ici –, on a même une salle de bains à nous, tu devrais voir les carreaux, mieux que ceux que Reeny a rapportés d’Espagne, mais ça nous a pris un bout de temps de trouver ça et je dois encore chercher l’adresse de la station de radio et on a pris un verre au café d’en face et le gars nous a demandé si y en avait une qui voulait faire un remplacement en cuisine ce soir et j’ai dit oui parce que Luz est encore…

— Mais c’est mon anniversaire demain… » ai-je commencé. Puis mon sang s’est figé. « Et ton visa ! Ton visa, Min ! Ton visa n’expire pas après-demain ? C’est pour ça qu’il faut que tu rentres tout de suite ! C’est *impératif*. Tu dois sortir des États-Unis avant demain minuit ! Duluth est près du Canada, je crois ? Va au Canada ! Appelle Markey et demande-lui ce que tu dois faire, vite ! Markey t’aidera ! Min, réserve une *classe affaires* s’il le faut ! »

Je criais, et Min en même temps que moi.

« Appelle-moi demain, Min, si tu ne peux pas être à Stoneytown ! », et elle : « Je t’appellerai demain, Rosie – à la cabine, à neuf heures chez toi, je demanderai quelle heure ça fait là où je suis, j’ai le numéro écrit sur mon étui à lunettes !

— Appelle Markey ! Mark Cuffe, Seattle…

— Je sais. Je l’appellerai si j’ai besoin. » Puis – c’était la chose la plus suprenante qu’elle m’eût dite de ma vie, et elle n’avait jamais été prévisible : « J’ai pensé que papa était peut-être venu ici. L’aviateur avait invité tout le monde.

— Mais ton père aurait aujourd’hui cent et quelques années !

— Je m’en fiche. Je comptais demander à la radio. Quelqu’un pourrait se souvenir de lui. »

21

La matinée méritait au moins dix Magnificat. Depuis quand n'avais-je pas été aussi vernie ?

J'étais assise en haut de la plage, un pull passé par-dessus ma robe en lin blanc de Mykonos, et lisais pour me sustenter quelques pages de la visite de Marcel à Gilberte, quand j'ai entendu un cri sur la crête. Un facteur ! La chienne n'en croyait pas ses yeux ; elle a couru à sa rencontre et s'est couchée à ses pieds en remuant la queue.

« Vous croyez que le beau temps va durer ? ai-je demandé en les rejoignant.

— Ça, pour sûr ! Tenez – un courrier urgent. Signez ici. C'est cet anticyclone sur le golfe de Gascogne. Y en a pour des semaines. »

Une épaisse enveloppe de petit format. Qui avait donc pensé à moi ?

« Ah, aujourd'hui me suffira », ai-je répondu au facteur.

Il a flatté le flanc de la chienne et s'est remis en chemin, se retournant juste pour me crier : « Content de voir que la vieille maison reprend du service ! »

Les timbres étaient américains ; l'enveloppe venait de Seattle, et le cadeau qu'elle contenait était une maquette de livre en papier non ébarbé avec mes neuf pensées imprimées sur de minuscules pages. Comment avait fait Markey pour qu'elle arrive pile le jour de mon anniversaire ? Quelle confiance dans le système postal ! On voyait bien qu'il ne vivait plus en Irlande depuis des décennies.

C'était mignon tout plein, même à l'état d'ébauche. Eh bien, si c'était tout ce qui devait résulter de ma grande idée, je m'en contenterais.

La chienne s'était à peine remise de la visite du facteur que le bruit d'une autre voiture a retenti. En voyant Leo descendre lentement le chemin de terre, suivi de près par la silhouette protectrice de Monty, elle l'a aussitôt pris en affection. Sans doute quelque chose à voir avec ses sandales, ai-je pensé, car Leo n'était pas du genre à rechercher les bonnes grâces d'un chien et n'a guère fait plus que hocher la tête pour la remercier de son enthousiasme. C'étaient de ravissantes sandales italiennes à bout couvrant et, quand Monty lui en a fait compliment, Leo, grand seigneur, a promis de lui en envoyer une paire dès son retour – il suffisait de lui préciser la taille et la couleur. Il n'avait peut-être pas d'argent, mais ses réflexes n'étaient pas ceux d'un homme désargenté. Il a été très impressionné par Mother Ireland et lui a adressé quelques compliments en italien ; ravie de cette attention, la truie s'est mise à grogner furieusement, et la chienne a grimpé sur le mur de son enclos pour la regarder faire. Puis elle s'est arrachée à ce spectacle pour s'intéresser à un nouveau bruit de moteur et, aux aguets, immobile, a regardé Andy arriver, la ficelle d'un carton à gâteau entre les dents et une bouteille de champagne dans chaque main. Elle s'est mise en chemin vers lui, suivie de Bell, qui adorait Andy. Puis une nouvelle voiture s'est fait entendre et, deux minutes plus tard, Tess et Peg sont apparues à l'horizon.

La chienne s'est mise à décrire des cercles. On la voyait réfléchir – Cette situation requiert un niveau de vigilance *maximum*, pensait-elle certainement.

Quant à Bell, perdant courage, elle a grimpé sur le toit et s'est blottie tout en haut, comme si elle comptait ne plus jamais redescendre.

Le soleil brillait et mon domaine ressemblait au paradis quand je l'ai fait visiter à mes invités. Ils s'extasiaient à tout propos : le parfait petit décor que j'avais planté entre les murs de la maison et son accessoire le plus miraculeux – l'électricité ; la vaisselle qui étincelait dans la lumière mouvante ; les marches bien astiquées menant au grenier et les bougies dans leurs photophores près du lit ; les toilettes portables installées dans la remise en pierre chaulée, avec des géraniums rouges dans de vieux pots en fer flanquant la porte en bois ; la grange où le panier de la chienne, posé sur le sol, était protégé de la brise marine par des bottes de paille ; les murs épais et moussus du verger et les vieux pommiers à tête aplatie par le vent et feuilles vert acidulé ; le sentier en ardoise bordé de galets blancs que j'avais tracé jusqu'à la plage ; la table à tréteaux qu'Andy m'avait bricolée de l'autre côté de la maison, dans la cour où l'on pouvait se prélasser à l'abri de la mer et du vent ; le banc que j'avais traîné jusque-là, les chaises en bois grossières trouvées dans les maisons en ruine et les vieilles couvertures que j'avais utilisées pour les tapisser.

Puis, comme si l'esprit d'une maîtresse de maison avait pris possession d'elle, la chienne s'est installée sur la pente herbue pour présider au pique-nique et, de là, nous a observés, la queue incurvée en parenthèse et les yeux brillants d'intérêt.

Monty avait eu la brillante idée d'apporter une glacière et nous y avions déposé vin et champagne avant de faire le tour du propriétaire. Il avait l'air en pleine forme aujourd'hui, ai-je noté tandis qu'il dégageait doucement les bouchons : son hâle discret, ses vêtements légers et ses chaussures bateau lui donnaient l'air plus sûr de lui que d'habitude et il ne cessait de sourire timidement. Leo et lui se témoignaient une admiration mutuelle fondée, pour autant que je pusse en juger, sur une mutuelle incompréhension.

Squeeeeeeeeek pop !

« Voilà pour quoi sont faits les hommes ! me suis-je exclamée. Ouvrir les bouteilles de champagne. Ouvrir les fermetures Éclair. Ouvrir…

— Quel dommage que Min ne soit pas là, m'a coupée Peg. Pourquoi elle ne nous a jamais dit qu'elle avait grandi dans un endroit de rêve ?

— Elle peut encore arriver, ai-je affirmé. Il est tôt. Et même si elle ne va pas plus loin que Dublin, elle a promis de m'appeler ce soir à neuf heures. »

Peg, qui d'ordinaire ne buvait pas, n'hésitait pas à lever le coude aujourd'hui et, elle qui n'était pas une grande amie des bêtes, semblait extrêmement attendrie par la chienne. Elle lui a fait quitter son poste sur l'herbe pour l'attraper par la tête et nous montrer la manière dont ses cils se recourbaient vers le haut, comme ceux d'une star de cinéma. La chienne la regardait avec adoration. Néanmoins, elle a suivi Monty et Andy lorsqu'ils sont partis se promener : le déjeuner tardait un peu (la *tarte flambée** de Tess n'était pas encore cuite et elle refusait de nous laisser commencer par autre chose) et Monty, comme il se doit, voulait évaluer le potentiel de Stoneytown pour un parcours de *pitch and putt*.

Leo avait préféré l'un de mes T-shirts à sa magnifique chemise blanche. Il est allé dans la cuisine préparer une salade tandis que Peg, Tess et moi mettions la table.

Peg a commencé à raconter les dernières frasques de son père : il avait baissé son pantalon devant tout le monde à l'arrêt de bus et le chauffeur avait appelé les flics par radio ; au supermarché Londis, il s'était emparé d'un paquet de biscuits au chocolat et, en plein milieu du rayon, les avait tous mangés jusqu'au dernier.

Nous riions aux éclats quand j'ai remarqué que Peg était blême et crispée.

« Le centre d'accueil qui le prenait dans la journée ne veut plus de lui, a-t-elle lâché dans un sanglot. Qu'est-ce que je vais faire ? »

Pour lui laisser le temps de se reprendre, j'ai demandé à Tess : « Et toi ? Comment va "ta" vieille ?

— Tante Pearl se porte comme un charme. Il faut juste éviter de prononcer le mot "Laos" devant elle : elle prie jour et nuit pour que ce voyage n'ait pas lieu. Mais ne le répétez pas à Andy, parce qu'elle ne veut pas qu'il sache dans quel état ça la met. Pour faire comme si tout baignait, ils sont aussi champions l'un que l'autre. »

Peg était en train de se resservir de vin.

« Elle était censée refaire un pèlerinage à Fatima, a poursuivi Tess, mais elle a dû annuler parce qu'elle s'occupe des fleurs pour le mariage de la fille d'un voisin. Vingt mille euros qu'elle dépense, l'autre crétine, pour son mariage.

— Au fait, qu'est-ce que c'était, le troisième secret de Fatima ? a demandé Peg d'une voix éméchée. En voilà une, de colle !

— C'était qu'il n'y a pas de dieu, a répondu Tess. Ils ont ouvert l'enveloppe et trouvé un morceau de papier où il y avait écrit *ha ha ha*.

— Mais non, suis-je intervenue. La prophétie s'est réalisée quand ce Bulgare, son nom m'échappe, a essayé de tuer le pape. Le secret, c'était que quelqu'un essaierait de tuer le pape.

— Vraiment ? a fait Peg. Et c'était précisé qu'il serait bulgare ? » Elle a eu de la peine à prononcer le mot « précisé ».

« Je croyais qu'il était turc, a dit Tess.

— J'aimerais bien que les garçons rentrent et qu'on mange, ai-je déclaré. Vous commencez à être un peu décoiffées, vous savez ?

— M'en fiche, a dit Tess. Qu'ils aillent se faire voir.

— Qui habitait ici ? a demandé Peg. C'est ça que je ne comprends pas. Je veux dire, qu'est-ce que cette maison fait ici, sans route ?

— J'ai fait un tas de recherches à la bibliothèque de Milbay en attendant que ces foutus ados se lassent d'essayer d'accéder aux sites porno sur les ordinateurs. Apparemment, la rangée de maisons, plus loin, a été construite vers le début du XIXe pour des ouvriers agricoles et, après leur départ, il n'y a plus eu ici que de la contrebande. Ensuite, la Première Guerre mondiale a mis fin à la contrebande et mon grand-père et sa bande sont arrivés, sans doute dans les années vingt. Ils venaient de l'ouest du Waterford et les plus vieux parlaient irlandais. Mais ce n'étaient pas des artisans. Plutôt comme des gens du voyage – une sorte de famille élargie ou de petite tribu parmi les gens du voyage – et ils ne sont venus à Stoneytown que parce qu'il y avait des maisons où ils pouvaient passer l'hiver. Et puis ils se sont mis à travailler dans les carrières, parce que l'endroit était trop isolé pour leur permettre de circuler dans les environs en proposant des réparations, comme faisaient souvent les hommes, ou en colportant de petits objets, pour les femmes. Cela étant, plus je faisais de recherches, plus je m'apercevais de mes lacunes sur l'Irlande, si vous voyez ce que je veux dire…

— Non, je ne vois pas, m'a coupée Peg d'un ton assez agressif. Tout ça m'a paru plutôt savant, au contraire.

— Qu'est-ce qui te prend, Peg ?

— Moi, je vois ce que tu veux dire, a fait Tess. Tu n'as pas les diplômes qu'il faudrait. En ce qui me concerne, j'ai bien envie de préparer un diplôme en administration des affaires. Il n'y a pas d'argent dans le conseil psychosociologique, et c'est d'argent que les femmes ont besoin.

— Ce n'est pas à ça que je pensais…

— Ou d'un homme riche, m'a de nouveau coupée Peg.

— *Non*, a dit Tess.

— Au fait, Rosie, a lancé Peg sans l'écouter, qu'est-ce qu'est devenu ce livre que tu devais écrire, *Entrez gaiement dans la mort* ou je ne sais plus quoi ?

— Oh, ne m'en parle pas ! Ça n'a pas marché. Les Américains qui devaient le publier – il y en a un qui a disparu et l'autre qui n'en veut plus. Il veut un torchon imprimé.

— J'en ai un super que j'ai acheté au Canada, a déclaré Peg. Avec des phrases de ce type, là, il est peut-être bulgare aussi, il s'appelle Khal – Khal quelque chose, ça commence par un G. C'est des pensées vraiment profondes. Je le garde avec ma belle argenterie – je m'en servirais jamais juste pour essuyer quelque chose.

— Moi, j'ai le torchon des “si”, a dit Tess. Vous savez ? “Si tu peux voir détruit l'ouvrage de ta vie…” Je l'ai accroché au mur. Et puis j'en ai un que j'ai acheté au Texas avec la recette du pain irlandais. Et j'ai aussi "Va paisiblement à travers le bruit et la hâte…" »

— Celui-là, je vais me l'acheter ! s'est écriée Peg. Je l'ai vu chez ma belle-sœur ! Le titre, c'est *Desi*-quelque chose. Il est vraiment bien aussi.

— *Desiderata*, a précisé Tess.

— Dis donc, Rosie, a fait Peg, visiblement lasse du sujet, il est où, ton ami français ? Un vrai gentleman, celui-là, pas vrai ? Mais il la fait pousser, la salade, ou quoi ?

— Il n'est pas…

— Jamais vu un homme aussi transformé, a déclaré Tess. Il snobait tout le monde, avant, mais maintenant, il a les manières et le look de Hugh Boody. Vous vous souvenez de Hugh Boody ? Ça c'en était un, de gentleman ! Un homme rare ! Et pas *un mot*, Rosie Barry – tu n'as pas trouvé *un mot* gentil à me dire quand mon Hugh est mort. Peg est venue à l'enterrement, elle – hein, Peg ? Remarque, c'était bien le moins que tu pouvais faire. Mais toi, Rosie, je ne dis rien sur l'enterrement parce que tu étais en Australie, mais quand tu es rentrée – quand tu es rentrée et que j'ai dû aborder le sujet *moi-même* parce que tu ne le faisais pas, tu n'as pas eu un traître mot…

— Parce que je ne savais pas quoi dire !

— Pour l'amour du ciel, Tess, a fait Peg, c'était il y a un million d'années ! Et puis qu'est-ce que ça a de si spécial, être mort ? Ma parole, on a déjà tous un pied dans la tombe ! (Elle s'est levée d'un air hébété.) Bon, et si on faisait une petite sieste ? Juste dix minutes ? Après ça, on pourra manger et si les garçons ne sont pas rentrés, ce sera tant pis pour eux.

— OK, a dit Tessa. Bonne idée. »

Sur ce, elles sont rentrées toutes les deux. Je les ai entendues glousser en montant au grenier.

Leo a risqué une tête hors de l'arrière-cuisine.

« Elles parlent beaucoup, tes amies, m'a-t-il dit. Les Irlandais parlent beaucoup. »

Nous nous sommes assis comme un vieux couple dans l'air doux de la cour, visage tourné vers le soleil. Leo m'a informée que mon transistor ne correspondait pas à ce qu'on entendait généralement par « appareil de diffusion des sons » et que le bruit qui s'en échappait n'avait rien à voir avec de la musique.

« Mon cher, tu devrais déjà bénir le ciel que j'aime la musique classique, ai-je rétorqué. Regarde un peu autour de toi. C'est d'ici que vient ma famille – c'est ici que ma mère et Min ont été élevées. Ici, à Stoneytown. Pas dans le centre de Vienne. Tu noteras l'absence d'orchestre symphonique dans les environs immédiats. »

Tout était si paisible que je n'ai même pas songé à réprimander la chienne qui, de retour de promenade et debout sur le bras d'un fauteuil, une patte délicatement tendue vers la table, se servait tranquillement de brie. Je me suis versé un demi-verre de vin. Non, un quart. La journée était encore longue. À ajouter au Pense-bête : Ne forcez jamais sur la bouteille quand vous recevez.

Leo avait sorti le magnifique carnet dans lequel il prenait des notes lorsqu'il écoutait de la musique. Au fil des pages, j'ai aperçu des croquis : la façade vue depuis la plage ; la cuisine avec son fourneau ; l'arrière de la maison avec la cour et les remises qui l'entouraient, ainsi que le pignon presque masqué par le haut mur du verger.

« Je n'y toucherais pratiquement pas, à cette maison, m'a-t-il dit sur le ton de la confidence. Elle est presque parfaite en son genre. Mais regarde, Rosa. (Il a fait une petite marque sur le toit au-dessus de la porte d'entrée.) Ici, puisqu'il faut de toute façon rénover la toiture, j'en profiterais pour creuser une terrasse, presque invisible depuis la plage, mais orientée de façon à éclairer la chambre à travers une verrière…

— Mais, Leo…

— Et ici, a-t-il poursuivi, passant au croquis du mur pignon aveugle, tu pourrais peut-être faire une autre entrée, à l'abri du vent dominant. Et déplacer les abris des animaux par là, parmi de nouveaux pommiers, parce que je crains qu'il ne soit trop tard pour sauver les vieux.

— Leo ! Je ne suis pas propriétaire de la maison et Min a l'intention de la vendre, donc arrête !

— Oh, pardon, mon amie. J'avais oublié cette histoire de propriété. Mais la rénovation de cette maison représente un défi si tentant…

— Je suis vraiment heureuse que tu sois venu, Leo, ai-je dit affectueusement. J'espère que tu en as bien conscience.

— Mais, Rosa, tu ne m'as pas dit hier que des Américains, ces fous, allaient te donner de l'argent ? Pourquoi tu n'achèterais pas la maison avec ça ? Ce sont des fonds nouveaux, non ? »

J'ai bondi sur mes jambes, faisant sursauter Leo et renversant la vieille chaise au passage, et hurlé de toutes mes forces : « Monty ! Andy ! Revenez vite ! Vite ! »

Sur ce, j'ai commencé à escalader la colline. Quand Monty est arrivé en courant, j'ai à peine pris le temps de lui expliquer ce que je faisais.

« Monty, tu as quelques pièces d'un euro ? Ça t'ennuierait de me conduire à la cabine téléphonique sur la grand-route ? »

J'ai composé le numéro pendant qu'il faisait demi-tour et laissé un message au bureau de Markey – il risquait de m'égorger si je le réveillais encore une fois chez lui.

« Mon vieux Markey, ceci est un message urgentissime adressé à mon agent. Est-ce que tu veux bien rappeler Louis et lui demander combien il donnerait pour un texte à torchon ? Je ne me rendais pas compte, mais ces trucs-là peuvent signifier beaucoup pour les gens. Ce n'est pas si absurde d'en écrire un. Et s'il propose une somme raisonnable, je pourrai l'offrir à Min à titre d'avance sur l'achat de la vieille maison ; je paierai le reste avec le salaire de mon prochain boulot. Est-ce que ça t'ennuierait de l'appeler aujourd'hui ? Min sera là incessamment sous peu et ce serait merveilleux de régler ce problème le jour de mon anniversaire. Bien sûr, tout est déjà merveilleux – notre petit livre est adorable et aucun cadeau ne pouvait me faire plus de plaisir, même s'il n'y a que neuf pensées et que Louis n'en veut pas. Tu as illuminé ma journée. Donc je m'en remets à toi, Markey… »

La communication a été coupée – plus de crédit.

Eh bien, j'avais dit l'essentiel.

« Salut ! Où sont les filles ? » nous a crié Andy en agitant joyeusement le bras. Il était assis à table avec la chienne à ses pieds et semblait ignorer Leo de façon un peu trop ostensible ; mais il s'est avéré que ce dernier s'était assoupi derrière ses lunettes noires, ses longues mains soigneusement croisées sur les genoux. Un homme de cette élégance, devoir s'enfuir à l'insu de sa logeuse en laissant ses vêtements derrière lui ! En être réduit à de telles extrémités, lui si souffrant et si fatigué !

« Il est épuisé, le pauvre homme », a dit Andy.

Tessa a surgi par la porte de derrière. « La tarte est comme qui dirait fin prête, a-t-elle gazouillé. Quelqu'un pour apporter les assiettes ! »

Leo s'est réveillé et a mangé avec nous de la terrine, de la salade et des asperges. Puis je l'ai vu recommencer à piquer du nez.

« Tu connais l'histoire d'Alice chez le chapelier fou ? lui ai-je demandé. Tu te souviens du loir ? Le loir qui s'endort sans arrêt et que les autres finissent par plonger dans la théière. Si tu ne te secoues pas, il va t'arriver la même chose.

— Laisse-moi en paix, m'a-t-il dit tranquillement. Je ne sais pas ce dont tes amis parlent et je ne peux pas crier comme eux. Et je ne vois aucun inconvénient à finir dans la théière. Je ne savais pas comment te parler de ma situation financière, mais maintenant que c'est fait, je suis un homme heureux. »

Sur ce, il a rabattu son panama sur son visage. J'ai calé une couverture pliée derrière son dos et l'ai laissé se rendormir.

À mesure que le repas avançait, les autres parlaient de plus en plus fort.

« Vous savez, me suis-je entendue dire en coupant une poire, ça me brisera vraiment le cœur de perdre cette vieille Min.

— Mais tu ne vas pas la perdre, elle n'a que…

— Je la perds déjà. Elle sera différente à son retour des États-Unis.

— Mais tu as cinquante-six ans, pour l'amour du ciel !

— L'âge n'y change rien. La directrice de la maison Sunshine m'a raconté qu'ils réclamaient tous leur maman à grands cris. Plus ils sont vieux, plus ils la réclament.

— Qu'est-ce qu'ils lui veulent au juste ? » a demandé Peg. Puis elle s'est tournée vers Monty. « Et toi, tu as encore besoin de ta maman ? »

Son ton sarcastique n'a échappé à personne.

« Ma mère devait me ramener des plants de chênes-lièges de Fatima, a lancé Andy, mais elle n'y est pas allée finalement. Des arbres très intéressants, les chênes-lièges. »

La remarque n'était qu'une manœuvre destinée à maquiller la tension et n'appelait pas réellement de réponse, mais j'ai adressé à Andy un sourire reconnaissant.

« Moi, je réclamerai sûrement ma maman », a-t-il poursuivi. Il avait bu quelques verres de vin, lui aussi, et je l'avais rarement vu aussi rouge. « J'étais avec elle ce matin – sa vieille Renault fait des siennes et elle avait des fleurs à livrer.

— Je l'avais prévenue pour la Renault, a dit Monty.

— Ensuite, on a bu un thé tous les deux et elle avait la main qui tremblait un peu, vous savez, comme les vieilles personnes ? Ça m'a filé un choc de voir ça. Elle est en pleine forme, mais elle a plus de quatre-vingts ans. Je me demandais si je devrais l'emmener au Laos avec moi. Elle dit qu'elle ne veut pas venir, mais qu'est-ce que vous en pensez ? Est-ce qu'elle serait mieux là-bas avec moi ? »

Personne ne s'est risqué à donner son opinion.

« Elle est tout pour moi, a conclu Andy non sans fierté. Comme on dit, le meilleur ami d'un homme, c'est sa mère.

— Pauvre Pearl ! ai-je marmotté à l'oreille de Tessa. Elles pourraient aussi bien être en prison, les mères que leurs fils aiment autant. »

Mais Tess s'était soudain rembrunie. « Ça ne me dérangerait pas d'être à sa place », a-t-elle marmotté en réponse.

J'avais prévu un second dessert fait de bananes frites avec du sucre brun, de la crème et du rhum, mais il s'est avéré qu'il ne restait presque plus de bananes, Peg ayant pris sur elle d'en régaler Mother Ireland. Elle nous a promis de compenser par une surprise un peu plus tard. Nous avons donc avalé un bol de cornflakes pour prendre des forces et dessoûler un peu et sommes allés faire une petite promenade au rythme de Leo.

Mother Ireland a grogné frénétiquement sur notre passage, sans doute pour réclamer davantage de bananes. « Une *cadenza* », ai-je dit à Leo, et cela l'a fait rire. À Macerata, il n'avait jamais ri et presque jamais souri.

Les chèvres se trouvaient dans le premier champ. Il y avait parmi elles trois petits d'un blanc immaculé, avec des yeux fous et dorés. Mon humeur a viré d'un coup et un froid est passé sur mon cœur. Dès la première seconde, ces jolis chevreaux m'avaient évoqué les enfants que je n'avais pas eus. Chaque fois que je les voyais, je devais résister à l'envie d'en prendre un dans mes bras pour sentir son petit corps palpiter contre mon ventre.

Debout devant la clôture avec mes amis, j'ai attendu que la douleur cesse.

Personne ne sait ce que je ressens, ai-je songé. Et je ne sais pas non plus ce que les autres ressentent. Ça donne encore plus de prix aux efforts que nous faisons pour être ensemble.

La première brise de la fin de journée a soulevé les cheveux blonds de Peg.

« Leo est fatigué, a-t-elle dit. Rentrons. La surprise, c'est que j'ai apporté des petits pains et des saucisses de Francfort, au cas où ça intéresserait quelqu'un. Et de la moutarde. De la bonne moutarde coulante.

— T'es la meilleure ! » s'est exclamé Monty.

Peg lui a lancé un regard si désespéré que j'aurais préféré ne pas le surprendre.

« On voit la lune en plein jour, a observé Tess. Comment ça se fait ? J'aurais vraiment dû aller à la fac.

— Je ne dirais pas non à un chien chaud », a déclaré Andy, et la chienne, croyant qu'on parlait d'elle, a virevolté pour le regarder d'un air interrogateur.

J'ai saisi la main de Peg et l'ai entraînée en courant vers le bas du chemin, comme une gamine, même si j'avais conscience de la gaucherie de la manœuvre.

« Il sort avec quelqu'un d'autre, m'a-t-elle chuchoté d'un ton pressant. Elle le prend pour Dieu sur Terre et c'est exactement ce qu'il veut. Elle a vingt-huit ans… »

J'ai pris son visage entre mes mains pour y déposer un rapide baiser et j'ai senti la sueur qui perlait dans ses cheveux.

Leo marchait si lentement qu'il avait fini par prendre du retard. Je l'ai attendu près de la maison.

« Tu veux rentrer à Kilbride avec Monty ? lui ai-je demandé à voix basse. Il est cinq heures et je pense que tu as eu ta dose. Tu crois que tu te débrouilleras si tu es seul dans la maison ? Tu pourrais aller dîner chez Enzo.

— Bien sûr que je me débrouillerai, a-t-il dit. Je suis si bien dans cette maison.

— La clé est pendue à la porte. Tu sais – il suffit de passer la main pour attraper la ficelle. Mais commence par frapper, parce que Min sera peut-être rentrée. Si c'est le cas, dis-lui que je serai à la cabine à neuf heures pile pour prendre de ses nouvelles. Quant à toi, je te verrai là-bas demain matin et on se préparera un bon petit déjeuner. »

Nous sommes entrés dans la cour et j'ai ramassé les assiettes et les verres lentement, en savourant ce début de soirée. Puis je me suis postée un moment sous le pignon pour contempler la marée montante, admirant la manière dont le feston d'écume des vagues s'étirait vers l'avant puis, languissant, sur les côtés. Enfin, j'ai rejoint les autres, qui avaient allumé un bon feu dans le fourneau, et mangé une saucisse que Peg est allée pêcher pour moi dans la casserole d'eau bouillante. La porte d'entrée et la porte de derrière étaient toutes deux ouvertes et la brise traversait la maison en allant de la plage vers la colline ; on se serait cru dans un temple.

« Min n'a plus jamais vu cet endroit passé l'âge de quinze ans, ai-je dit. Elle est venue une fois à moto avec mon père, mais ils n'ont pas pu entrer dans la maison. Ils ont dû dormir dans la grange.

— Il devait y avoir des souris dans cette grange ! a fait Peg en frissonnant. Mon Dieu ! Il y en a sans doute ici aussi. Elles auraient pu me sauter dessus pendant que je me reposais tout à l'heure. Tu es dingue de dormir ici, Rosie.

— Pas de souris, je crois. Enfin, j'espère.

— Moi, je ne la trouve pas dingue du tout, a dit Tess loyalement. C'est si tranquille ici. »

Monty chantonnait tout seul : « *You-ou may say I'm a dreamer / But I'm not the only one…* »

Avant son départ, j'ai pris Leo à part et lui ai soigneusement expliqué comment manipuler la télécommande et où trouver le chocolat noir que j'avais caché, pour ne pas le dévorer, parmi les œuvres complètes de Shakespeare. Demain matin, je lui apporterais du pain frais – les croissants n'avaient pas encore fait leur apparition à Kilbride.

Ensuite, la chienne et moi – ainsi que Bell, qui trébuchait vingt pas derrière nous – avons raccompagné nos invités jusqu'à la crête derrière laquelle étaient garées leurs voitures. Stoneytown n'avait jamais été aussi beau. Derrière nous, l'horizon était saturé de mer étincelante et, au-dessous de nos voix qui parlaient et riaient, on entendait le bruit des galets ratissés par les vagues, entraînés vers le haut, puis déposés dans un soupir.

« On est sur une presqu'île, en fait, ai-je déclaré.

— Je sais, a répondu Monty gaiement. C'est justement ce que je disais à Leo. Et c'est ce qui fait toute la différence : la route ne vient pas jusqu'ici. Oublie le *pitch and putt* – on pourrait faire un des plus beaux *links* d'Irlande à cet endroit.

— J'ai entendu Min utiliser le mot récemment en parlant de la fuite de ma mère : elle a dit que ma mère avait quitté *l'île* à quinze ans. Et à y regarder de plus près, elle avait raison. Le nom de cette avancée de terre en irlandais est *oilean aoife* – l'île d'Eva. D'après le dictionnaire, *oilean* peut signifier "île" ou bien "lieu isolé".

— C'est vrai, a confirmé Monty. Castleisland, dans le Kerry, est à des kilomètres de la mer.

— Mon Dieu, Monty, tu en sais des choses aujourd'hui ! a dit Peg.

— L'île d'Eva, c'est un super nom pour un terrain de golf, a-t-il poursuivi.

— Est-ce que tout doit toujours se rapporter au golf ? » a quasiment hurlé Peg.

Personne n'a réagi. Le bruit des vagues contre les rochers montait du rivage. Des palombes éthérées, blanches et grises comme l'air, se laissaient porter vers les bois.

« Ta mère s'est enfuie, a pensivement repris Monty, mais ça n'a rien changé.

— Tout dépend de ce que tu entends par rien », ai-je dit, et j'ai franchi en courant les quelques mètres qui me séparaient de la crête. Là, me retournant vers les autres, j'ai ouvert grand les bras comme un héros conquérant et esquissé un pas de claquettes en riant.

« Et moi, est-ce que je compte pour rien ?

— Non ! » ont-ils clamé tous les cinq.

La brise faisait voler leurs cheveux dans la même direction ; à les voir ainsi, on eût dit des inséparables, appartenant tous au même petit clan. Mais je savais combien d'hésitations, combien de questionnements recelaient leurs rapports entre eux et avec moi. Et je ne les en aimais que davantage : chacun avait beau se débattre contre ses problèmes, ils étaient tous généreux, tous partants pour faire la fête avec moi. Trois hommes, dont deux se dégarnissaient rapidement. Deux femmes, toutes deux trop vieilles pour avoir des enfants. Et moi, tout aussi stérile. J'étais émue de nous voir dans l'âge mûr bien plus que je ne l'aurais été par nos jeunes personnes. Je trouvais merveilleux que nous nous soyons arrachés à nos vies respectives pour nous rassembler au sommet de cette colline sans aucun but pratique, juste par amitié.

Et, bien sûr, j'ai eu la larme à l'œil quand ils m'ont chanté « *Happy birthday Rosie* ».

Après leur départ, j'ai rangé, j'ai bu un thé bien fort et je me suis mise en route vers la cabine assez tôt pour être sûre d'y être à neuf heures.

Un couchant d'un rouge spectaculaire teintait déjà l'ouest. De grands panaches de nuages pourpres et dorés envahissaient ce côté de l'horizon tandis qu'au large, vers l'est, le ciel semblait s'être résigné à un gris uniforme. La brise était tombée et je n'avais encore jamais vu la mer aussi calme. Elle s'étendait comme un écran de soie teinté d'argents, de gris et de noirs – chaque nuage dupliqué par son reflet scintillant, chaque rocher attaché à son double comme un papier découpé qu'on déplie, la jetée noire effondrée posée sur une deuxième jetée noire et, de l'autre côté de l'embouchure, l'image de Milbay miroitant doucement sous la masse immobile de la ville. Même les échassiers qui, d'habitude, jacassaient sans discontinuer s'étaient tus.

Un orchestre jouait au loin ; on devait célébrer un mariage dans l'hôtel situé en amont sur l'estuaire.

J'ai monté le chemin de terre. La chienne, à peine visible dans la pénombre, formait une présence fluide à mes pieds. Voyant une palombe passer juste au-dessus de ma tête pour regagner son logis, elle a bondi avec un grondement menaçant.

Tu me protèges, ma petite chérie, lui ai-je dit en silence, et je veux que tu saches que j'en ai conscience…

Sans attendre que je flatte sa tête soyeuse, elle s'est fondue dans la nuit grandissante.

Devant moi, dans les bois obscurs, quelque chose de pâle semblait se mouvoir. Étaient-ce des cheveux blonds – une tête tournée sur le côté ? Ou bien un visage ? La chose s'enfonçait entre les arbres. Non ! Elle descendait le chemin. Elle venait vers la maison !

Mon cœur a fait un bond. Mes oreilles ont tinté. N'était-ce pas *quelqu'un* ?

J'ai fait quelques pas trébuchants. Oui ! Elle avait réussi ! Elle avait dû prendre un taxi jusqu'à la gare, puis un train pour Milbay…

Une chèvre. Une chèvre turbulente, blanc-gris sur le fond sombre de l'herbe. J'entendais ses bêlements sourds à présent.

Je l'ai regardée. Agile et spectrale, elle a descendu le chemin puis, en me voyant, a bondi sur le talus et disparu parmi les ombres.

Pour la dernière fois, j'ai attendu sur l'herbe de la petite aire de stationnement. Le moment où je décrocherais serait solennel. Nos échanges téléphoniques nous avaient certainement changées, Min et moi. Cette vieille cabine était plus qu'elle n'en avait l'air : on y entrait égal à soi-même, on en ressortait mieux à même de comprendre l'autre. Je ne lui reprocherais pas, aujourd'hui, les soucis qu'elle m'avait causés en faisant le détour par Duluth. Je ne lui dirais pas qu'elle m'avait peinée en manquant mon anniversaire. Je pouvais bien me montrer généreuse pour une fois.

Mais en l'entendant dire « Allô ? » exactement comme d'habitude, sans le moindre signe de contrition dans la voix, je n'ai pas pu me retenir.

« Où es-tu ? ai-je aboyé. Où ? Tu es rentrée ? Si tu es à la maison, le type avec un accent est mon ami Leo, celui qui me téléphonait…

— Ah ça, mais qu'est-ce que ce type fait chez moi ?

— Donc tu n'y es pas ? »

Il y a eu un silence.

« Tu n'es pas à la maison ? »

Elle n'a pas répondu. J'ai senti mon estomac se nouer et la nausée monter.

Puis elle m'a dit : « Ah, Rose… »

C'est tout ce qu'elle m'a dit. Mais d'une voix si caressante.

C'était donc à moi de le dire.

« Tu es toujours en Amérique ?

— Oui.

— Mais tu as encore le temps ! C'est l'après-midi pour toi. Tu peux sortir du pays avant l'expiration de ton visa. Tu peux aller n'importe où…

— Rosaleen. Je sais. J'ai compris tout ça. Mais je peux pas partir maintenant.

— Si tu ne t'en vas pas, ai-je dit, paniquée, tu seras en infraction. Tu seras dans un pétrin épouvantable. Et si on te jette dehors, tu ne pourras plus jamais retourner aux États-Unis. Tu ne verras plus jamais Carmen ni Maya ni Tuk ni aucun de tes amis. Jamais. Les choses ont changé depuis le 11 Septembre : ils n'acceptent aucune excuse, on ne peut plus revenir si on n'a pas respecté les dates. Tu seras fichée par le gouvernement américain. Les services de l'immigration se moquent que tu sois vieille – ils arrêtent tout le temps des personnes âgées pour terrorisme, tout ça parce que les vieux paient leurs billets en liquide…

— Je sais. C'est exactement le problème qu'a Luz elle est venue du Mexique y a de ça des années et elle peut plus sortir parce qu'on la laissera pas revenir. Elle est coincée ici. Mais c'est justement pour ça que je peux pas la laisser. Elle a été à l'hôpital hier soir et il a fallu payer, et maintenant elle est sortie, mais dans un sale état, et on a presque plus un sou. Même acheter cette carte de téléphone, je l'aurais pas fait si ç'avait pas été ton anniversaire. Je dois rester en Amérique et trouver du boulot. Je t'ai déjà dit qu'elle fumait ? C'est ça qui a tout déclenché. »

Et elle m'a raconté ce qui s'était passé.

À Duluth, elles avaient une fois de plus fait fonctionner le réseau catholique. Elles avaient demandé à la gérante d'un motel de leur indiquer un gentil prêtre et celui-ci leur avait dégotté une chambre avec kitchenette dans un foyer municipal pour les sans-abri. Elles s'étaient bien amusées à regarder la télé et à jouer aux cartes dans la salle commune. Min comptait lancer un appel sur la station de radio locale pour retrouver des gens de Stoneytown et tout le monde au foyer trouvait l'idée formidable, parce que tout le monde avait aussi envie de retrouver sa clique. Ensuite, elle avait travaillé une soirée au café d'en face et quitté l'établissement à vingt-trois heures, juste après la fermeture des cuisines, avec vingt dollars en liquide dans la poche.

Au foyer, il y avait eu une plainte concernant une odeur de fumée. Pourtant, l'établissement était équipé de lourdes portes coupe-feu et de détecteurs de fumée qui déclenchaient une alarme dans le bureau du responsable, et aucune lumière ne s'était allumée. Mais Min n'avait pas pu accéder à sa chambre et, quand le responsable avait ouvert avec son passe-partout, il avait été assailli par une épaisse fumée noire. Luz était affalée contre la porte, inconsciente.

Les pompiers étaient venus et le médecin qui les accompagnait avait appelé les urgences de l'hôpital pour les prévenir de l'arrivée de Luz. Min l'avait entendu dire que les signes vitaux étaient normaux, mais qu'elle avait des brûlures superficielles à plusieurs endroits.

« Et, Rosie, c'est moi qui l'ai amenée ici. C'est moi qui voulais venir à Duluth. Et ç'a dû être une expérience affreuse pour elle. Parce que tu sais ce qu'il a dit d'autre ? (Des sanglots entrecoupaient sa voix.) Il a dit aux gens des urgences de regarder ses mains, parce qu'y avait des marques sur la porte et qu'elle avait les ongles cassés et les mains toutes meurtries. Et il a dit – ça, je le répéterai jamais, jamais à Luz, mais je l'oublierai jamais non plus – en leur dictant son rapport, le dernier truc qu'il a dit, c'est : “Traces de larmes apparentes sur le visage.” »

22

J'ai aussitôt essayé de joindre Markey, mais personne ne répondait, ni chez lui ni à son bureau, et je n'ai pu que laisser des messages. J'ai traversé les bois au pas de course en trébuchant et en jurant, jeté quelques affaires dans un sac et fermé la maison. J'ai supplié la chienne, avec des larmes dans les yeux, de m'accompagner ; je lui ai dit que j'avais besoin d'elle. Mais elle ne voulait pas – ne pouvait pas – monter dans la voiture. J'ai fait le trajet en écoutant avec application une émission sur les grenouilles et en m'interdisant de penser à quoi que ce soit d'autre, si bien qu'à mon arrivée à Kilbride, le torrent de larmes était à peu près endigué, et moi à peu près calme.

Ce n'était pas Luz qui était la cause de mon chagrin, même si imaginer la panique de cette aimable femme m'était insupportable. C'était tout simplement que dans l'immédiat – et quel que pût être, à terme, le résultat d'une intervention auprès des services d'immigration – Min ne rentrait pas à la maison.

De MarkC à RosieB

N'AIE AUCUNE INQUIÉTUDE.

J'y pars. Billy a des compétences médicales et m'accompagne pour s'occuper de Luz.

Si elle est assez bien, on les mettra toutes les deux dans l'appartement qui est au-dessus de Rare Medical Books. Sinon, elles seront les bienvenues chez nous.

Et ne me remercie pas. C'est tout naturel. Ta tante a beaucoup fait pour ma mère et je suis heureux de pouvoir lui rendre la pareille.

Je t'embrasse,

Markey

J'ai passé deux jours et demi près du téléphone en attendant que la situation soit sous contrôle. J'essayais de ne pas trop penser à mon propre cas ; quand j'y pensais, j'étais paniquée à l'idée que j'étais restée absente de Stoneytown trop longtemps et que la chienne avait dû partir.

C'est ce que j'ai fini par expliquer à Leo, et j'ai repris le chemin de la Pointe. Mon cœur battait si fort que je me sentais presque malade. J'ai garé la voiture dans l'entaille de la petite carrière, je me suis traînée jusqu'à la crête et j'ai commencé à descendre en gardant les yeux rivés au sol. Je n'ai osé les relever qu'en atteignant la barrière de la cour. Et la chienne était là, le regard fixé sur moi, m'attendant sur le seuil de la porte de derrière. Nous étions aussi timides que de nouveaux amants.

J'ai arpenté le promontoire avec elle, observant, comme un condamné à mort observe le calendrier, la façon dont l'automne colonisait l'été. Il y avait toujours des écheveaux d'églantines dans les haies bordant le chemin, mais les mûres vertes devenaient écarlates avant de virer au noir et le feuillage s'emmêlait et ployait sous son propre poids. À la lisière des bois, les feuilles déjà tombées teintaient de brun l'enchevêtrement de broussailles et de jeunes arbres. Des hampes de crocosmia de couleur vive délimitaient chaque haie et chaque mur – la « fleur de la rentrée », comme l'appelaient les enfants, et le lendemain, par une matinée particulièrement calme, j'ai entendu une classe d'écoliers chanter *Do, le do il a bon dos* en irlandais sur la rive d'en face.

Je me suis efforcée de voir mon corps vieillissant comme quelque chose qui m'unissait au monde naturel. Des feuilles rouges et dorées jonchaient le pré hirsute. Ne pouvais-je envisager mon propre automne comme une saison riche de couleurs ? Le long du chemin, les chèvres de NoNeed passaient la tête à travers la haie et se gavaient de mûres et de gratte-culs. N'y avait-il pas, pour moi aussi, un fruit à cueillir quelque part ? Quel intérêt y avait-il à me lamenter sur des états que je ne retrouverais plus – la jeunesse, la passion, l'enthousiasme naïf, l'espoir insouciant ? Ne pouvais-je accepter d'en conserver une partie, à défaut de la totalité ? Ne pouvais-je imaginer un état de bien-être qui se passait de tout cela ?

De MarkC à RosieB

Qu'est-ce que c'est que ça ? Quand j'ai appelé ce matin, je suis tombé sur un type qui m'a dit que tu étais retournée à Stoneytown. Qui c'était ? J'ai entendu dire que l'Irlande avait maintenant ses immigrés, mais j'ignorais qu'ils parlaient un anglais parfait avec l'accent d'Oxford.

Quoi qu'il en soit, Rosie, tes prières ont payé. Billy dit que ces dames seront très bien dans notre appartement du centre-ville pendant qu'il vérifie l'état de la poitrine de Luz (il doit lui faire passer des examens et des radios). Elle est hors d'état de fumer pour l'instant, et je crois que sa frayeur lui en a ôté l'envie. Si elle devait reprendre, il faudrait, pour des raisons évidentes, leur trouver un autre logement – les livres ont eu leur dose.

Mais je crois qu'elles ont pris un sacré coup toutes les deux. Billy dit qu'il leur faudra un moment pour s'en remettre – peut-être des mois dans le cas de Luz. Ce qui, de notre côté, ne pose aucun problème.

Min ne dit pas grand-chose, même si elle va parfaitement bien physiquement. Je n'ai pas encore eu le temps de rappeler Louis concernant cette affaire de torchon. Dès que je l'aurai joint, on reparlera tous les deux de l'offre que tu comptes faire à ta tante. Mais Billy dit de ne pas la perturber pour le moment, qu'il est très important qu'elle reste au calme.

Je suis restée dans la vieille maison. Nous avons eu fin septembre une dernière belle journée d'été et j'en ai profité pour longer la crête avec la chienne. Tout au bout, face à Milbay, l'herbe moelleuse cédait la place à une vaste et profonde excavation – un gouffre envahi par la végétation où voletaient de grands papillons blancs, tels des mouchoirs qu'on agite mollement. Je me suis accroupie. En face de moi, la roche était souillée de guano ; un couple de faucons pèlerins avait élu domicile à cet endroit – je guettais souvent leurs cris durs et mystérieux. Loin en contrebas, tout au fond de la carrière, sept ou huit voitures stationnaient et un petit groupe composé d'une mère de famille, de ses trois enfants et d'un chien s'en retournait lentement vers l'une d'entre elles. Ils ne se doutaient pas que je les observais – moi, et peut-être deux faucons pèlerins flottant très haut au-dessus de nous, à un endroit d'où ils voyaient tout, la ville, la rivière et la mer, le pré et les champs, mais aussi les taupes et musaraignes minuscules qui se cachaient entre les herbes.

Le lendemain, la température a chuté et les papillons ont disparu. Je suis allée à Milbay acheter deux pulls d'homme et j'ai appelé Leo pour lui dire de mettre en route le chauffage central et de ne pas hésiter à le laisser allumé – si je le trouvais dans la maison de Kilbride sans chauffage, je l'expulserais séance tenante.

Mais, bien sûr, il avait vécu très confortablement jusqu'à une époque récente et ne s'était jamais inquiété pour les factures de chauffage. Il a donc trouvé mon insistance très étrange.

De MarkC à RosieB

Appelle-moi, Rosie, tu veux ? Leo (on s'est parlé depuis la dernière fois ; je lui ai dit que j'avais grandi dans la ruelle derrière chez vous et il m'a expliqué qu'il passait par là pour aller faire répéter le chœur féminin !) m'a donné quelques nouvelles, donc je sais que tu vas bien, mais je serais rassuré d'entendre ta voix.

Je dois dire que tout se déroule à merveille jusqu'ici. Je ne sais pas ce que Min te raconte au téléphone, mais, en ce qui nous concerne, nous sommes enchantés de nos invitées. Luz est encore très faible, mais elle se lève quelques heures tous les après-midi et en profite pour préparer une délicieuse cuisine mexicaine. Nous allons régulièrement dîner chez ces dames et rapportons des plats à congeler à la maison. Nous sommes obligés de rentrer en taxi, parce qu'elles ont un faible pour le vin et la tequila, toutes les deux, et qu'elles sortent bouteille sur bouteille. La plupart du temps, on finit le repas en chantant – Billy télécharge des chansons sur Internet pour nous impressionner tous les trois.

Min est en principe chargée du ménage, mais elle dit que le ménage, elle en a par-dessus la tête et que ce qu'elle aime, ce sont les affaires. Des clients érudits du monde entier me demandent qui est cette dame irlandaise – une originale, à n'en pas douter – qui s'occupe du magasin maintenant. Et sa présence me change la vie, je peux te l'assurer. Elle prend tout en note et il suffit de dix minutes au téléphone le matin pour organiser la journée. Je lui délègue tout, sauf les achats de livres et la négociation à proprement parler.

Ce matin, je lui ai dit qu'elle était la meilleure preuve de l'existence de Dieu que j'aie jamais rencontrée ; elle en a ri toute la journée.

Un après-midi, j'ai trouvé des graffitis tout frais sur la porte d'une des maisons en ruine de Stoneytown. Je savais que, d'ici peu, quelqu'un découvrirait qu'on pouvait accéder à la Pointe par voie de terre : il suffisait, après avoir suivi la piste le long du grand pré, de pousser jusqu'à la crête et de redescendre vers la maison. Ou bien on pouvait arriver par les bois, descendre le chemin qui menait entre les deux champs et déboucher dans ma cour. Je savais qu'un jour prochain, quelqu'un braverait les panneaux « Accès interdit », parcourrait quelques centaines de mètres à l'arrière du hameau déserté et grimperait sur la crête, d'où il me ferait signe.

J'espérais juste que, quand ce quelqu'un viendrait, ce serait une mère de famille avec ses enfants, pas des ados avec leurs canettes de bière.

De MarkC à RosieB

Louis m'a appelé ce matin ! C'était en rapport avec une lettre de Delia Bacon à Emerson sur Melville, mais j'ai orienté la conversation – courtoisement, du moins je crois – vers les torchons.

« Qu'est-ce que vous aviez en tête, vous et votre auteur ? » m'a demandé Louis.

J'ai dit que nous le recontacterions avec une proposition très brève, mais ne pourrions pas aller plus loin sans contrat ; qu'il s'agissait d'un secteur hautement compétitif et que les bons textes de torchon étaient sujets au piratage.

Kess'tu dis d'ça ? !

Signé ton agent, HEUREUX

J'ai appelé Markey pour le féliciter de sa prompte réaction et nous avons ri aux larmes pour la première fois depuis bien longtemps.

Bip bip bip.

J'ai inséré mes derniers euros.

« Tu sais, ai-je dit à Markey, la vie rend les gens bien peu sûrs d'eux. Apparemment, pour transformer l'observation la plus banale en conseil précieux, il suffit d'avoir l'air absolument certain de ce qu'on avance. D'édicter la loi. Mais comment peut-on être certain de quoi que ce soit ? De toutes les choses que je prônais dans les *Pensées*, les seules dont je sois certaine, c'est qu'il est important de savourer ce qu'on mange et d'avoir un chien à aimer.

— Et des amis, a ajouté Markey.

— Bien sûr. Ça aussi.

— De *vieux* amis.

— Tu essaies juste de profiter de ma bonne étoile », ai-je dit, et il riait de nouveau, à des milliers de kilomètres de moi, quand nous avons été coupés.

Le lendemain, je lui ai envoyé de quoi répondre à Louis.

De RosieB à MarkC

CONFIDENTIEL

Cher M. Cuffe,

J'ai testé les préceptes ci-dessous sur le terrain et eu le plaisir de les voir qualifier à la fois de « spirituels » et de « sages ». Je suis ouverte aux offres de production en fonction des critères suivants : a) la qualité de produit envisagée – je ne vise rien d'autre que l'excellence ; b) le budget et le plan marketing ; c) la taille et le prestige des points de vente ciblés.

Merci d'attirer l'attention de votre mandant sur le fait que mon texte est protégé.

Pense-bête pour les moments difficiles : les conseils de survie d'une femme d'expérience

1. Dressez la liste de tout ce qui va bien.

2. Recoiffez-vous.

3. Rangez votre sac (ou votre voiture, ou votre 4 × 4).

4. Établissez votre situation financière exacte, *même si elle est catastrophique.*

5. Faites une BA.

6. Souriez à tous ceux que vous croisez ; ils ne sauront pas que ce n'est pas sincère.

7. Ne vous lamentez pas si la vie est injuste envers vous. Il n'y a pas de justice.

8. Évitez d'écouter de grands arias romantiques / d'ouvrir une bouteille / d'appeler votre ex ou toute autre activité susceptible de vous perturber. Si vous êtes *perturbée, ne vous asseyez pas. Restez en mouvement.*

9. Trouvez un bébé quelque part.

10. Demandez la permission de faire rire le bébé. Faites-le rire.

De MarkC à RosieB
Cc : Louis Austen

Chère Mme Barry,

Mon mandant demande combien d'autres textes de ce type vous pourriez éventuellement lui fournir ; il songe à un contrat pour trois torchons.

De RosieB à MarkC

Pour l'amour du ciel, Markey, dis-lui oui tout de suite ! Dis-lui que les autres textes suivront sans faute. Comme tu sais, j'ai déjà dix pensées sur l'âge mûr à caser, faciles à fractionner en deux fois cinq pensées pour telle et telle partie du voyage de la vie, par exemple le début et la fin (ou pour rien du tout si le voyage de la vie est passé de mode, comme Louis voudra).

Mais n'oublie pas ce qu'a dit Yeats quand on l'a appelé pour lui annoncer qu'il venait de remporter le prix Nobel de littérature.

De MarkC à RosieB

OK, qu'est-ce qu'il a dit ?

De RosieB à MarkC

« Combien ? Combien ? »

De MarkC à RosieB

TU ES ASSISE ?

10 000 $ pour chacun des trois torchons. Comptant, pas en droits d'auteur.

30 000 $ = 22 000 € au taux actuel.

Retranche ma commission et il te reste 20 000 d'argent de poche.

Elle est pas belle, la vie ? !

De RosieB à MarkC

Il doit y tenir, à cette lettre sur Melville !

Non, sans blague, c'est carrément *génial* !!!

J'ai fait le trajet jusqu'à Dublin pour appeler Min ; je ne voulais pas avoir ce genre de conversation avec elle sur un appareil qui réclamait des euros toutes les trois minutes.

« Eh bien ! ai-je lancé, surexcitée. Qu'est-ce que tu dis de ça ?

— Donc tu connais la nouvelle, hein ? Et toi, qu'est-ce que t'en dis ?

— Je trouve ça merveilleux. J'étais…

— Merveilleux pour certains, a répliqué Min d'une voix sombre. Pas pour les autres.

— C'est de moi que tu parles ? ai-je demandé. Parce que si c'est le cas, tu fais erreur. Je suis…

— Bien sûr que non, je parle pas de toi ! Même si tu risques d'avoir fort à faire… »

Quelques secondes plus tard, le nom de Peg avait fait irruption dans la conversation, et je n'ai strictement rien compris jusqu'au moment où il s'est avéré que Min parlait de Monty, lequel venait de fixer la date de son mariage avec son secret amour, une célibataire de vingt-huit ans mère d'un petit garçon.

La nouvelle la passionnait tant que j'ai eu du mal à attirer son attention sur les vingt mille euros que je me proposais de lui verser à titre d'acompte pour la maison de Stoneytown.

« On pourrait demander à un agent immobilier de l'évaluer, ai-je ajouté, voyant qu'elle ne réagissait pas tout de suite. Même si je me demande comment on évalue une maison hors d'âge construite sur un site inestimable. »

Mais la Min à laquelle je parlais n'était plus la même que celle d'avant l'incendie. Si elle ne disait rien, c'est parce qu'elle avait peine à croire à sa chance. Elle était littéralement enchantée à l'idée de vendre le tout pour trente mille dollars. Elle m'a même offert dix pour cent de remise.

« Et bonne chance avec cette vieille ruine ! Je pourrais te la laisser pour rien, mais on aimerait bien s'acheter un petit endroit, Luz et moi. Pour ce que tu me donnes, elle pourrait en avoir un dans sa ville natale, près de chez sa fille. Mais je veux pas aller au Mexique avant d'avoir trouvé un moyen de revenir ici. Je travaille dans le livre d'époque maintenant, tu sais, et je me débrouille comme un chef.

— Mais, Min, et Dublin ? Et Kilbride ? Tu ne vas pas entamer une carrière de femme d'affaires ou une vie au Mexique à plus de soixante-dix ans !

— Et pourquoi pas ? Regarde Monty. Il recommence là où son vaurien de père l'a laissé, pas vrai ? Le petit garçon, il a presque le même âge que lui quand son père est parti. Et moi, pourquoi je recommencerais pas au point où j'en étais quand j'ai laissé mon père ? J'étais censée partir en Amérique. Je serais partie si t'avais pas pointé le bout de ton nez…

— Oh, Min, je suis désolée…

— T'as pas à être désolée. Même si je pouvais revenir en arrière, je changerais rien à ma vie, Rosie. Rien. Même pas la pauvreté. Et je te le dis la main sur le cœur. »

CINQUIÈME PARTIE

L'HIVER

23

Tout allait bien. Tout le monde allait bien. J'aurais dû être heureuse. Au lieu de quoi, une sinistrose comme je n'en avais jamais connu s'est abattue sur moi à mesure que l'automne se refroidissait.

Tout m'indifférait. Je refusais de me préoccuper de quoi que ce soit. Je dormais jusqu'à une heure tardive ; dans la journée, je me promenais sur le rivage avec la chienne pour voir ce que les tempêtes d'équinoxe avaient rejeté, mais, même quand je trouvais quelque chose de joli ou d'utile, je ne le ramassais pas. Il y a eu un dauphin, aussi, qui se décomposait dans la crique après s'être laissé coincer au niveau de la laisse de haute mer. Il sentait mauvais, mais je passais devant tous les jours parce que c'était mon chemin. Parfois, je rencontrais des gens. Depuis quelque temps, il en arrivait par bateau de Milbay. Ils pillaient la rangée de maisons et repartaient avec de la pierre, des dalles de toit, des loquets métalliques, des linteaux en pierre de taille et tout ce qu'ils pouvaient emporter. Un ou deux fourneaux, même, ont disparu ; je m'en suis aperçue parce que des façades entières étaient démolies à présent.

J'avais l'air à peu près normale, je crois, quand je les croisais en train de fouiner. Je souriais, hochais la tête et passais mon chemin avec la chienne. Il n'y avait aucun moyen de les arrêter, et rien de vraiment illégal dans ce qu'ils étaient en train de faire – le conseil du comté, apparemment, comptait aménager un parc allant de la grand-route au rivage, donc on pouvait considérer Stoneytown comme un bien commun.

Tant qu'ils ne venaient pas jusqu'à moi… C'était tout ce qui m'importait : que personne ne grimpe derrière les maisons en ruine ou ne fasse le tour par le camp pour venir jusqu'à moi. Si quelqu'un s'approchait, je ne répondais plus de mes paroles ni de mes actes. Mais, quand les intempéries ont débuté, personne ne s'était montré et, par la suite, j'ai applaudi chaque nouveau jour de vent et de pluie. Plus le temps était mauvais, plus j'avais de chances de traverser la journée sans même avoir à prononcer le mot « bonjour ».

L'hiver s'abat très durement sur cette portion de la côte est. Des ouvriers étaient en train de détruire les bâtiments du camp et la vieille piste d'aviation. Ils savaient que j'occupais la maison et me faisaient signe quand je passais en voiture pour aller à Milbay, et le bruit de leurs machines me tenait compagnie pendant la journée. La chienne leur rendait visite et rapportait l'odeur du jambon de leurs sandwichs. Mais, dès le début de novembre, il s'est mis à faire nuit vers quatre heures ; alors, ils rentraient chez eux, et le vent semblait se lever sur le rivage hostile.

Le créateur a inventé les courlis pour faire entendre aux humains le son de la désolation, pensais-je.

« Ça m'est égal, ai-je dit à Andy le jour où il est venu m'annoncer qu'il emmenait sa mère au Laos. Tout m'est égal à cette minute, sinon que tu as fait entrer le froid. »

En lui ouvrant, j'avais été assaillie par un air si glacé que je lui en voulais presque d'être venu.

N'avait-il pas honte d'aider ainsi mon ennemi ? Le fourneau semblait impuissant à réchauffer l'atmosphère. Je remplissais le foyer de bois et de charbon et la température baissait encore un peu avant qu'ils se mettent à brûler. Je filais alors me coucher dans mon lit, qu'Andy m'avait aidée à déplacer près du tuyau de poêle qui traversait le plancher. Je me pelotonnais sous la couette et la chienne prenait son poste près de moi. Elle restait assise, sa noble petite tête dressée et en éveil, tandis que j'écoutais la pluie tambouriner sur le toit ou le vent geindre et précipiter les vagues contre les rochers. Je ne tardais pas à me réchauffer, mais, dès que je n'avais plus froid, je me rappelais combien je me sentais seule – plus seule que je ne l'aurais cru possible pour une personne aussi active que moi. Et je me demandais : Qu'est-il arrivé à la Rosie qui faisait ses bagages comme une grande et se commandait un taxi pour l'aéroport ? Autrefois, je savais me lever tôt les matins d'été, m'allumer un feu et m'ouvrir une bouteille les soirs de pluie, lire Henry James en faisant la queue devant le bureau de personnes qui pouvaient me délivrer un permis de travail ou m'accorder un dégrèvement fiscal. Je savais sortir furtivement d'une chambre à l'aube en fermant la porte sans bruit derrière moi. Je savais marcher des heures au bord d'une route sans jamais lever les yeux quand une voiture ralentissait à mes côtés. Autrefois, je savais me débrouiller seule.

J'appelais mon état solitude, mais il ressemblait plus à du chagrin. Je fixais l'obscurité en m'efforçant de penser à l'avenir, mais le passé s'en mêlait et teintait l'avenir de regret. Pourquoi Sœur Cecitia était-elle morte avant que j'aie l'occasion d'apprendre à la connaître ? Des souvenirs ressurgissaient, par exemple la façon dont, un jour où j'étais malade et où elle était venue me faire répéter mes répliques dans *Le*

Mikado, elle s'était assise près de mon lit, avait pris ma main entre les siennes et, pendant quelques secondes, m'avait caressé les cheveux. Et Lalla. Quand on saute d'un balcon sur les rochers en contrebas, combien de temps a-t-on pour se dire « C'est fini » ? Et mon père. Je me rappelais son visage tel que je l'avais vu un après-midi, lors de nos dernières vacances au cabanon : j'émergeais de sous le pont ferroviaire après être allée au Nook nous acheter des gâteaux pour le thé et il était là à m'attendre, assis sur un bollard parce qu'il était déjà trop fatigué pour rester debout ; il m'avait regardée et son visage, avant qu'il ait eu le temps de se reprendre, était désespéré.

Oh ! Faites que Min ne meure pas ! suppliais-je les ténèbres. Je peux presque tout supporter, mais Min ne doit pas mourir.

Mais Min est plus heureuse et en meilleure forme que jamais ! Qui parle de mourir ?

Elle avait pleuré mon père longtemps. Même après quelques mois, voire quelques années, je la voyais parfois interrompre ce qu'elle était en train de faire, s'asseoir et laisser errer ses yeux secs sur la télévision, indifférente à ce qui se passait à l'écran. J'étais stupéfaite de la voir si éteinte depuis qu'il était parti, elle qui avait toujours été si brusque et peu sentimentale avec lui. Je n'avais pas compris que sa faconde, son énergie, ses certitudes à elle se nourrissaient de ses silences, de sa faiblesse et de ses doutes à lui. Je les avais toujours envisagés comme des entités séparées ; il ne m'était pas venu à l'esprit qu'ils étaient également les deux moitiés d'un couple.

Peut-être qu'on forme aussi un couple, elle et moi, me disais-je. Même si on n'est ni homme et femme ni parent et enfant. Peut-être que c'est pour ça que j'ai si envie de la voir – ses petites mains sur la poignée du sac à provisions, ses yeux noirs sous son nuage de cheveux gris, sa démarche légère, maladroite, presque adolescente. Oui, on forme un tout, elle et moi. Ou, en tout cas, on est deux parties d'un même tout.

Elle appelait toujours la cabine le samedi, mais à seize heures, heure irlandaise, depuis que la nuit tombait si tôt.

Un jour, elle m'a raconté la fête qui avait été organisée pour les « vingt-cinq ans » de Markey et Billy – elle oubliait que personne ne m'avait jamais décrit Billy, de sorte que j'avais beau en entendre parler constamment, j'étais bien en peine de me représenter la personne dont Markey était finalement tombé amoureux.

« C'était dans un dancing sur une île et on a tous dû prendre le ferry pour y aller. T'aurais dû voir ce que le vent a fait aux cheveux des gens qui s'étaient ruinés pour aller chez le coiffeur. Y en a même qu'avaient des trucs argentés dans les cheveux parce que c'étaient les noces d'argent, tu sais, vingt-cinq ans, mais y a pas mal de décorations qui sont parties à l'eau. Et y a une dame qu'est tombée dans les escaliers en essayant de se protéger du vent, heureusement qu'elle était médecin. Et moi, tu sais ce que j'avais fait ? Devine ! Ah, non, laisse tomber, tu devineras jamais. J'avais collé des cristaux partout sur le déambulateur de Luz ! C'est formidable, la Super Glue. Le déambulateur, on le voyait dans le noir, on aurait dit qu'il était couvert de diamants. Et Luz s'est très bien débrouillée avec. On va peut-être descendre près du Mexique pour Noël, maintenant qu'elle peut se déplacer. »

J'étais si déconfite que je suis resté coite. Min n'a pas remarqué mon silence et a continué tranquillement. Qu'aurais-je pu dire, de toute façon ? Que je comptais justement lui rendre visite pour me sortir de mon marasme ? Que j'avais imprimé à la bibliothèque une liste de vols pour Seattle et n'attendais que l'occasion d'en discuter avec elle ?

Elle m'aurait certainement rétorqué qu'il y avait eu des dizaines de Noëls où je n'étais pas rentrée à Dublin et n'avais même pas songé à lui demander si ça lui convenait ni ce qu'elle-même comptait faire. Pas plus tard qu'il y a deux ans, n'étais-je pas allée passer Noël avec Leo dans ce morne petit hôtel proche des docks d'Ancône où nous n'avions pas réussi à faire l'amour (pour comble de malchance, je m'étais retrouvée à court de lectures au bout de vingt-quatre heures et le seul livre en anglais sur lequel j'avais pu mettre la main était un roman abrégé du Reader's Digest portant sur un joueur de baseball qui survivait à une attaque cardiaque) ?

J'avais toujours compté sur Min, mais j'avais pris toutes mes décisions sans penser à elle.

D'ailleurs – m'est-il apparu subitement – quel exemple suivait-elle en ce moment, sinon le mien ? Où avait-elle appris à faire ce qu'elle faisait, sinon à mon contact ? C'était comme si nous avions été sœurs, que j'étais partie découvrir le monde la première et que, dès qu'elle avait été prête, elle avait suivi mes traces. Ce qui signifiait que j'étais toujours avec elle, à titre de modèle.

Elle me manquait tant que cette idée m'a paru réconfortante.

Mon cœur pouvait-il être physiquement malade ? Existait-il des cancers du cœur ? Et pourquoi pas ? Je pressais mes poings contre ma poitrine pour tenter de tromper la douleur. Comment les émotions, ces choses invisibles et impalpables, difficiles même à nommer, pouvaient-elles avoir une présence si physique ? Et puis, quel était le problème au juste ? Il n'y avait pas de problème. Min ne manquait jamais nos rendez-vous téléphoniques. Leo était toujours à Kilbride et semblait en pleine forme. La dernière fois que j'avais appelé Tess, elle m'avait dit qu'Andy et Pearl préparaient leur départ pour l'Extrême-Orient, mais se gardaient l'un comme l'autre d'exprimer leurs sentiments sur ce voyage ; qu'elle n'avait pas vu Peg depuis un petit moment, parce que le vieux M. Colfer n'allait pas bien – c'est-à-dire allait plus mal que d'habitude ; et qu'elle-même se portait comme un charme.

« Et toi, mon lapin ? m'avait-elle demandé.

— Tout va bien. »

Je ne lui avais pas dit : J'ai peur qu'il arrive un malheur. J'ai peur que quelqu'un ne meure. Quand je me réveille avec une douleur à la hanche, je pense aussitôt que c'est un symptôme de leucémie ; quand j'urine plus souvent que d'habitude, je me dis : Cette fois, ça y est, je suis diabétique.

Je tentais de réagir en faisant appel à mes vieux réflexes. Je me racontais des blagues. Un escargot entre dans un bar, le barman le jette dehors ; deux semaines plus tard, l'escargot réapparaît et demande : « Pourquoi vous avez fait ça ? » Un type entre dans un bar avec une plaque d'asphalte sous le bras : « Une bière pour moi, siouplaît, et une autre pour la route. » Je me récitais tous les poèmes que j'avais appris par cœur – et il y en avait un paquet – depuis que j'avais impressionné Markey en lui récitant *Portrait of a Lady* et *Marina* aux premiers jours de notre phase T. S. Eliot.

Mais j'étais de plus en plus affaiblie par le froid, les journées de pluie grise et les nuits emplies des craquements et gémissements de la nature retournée à l'état sauvage, à l'obscurité et à l'oubli de l'homme. Je ne pouvais pas rester longtemps à l'abri du froid.

Je devais le braver pour aller chercher du combustible et alimenter le feu. J'avais de la lumière et l'eau courante, mais je ne pouvais pas faire fonctionner de radiateur ni même de couverture électrique avec le compteur qu'on m'avait fourni. Quant à une plaque chauffante, c'était inenvisageable, si bien que je cuisinais toujours sur mon petit réchaud à gaz ou sur le dessus du fourneau. Je me préparais un œuf sur le plat et le glissais entre deux tranches de pain parce que c'était le repas chaud le plus rapide que je connaissais. Nous sortions en toute hâte par la porte de derrière, la chienne et moi, et nous nous dépêchions d'accomplir les corvées, mais le froid détruisait en quelques secondes le bien-être que j'avais fini par trouver grâce à mon collant et mon pantalon ; quand la chienne revenait vers moi, frissonnante, je frissonnais également et tentais d'enfouir mes doigts raides sous mes multiples couches de vêtements. De retour au grenier, je sentais encore le froid que dégageait son pelage. Je pensais souvent aux hommes, aux femmes et aux enfants qui avaient travaillé dans les carrières en cette saison. Ma pauvre mère ! Dire qu'ils n'avaient même pas l'électricité. Et je me remettais à pleurer. La chienne devait s'imaginer que j'avais un seau d'eau derrière les yeux.

Un jour, j'ai tenté de m'arracher au Bourbier du Découragement.

J'ai fait venir le vétérinaire et rusé pour que la chienne le laisse l'attraper. Il lui a fait une piqûre de sédatifs, ce qui m'a permis de l'emmener à Kilbride, et j'ai tenté de l'habituer à vivre là-bas.

J'étais si concentrée sur elle que je remarquais à peine Leo. Je m'apercevais juste que la maison était toute pimpante – et légèrement différente –, que le téléphone ne cessait de sonner pour lui et qu'il avait un gros bloc de vrai parmesan à râper sur les pâtes que son ami Enzo lui avait rapporté d'Italie.

Mais au bout de quatre jours, même Leo, d'ordinaire si indifférent aux animaux, était tout chamboulé. J'espère ne plus jamais voir créature aussi malheureuse que cette petite chienne l'était en ville. Elle avait littéralement rampé jusqu'au fond de la cour, s'était couchée près de la remise et avait cessé de bouger, de manger et même de faire ses besoins. Le quatrième soir, elle sursautait toujours de frayeur au moindre bruit de portière ou de moteur de l'autre côté du mur. Et Bell avait peur d'elle alors qu'à Stoneytown, elles cohabitaient sans problème.

Je l'ai donc fait droguer une fois de plus et suis retournée à la Pointe avec elle. Là, pendant plusieurs jours, je l'ai à peine quittée des yeux. Je m'en voulais amèrement de lui avoir imposé une telle épreuve.

Mais nous ne pouvions pas continuer ainsi éternellement. J'ai fait revenir le vétérinaire pour l'emmener au chenil de Milbay. Au bout d'une heure, elle a sauté par-dessus un mur que, d'après la directrice, aucun chien, même de grande taille, n'avait franchi en vingt ans. Il nous a fallu une demi-journée pour la retrouver, tapie sous une haie et grelottante. La directrice a déclaré qu'elle n'était pas adaptée à la vie en chenil, qu'il fallait peut-être songer à la faire piquer.

Peu de temps après avoir entendu ces paroles, alors que j'avais les idées brouillées par l'anxiété et les somnifères que j'absorbais, je me suis dit qu'il y aurait peut-être quelqu'un pour prendre soin d'elle du côté des docks de Milbay, là où se trouvait autrefois le cabanon. Quelqu'un me dirait peut-être : Oh, laissez-la ici – elle y sera heureuse et en sécurité ! J'ai pris la voiture et suis partie sur-le-champ, sous une pluie battante. Le gardien m'a laissée pénétrer sur les quais. J'ai emprunté d'étroits chemins entre des piles de conteneurs hautes comme des maisons et abouti à l'endroit où se trouvait autrefois le cabanon. Il n'y avait plus d'herbe. Il n'y avait plus de plage. Juste une plate-forme en béton en lieu et place de rivage. Et personne alentour à l'exception du gardien, qui était jeune et se fichait que je vive ou que je meure, et la chienne encore plus.

Je suis donc rentrée à Stoneytown et la chienne et moi avons repris le cours de notre vie. Il faisait toujours froid, mais le temps n'a pas tardé à devenir calme et ensoleillé. Certains jours, la température était plus élevée dehors qu'à l'intérieur et, l'après-midi, je me couvrais de pulls et d'écharpes, enfilais deux paires de chaussettes sous mes bottes et m'asseyais pour lire sur le banc installé devant la porte, face à la mer. C'était comme d'aller à Las Vegas, après tant de temps passé dans mon lit au grenier. Souvent, un orchestre jouait dans l'hôtel au bord de l'estuaire (visiblement, pour les mariages hivernaux, le bal débutait vers trois heures de l'après-midi). J'adorais ce qu'il jouait : *The Tennessee Waltz, The Rose of San Antone, Twenty-Four Hours from Tulsa*... Oh, l'Amérique en chansons ! Quel endroit idéal pour un chagrin d'amour !

Je pouvais à la fois les écouter et lire mon Proust en riant et pleurant avec les personnages, comme si j'étais l'un d'entre eux ; il me semblait presque que, si j'avais fait mon apparition à l'une de leurs soirées, le narrateur m'aurait reconnue. Je lisais avec une candeur absolue. J'étais aussi horrifiée que le narrateur lui-même, par exemple, en apprenant qu'Albertine, d'après Andrée, avait éprouvé de furieux désirs pour des femmes, même si c'était la troisième fois que j'atteignais ce point de l'intrigue et que l'homosexualité féminine ne me choquait nullement.

Ce qui me trouble, pensais-je, c'est peut-être l'idée, au sens large, qu'on peut découvrir quelque chose d'étonnant sur quelqu'un après sa mort. Et pourtant, l'une des choses qui me paraissaient évidentes, maintenant que je connaissais un peu le monde, c'était que même les vies en apparence transparentes recèlent un secret.

Je rentrais précipitamment juste au moment où les mariages, de l'autre côté de l'estuaire, commençaient à s'animer vraiment : c'était celui où le soleil sombrait derrière l'horizon et où la vie se retirait du décor ; je voyais là comme une sinistre révélation et préférais me passer de révélations de ce type.

Comme le temps devenait franchement hivernal et que j'étais toujours à la Pointe, Tessa a pris sa voiture pour venir me voir. J'avais laissé échapper au téléphone que je serais à Milbay ce mercredi-là ; elle a donc attendu au Nook jusqu'au moment où elle m'a vue passer dans la rue. Mais je n'ai pas cédé devant le *fait accompli**. J'ai bu un café avec elle, mais je lui ai demandé de ne pas venir jusqu'à la maison. Je lui ai dit que, si elle était mon amie, elle devait m'écouter ; que je n'avais envie de voir personne, que je ne voulais pas avoir à parler ni à sourire, que j'en étais incapable. Et elle ne devait pas profiter de ce qu'elle était plus en forme que moi pour me désobéir. Elle devait me faire confiance et me laisser tranquille.

« Mais si tu es malade…

— Je ne suis pas malade. »

En prononçant ces paroles, j'ai entendu un écho de ce que Sœur Cecilia m'avait dit quand elle était venue parler à Min parce que son rêve de partir pour devenir chanteuse nous faisait peur, à mon père et à moi : « Ta tante n'est pas malade. »

Aujourd'hui comme alors, Sœur Cecilia m'était d'un grand secours. Parce que je continuais à penser à cet épisode et à tenter d'en tirer les leçons. Savais-je ce qui me manquait au juste, comme l'inconscient de Min l'avait su pour elle ? Vers la même époque, me suis-je souvenue, j'avais lu un article sur le scandale qu'avait provoqué la Callas en quittant inopinément la scène de l'opéra de Rome. Je l'avais lu à Min, parce que nous adorions écouter la Callas à la radio, et j'avais observé que personne n'écrivait jamais que des choses négatives sur elle ; mais que faisaient donc les gens de toutes ces langues qu'elle parlait et de sa sensibilité musicale et théâtrale ? Min devait donc savoir qu'il existait sur Terre un dur labeur qui ne ressemblait pas à son labeur à elle, parce qu'il produisait quelque chose de beau et d'émotionnellement puissant. Une grande chanteuse contribuait à la gloire de l'humanité.

S'il y avait une chose que Min n'avait pas connue et ne connaîtrait jamais, c'était bien la gloire.

« Je ne suis pas désespérée, ai-je dit à Tessa en la raccompagnant à sa voiture. J'ai juste besoin de rester jusqu'au moment où j'aurai compris ce qui me manque. »

Elle m'a lancé un regard exaspéré.

« Tu vas être la pire conseillère du monde, ai-je déclaré. Tu en as conscience ?

— Tu as sans doute raison », m'a-t-elle répondu d'un air sombre.

Mais elle faisait preuve d'une sensibilité presque incroyable, elle que Peg et moi avions pris l'habitude de surnommer Pol Pot. Elle m'envoyait des mails avec assiduité ; je les lisais quand j'allais à la bibliothèque. Elle y parlait de sujets neutres, racontant par exemple qu'elle avait fait poser de nouveaux talons sur ses chaussures Prada et ne pouvait presque plus les porter – peut-être étaient-elles faites pour des gens si riches qu'ils ne donnaient jamais rien à réparer ? Ou que Leo était la star du siècle à Kilbride et que, depuis qu'il faisait répéter le chœur féminin, ces dames défilaient devant la maison pour lui déposer des cadeaux – un pain sortant du four, les dernières fleurs du jardin, des CD, des livres… Reeny, qui suivait tout cela de près, la tenait informée.

« La question que se pose Reeny, écrivait-elle, c'est pourquoi il continue à porter ses costumes en lin. Est-ce qu'il a le cuir si épais qu'il n'attrape jamais froid ? »

Je lui ai écrit de ne pas s'attendre à recevoir de réponse, sauf occasionnellement : « Il n'y a jamais rien de neuf ici. » Ce qui n'était pas tout à fait vrai. Il se passait des choses dans ma vie. Par exemple, selon les jours, le fourneau pouvait se comporter normalement ou décider de se mettre à fumer ; quand la chienne partait voir les hommes qui démolissaient le camp, je pouvais monter me mettre au lit et redescendre lui ouvrir lorsqu'elle grattait à la porte, ou bien l'attendre en bas.

Regarde tout ce que tu as, me disais-je. Tu as une excellente amie en la personne de Tessa, et d'autres amis encore. Tu as ta chienne bien-aimée. Tu as assez d'argent pour tenir jusqu'au prochain boulot et, quand tu retravailleras, cette maison à laquelle consacrer tes revenus. Tu te portes comme un charme, si l'on excepte ces douleurs aux mains. Leo va de mieux en mieux ; sa voix est toujours plus vigoureuse et chaleureuse au téléphone. Et Min est heureuse comme une reine. Que demander de plus ?

Oh, semblait s'écrier tout mon être, plein de choses ! On peut demander bien plus ! D'être bon. D'être grand. D'être désiré. Que le vide que l'on sent en soi soit comblé. Que sa mère revienne, que son père revienne, que sa tante revienne. Qu'il y ait quelqu'un pour vous aimer, vous aider et vous accompagner dans la dernière partie du voyage…

À cet instant, je croyais entendre Markey me rembarrer gentiment et je me calmais.

« Bon sang, Rosie ! avait-il glapi au téléphone en m'entendant déclarer d'une voix lugubre que je n'étais pas encore prête à entrer doucement dans la nuit. Tu es une femme relativement jeune et en pleine santé. Tu n'entres dans rien du tout ! Lâche-moi un peu avec ça ! »

24

De fait, la marée finit toujours par s'inverser et, au fond de moi, un changement commençait à se faire jour. Deux ou trois signes sont venus m'indiquer que j'avais cessé de courir derrière un horizon qui s'éloignait sans cesse. Je touchais au rivage.

Un jour, j'ai entendu quelqu'un siffler sur la crête et, en levant la tête, j'ai aperçu le facteur.

« Y a du courrier pour vous, ma p'tite dame », m'a-t-il crié de loin.

Tout excitée d'avoir de la visite, la chienne s'est mise à décrire des cercles. J'ai grimpé la pente en courant, sans m'arrêter pour reprendre mon souffle.

« Belle journée », m'a dit le facteur, et, heureuse d'échanger des salutations en bonne et due forme, j'ai répondu : « Plus belle qu'hier, en tout cas. »

Le courrier se composait d'une facture du dentiste et d'une lettre de l'ESB m'informant que le courant serait coupé à la fin du mois : il était fourni spécialement pour les besoins du parc à bestiaux et ne pouvait être utilisé à d'autres fins, maintenant que les animaux étaient partis. J'ai traversé les bois hivernaux pour téléphoner à Andy. Dans les recoins et sous les fourrés, là où la lumière ne pénétrait pas, les feuilles de hêtre qui jonchaient le sol étaient encore gelées – des assemblages de formes d'une finesse magnifique, avec un centre ocre et des bords blancs rigides.

Que faire ? Pouvais-je passer une annonce pour trouver un foyer à la chienne et la laisser ? Existait-il un moyen quelconque de recommencer à travailler sans la perdre ?

Andy est venu le lendemain.

« Il fallait que je te voie de toute façon, m'a-t-il dit. Pour te dire au revoir. Et pour t'apporter quelques bonnes choses de la part de Pearl, si tu ne man…

— Je mange largement à ma faim », l'ai-je coupé.

Il insistait pour que je quitte Stoneytown, retourne chez Min et me laisse gaver de pâtes par Leo. Je lui ai dit la vérité, à savoir qu'aller où que ce soit était toujours inenvisageable pour moi.

« Eh bien, a-t-il répondu, mange en tout cas. On ne cesse pas de se nourrir sous prétexte qu'on ne sait pas de quoi demain sera fait.

— On devrait.

— On devrait quoi ? Arrêter de manger ?

— On devrait avoir peur ! ai-je crié.

— Rosie, m'a-t-il dit. Ne reste pas ici. Fais retaper la maison si tu l'aimes tellement. Mais pour l'instant va-t'en, Rosie. Sans traîner. Y a des ouvriers qui pourraient commencer le boulot avant Noël, vu que le plus gros à faire est à l'intérieur. Sincèrement, Rosie. Lâche l'affaire.

— Je veux rester ici, ai-je dit d'un ton obstiné.

— Ce n'est pas parce que Leo est à Kilbride ? Parce que si c'est ça…

— Non ! Oh, non, Andy, pas du tout ! Au contraire, ça fait partie des bonnes choses que Leo soit là. C'est bon pour lui et pour moi et pour Bell et pour la maison. Je veux juste rester jusqu'à ce que je sache quoi faire d'autre. »

Finalement, je l'ai persuadé d'aller voir l'ESB à Milbay et d'en profiter pour essayer de réserver *Jean Santeuil* par le prêt interbibliothèques ; je ne voulais pas me retrouver sans lecture si je terminais la *Recherche*.

La marée était basse et tout baignait dans la lumière rasante d'une après-midi froide et immobile quand je lui ai ouvert pour la deuxième fois et qu'il est entré, titubant sous le poids d'un grand sac de charbon surmonté d'un carton de provisions.

« Mets de l'eau à chauffer, a-t-il haleté. Bibliothèque fermée. Le type de l'ESB arrive pour jeter un coup d'œil, exceptionnellement. J'ai dit que j'arrivais pas à te faire décoller d'ici et que tu pouvais pas rester sans électricité et il a dit qu'il réussirait peut-être à goupiller une aide sociale temporaire. »

Je m'attendais à ce qu'il commence à s'activer dans la maison, comme d'habitude, mais il était visiblement conscient que nous n'avions plus que quelques minutes à nous. Après avoir posé le carton et le sac, il est resté debout, immobile, à me regarder. J'ai failli lui demander de ne rien dire tant son visage était tendu.

« Je sais que tu penses que je ne devrais pas emmener Pearl si loin, a-t-il commencé.

— C'est sans doute ce que pensent deux ou trois personnes, ai-je murmuré.

— Les autres, ça m'est égal, a-t-il dit, et son visage respirait la franchise. Mais toi… »

Toc toc.

L'ingénieur de l'ESB emplissait la porte, souriant et élégant dans son grand manteau en peau de mouton – le type aux yeux marron et aux cheveux soigneusement peignés, celui-là même qui m'avait envoyée paître en juin.

« Mon Dieu ! s'est-il exclamé. Mais c'est la plus belle vue d'Irlande que vous avez là ! »

Je ne m'étais pas lavé la figure depuis la veille et les cheveux depuis je ne sais combien de temps.

« Regardez ! s'est-il écrié. Là… »

Quelque chose bougeait sur le rivage. Ah ! Des phoques. Il y avait trois phoques sur les rochers noirs bordant le ruisseau qui descendait de la colline et s'écoulait entre les galets. Ils étaient venus s'exposer aux pâles rayons du soleil ; il y en avait un gros, un moyen et un petit, seul sur son rocher plat. Calmement, le bébé a tourné son visage blanc vers sa mère, puis vers son père et, l'espace d'un instant, j'ai été transpercée par cette vision d'une famille, d'un enfant étroitement protégé par ses parents.

La chienne se tenait sur le seuil, tremblante d'anxiété ; elle observait les phoques avec une intense suspicion, mais ne pouvait se résoudre à laisser les humains sans protection.

« Les phoques portent bonheur, a déclaré Andy. Aidan, c'est bien ça ?

— Oui, ils portent bonheur et oui, je m'appelle Aidan. Enchanté. » Il s'est tourné vers moi et m'a serré la main aimablement. « Mais on s'est déjà vus, je crois ? Ce n'est pas vous, la petite-fille du carrier ? Je crois me souvenir que vous êtes venue au bureau pour nous parler de cet endroit, mais c'était avant qu'on le raccorde pour les animaux. Bon ! Et maintenant, qui me fait visiter ? »

Les deux hommes sont sortis voir la pompe et je suis restée un moment sur le seuil. Une dernière lueur baignait l'horizon, mais les rochers où se tenaient les phoques commençaient à se fondre en une masse indistincte. J'ai fermé la porte, frissonnante, et suis allée mettre de l'eau à chauffer.

J'ai entendu Aidan, puisque c'était son nom, se récrier sur quelque chose. « Ça va geler », disait-il à Andy.

La chienne les a suivis avec enthousiasme tandis qu'ils examinaient un à un les interrupteurs et les prises – dedans comme dehors, du grenier à la grange – et la poussière qui couvrait le sol devant le fourneau a bientôt été pleine de traces de pattes et de semelles.

Aidan a ôté son manteau avant de s'asseoir devant la porte-table pour boire son thé. Grâce à Pearl, j'avais aussi du cake à offrir.

Le corps est tout, ai-je songé une fois de plus. Les deux hommes se mouvaient, parlaient et me regardaient de façon complètement différente parce que leur apparence et leur perception d'eux-mêmes différaient tout autant. Andy, avec ses délicatesses et ses attentions, semblait totalement effacé auprès d'Aidan, qui emplissait la pièce de sa présence.

« Comme je le disais à Andy, a déclaré celui-ci, il y a un tas de choses qu'on pourrait faire pour vous faciliter la vie. De toute façon, on n'a pas le choix : c'est soit ça, soit vous jeter en prison parce que vous vous faites passer pour une chèvre qui a loupé le bateau à Rosslare.

— J'irai volontiers en prison si je peux emmener la chienne, ai-je rétorqué. Il fait chaud, en prison.

— Cette chienne m'a l'air plus en forme que vous.

— Qui vous a demandé votre avis ? »

Aidan s'est esclaffé.

Il pense que je suis trop vieille pour mal interpréter ses paroles, ai-je songé. Et il a raison. Je le suis. Si j'étais assez jeune pour qu'il me trouve à son goût, l'atmosphère de cette pièce serait bien différente. Mais ça rend la relation si amicale de savoir que le désir est exclu d'emblée. Je n'avais jamais pensé à ça – que vieillir comporte au moins cet avantage. Les hommes et les femmes se retrouvent. Leurs rapports sont de nouveau ce qu'ils étaient avant de devenir si soupçonneux vers l'âge de treize ou quatorze ans.

« Vous pourriez revenir en ville avec moi ? a demandé Aidan à Andy. Il va me falloir une signature pour le changement de contrat.

— Pas de problème, a répondu Andy, l'air malheureux comme les pierres.

— Je reviens dans une minute, a dit Aidan. Je vais chercher quelque chose dans la camionnette. »

Andy ajustait soigneusement son écharpe, veillant à ce que les deux bouts se croisent sur sa poitrine de façon parfaitement symétrique.

« Ce que j'allais te dire, a-t-il articulé avec peine, c'est que je dois emmener Pearl au Laos parce qu'elle est vieille et que je ne peux aller nulle part sans elle. Je ne pourrais pas accepter cette mission si je savais qu'elle reste seule et peut tomber malade et me réclamer. C'est en pleine cambrousse, l'endroit où je vais et, si ça se trouve, je ne pourrais pas rentrer à temps. Et je dois y aller. Quand on sait ce que NoNeed peut faire là-bas, on a le devoir d'y aller.

— Je comprends », ai-je dit.

Il m'a regardée dans les yeux pour la première fois depuis qu'il avait repris la parole.

« Et toi, ça t'intéresse comme pays, le Laos ? Une grande voyageuse comme toi ?

— Je pensais plutôt à la Birmanie, ai-je répondu. Si je vais dans cette direction quand je me déciderai à repartir. »

Le ton de ma voix était neutre. Je n'avais pas cherché à l'adoucir. Je n'étais pas suffisamment sûre qu'il se fût agi d'une invitation.

Aidan revenait.

Andy a baissé les yeux et chuchoté : « Dis-le à Tess. »

Ah ah. Donc Tess avait dit quelque chose.

« Tenez, une couverture électrique, m'a fait Aidan. La meilleure sur le marché. On vous a sans doute dit que vous ne pouviez pas en utiliser ici, mais c'est faux. Vous avez une grosse marge de sécurité. D'ici quelques jours, je vous enverrai un des gars pour qu'il regarde tout ça de plus près.

— Monsieur…

— C'est un cadeau, bien sûr. Après tout, sans la carrière de pierre de votre grand-père, Milbay n'existerait même pas. »

J'ai enroulé une écharpe autour de ma tête et ai raccompagné les deux hommes jusqu'à leurs véhicules.

Aidan a baissé sa vitre pour me dire : « On va pouvoir mieux s'occuper de vous maintenant qu'on sait que vous êtes un être humain, pas un troupeau de moutons malades ! » Et il a démarré en cahotant, enchanté d'avoir tant d'esprit.

Andy m'a serrée dans ses bras pendant une longue minute ; nos joues étaient tièdes l'une contre l'autre, notre haleine visible dans l'obscurité.

« Je te souhaite tout le bonheur du monde, Andy, ai-je déclaré – et j'étais on ne peut plus sincère. Et à ta merveilleuse maman aussi. Revenez-nous en pleine forme. »

Il n'a pas dit un mot – je crois qu'il ne pouvait pas. Il s'est contenté de monter dans son camion et de partir.

En regagnant la crête, j'ai pénétré dans un monde nouveau.

La mer baignait dans un pâle et spectaculaire clair de lune ; l'astre flottait, énorme, juste au-dessus de l'horizon, et faisait scintiller les toits en contrebas – ceux de la maison, de la grange et des remises. De la musique venait vers moi sur l'eau argentée du fleuve. Était-ce l'orchestre ? Était-ce un soir de bal ? Non. Quelqu'un passait un vieil enregistrement de… Oh ! Une des chansons préférées de Min à l'époque des samedis soir chez Granny Barry. À côté d'elle, j'articulais tant bien que mal les fabuleuses paroles – j'avais alors neuf ou dix ans : « *When they begin the beguine / It brings back a night of tropical splendour...* »

Nous sommes restées un moment devant la porte à contempler la mer, la chienne et moi. Des mouettes apparaissaient fugacement, tels des éclairs blancs silencieux, dans l'obscurité.

« *So don't let them begin the beguine / Let the love that was once a fire remain an ember / Let it sleep like the dead desire I only remember...* »

Malgré moi, mon cœur s'est tordu de douleur. Min me manquait. Mon père me manquait. J'avais la nostalgie de ces soirées où les femmes chantaient à table et où, derrière leurs têtes, par la fenêtre ouverte, je voyais les hirondelles plonger en piqué dans l'air du soir. J'avais la nostalgie du passé, de mon enfance, de ma jeunesse, d'un compagnon. Je n'étais plus que manque lancinant.

Les lumières dorées de la ville ont commencé à se brouiller et à scintiller. La pluie semblait avoir surgi de nulle part.

C'est quelques jours plus tard – après avoir réfléchi, et pour une fois pas seulement à moi-même – que j'ai invité Tessa à bruncher.

« Un brunch ? a-t-elle fait. Au château La Misère ? Je peux apporter les croissants si tu veux, mais est-ce que tu as même du café là-bas ?

— Difficile de faire du bon café sur un vieux fourneau, ai-je répondu. Et le thé ne va pas avec les croissants. Est-ce que des œufs brouillés et du bacon croustillant trouveraient grâce à tes yeux ?

— Trop de calories. Ça ficherait ma journée en l'air.

— Je pourrais faire des galettes de pomme de terre ?

— Ah, ça, c'est autre chose. Les galettes de pomme de terre, ça vaut le coup.

— Mais apporte des fruits, Tessie. On ne trouve plus de fruits que dans les grandes villes et j'en meurs d'envie. »

Elle est arrivée un jour de vent fort et vivifiant, a dévalé le chemin de terre en courant comme une athlète et m'a serrée dans ses bras, me faisant tournoyer jusque dans la maison.

« Ne nous fais plus jamais une chose pareille ! m'a-t-elle dit, mi-enjouée mi-sérieuse. Disparaître comme ça. Partir toute seule dans ton coin.

— Je suis sur le chemin du retour », ai-je déclaré.

Et c'était vrai. Il n'y avait pas eu de tournant majeur, pourtant. Mais une série de petites choses qui, mises bout à bout, traçaient comme une voie vers la sortie des ténèbres. Le don d'une couverture électrique par un homme contre qui j'avais été en colère. La proposition d'Andy, qui en était peut-être une et peut-être pas. Ce brunch et ce qu'il avait impliqué – lancer l'invitation, faire les courses, faire la cuisine, mettre la table, balayer la pièce, disposer des branches de sorbier dans une cruche, faire un bon feu dans le fourneau.

Nous sommes allées chercher des sacs dans la voiture de Tessa.

« C'est la première fois que j'ai de l'appétit depuis je ne sais combien de temps, ai-je déclaré en les ouvrant. J'avais peur que ça ne m'arrive plus jamais. Mais depuis quelques jours, je rêve de melons…

— Premier sac, a fait Tess. Des Honeydew et des Galia. J'ai aussi des abricots de Syrie, des fraises du Zimbabwe et des Cox Orange de Nouvelle-Zélande.

— Et moi, j'ai râpé des pommes de terre irlandaises crues sur des pommes de terre irlandaises écrasées et j'ai mélangé le tout à de la farine irlandaise pour faire les galettes, qui nageront dans le beurre allégé parce qu'on peut en utiliser deux fois plus que du vrai.

— Tu peux m'expliquer comment tu es devenue si maigre, si c'est ton régime habituel ?

— Je crois que la dernière fois que j'ai eu faim, c'est pour le pique-nique. Je sais que j'ai perdu du poids – je flotte dans mon jean – mais je vais te dire une chose, Tessie, une chose que tu n'as sans doute jamais entendue dans la bouche d'une femme : ça ne me fait pas plaisir. Je suis prête à reprendre le moindre kilo, et même plus, si c'est le signe que j'ai retrouvé ma gourmandise. Parce que ces deux derniers mois, j'ai eu un aperçu de ce que c'était que perdre goût à la vie, et ça ne m'a pas plu. C'est sans doute un des dangers de l'âge mûr : en quittant le monde où on était désiré et désirant, on risque de devenir indifférent à toute une série de choses. Il faut travailler à ne pas se couper de sa sensualité et…

— Rosie Barry ! s'est exclamée Tess avec dégoût. Est-ce qu'il existe une chose sur Terre que tu ne ramènes pas au sexe ?

— Oh, ne sois pas si *plouc*, Tess. La sensualité n'est pas le sexe. C'est la sensation. C'est le fait de savourer certaines sensations et de les rechercher activement…

— Et tu as ça avec des *galettes de pomme de terre* ?

— Ce genre de sarcasme bon marché ne te mènera nulle part, ai-je déclaré d'un ton hautain. Et puis, ça doit être un ciment formidable pour un couple, la gourmandise. Les couples où chacun des deux aime manger peuvent planifier leurs menus, discuter de restaurants… Je veux dire, certains couples n'ont *aucun* sujet de conversation.

— Mouais, a dit Tess. Peg et Monty adorent manger tous les deux et ça n'a pas empêché cet animal de disparaître avec une jeunette qui n'a pas dû finir un repas de sa vie.

— Comment va Peg ? ai-je demandé.

— Très mal. Avec vous deux, quand ce n'est pas l'une, c'est l'autre. »

J'ai regardé Tess entamer ses œufs, que j'avais parfumés avec de l'oseille et une pointe de thym serpolet.

« Ça, a-t-elle déclaré avec emphase, c'est les meilleurs œufs brouillés que j'aie jamais mangés.

— Comme je te le disais, ai-je repris en soulignant lourdement chaque mot, certains couples n'ont aucun autre sujet de conversation que la nourriture. »

Elle a levé vers moi des yeux innocents : « Qu'est-ce qui t'arrive ? Pourquoi tu parles comme ça ?

— Andy est venu me voir l'autre jour. »

Ses joues se sont empourprées. « Oh, a-t-elle fait, c'est pour ça que tu parles de couples ! Je savais bien qu'il y avait quelque chose entre…

— Non. Je te l'ai déjà dit. Il n'y a jamais rien eu. C'est même exactement le contraire.

— Et qu'est-ce que ça veut dire, exactement le contraire ? »

J'ai tendu le bras par-dessus la table pour lui prendre la main.

« Il m'a demandé de te dire, ai-je déclaré avec sérieux, qu'il devait aller au Laos parce qu'on avait besoin de lui là-bas et qu'il devait emmener Pearl parce qu'il avait peur de la laisser. C'est tout ce qu'il a dit verbalement. Mais la façon dont il a chuchoté "Dis-le à Tess"… C'était particulier. Je n'arrive pas à mettre le doigt dessus. Il essayait de dire autre chose. Simplement, tu connais Andy : ça ne sort pas facilement.

— Essayait de dire quoi ? » a fait Tess. La rougeur s'était répandue sur l'ensemble de son visage.

« Je ne sais pas. »

Je ne voulais pas aller jusqu'à lui mentir (si Andy et elle finissaient par se mettre ensemble, ils ne manqueraient pas de s'en apercevoir), mais j'étais plus que disposée à suggérer des choses.

Toute ma vie, j'avais gardé la proposition de Hugh Boody dans un secret recoin de ma mémoire. Je savais que, même si je pouvais me prétendre innocente (je n'avais rien fait pour provoquer son offre et je l'avais repoussée), je ne l'étais pas tout à fait. Quelque chose, dans la personne que j'étais alors, l'avait attiré et incité à penser que je ne serais pas offensée. Et puis, j'aurais peut-être dû en parler à Tessa. Je ne savais pas trop. Tout ce que je savais, c'était qu'en l'aidant aujourd'hui à conquérir Andy, je compensais, d'une certaine manière, ce qui s'était passé avec Hugh.

Tess – et ce n'était pas la première fois – a comme saisi mes pensées au vol.

« Rien ne me manquait jusqu'ici, a-t-elle déclaré. Je pensais que Hugh Boody m'avait suffi pour toujours, parce qu'on était si heureux ensemble. Mais maintenant, je donnerais n'importe quoi pour vieillir avec quelqu'un.

— Je sais, ai-je répondu. Moi aussi. »

J'ai posé la tête sur la table. Tess m'a pris la main, l'a serrée et m'a dit : « Ah, ne commence pas. »

Nous sommes restées silencieuses, mais la pièce ne l'était pas : dehors, le vent précipitait les vagues sur la plage ; on entendait le charbon s'affaisser dans le fourneau et la chienne, qui dormait juste devant, respirer doucement et régulièrement.

« C'est lequel, le Laos ? a finalement demandé Tess.

— Celui qui est à côté du Vietnam, vers le nord. Tu te souviens – Kissinger et Nixon et toute cette bande de menteurs l'ont bombardé quand ils ne savaient plus comment faire…

— Mais je finis tout juste ma formation. J'obtiens mon diplôme de conseillère le mois prochain.

— Si tu veux mon avis, les gens ont des problèmes au Laos aussi. Je suis même sûre que les Laotiens anglophones en ont plein.

— Mais tu crois que c'est ce qu'Andy avait en tête – que j'aille là-bas ? » Elle se dégonflait. « Comment il te l'a dit, "Dis-le à Tess" ?

— Juste… bizarrement. Ç'aurait sans doute paru normal à n'importe qui d'autre, mais moi, je sais que c'était bizarre.

— Bizarre comment ?

— Bizarre, c'est tout. »

Nous nous sommes regardées.

« Écoute, Tess, ai-je repris avec vigueur, en général, quand les gens te demandent ce que tu as à perdre, il s'avère que tu as plein de choses à perdre. Mais dans le cas présent, je crois vraiment que tu devrais y aller, ne serait-ce que pour l'expérience. Si ça ne prend pas entre lui et toi, qu'est-ce que ça peut faire ? Qu'est-ce que tu auras perdu ? Vas-y et contente-toi d'être aussi dynamique et charmante que d'habitude ; tu verras bien ce qui se passe. Et ne commence pas à te poser des questions sur l'amour, est-ce que tu l'aimes et est-ce qu'il t'aime et patati et patata. C'est trop difficile, l'amour. »

Elle était de nouveau toute rouge.

« Merde, Tess ! Tu es sa cousine et cette pauvre vieille Pearl est ta tante : tu as parfaitement le droit de la rejoindre pour l'aider à faire son trou dans cette jungle ; d'ailleurs, elle t'en remerciera sans doute à genoux. Et une fois sur place, vois si tu peux provoquer quelque chose. Mets-toi en short. Tu es mimi tout plein en short.

— Mais qu'est-ce que je vais leur raconter ? Quelle explication je vais donner ?

— Dis que tu passais dans le coin et que tu es venue leur faire un coucou », ai-je répondu, et nous avons éclaté de rire toutes les deux.

25

« Il est au Ciel » m'a crié Peg au téléphone, et sa voix était si éperdue que, pendant une fraction de seconde, j'ai cru qu'elle venait d'assassiner Monty. J'étais encore à la maison de la Pointe. Par un étrange hasard, M. Colfer devait être l'Orphée qui m'arracherait enfin à ces Enfers. Feu M. Colfer, devrais-je dire.

L'un des ouvriers qui travaillaient sur le terrain d'aviation m'avait crié depuis la crête de rappeler Peg Colfer d'urgence, quelle que soit l'heure du jour ou de la nuit. Et c'est ainsi qu'elle m'a annoncé la mort de son père – en disant qu'il était au Ciel. Elle ne voulait pas prononcer le mot « mort ».

« Il a juste dit "Je me sens pas trop bien" et quand je suis revenue le voir deux minutes plus tard, il était adossé si bizarrement que j'ai su. J'ai su, Rosie ! »

Et elle a éclaté en sanglots.

J'ai fait de mon mieux pour l'apaiser et lui ai promis que, bien sûr, je serais en ville à temps pour la levée du corps et, bien sûr, j'assisterais à l'enterrement le lendemain. Elle était si bouleversée que je tenais à être auprès d'elle – indépendamment du fait qu'elle ne pardonnerait jamais à quiconque manquerait l'une ou l'autre de ces cérémonies. Cela étant, je ne me sentais pas prête. Je n'étais pas tranquille à l'idée de laisser la chienne. Tout m'angoissait.

Je me suis arrêtée à Milbay pour faire repasser mon manteau gris et m'offrir un shampoing et un brushing d'urgence. Mes jambes flageolaient, mais, peu à peu, les vieux réflexes me sont revenus : acheter une gerbe, acheter une paire de gants, convenir que, ma foi, c'était plutôt une belle journée ma p'tite dame. J'ai profité de ma visite chez le coiffeur pour me maquiller et, au bout du compte, j'étais si propre et pimpante dans mon corps aminci que je n'ai pu résister à l'envie de passer une tête par la porte de l'agence ESB en demandant si Aidan était là.

Il n'y était pas.

En roulant vers Dublin, je me suis sévèrement remonté les bretelles.

Laisse tomber ! me disais-je. Arrête tes bêtises. Qu'est-ce que tu voulais, hein ?

Qu'il me trouve jolie !

Et pourquoi ? Pourquoi ?

Tu sais bien pourquoi !

La dépouille était exposée à l'église de Gardiner Street et, sur le trajet, je me suis arrêtée au feu rouge devant l'hôtel Gresham. J'identifiais parfaitement la fenêtre dont j'avais décrété, longtemps auparavant, qu'elle était celle de la chambre où mon professeur américain m'avait déflorée. Mon choix s'était fixé sur cette fenêtre dans les mois suivant l'événement, quand j'attendais encore une lettre de lui. Dans mon esprit, il restait Dan le professeur, mais il avait un peu une tête de Beach Boy avec ses cheveux blonds et son teint bronzé et il n'était probablement pas professeur. S'il avait été plus âgé, il se serait mieux comporté envers moi. Il m'aurait écrit deux ou trois lettres d'amour. Plus d'un professeur d'université l'avait fait. Cela étant, dans la mesure où perdre sa virginité est, presque par définition, un choc, j'avais eu de la chance. Dan était gentil et attentionné.

Et la vérité, c'est que ce n'était qu'en partie moi – la jeune Rosie Barry, peinant à s'extraire de son jean moulant – qui étais sur le lit avec lui. *Les Morts* était tout aussi réel, à mes yeux du moins, que la réalité, et j'étais également Gretta – même si, au lieu de me détourner de Gabriel d'un air préoccupé, j'embrassais frénétiquement son visage.

J'avais des défenses à cet âge-là. Lalla et moi nous étions souvent promis, par exemple, de ne jamais abandonner notre bonheur à un homme, et je comptais bien m'y tenir. Par ailleurs, j'avais beau hanter les églises en priant pour que Dan m'écrive, je ne croyais plus en un dieu miséricordieux depuis que mon père était mort en dépit de mes suppliques et de mes sacrifices. J'avais aussi cessé de croire parce que ni Markey ni Flaubert ne croyaient. Et puis, je désirais sans doute des lettres de Dan, mais je ne pouvais pas les recevoir chez moi sans courir un risque énorme – ni à la librairie, parce que les autres filles, voyant des timbres américains, m'auraient cuisinée sans pitié. De sorte que son silence ne me désespérait pas tant que ça.

Mais, depuis, je m'étais souvent demandé s'il se pouvait que cette heure passée avec lui ait affecté mon existence entière. Pourquoi, par exemple, ne m'étais-je pas mariée quand j'étais jeune, comme la plupart des gens ? Me serais-je mariée si j'avais été vierge ?

Oh, quand donc renoncerais-je au sexe ? J'étais impatiente que le feu passe au vert pour pouvoir changer de rue. Quand ? Trente-cinq ans s'étaient écoulés depuis que j'avais couru vers Dan sur ce trottoir et, aujourd'hui, j'avais éprouvé exactement la même excitation haletante en me dirigeant vers l'agence ESB dans l'espoir d'y trouver l'ingénieur.

Dites à mon corps de renoncer ! ai-je protesté intérieurement. *Ce n'est pas moi – c'est mon corps qui ne veut pas, qui ne peut pas renoncer.*

Peut-être ne serais-je délivrée que le jour où, comme M. Colfer (il était sous mes yeux à présent, couché dans son cercueil au pied des marches de l'autel), je me débarrasserais de ma chrysalide de chair. J'ai tenté, comme toujours et aussi vainement que d'habitude, d'imaginer où la colferitude de M. Colfer s'en était allée, puisqu'elle avait quitté l'enveloppe de son corps. Après la mort de mon père, je l'imaginais flottant au-dessus de ma tête – haut, mais pas trop, de sorte que nous étions toujours en contact. Et si l'esprit descendait plutôt ? S'il se réfugiait sous terre parce qu'il ne supportait pas d'être désincarné ? Ou peut-être restait-il au même niveau que les vivants, si bien qu'on bousculait des foules d'esprits en se déplaçant ? Se pouvait-il que ma mère soit, à mon insu, en train de marcher à mes côtés ? Et *quid* de ces éléments de l'esprit qui constituaient la personnalité – qui rendaient la personne apte à vivre en société ? Où disparaissaient-ils ? Se perdaient-ils simplement ? Je connaissais M. Colfer depuis la nuit des temps ; le jour où Min m'avait empêchée d'aller à l'école, j'avais couru jusqu'à son magasin et fait irruption à l'intérieur en annonçant que je savais lire, et il m'avait gentiment donné une orange. Où était donc passée sa singularité ? N'était-elle qu'une fioriture de la création, comme ces millions de motifs différents sur les ailes des oiseaux ?

Peg était ravagée par le chagrin. Pendant les prières, ses sanglots étaient si déchirants que, par pure empathie, je me suis mise à pleurer aussi et que Tess m'a lancé un regard agacé. À la fin, quand le prêtre est descendu pour asperger le cercueil d'eau bénite, balancer l'encensoir autour et prier pour que la lumière éternelle brille sur le défunt, les sanglots sont devenus frénétiques et Peg, aveuglée par ses larmes, n'a pu descendre l'allée centrale qu'à demi portée par son frère, qui arrivait juste du Canada.

Nous nous sommes blotties sous le parapluie de Tessa devant l'église en attendant que la famille Colfer serre la main des parents et amis et monte en voiture. Tess a ôté son manteau un moment pour me montrer un hématome sur son bras, là où on l'avait vaccinée pour le Laos. Mais, comme je le lui ai fait observer, j'avais en tête des considérations plus élevées.

« Est-ce qu'il n'est pas extraordinaire, ai-je demandé, qu'on traite tous ce genre d'événement comme quelque chose d'ordinaire ? Il s'agit d'une cérémonie publique et tout ce qu'elle démontre, c'est à quel point la famille est une affaire privée. On n'a aucune idée de la façon dont fonctionnait cette famille, de ce qui fait que ses enfants aimaient tant M. Colfer. Aux yeux de la plupart des gens, c'était juste un type qui tyrannisait la mère de Peg, à qui il fallait dix minutes pour vendre une boîte d'allumettes et qui s'est ridiculisé avec la femme d'Enzo. Je veux dire, pourquoi est-ce que Peg a consacré son existence à s'occuper de lui ? Maintenant, il est mort et elle est trop vieille pour avoir des enfants. Sauf si elle va en Italie voir l'autre, là, le gynéco dingo. Parce que c'est la façon la plus simple de donner un sens au fait d'être né. Faire un enfant. Faire comme tout le monde. Tu n'as pas remarqué, au moment de la communion, la façon dont les générations s'alignent comme des plongeurs qui font la queue avant le grand saut ? L'année dernière, cette année, l'année prochaine, c'est le tour de M. Colfer et de ses contemporains. Cette génération plonge dans l'au-delà, et ensuite ce sera le tour de Min, et puis le tien, le mien, celui d'Andy et de toute la bande. Le truc, Tessie, c'est qu'on n'a pas d'enfants, toi et moi, et comme on n'est pas non plus des génies, notre existence n'a pas vraiment de sens. On avance, on fait la queue aux portes de la mort, et puis on plonge et on laisse derrière soi des enfants qui grandissent et vieillissent et plongent à leur tour. Si on n'a pas d'enfants, on ne laisse rien derrière soi. On est en excédent.

— Au nom du ciel ! a aboyé Tess. Le monde grouille de bébés ! Si tu veux un enfant, pourquoi tu ne vas pas en aider un qui existe déjà ? Ça te changerait du chien. Que je sache, on n'a jamais voulu d'enfants, toi et moi, parce que si on en avait voulu, qu'est-ce qui nous empêchait d'en faire ? Et puis de toute façon, Rosie, qu'est-ce que tu veux qu'on y fasse maintenant ? Qu'on passe le restant de nos jours à s'excuser ?

— N'empêche, ai-je insisté, butée. Je pense que l'humanité n'est rien d'autre – des hordes de gens qui font la queue avant de plonger dans la mort. Tout le reste, c'est du divertissement. Si on sait quoi faire pour se divertir, ce qui n'est pas mon cas en ce moment.

— Mais il y a peut-être quelque chose de l'autre côté ? a dit Tess. Et même s'il n'y a rien, rien d'autre que cette vie, c'est une raison de plus pour savourer chaque minute, non ? »

Je l'ai prise au mot : nous avons passé une fin de journée formidable et je suis rentrée chez Min après avoir trinqué à tour de bras avec la population de

Kilbride tout entière dans un pub proche du cimetière de Glasnevin.

Et quelle différence de rentrer dans une maison habitée !

Malgré mon ébriété, j'ai remarqué que Leo s'était approprié les lieux en les modifiant avec art. Tous les petits bibelots de Min avaient disparu. Il avait remplacé le tapis en lirette par la descente de lit noire unie de mon père. Il avait attaché les rideaux jaunes, qui ne formaient plus que deux minces bandes sur les côtés des fenêtres, mais avait si bien bichonné les impatientes qu'entre les bandes jaunes fleurissait le rouge corail. Tout était aussi simple et net que possible à l'exception du feu, qui passait glorieusement par toutes les nuances du flamboiement. L'odeur d'un plat suisse à base de pommes de terre, de fromage et de jambon embaumait l'atmosphère. Bell – qui, à en croire Leo, dormait au pied de son lit, mais l'ignorait superbement le reste du temps – a roulé sur le dos pour m'inviter à lui caresser le ventre et, quand je me suis assise à table, a sauté sur mes genoux.

Leo écoutait un quatuor de Schubert quand j'avais fait irruption dans la pièce, les joues rouges et plus volubile que jamais. Il a remis le disque, histoire de me calmer, pendant que je dégustais le dîner qu'il m'avait servi. « Écoute-moi cette ligne de violoncelle », disait-il. Ou : « Là, Rosie, c'est là qu'il reprend la phrase d'ouverture. »

« Tu es un homme merveilleux, ai-je déclaré – et ça venait du fond du cœur. Qu'est-ce que je dois faire pour que tu t'installes ici définitivement ? »

Il m'a souri sereinement.

« Je regrette de vous informer que je ne suis plus disponible, ma chère. Benjamin, mon gentil garçon, a attiré l'attention de ma femme sur mes nombreuses vertus et nous venons d'entamer une discussion plutôt cordiale, elle et moi, sur la possibilité de rénover les écuries de la maison de Lucerne pour mon usage privé. Depuis quelques jours, j'étudie l'insonorisation à la bibliothèque de Kilbride. »

Ça alors !

« Je suis très heureuse pour toi, ai-je dit sans arrière-pensée. Même si tu aurais facilement pu faire fortune en ouvrant le premier hôtel de charme de Kilbride. »

Car il avait pris soin de poser de l'eau minérale glacée sur ma table de nuit, ainsi qu'un bouquet de freesias qui, si discret fût-il, parfumait légèrement l'atmosphère. Il avait même repassé les draps.

Eh bien, sa femme et lui étaient des gens raisonnables, qui utilisaient au mieux le temps dont ils disposaient. Tout le monde devrait être aussi raisonnable. Et aussi riche, bien entendu.

Je tombais de sommeil, mais je n'ai pu résister à l'envie de me connecter sans adolescents surexcités s'impatientant dans mon dos. Mes conversations avec mon vieil ami me manquaient.

De RosieB à MarkC

Comment allez-vous, mon cher Markey, toi et ton arche de Noé ? J'ai assisté aujourd'hui à la levée du corps de M. Colfer et pas mal picolé à la veillée qui a suivi. Pourtant, nous n'avons pas chômé ce soir, Leo et moi. En fouillant la cuisine de Min, nous avons déniché un torchon avec la « Prière d'une mère irlandaise » en trois cents mots ; un autre avec une carte de la chevauchée de Paul Revere, un compte rendu de la *Boston Tea Party* et la recette des *Boston baked beans ;* et un troisième avec les règles complètes du Texas Hold'em. Min possède également des gants de cuisine avec la reproduction de pages de Beatrix Potter. Je n'avais encore jamais remarqué toute cette littérature.

Ensuite, Leo a préparé un café suprêmement fort qui m'a permis de reprendre du poil de la bête. Voici donc sept pensées miniaturisées. Elles portent toujours sur l'âge mûr, mais, curieusement, elles ne sont pas mélancoliques. Je ne sais pas trop ce qui m'est arrivé, mais je n'ai plus aucune peine à raconter des choses positives. Je dirai même plus : j'y crois.

Éloge de l'âge mûr

Arrivé(e) au milieu du parcours :

1. Vous cessez d'osciller entre abattement et exaltation, et découvrez ce que l'on gagne à vivre « en plateau ».

2. Vous regardez a la fois vers le passé et vers l'avenir : vous avez toujours la vigueur, et déjà la sagesse.

3. Vos revenus sont sans doute à leur apogée, et les aspects matériels de l'existence ne vous posent plus problème. C'est une nouvelle liberté.

4. Vous savez ce que vous voulez – et aussi que ce n'est pas nécessairement une raison suffisante pour tenter de l'obtenir.

5. Votre expérience vous permet de déceler du sens et de la beauté là où vous n'en perceviez pas auparavant.

6. La personne qui subissait appartient au passé ; désormais, vous agissez.

7. Les combats inutiles s'éloignent, et vous avez cessé de lutter contre vous-même. Vous pouvez enfin être votre ami(e).

Sur ce, bonne nuit. J'ai besoin d'aller au lit et de reposer en paix, comme ce cher M. Colfer.

26

Je serais bien restée à Kilbride pour le confort, mais j'étais pressée de retourner à la Pointe. Je savais que la chienne m'attendait. Je l'imaginais lorsqu'elle entendrait le bruit du moteur – assise, tête penchée, guettant anxieusement la personne qui franchirait la crête. Mais avant de partir, j'ai dû attendre que le buffet des funérailles soit passé et que chacun ait fait ses adieux à Peg. Je voulais trouver un moment pour la voir seule. Jusque-là, mes contacts avec elle s'étaient bornés à serrer sa main dans la mienne et à faire tomber quelques peluches de son manteau noir.

« Viens donc me voir à la nouvelle maison, m'a-t-elle dit. Je dois aller au cimetière avec mon frère pour m'occuper des fleurs, mais je lui dirai que tu m'attends – comme ça, on n'aura pas le temps de discuter de l'héritage. »

Le pavillon – que Monty avait cédé à Peg – venait d'être peint, mais le jardin était encore inexistant, et j'ai dû traverser une étendue d'herbe folle pour accéder au perron. Peg, toujours vêtue de la robe noire qui allait si bien avec ses cheveux blonds, m'a escortée jusqu'à la véranda, où deux fauteuils provenant de chez son père semblaient perdus dans une immensité carrelée. Je l'ai étreinte un moment et elle a marmonné : « C'est juste qu'il me manque tant. »

Mais elle avait déjà pleuré toutes les larmes de son corps, disait-elle. Elle avait besoin d'une pause.

Elle a sorti deux verres à eau et les a remplis à ras bord de champagne.

« Je ne peux pas me soûler parce qu'il va me falloir toute ma présence d'esprit pour le dîner de famille de ce soir, a-t-elle dit. Mais le champagne ne soûle pas vraiment.

— Je dirai ça aux flics s'ils m'arrêtent sur la route », ai-je répondu, et nous avons trinqué à son père au Ciel, à nous-mêmes sur la Terre et à nos jours heureux à tous trois.

« Zut, Peg, je ne devrais pas dire une chose pareille, mais le deuil te va à ravir – tu es très en beauté. Et le noir est vraiment ta couleur.

— Je sais, a-t-elle dit d'un air satisfait. Cinq kilos en moins. Le secret, c'est de souffrir.

— Même les cernes noirs sous les yeux – ça fait si chic sur une peau pâle ! Pour ce qui est du mobilier, par contre…

— Ouais, il est horrible. Mais comme papa n'en parlait pas dans son testament, je l'ai pris pour que les autres ne mettent pas le grappin dessus. De toute façon, ils ont déjà plus qu'ils ne méritent – tu savais qu'il nous laissait la maison à parts égales ? J'ai aussi commandé un salon en cuir. Monty disait toujours qu'on prendrait du cuir.

— Tu lui as parlé à l'enterrement ?

— Bien sûr. Quand il a voulu passer discrètement avec sa gamine de fiancée, j'ai dit "Salut, mon lapin !" et je lui ai fait un clin d'œil.

— Visiblement, on a des façons opposées d'affronter la difficulté, toutes les deux. Je suis infichue de me secouer pour me remonter le moral, tandis que toi

– eh bien, le moins qu'on puisse dire, c'est que tu n'hésites pas à dégainer ! Tu m'as l'air bien décidée à ne plus te laisser marcher sur les pieds.

— Je change, a dit Peg. Je n'étais pas vraiment satisfaite de mon sort, contrairement à ce que tu as dit quand on est allées voir *Babe* avec Tess. Je croyais l'être, mais je ne l'étais pas. Maintenant, je suis contente que ce salaud de Monty soit parti. Tel père, tel fils. La seule différence entre toi et moi aujourd'hui, c'est que tu es plus avancée dans la vie. Je prends des leçons de conduite ; toi, tu conduis depuis longtemps. Et tu sais t'habiller alors que je débute – je veux savoir où tu as trouvé ce collant noir brillant, ne t'imagine pas que je ne l'ai pas remarqué. Je songe même à prendre un chien…

— Peg ! » Je l'ai hissée sur ses jambes et fait tournoyer autour de moi en une grande étreinte maladroite avant de la reposer dans son fauteuil. « Peg ! Ne cherche pas plus loin ! Tu peux t'entraîner avec ma chienne ! Je peux te la prêter et, si tu t'en occupes bien, je t'en céderai même une petite part ! Il suffirait que tu la gardes jusqu'au printemps, quand la maison de Stoneytown sera refaite et que je pourrai y retourner.

— La petite chienne noire ? Eh ! Ma foi, ce n'est pas une mauvaise idée. Pas une mauvaise idée du tout. Tu te souviens comme je lui ai plu dès la minute où elle m'a vue ? Mais je ne connais même pas son nom – comment elle s'appelle ?

— C'est un secret, ai-je répondu. Mais elle se passe très bien de nom, tout comme elle se passe d'une âme. Elle se suffit à elle-même.

— Eh bien, dis-lui qu'elle sera comme un coq en pâte ici. Qu'elle aura ce qu'aurait dû avoir Monty, ce tas de fumier : une servante entièrement dévouée à son service.

— N'oublie pas de la tenir à l'écart des jeunettes de vingt-huit ans », ai-je dit pour poursuivre sur cette lancée ironique.

Mais je n'aurais pas dû : Peg a tressailli de douleur. Après s'être ressaisie, elle a levé les yeux vers moi, souriante. Je lui ai rendu son sourire, mais notre enjouement n'était qu'une pose. Qu'y avait-il de drôle dans cet avantage de vingt ans dont disposait l'autre femme ? Rien. C'était un avantage, point. Il reposait sur la nature et, dût-elle en avoir le cœur brisé, la femme plus âgée ne pouvait rien faire pour l'annuler ni affaiblir son pouvoir.

« C'est dur, tu sais, Peg, ai-je dit avant de remonter en voiture. Ce n'est pas moi qui prétendrai le contraire. Vieillir seule, personne ne peut nier que c'est dur pour une femme. Ça l'est sûrement pour un homme aussi, mais d'une façon différente.

— Mais tu y arrives bien, toi, et tu as sept ans de plus que moi. Personne n'a pitié de toi.

— Moi, si, ai-je répondu avec sérieux. Je ne sais pas comment j'ai fait pour me retrouver seule, mais je sais que j'adorerais avoir quelqu'un. J'adorerais être la première dans le cœur de quelqu'un. J'adorerais pouvoir tout lui confier. J'adorerais m'endormir et me réveiller près de lui…

— Encore faut-il que ce quelqu'un soit le bon, m'a coupée Peg.

— C'est ce qu'on pense quand on est jeune. Mais je ne sais pas. Je n'en suis plus si sûre. Je vais me remettre à chercher du boulot et, cette fois, je n'accepterai que quelque chose d'utile. Pour commencer, je songeais à partir enseigner l'anglais en Birmanie pendant six mois. Tu vois la Birmanie ? Officiellement, ça s'appelle le Myanmar. C'est une dictature militaire. Ça doit aider les opposants de parler un peu d'anglais.

Tu crois que tu pourrais garder la chienne six mois ? En tout cas, je ne peux pas m'empêcher de penser que si j'étais avec quelqu'un, je n'aurais pas tant d'efforts à faire pour mener ma barque. Je pourrais prendre soin de lui au lieu de passer ma vie à faire des projets et à m'activer toute seule. J'en ai assez de moi.

— N'empêche qu'il faut que ce quelqu'un soit le bon, a insisté Peg.

— De toute façon, ça ne fait pas de différence. N'importe qui vaut peut-être mieux que personne, mais je n'ai même pas n'importe qui.

— Rosie Barry ! a braillé Peg. Tu es venue me voir pour me consoler, donc comment se fait-il que tu finisses par pleurer dans mon giron ?

— C'est parce que tu es un ange, ai-je dit en l'embrassant. Et comment je l'ai deviné ? Parce que tu es blonde ! Tu as déjà vu un ange aux cheveux bruns ? »

Désormais, j'étais prête à reprendre une vie normale. Par une journée radieuse où un vent de terre fouettait l'écume des vagues en la renvoyant vers le large, j'ai quitté la Pointe pour aller consulter une dernière fois mes mails à la bibliothèque de Milbay. La nature était exubérante ce jour-là et, régulièrement, une nouvelle averse illuminée par le soleil projetait contre les vitres une poignée de diamants étincelants. Je me sentais en forme et d'humeur insouciante.

De RosieB à MarkC

L'autre jour, je lisais le journal d'un œil et, en parcourant la rubrique nécrologique, j'ai remarqué que beaucoup de gens parlaient du défunt comme de leur « meilleur ami ».

J'ai commencé par m'apitoyer sur moi-même en songeant que personne ne dirait jamais ça de moi, que j'avais été sa « meilleure amie ». Et puis je me suis demandé comment ce serait, d'être moi-même ma meilleure amie.

J'ai pensé à mes amis et à ce que j'éprouve pour eux. J'ai envie de les soutenir. Pour rien au monde je ne voudrais leur faire de mal. S'il y a quelque chose en eux qui me semble pouvoir être amélioré, je le leur suggère avec délicatesse et affection – du moins je l'espère. Mais, globalement, je les aime comme ils sont et s'ils veulent rester tels, cela me convient.

Alors je me suis aperçue que je n'avais jamais été aussi indulgente envers moi-même. Toute ma vie, je me suis enjoint de changer, de m'améliorer. Jamais je ne me suis traitée avec amour.

Et ç'a été comme si, enfin, je comprenais. S'aimer soi-même, ce n'est pas faire preuve de complaisance égoïste. L'amour peut nous ouvrir. Il peut nous adoucir et nous permettre d'échapper aux vieux moules. L'amour est une attention délicate et protectrice. En dirigeant cette attention vers soi-même, on permet aux pousses fragiles d'un nouveau moi de s'épanouir.

Je quitte donc Stoneytown riche de cette perspective.

Je tenais à te le dire, mon cher Markey.

Je t'embrasse,

Rosie

De MarkC à RosieB
Objet : MERCI

Merci, ma chère vieille Rosie, de me parler si ouvertement. Tu m'aides à me débarrasser d'un poids.

En arrivant aux États-Unis, Rosie, j'ai dû apprendre à me montrer moins brutal. La vérité toute nue n'est pas bonne à dire ici ; elle blesse et déroute les gens. On a été élevés à l'école de Kilbride, toi et moi, celle des relations humaines « brutes de décoffrage », mais les Américains sont différents.

Ce qui m'amène à t'exprimer mes sincères regrets à propos de la manière dont j'ai quitté l'Irlande. Tu te souviens de cette promenade au South Bull Wall ? J'ai vu combien tu étais blessée que je ne t'aie pas dit que je m'apprêtais à partir. Cette nuit-là, sur le bateau qui m'emmenait à Holyhead, j'ai fait vœu de ne plus jamais blesser personne ainsi – et de fait, pendant des années, je me suis sciemment efforcé de communiquer avec les autres et de faire attention à eux, en souvenir de toi.

C'est sans doute un des « miracles de l'âge mûr » que je trouve cette occasion de m'excuser pour ce que je t'ai fait.

Dis-moi, pourquoi ne viendrais-tu pas à Seattle ? Je te ferais visiter. Min est une femme formidable, mais elle ne te remplace pas.

Je t'embrasse,
Markey

Je suis retournée à la Pointe et, comme j'en avais assez de payer les déplacements du vétérinaire, j'ai fait prendre un valium à la chienne. Quand elle s'est endormie, je me suis servie du diable pour la traîner jusqu'à la voiture. Je l'ai déposée sur le siège arrière, entourée d'essuie-tout et calée entre des cartons d'ustensiles de ménage. Avec un peu de chance, j'aurais le temps d'arriver chez Peg avant qu'elle se réveille.

Leo partait pour la Suisse le lendemain, mais il m'avait promis de revenir souvent et offert, en guise de cadeau d'adieu, des plans et dessins détaillés pour la maison de la Pointe, tracés avec une belle encre sur des feuilles de papier artisanal. J'ai fait le tour de la maison, que je laissais complètement vide pour les ouvriers, avec ses croquis. Si j'avais les moyens d'aller jusque-là, la maison Barry, comme il l'appelait, aurait une baie vitrée donnant sur la cour, une terrasse revêtue de pierres sous le toit côté mer et des lambris en chêne dans chaque pièce ; elle serait chauffée par le sol grâce à une installation géothermique enfouie dans le premier champ et les murs qui l'entouraient seraient surélevés par un mètre de vieilles pierres supplémentaires (pour le moment, on ne construisait qu'à l'emplacement de l'ancien camp mais, au bout du compte, le pré était destiné à devenir un parc, et la route qui en ferait le tour passerait derrière chez moi). Leo avait dessiné jusqu'aux pierres des murs et abondamment annoté l'ensemble. Cet homme-là savait tout ce qu'il y avait à savoir concernant les effets du chauffage par le sol sur les dalles de calcaire, la pose de double vitrage sur des fenêtres d'origine, le renouvellement des arbres d'un verger ou la construction d'un abri confortable pour au moins un cochon.

Au grenier, j'avais cloué du carton sur la partie du mur où l'une de mes aïeules avait tenu son calendrier. Les ouvriers n'y toucheraient pas. Leo leur avait fait un croquis spécial pour leur montrer comment protéger ce bout de plâtre derrière du plexiglass, puis recouvrir le tout de plâtre frais lorsqu'ils referaient l'espace entre les poutres. À charge pour quelqu'un d'autre, un jour, de découvrir les marques à son tour.

Juste au-dessous, j'avais écrit, à l'aide d'un fin pinceau en poil de martre trempé dans l'encre de Chine :

Marques trouvées par
Rosaleen Barry
lorsqu'elle rouvrit la maison de sa grand-mère
au printemps 2003.

J'ai bourré la voiture avec les derniers objets épars. Le grille-pain. Le transistor décrié. Mon épouvantail à souris. Proust – la traduction de Lydia Davis, que je me refusais à lire. Les chaussures en plastique pour explorer les flaques rocheuses. Les comprimés contre l'acidité. Les bottes en caoutchouc. Les tapis de sol de voiture. J'avais brûlé tout ce que je ne voulais pas emporter dans ma nouvelle vie, et notamment la notice nécrologique de Hugh Boody : si je me faisais écraser par un bus, mon amie Tessa risquait de la découvrir parmi mes affaires, et une question la hanterait pour le restant de ses jours.

Avant de partir, je suis remontée sur la crête et m'y suis tenue un instant. Tout vibrait d'énergie : mes cheveux, mon écharpe, le vent glacé, les nuages qui filaient dans le ciel bleu.

J'ai remercié le ciel pour Stoneytown, la maison, les gens, les animaux, les oiseaux, les poissons. J'ai remercié mon grand-père, ma mère, mon père et ma tante Min. J'ai remercié Andy et Aidan, l'ingénieur de l'ESB. J'ai remercié Tessa et Peg. J'ai remercié Markey, Billy et Luz. Et j'ai réitéré mes remerciements tout en roulant vers Dublin.

Mais je croyais entendre des rires moqueurs.

À mon entrée à l'école maternelle, j'étais une enfant sans peur. Je dessinais des pièces imaginaires dans les aiguilles de pin et la terre de la cour et les balayais avec des branches laborieusement arrachées aux arbres hirsutes. Je pouvais, dans un soudain éclat de colère, chasser les autres filles de mon salon ou, tout aussi capricieusement, les inviter chez moi de la plus gracieuse des manières. Un temps, elles m'avaient suivie et, comme moi, s'étaient mises à tracer des maisons dans la terre. Mais au bout d'un moment, elles s'étaient détournées de mes jeux – toutes à la fois, comme des femmes sensées qui se détournent en haussant les épaules d'une personne trop extravagante pour être prise au sérieux.

Je sentais encore leur regard. Je savais qu'elles m'auraient trouvée ridicule de distribuer des remerciements extatiques à droite et à gauche. Eh bien, tant pis pour elles.

« Mon âme exalte le Seigneur… »

J'ai troqué mes actions de grâces contre des remerciements ordinaires quand j'ai vu le mal que Peg s'était donné pour la chienne. Pour que sa pensionnaire se sente en sûreté, elle lui avait installé une grande cage avec des jouets et un lit en peluche. Voyant que la chienne n'était pas impressionnée, elle a ouvert sans faire d'histoires la porte de la véranda et nous sommes restées là, nos manteaux sur le dos, telles deux mères observant fièrement leur progéniture dans la cour de l'école, tandis que la petite bête partait explorer son Nouveau Monde. Au départ, un peu sonnée, elle s'est contentée de tourner autour de nous en regardant Peg, puis moi, puis les alentours ; mais, bientôt, nous n'avons plus aperçu qu'une queue noire dressée au-dessus de l'herbe. Plus tard, la chienne tout entière a refait surface au loin : elle reniflait et tournoyait sur elle-même, filait sous la haie, disparaissait un instant, puis revenait en courant pour vérifier que nous étions là et repartait.

« Je croyais qu'elle avait peur du bruit ? » a demandé Peg.

Pour la deuxième fois, un avion, roues sorties et ventre luisant, est passé en hurlant au-dessus de nos têtes pour aller se poser sur l'aéroport de Dublin.

La chienne creusait joyeusement un trou.

« Dis donc, Peg, tu sais quoi ? Je n'y avais jamais réfléchi, mais elle a vécu dans un camp d'aviation ! Ça doit être le seul bruit qu'elle supporte sans problème ! »

C'est un signe, ai-je pensé. J'ai agi comme il fallait.

La femme de Leo lui avait envoyé un billet. Air France, classe affaires. À peu près ce qu'il existe de plus cher. C'est Reeny qui m'en a informée quand nous nous sommes croisées dans notre rue.

« Il est pas là, m'a-t-elle dit. Il est allé au Sorrento dire au revoir à Enzo. Tout le monde sait qu'il s'en va, et toutes les fans pleurent et s'arrachent les cheveux. Je fais partie du club, parce qu'il est sublime et si distingué – si seulement il passait pas cette musique sinistre en permanence ! Heureusement, j'ai un petit ami en Espagne, donc j'arrive à me tenir, mais les vieilles biques de la chorale, elles ont jamais connu quelqu'un comme lui. Quand elles en parlent, on croirait que cet homme-là est un mélange de Padre Pio et du gars dans *South Pacific*, tu sais, le bel étranger aux cheveux blancs. Y en a la moitié qui frappaient à sa porte pour lui apporter des cadeaux et l'autre moitié qui laissaient des cadeaux sur le rebord de sa fenêtre. Aujourd'hui, j'ai vu une mouette qu'essayait d'en ouvrir un emballé dans du papier d'alu, alors j'ai été le déposer devant la fenêtre de Mme Beckett. Elle va rien y comprendre ! »

Et elle est partie d'un gros rire.

Je suis allée avertir Leo que j'étais rentrée et l'ai trouvé accoudé au comptoir de la friterie. Il m'a offert un esquimau pour me faire patienter tandis qu'il achevait de discuter d'une tisane pour soulager son *mal di gola* et de ce qu'Enzo devrait faire pour combattre sa raideur au *dosso*. Puis celui-ci est allé chercher un grand pot du vin infâme que son grand-père fabriquait dans les collines au-dessus de Bellinzona et a insisté pour que Leo l'accepte avec tous ses vœux.

Nous sommes rentrés à pied tous les deux – sa haute silhouette légèrement voûtée et élégamment vêtue d'un manteau en tweed qu'il avait acheté au magasin Oxfam. En le voyant saluer courtoisement tel et tel voisin, j'ai songé à Giorgio Joyce, le fils de James, qui, après la mort de son père, était resté vivre à Zurich en compagnie de sa mère. Ils allaient ensemble à la messe chaque matin, et Stephen buvait un peu trop – exactement comme si tous ces lieux exotiques, tous ces gens qu'ils avaient connus n'avaient jamais existé et que Nora Barnacle avait épousé un gars ordinaire de Galway, puis fini veuve avec un fils célibataire.

Il est vrai que Leo n'aurait pas été à la messe pour tout l'or du monde, même s'il avait assisté à l'enterrement de M. Colfer ; et que contrairement à Enzo, qui buvait son horrible vin dans un verre à bière à longueur de soirée et finissait les lèvres noires de tanin, il y goûtait à peine après l'avoir fait décanter – ce qui, d'ailleurs, ne l'améliorait aucunement.

Tout en descendant la rue, il a continué à marmonner sur son *mal* ceci et son *mal* cela. Mais il était en pleine forme, pour autant que je pusse en juger. Rien à voir avec l'épave que j'avais vue à Macerata. À vrai dire, il paraissait plus heureux qu'il ne l'avait jamais été durant notre liaison. Il faudrait que j'y réfléchisse un jour, quand je penserais à ce que le sexe avait représenté dans ma vie. Mais je ne voulais pas penser à ça pour le moment.

Peut-être que son grand calme était lié à l'âge. Peut-être que je serais comme lui quand les années et une santé déclinante m'auraient forcée à ralentir. Peut-être que je me contenterais de journées comme les siennes – lesquelles consistaient, visiblement, à penser à sa santé, à penser à l'essai qu'il écrivait sur Schumann, à penser aux vieilles maisons à retaper et à penser à sa famille, en particulier à son dernier fils. Certes, il avait aussi fait répéter le chœur féminin deux fois par semaine, donné une ou deux conférences avec projections sur des sujets musicaux à la bibliothèque de Kilbride – pleine à craquer pour l'occasion – et enseigné des rudiments de flûte irlandaise à plusieurs enfants.

Et puis, il avait emmené des dames au concert.

« Comment va la ravissante Peg ? » m'a-t-il demandé quand je lui ai raconté ma journée.

J'ai répondu qu'elle avait l'air un peu mieux et que la chienne allait être heureuse comme une reine.

Peg était l'une des « dames » de Leo, qui l'avait emmenée écouter un concert au National Concert Hall. Plus tard, elle m'avait raconté que le directeur de la salle ne voulait plus le lâcher et que le chef d'orchestre s'était retourné pour lui faire signe avant de quitter la scène.

Leo avait dû l'inviter par égard pour son habileté à lancer des œillades par en dessous, comme feu la princesse Di, parce qu'elle était totalement imperméable à la musique. Quand je lui avais demandé ce qu'ils avaient entendu, elle m'avait répondu : « Le truc qui est de plus en plus fort ». Allez donc reconnaître le *Boléro* de Ravel.

Ce dernier soir, donc, j'étais la « dame » de la maison et très heureuse de l'être. La nuit était froide, mais la cuisine bien chauffée et illuminée par les impatientes rouges.

« Le secret, m'a dit Leo, c'est le thé. Noie-les au moins une fois par jour avec ce qui reste dans la théière. »

Il a ravivé le feu d'un geste expert et versé du *vino di casa* dans une carafe.

« Écoutons donc un peu de musique », a-t-il dit d'un air satisfait.

« Rosa ? »

Cela se passait une ou deux heures plus tard.

Après un dîner de pâtes arrosé par le vin d'Enzo, Leo avait lavé nos assiettes, était sorti faire son petit tour, s'était brossé les dents dans l'arrière-cuisine, puis déshabillé discrètement. À présent, il était debout au milieu de la cuisine et me souriait. Son pyjama, naguère somptueux, était usé par les lavages successifs, mais avait toujours ses épais passepoils en satin.

« Rosa mia ? »

Il était là, immobile, avec le buffet derrière lui ; Bell trônait au bout de son lit bien fait et la lampe de chevet – qui avait une mouche coincée dans l'abat-jour depuis des années – projetait une lumière jaune sur l'oreiller.

C'est incroyable ce que les humains peuvent avoir foi en eux-mêmes.

« Tu es sérieux ? » ai-je demandé.

Il n'avait pas l'air le moins du monde gêné, ce qui m'épargnait en grande partie de l'être, mais je me suis quand même sentie rougir. Nous n'étions plus les personnes que nous avions été. Aujourd'hui, je me sentais de nouveau dévorée par la timidité.

« Mais…

— Ce serait un si joli *au revoir** », a-t-il dit doucement.

J'aurais été ridicule de refuser.

Au départ, je n'étais pas très entreprenante : je me suis contentée de m'allonger sur les couvertures dans mes vêtements de deuil. Mais j'ai fini, je ne sais comment, par aboutir entre les draps. Nue. J'avais toujours envié les couples qui faisaient l'amour de cette façon routinière, confortable – je mets un bras ici, tu mets une jambe là, tu fais ci quelque temps, je fais ça un moment. Dieu sait que Leo et moi maîtrisions les procédures aussi bien que n'importe qui d'autre, même s'il s'y prenait désormais très lentement ; nous passions du temps à nous reposer sur le flanc et, quand nous avons attaqué les choses sérieuses, c'est moi qui ai fait le plus gros du travail. Mais malgré son énergie enfuie, il avait une confiance inébranlable en lui-même.

Nous étions proches. Presque tout du long, nous nous sommes embrassés légèrement, comme pour nous dire merci. Et puis, à la fin, la nature a pris le dessus, et nous avons cessé d'être polis pour nous fondre en une harmonie ténue et parfaite qui ressemblait aux voix des sopranos d'antan.

L'ensemble du processus n'a même pas perturbé Bell, qui était assise à regarder le feu.

Mais ensuite, Leo s'est endormi presque instantanément et j'ai dû affronter seule la tempête qui se déchaînait en moi.

Je n'ai pas allumé ; j'ai tisonné le feu et ajouté un peu de charbon, puis je me suis assise, vêtue d'un pull et de ma culotte, avec Bell sur les genoux.

Je répétais à mon cœur : Cesse de brûler, cesse de me faire mal, calme-toi, il n'y a aucun remède à ton angoisse et tes regrets. Je savais que le sexe était bon pour le moral et que je pouvais m'estimer heureuse, parce que beaucoup de célibataires – et sans doute de personnes mariées – de mon âge n'avaient que trop peu d'occasions de faire l'amour. Et j'appréciais pleinement ma chance. Mais le Temps s'était invité dans le lit avec nous – mon ventre mou sur la hanche anguleuse de Leo, son bras osseux autour de moi. Et, à présent, la dure leçon du Temps sur l'impuissance d'autrui à apaiser notre souffrance se rappelait à moi. Je ne pouvais pas dire à Leo : Désole-toi avec moi que les amants vieillissent. Je ne pouvais pas lui dire : Me retrouver si près de toi me fait sentir encore plus cruellement ma solitude ordinaire.

Chacun doit grandir sans importuner les autres.

C'était *mon* problème. Moi seule trimballais le souvenir de ce qui avait été – la gloire du monde tel que je l'imaginais quand j'étais jeune, quand la passion semblait me faire accéder à un immense royaume, quand, parfois, j'avais l'impression de quitter la Terre pour m'élancer dans l'univers et y scintiller de tout mon être. Quand je ne me posais aucune question sur moi-même. Quand j'avais foi en tout.

Oh, rendez-moi cela ! ai-je supplié la pièce obscure et silencieuse. Oh, rendez-le-moi ! Que je puisse revivre ma vie avec ce que je sais maintenant ! Rendez-moi un commencement !

À côté de moi, le téléphone s'apprêtait à sonner ; j'ai décroché avant qu'il ne réveille Leo.

« Oui ? ai-je chuchoté.

— Qu'est-ce qui t'arrive, Rosie ? a fait Min énergiquement. T'as donné ta langue au chat ? »

Bell a sauté de mes genoux sur le sol. Elle avait dû reconnaître la voix de sa véritable maîtresse.

Min mourait d'envie d'entendre les potins. Elle disait que Reeny ne lui avait rien raconté. Elle voulait savoir, premièrement, qui était venu à l'enterrement – est-ce qu'il y avait beaucoup de monde ? – et, deuxièmement, comment allait Peg – est-ce qu'elle tenait le coup ?

À la première question, j'ai répondu « tout le monde ». L'opinion publique de Kilbride, ai-je ajouté, avait été scandalisée d'apprendre que M. Colfer laissait la maison à ses trois enfants et que le frère et la sœur de Peg avaient décidé de s'en séparer avant même que leur père soit enterré – l'annonce de la vente aux enchères était placardée sur la façade quand le cortège était passé.

« Non ! a soufflé Min.

— Si. Mais Peg ne s'est pas laissé faire. Elle avait déjà pris un avocat et menacé de poursuivre Monty en dommages-intérêts ; finalement, ils sont tombés d'accord pour qu'il lui cède le pavillon derrière l'aéroport et paie des heures sup' aux ouvriers pour le terminer au pas de charge. Ensuite, elle a emporté tous les meubles de la vieille maison jusqu'au dernier : son frère et sa sœur n'avaient même plus où s'asseoir. Elle est installée dans le pavillon maintenant, et je lui ai donné ma chienne à garder. Elle songe à intenter un procès à Monty parce qu'il ne l'a pas épousée, ce qui ne me paraît pas très féministe, mais elle a dit à Tessa qu'elle ne reculerait devant aucune bassesse pour gâcher la vie à cet homme-là. Par exemple, tu ne vas pas y croire, mais elle a trouvé l'adresse de sa fiancée et lui a écrit pour lui dire de faire gaffe parce qu'il avait un problème de flatulences. C'est elle-même qui l'a dit à Tessa.

— Un problème de *quoi* ? »

Maintenant, c'était moi qui avais un problème. Je ne pouvais pas employer le mot « péter » avec Min.

« Tu sais, ai-je fait. Quand on mange des fayots ou quelque chose comme ça et que ça fait des bruits. »

Silence.

« Quand le corps fait des bruits, ai-je poursuivi, au désespoir. Tu sais bien.

— Peg a fait *ça* ? a dit Min, incrédule. Mais Peg est une dame comme il faut !

— Eh bien, plus maintenant. Quand Monty lui a annoncé qu'il rompait en septembre, elle a enfermé une guêpe dans une boîte d'allumettes et la lui a envoyée par la poste. La bestiole a fini par piquer Reeny, c'est elle qui me l'a raconté à l'enterrement. Peg avait même mis un petit morceau de thon dans la boîte pour la nourrir. »

Min a poussé un soupir nostalgique. « Il s'en passe des choses, au pays.

— Bon, et toi ? ai-je demandé.

— Quel fou, ce Markey ! s'est-elle écriée gaiement. Je sens même plus mes pieds. Tu savais que comme le centre de Seattle était inondé sans arrêt, ils avaient construit un nouveau centre par-dessus et laissé l'ancien sous la terre ? Ils ont même pas pris la peine de le démolir : il est toujours là avec ses petites rues et ses boutiques et ses feux rouges et tout. C'est pas incroyable ? Markey m'a emmenée voir ça aujourd'hui, j'en revenais pas. T'imagines, Rosie, si y avait deux Kilbride l'un au-dessus de l'autre ? N'empêche, c'était une sacrée longue marche.

— Ça, c'est tout Markey. J'ai bien dû faire cent kilomètres à pied derrière ce type-là.

— Et il en a dans le crâne, a poursuivi Min. C'était comme d'écouter la télé. Ça doit être de son père qu'il tient son cerveau, parce que sa mère était une brave femme, mais pas bien fameuse de ce côté-là.

Billy est aussi intelligent que lui, même s'il parle moins, et il est en train de nous retaper Luz. Entre toi et moi, elle est pas encore remise de l'incendie, mais si Dieu le veut, ça devrait plus être trop long. Je lui ai donné ma parole que dès qu'elle serait en état, on descendrait jusqu'à la frontière pour jeter un coup d'œil au Mexique. Est-ce que tu veux venir, Rosie ? Ils fêtent pas vraiment Noël en Amérique parce qu'ils sont protestants, mais au Mexique, ils sont tous catholiques, même les Indiens. Luz m'a tout expliqué. On pourrait passer un Noël formidable. Et tu pourrais nous aider. On peut pas traverser la frontière, elle et moi, mais toi, si. Tu pourrais faire revenir ses petits-enfants à l'endroit où elle les a vus une fois. À cet endroit, y a un tuyau qui passe sous le désert et qui débouche sous une falaise, et sa fille a envoyé les gamins par ce tuyau. Elle leur avait attaché un ruban rouge autour du cou pour que Luz les reconnaisse. Ils ont juste marché jusqu'au bout du tuyau, ils lui ont fait signe d'en bas et ils sont repartis. S'ils traversaient encore une fois, on pourrait leur lancer leurs cadeaux de Noël.

— Eh bien Min ! On dirait que tu vis des aventures trépidantes ! »

Je ne trouvais rien d'autre à lui dire. Son invitation me stupéfiait.

« Ça oui, a-t-elle répondu fièrement. J'en voulais pas autrefois, des aventures, parce que regarde ce qui est arrivé à ma sœur, ta mère. Elle est partie vivre une aventure – t'aurais dû voir le sourire qu'elle avait quand elle m'a fait au revoir du car – et elle avait pas plus tôt disparu que le prêtre est venu dire qu'elle voulait son certificat de célibat pour se marier à Dublin. "Le lui donnez pas, mon père a dit. Elle a qu'à rentrer et marier un gars d'ici." "Faut bien que je le lui donne, le prêtre a dit. Elle a l'âge. Et puis, y a un marmot en route". » Et la fois d'après, quand il a débarqué sous la neige, c'était pour nous prévenir qu'elle était morte.

— Ça n'avait rien à voir avec l'aventure, ai-je protesté. C'était parce que les hommes gouvernaient le monde, voilà tout. Toutes les grosses brutes comme ton père s'imaginaient pouvoir tyranniser leurs femmes et leurs filles…

— C'était pas une brute ! C'était un brave homme. Regarde combien de temps il m'a attendue – et toi aussi !

— Comment ça, attendue ? Attendue où ?

— T'as lu la lettre du gouvernement sur la maison de la Pointe. C'est là, dans les dates, écrit noir sur blanc. Il est resté dans la maison et il a refusé de partir jusqu'à fin 48. Et toi, t'es née en septembre 47. Il nous attendait. Il m'avait dit de te ramener. Il m'avait fait jurer de te ramener.

— Et pourquoi tu ne l'as pas fait ? »

Min n'a pas répondu.

« Pourquoi ? »

Silence.

Alors j'ai compris.

Mais je n'ai pas prononcé les mots qui se formaient sur mes lèvres. Un jour, je les dirais. Un jour, j'interrogerais Min sur cette soirée où mon père et elle étaient venus à Stoneytown à moto et avaient dormi dans la grange. « Comment vous avez fait pour vous tenir chaud ? » demanderais-je.

Le silence s'éternisait. Elle savait sans doute que j'avais entendu ce qu'elle ne disait pas.

Avant de lui dire au revoir, la seule remarque que j'ai faite sur ce passé soudain si nouveau, c'est : « Et dire que j'aurais pu grandir à Stoneytown !

— Ça, où est le problème ? a-t-elle demandé. T'es parfaite telle que t'es ! »

J'ai repêché mon soutien-gorge et ma jupe le plus discrètement possible dans le lit, mais Leo a ouvert un œil et m'a souri.

« Merci, m'a-t-il dit en se retournant, puis il a marmonné : Tu as bien dit, Rosie chérie, que Flaubert était mort le jour de ton anniversaire ? Flaubert n'est pas mort en septembre.

— Merci à *toi*, ai-je chuchoté en réponse. Et ne t'inquiète pas pour Flaubert. Rendors-toi.

— Quand même, a-t-il dit dans un dernier sursaut de conscience. On s'est bien débrouillés pour des gens plus tout jeunes.

— En effet, ai-je répondu en déposant un baiser sur sa joue la plus proche. Mais tout le monde a beau faire l'éloge de l'âge mûr, personne ne dit jamais qu'on est trop bêtes pour en profiter. »

Je suis montée et, quelques minutes plus tard, j'étais allongée entre mes draps frais. J'ai éteint la lumière. Instantanément, en un bond magnifique de précision, Bell a atterri à mes pieds et s'est blottie juste au-dessous, comme un de ces petits chiens qui soutiennent les pieds des chevaliers médiévaux sur les pierres tombales.

Je suis restée allongée, les yeux grands ouverts, à penser à la journée qui venait de s'écouler et à ce qu'elle m'avait appris. L'air de *Lady in Red* me parvenait une fois de plus à travers le mur, même si le volume était très bas. Reeny devait être en train de danser seule en arpentant la cuisine, paupières mi-closes, un verre de vin élégamment tenu dans une main.

Comment se faisait-il que je ne me sois jamais dit « Min est amoureuse de mon père » ? Comment se faisait-il que j'aie admis la configuration familiale sans me poser de questions ? Était-ce parce que j'étais moi-même à peine pubère au moment de la mort de mon père, si bien que je n'imaginais pas tout ce qu'il pouvait y avoir entre un homme aimant qui savait ses jours comptés et la jeune femme qui partageait tout avec lui ?

Pourquoi n'avais-je jamais rien remarqué ?

Ou bien avais-je remarqué quelque chose ?

La sensation de sécheresse et de légère tension qu'éprouvaient mes yeux en fixant l'obscurité me rappelait quelque chose.

Certaines nuits, au cabanon, la pluie tambourinait sur la tôle rigide du toit ; ou bien un crachin silencieux comme une brume me surprenait quand je me réveillais et sortais faire pipi. Je sautais de la traverse de voie ferrée qui nous tenait lieu de marche et atterrissais dans l'herbe – je savais exactement où elle était assez épaisse pour m'y tenir pieds nus. L'obscurité n'était jamais complète, même quand les nuages masquaient la lune. Les réverbères alignés le long du quai éclairaient faiblement la bande de grossier sable blanc bordant l'étendue d'herbe sur laquelle je m'accroupissais.

Cette lumière pénétrait en partie par la petite fenêtre et m'aidait à m'orienter quand je rentrais sur la pointe des pieds, traversais la pièce où mon père dormait sur son matelas et allais me recoucher de l'autre côté de la cloison, dans le lit que je partageais avec Min. Une fois ou deux, en passant près de mon père, j'avais remarqué qu'il avait les yeux grands ouverts ; et quand je me recouchais, les yeux de Min étaient grands ouverts également.

À l'époque, je n'en pensais rien.

Mais, cette nuit, j'avais le cœur plein de ces deux-là. Je ne savais pas pourquoi ils ne pouvaient ou ne voulaient pas aller l'un vers l'autre, ni ce qu'ils savaient l'un de l'autre. Mais je savais qu'ils restaient éveillés dans le noir à moins de trois mètres de distance. Assez près pour s'entendre respirer.

Je me suis tournée sur le côté et j'ai fermé les yeux.

Ils étaient restés à leur place. Ils ne m'avaient pas quittée l'un pour l'autre, quand j'étais petite fille. Ils étaient restés près de moi, chacun de son côté, tels de solides piliers entre lesquels j'étais en sûreté.

C'est ça dont il faut se souvenir, ai-je songé tandis que les vapeurs du sommeil commençaient à embrumer mon cerveau. La pensée numéro 10 aurait dû porter sur l'amour. L'amour est central. Souviens-t'en, maintenant que, toi aussi, tu dois recommencer. Souviens-toi de la manière dont ils s'aimaient, de la manière dont ils t'aimaient, et songe à tous les types d'amour qui existent. Tu ne peux pas ravoir ce que tu as eu – rien de ce qui a été ne peut revenir à l'identique. Mais il n'y a pas que les papillons, les flocons de neige, les vagues ou les étoiles qui soient uniques dans leur multiplicité. L'amour que l'on donne et que l'on reçoit revêt une infinie variété de formes et de figures. Qui sait à quoi il ressemblera la prochaine fois ? N'oublie pas ça.

TABLE DES MATIÈRES

Nuala O'Faolain

On s'est déjà vu quelque part ?

Dans un pays d'un autre temps, l'Irlande des années cinquante, Nuala O'Faolain grandit tant bien que mal entre un père absent et une mère à la dérive... À une époque où les jeunes filles ont pour seule ambition de se marier, elle va se battre pour échapper à un destin tout tracé et devenir enfin l'une des plus grandes journalistes de sa génération. Dans ces « mémoires accidentels », elle revient sans complaisance sur ses succès et ses déboires, ses souffrances et ses passions : une œuvre d'une sincérité bouleversante, pleine de pudeur et d'émotion.

n° 3753 – 7,80 €

Richard Russo

Le pont des soupirs

Louis C. Lynch, dit Lucy, n'a jamais quitté Thomaston, où il vit depuis toujours avec son épouse Sarah. D'origine irlandaise, il a hérité un «empire» de petits commerces, qu'il s'apprête à son tour à léguer à leur fils unique. Le couple prépare le premier voyage de sa vie en Italie, où un ami d'enfance, Bobby Marconi - devenu peintre de renom - s'est exhilé. La perspective de ces retrouvailles amène Lucy à porter un regard inédit et lucide sur sa ville, son existence, et la nature exacte de l'amitié qui le liait à Bobby...

n° 4299 – 12 €